Charles Bukowski

KEINEM SCHLÄGT
DIE STUNDE

Storys

Aus dem amerikanischen Englisch
von Malte Krutzsch

DANKE FÜR'S CATSITTING!
Alex 12/18

FISCHER KLASSIK

Erschienen bei FISCHER Taschenbuch
Frankfurt am Main, November 2017

Die Originalausgabe erschien 2015 unter dem Titel
›The Bell Tolls for No One‹ bei City Lights Books, San Francisco
© 2015 The Estate of Charles Bukowski
Für das Vorwort: © 2015 David Calonne

Für die deutschsprachige Ausgabe:
© 2017 S. Fischer Verlag GmbH,
Hedderichstr. 114, D-60596 Frankfurt am Main

Satz: Dörlemann Satz, Lemförde
Druck und Bindung: CPI books GmbH, Leck
Printed in Germany
ISBN 978-3-596-95031-7

Vorwort

Charles Bukowskis Graphic und Pulp Fiction

David Stephen Calonne

Charles Bukowski hatte vom Beginn seiner Laufbahn an ein Faible für die heute so genannte »Graphic Fiction«: Eine seiner frühesten Arbeiten, »The Reason Behind Reason«, veröffentlicht 1946 in *Matrix*, schmückt eine anschauliche Zeichnung, in der der Antiheld Chelaski mit rudernden Beinen und ausgestreckten Armen einen Baseball im Flug zu fangen versucht.[1] Während seiner Wanderjahre 1942–47, als er kreuz und quer durch die Staaten zog und manchmal aus Geldmangel seine Schreibmaschine versetzen musste, legte Bukowski auch Whit Burnett, dem Herausgeber der berühmten Zeitschrift *Story*, eine Reihe in Druckschrift geschriebener, illustrierter Storys vor, darunter »Ein gütiges, verständnisvolles Gesicht«, die zeigen, dass er Bild und Text oft zusammen konzipierte und zueinander in Beziehung setzte. Im November 1948 schrieb er Burnett aus Los Angeles: »Gerade hier finde ich die Zeichnungen besonders gelungen, und ich hoffe, es kommt nichts weg.«[2] Burnett drängte Bukowski, seine Zeichnungen in Buchform zu sammeln, und fragte ihn auch wiederholt, ob er sich vorstellen könne, einen Roman zu schreiben. Außerdem setzte Bukowski am 9. Oktober 1946 einen illustrierten Brief an Caresse Crosby auf, die Verlegerin des Magazins *Portfolio*. Damals hatte er schon den klaren Stil seiner an Thurber erinnernden, reizenden minimalistischen Zeichnungen entwickelt, die berühmte

Zeitschriftenmacher wie Crosby und Burnett unweigerlich für ihn einnehmen mussten. Ein weggetretener Mann mit Strichaugen und Flasche liegt trinkend und rauchend im Bett, nackte Glühbirne, Vorhang mit Zugschnur, Flaschen auf dem Boden. Später sollte er noch Sonne, fliegende Vögel und gesellige Hunde hinzufügen. Psychologisch gesehen hatte er mit diesen witzig anmutenden Zeichnungen offensichtlich eine Möglichkeit gefunden, den nicht unerheblichen Verletzungen seiner Kindheit beizukommen: den Misshandlungen seines Vaters, dem Ausbruch der *Acne vulgaris*, seinem Status als unangepasster Deutsch-Amerikaner. Hier war ein Medium, in dem er spielen und unterhalten konnte, so wie er es auch im Schreiben anstrebte. Die autobiographische Story »Ein gütiges, verständnisvolles Gesicht« (1948) schildert zu Beginn, wie eine verkrüppelte Spinne bei lebendigem Leib von Ameisen zerlegt wird, und gibt damit das Thema vieler späterer Geschichten vor: Natur, an Klaue rot und Zahn*. Der Protagonist Ralph entzieht sich wie der junge Bukowski der Einberufung, hat journalistische Ambitionen und durchstreift das Land von Miami bis New York und Atlanta. Ralph steht zwar in mancher Hinsicht für den Autor, doch in der Story sind Vater und Mutter bereits tot, während Bukowskis Mutter Katherine erst 1956 starb und sein Vater Henry 1958. Die Erzählung schildert eine Reihe merkwürdiger, unzusammenhängender Ereignisse und endet mit drei rätselhaften Zitaten, die ohne Quellenangabe angehängt sind: eins aus Rabelais' *Gargantua und Pantagruel*, Fünftes Buch, Kapitel 30, »»Wie wir auf das Atlaß-Eiland kamen«, eins aus George Santayanas »Ultimate Religion« (1933) und ein Ver-

---

* Tennyson, In Memoriam, nach der Übersetzung von
 W. v. Koppenfels

weis auf den französischen Chemieingenieur René Warcollier (1881–1962), der ein Verfahren zur Herstellung synthetischer Edelsteine entwickelte und zudem 1938 *La Telepathie experimentale* veröffentlichte.³ Da ferner vom Kopulieren und Defäkieren in der Öffentlichkeit die Rede ist, wäre es denkbar, dass Bukowski mittlerweile die Schriften des Kynikers Diogenes (ca. 412 v. Chr. – 323 v. Chr.) kennengelernt hatte. So wie die Erzählung selbst in sich zerfahren ist, scheinen diese drei Zitate im Abschiedsbrief des jungen Ralph eine Art fragmentarisches Rätsel oder eine geheime Botschaft darzustellen, die der Leser zusammensetzen und entschlüsseln soll: Welcher Zusammenhang besteht zwischen Diogenes, dem sonderbaren Mantichoren, der abgehobenen Sprache Santayanas und der Verfertigung von Edelsteinen aus Fischschuppen? Man denkt an Vladimir Nabokov: Das menschliche Leben ist »nichts als eine Serie von Fußnoten zu einem gewaltigen, unverständlichen und unvollendeten Meisterwerk«.* Die Bandbreite dieser recht ausgefallenen Zitate lässt erkennen, wie belesen Bukowski war, und wenn sie da so hintereinanderstehen, mag das ein Hinweis darauf sein, wie absurd die Suche nach dem Sinn ist und wie unentschlüsselbar ein unbekanntes, unvollendetes Leben.

Vom Beginn seiner Laufbahn an hat Bukowski die schreckliche Begegnung des Menschen mit dem Anderen dargestellt: insbesondere Insekten (hier Spinnen und Ameisen) durchwuchern viele seiner frühen Gedichte und Storys. Sein Werk zeigt auch den Einfluss von Robinson Jeffers' Falken und Reihern sowie von D. H. Lawrence, dessen *Birds, Beasts and Flowers* im Titel von Bukowskis erstem Gedicht-

---

* Vladimir Nabokov, Fahles Feuer, aus dem Englischen von Uwe Friesel und Dieter E. Zimmer, Reinbek: Rowohlt 2008, S. 335

band nachklingt, *Flower, Fist and Bestial Wail*. Spottdrosseln, Wildpferde und Hunde erscheinen im Titel dreier weiterer Gedichtbände. Im vorliegenden Band kommt es zur beängstigenden Begegnung mit einem Schwein, und eine Story, die in Bolivien spielt, schildert den bizarren Psychokampf zwischen einem Mann, einer Frau und einem Affen, ein Thema, das Bukowski in der späten Erzählung »Der Eindringling« (1986)[4] erneut aufgreift. Und »Keinem schlägt die Stunde« endet nach einem starken Bild: »Auf einmal sah ich ein Tier vor mir. Es sah wie ein großer Hund aus, ein wilder Hund. Der Mond stand hinter mir und schien dem Tier in die Augen. Die Augen waren rot wie Kohlenglut.«

In derselben *Matrix*-Ausgabe wie »Hinter der Vernunft« erschien auch Bukowskis Gedicht »Soft and Fat Like Summer Roses« über die Dreiecksbeziehung zwischen einer Kellnerin, ihrem Mann und ihrem griechischen Liebhaber; demnach könnte Bukowski James M. Cains Roman *The Postman Always Rings Twice* (1934) gekannt haben, eine sehr ähnliche Story, nur dass der Restaurantbesitzer Grieche ist und der andere Mann ihm die Frau stiehlt. Cain hat bekanntlich den Stil von Albert Camus' *Der Fremde* geprägt – die französischen Existentialisten waren den coolen, harten amerikanischen Privatdetektiven etwas schuldig –, und auch Bukowski sah in Cains Stil einen wichtigen Einfluss auf sein Werk.[5] Wie Cain hält Bukowski oft eine klinische Distanz zum Verbrechen, und den Stil seiner vielen »hartgesottenen« Krimistorys, die in einer Hommage an das Genre – seinem letzten Roman »Pulp« (1994)[6] – gipfelten, könnte man als Los Angeles *Noir* bezeichnen. Als Irene der Bukowski-Figur in einer unserer Erzählungen sagt, er sei der größte Schreiber seit Hemingway, antwortet er: »Ich bin eher eine Mischung aus Thurber und Mickey Spillane«: Der Held von »Pulp«

heißt bezeichnenderweise »Nick Belane«, mit klarem Anklang an »Mickey Spillane«. Natürlich leiten sich Bukowskis Dialogkunst, sein silbenarmer Wortschatz und seine karge, entschlackte Prosa von Hemingway her, ergänzt aber durch Elemente, die ihm bei Hemingway oft fehlten: Humor sowie eine ordentliche Dosis Slang, Flucherei, Unflätigkeiten und Obszönität. Der Titel »Keinem schlägt die Stunde« spielt offensichtlich auf Hemingways Roman *Wem die Stunde schlägt* an, während sich in einer anderen Story ein Pornoverleger und seine Frau humorvoll über Hemingway unterhalten.

Bukowski kam oft wehmütig auf die legendären Outlaws der 1930er Jahre zurück, und in dem Gedicht »Die Frau im roten Kleid« erinnert er sich: »der schönste Tag war, als John Dillinger aus dem / Gefängnis ausbrach, und der traurigste Tag als die Frau / im roten Kleid ihn verpfiff und er abgeknallt wurde als / er aus diesem Kino kam. / Pretty Boy Floyd, Baby Face Nelson, Machine Gun / Kelly, Ma Barker, Alvin Karpis – wir verehrten sie alle.«[7] Für Bukowski, genau wie für seinen schriftstellerischen Widerpart William Burroughs (der Jack Blacks autobiographische Schilderung von Abenteuern in der Unterwelt, *You Can't Win*, 1926, zu seinen Lieblingsbüchern zählte), war das Machtgefüge der Vereinigten Staaten im Innersten kriminell und spiegelte sich in den gewalttätigen Gestalten wider, die es bekämpften.[8] Cain, Spillane, Dashiell Hammett und Raymond Chandler stellten ein hartes, amoralisches Universum dar, das keine Gnade kennt, und lieferten Bukowski die Tradition, in der er seine mythologisierte Autobiographie schildern konnte. Seine Begegnung mit Jane Cooney Baker in der Glenwood Bar auf der Alvarado Street wird zur endlos neu erzählten, umgeformten und verfeinerten Geschichte. In einer 1967er Story für *Open City* sagt er von Jane, »sie hatte herrliche

Beine, eine enge kleine Spalte und ein Gesicht aus gepudertem Schmerz. Und sie kannte mich. Von ihr lernte ich mehr als aus den Büchern großer Philosophen« – und macht sie damit zur *Femme fatale* in einem *Film noir*. Und die Gewalt dieser kaputten Welt geht immer weiter. Wallace Fowlie schrieb einmal über Henry Miller: »Ich glaube, die Gewalt war das Erste, was mich an Mr Millers Schriften anzog. Nicht die Gewalt des Gesagten, sondern der Art und Weise, wie es gesagt wurde. Die Gewalt der Empfindung ist in seinem Werk zur Gewalt des Stils geworden, die seine vielen verschiedenen Leidenschaften und verstreuten Erfahrungen zu einer einzigen Spracherfahrung zusammenschweißt.«[9] Ähnlich hat auch Bukowski seine ganz eigene, fein modulierte »Sprache« zur Abbildung einer modernen Welt entwickelt, in der die erlösende Kraft der Liebe ständig bedroht ist.

»Nichts ist wahr, alles ist erlaubt«, lautet ein Ausspruch des ismailitischen Gründers der *Assassinen*, Hasan-i Sabbah (ca. 1050–1124), den William Burroughs wie ein Mantra wiederholte. In den *Brüdern Karamasow* erklärt Dostojewskij: »Wenn es keinen Gott gibt, ist alles erlaubt«, und einer der Brüder wird in »Schmutziger Schachzug gegen Gott« zitiert. Ein anderer Liebling Bukowskis, Friedrich Nietzsche, schrieb in *Zur Genealogie der Moral*:

»Als die christlichen Kreuzfahrer im Orient auf jenen unbesiegbaren Assassinen-Orden stießen, jenen Freigeister-Orden *par excellence*, dessen unterste Grade in einem Gehorsame lebten, wie einen gleichen kein Mönchsorden erreicht hat, da bekamen sie auf irgendwelchem Wege auch einen Wink über jenes Symbol und Kerbholz-Wort, das nur den obersten Graden, als deren *secretum*, vorbehalten war: ›Nichts ist wahr, alles ist erlaubt‹ ... Wohlan, *das* war *Freiheit* des Geistes, *damit* war der Wahrheit selbst der Glaube gekündigt ... Hat wohl je schon ein europäischer, ein christlicher Freigeist sich in diesen Satz und seine labyrinthischen *Folgerungen* verirrt? kennt er den Minotauros dieser Höhle *aus Erfahrung*? ... Ich zweifle daran.«[10]

Die »labyrinthischen Folgerungen« einer solchen Philosophie werden zum Gegenstand der wiederholt von Bukowski dargestellten Begegnung seiner Figuren mit dem Minotauros der Höhle des unerbittlichen Chaos. Das Verbrechen wird zur Metapher für ein ungerechtes Universum, in dem Lohn und Strafe oft keinen erkennbaren Bezug zur Tugend haben: Die knallharte und brutale Story »Einbruch« enthält ein ausdrückliches Statement zur Ungerechtigkeit der Gesellschaft, und oft sieht der Erzähler bei Bukowski den Ereignissen hilflos und kommentarlos zu. Er ist Quasi-Beteiligter und Zuschauer zugleich.

Doch in diesen Storys zeigt sich auch die große Bandbreite Bukowskis; er kann geistreich, salopp, intim und einnehmend sein, und er versucht sich in vielerlei Genres: Science-Fiction, eine Western-Parodie, Storys von Jockeys und Footballspielern. Wenn er den Sturm und Drang seines privaten Gefühlslebens wiedergibt, werden oft auch die politischen und sozialen Umbrüche von Mitte bis Ende der sechziger Jahre ins Bild gerückt, wie in »Die Welt retten«, wo es um die Beziehung zu seiner Partnerin Frances Smith geht. Bukowski macht sich zwar über Frances' liberales Engagement lustig, doch er kannte – und schätzte – Dorothy Healy, der er *Cold Dogs in the Courtyard* und *Crucifix in a Deathhand* mit Widmung schenkte. Will Inman, dem Herausgeber von *Kauri*, schrieb er: »Dorothy Healey, die Wortführerin der Kommunistischen Partei, war bei mir. Ich fühlte mich geehrt. Ich bin zwar unpolitisch, aber geehrt fühlte ich mich trotzdem.«[11] In einer Story malt sich Bukowski den apokalyptischen Sieg von George Wallace und seinem Vizepräsidentschaftskandidaten, Air-Force-General Curtis Le May, bei der Präsidentenwahl von 1968 aus; andere kommentieren bissig die Rückkehr amerikanischer Kriegsgefangener nach dem Ende des Vietnamkriegs und spielen auf Bukowskis Befragung durch das F. B. I. an, als wegen seiner vermeintlich aufrührerischen Texte für die Undergroundpresse gegen ihn ermittelt wurde.

Die politische Unruhe der Zeit – von ungefähr 1967 bis 1973 – fällt genau mit einer der besten und ergiebigsten Schaffensphasen Bukowskis zusammen. Man könnte behaupten, der damalige Ausbruch dionysischer Sexualenergie stehe in direktem Zusammenhang mit der Antikriegshaltung jener Zeit: Make love, not war. Die allmähliche Lockerung der Zensurbestimmungen gewährte Schriftstellern und Künstlern neue Freiheiten im Selbstausdruck. Im Haight-Ashbury-Bezirk von San Francisco hatte 1968 mit dem Erscheinen des berühmten *Zap Nr. 1* der Höhenflug des Underground-Comics begonnen.[12] Bukowski selbst zeichnete und malte weiter aus dem Vollen und lernte schließlich die drei Leitfiguren des Comix-Underground persönlich kennen: Robert Crumb, Spain Rodriguez und S. Clay Wilson.[13] Als Bewunderer von Bukowskis Texten fing Robert Crumb deren tragikomische, deutsch-expressionistische Essenz in seinen Illustrationen zu *Bring Me Your Love, There's No Business* und *The Captain Is Overboard and the Sailors Have Taken Over the Ship* ein.[14] Bukowski selbst fing jetzt an, Cartoons für seine Storys in *Open City* und der *Los Angeles Free Press* zu zeichnen. Er schuf auch mehrere eigenständige Comicstrips wie »Dear Mr Bukowski« – die urkomische Schilderung eines überdurchschnittlich verrückten Tags in seinem Leben –, der in der *Free Press* vom 27. Juni 1975 erschien und 1979 in 50 signierten Exemplaren als Siebdruck aufgelegt wurde, und eine Serie mit dem Titel »The Adventures of Clarence Hiram Sweetmeat«, die in der *Free Press* vom 24. Oktober 1974 und 19. September 1975 erschien. Die Folge vom 3. Oktober 1975 wurde 1986 in Buchform unter dem Titel *The Day It Snowed in L. A.* nachgedruckt

Genau wie Burnett in den vierziger Jahren drängte John Martin, der seit 1966 Einblattdrucke von seinen Gedichten herausgab, Bukowski, einen Roman zu schreiben. Er hatte ein Manuskript mit dem Titel *The Way the Dead Love* in Arbeit, das unvollendet blieb, doch mehrere Kapitel daraus wurden in Zeitschriften veröffentlicht.[15] Ein Kapitel, das 1967 im *Congress* erschien, schildert die sexuellen Späße zwischen »Hank« (Bukowski), »Lou« und einer jungen Kellerbewohnerin und führt den flotten, neuen Stil vor, in dem Bukowski Erotik beschreibt. Dass er Anfang der siebziger Jahre zur Ergänzung seines Einkommens für Herrenmagazine zu schreiben begann, schien eine ganz natürliche Entwicklung. Vier Storys im vorliegenden Band – »In der Klapse«, »Tanzen mit Nina«, »Keine Quickies« und »Ein Stück Käse« – erschienen zuerst in der von Arv Miller in Chicago herausgegebenen *Fling*. »Hairy Fist Tales« nannte Bukowski die Serie, wahrscheinlich in Anlehnung an ein Gedicht, das er 1966 in der *Grande Ronde Review* 6 veröffentlicht hatte, »die haarige, haarige Faust, und die Liebe stirbt«, eine grimmige, beklemmende Beschreibung des Am-Boden-Zerstörtseins: »deine Seele / voll mit / Schlamm, Fledermäusen und Flüchen / und die Hämmer kommen / die haarigen, / haarigen / Fäuste, und / die Liebe / stirbt.«[16] Die Erzählungen sind jedoch heiter und ausgelassen. Bukowski hatte Boccaccio gelesen, und die auch von Chaucer her bekannte *Fabliau*-Technik der Volkserzählung schlägt sich in »Keine Quickies« nieder, wo sich wie im Witz der gleiche Hergang mehrmals wiederholt und zu einem überraschenden Ende führt.

Bukowski schrieb eine Reihe von Erzählungen über die Frauen, die er in den Jahren 1970–76 kennengelernt hatte. Letztlich wurde der Roman *Women* daraus, und die *Los Angeles Free Press* brachte die von einem Redakteur als »laufender Roman« bezeichnete Serie von der Wochenausgabe vom 13. Februar 1976 an unter dem Titel *Love Tale of a Hyena* (den die deutsche Ausgabe des Romans beibehielt: *Das Liebesleben der Hyäne*).[17] Seine Beziehung mit Linda King wird geschildert. Liza Williams erscheint in mehreren Geschichten; auf einer ihrer Partys lernt Bukowski Robert Crumb kennen, verzichtet aber darauf, Paul Krassner, den Herausgeber des *Realist*, kennenzulernen. Schreiben und Frauen bilden einen ständigen Kontrapunkt in seinen Erzählungen. Er taucht in den Schoß aus Liebe, Leidenschaft und Sex ein in der Hoffnung, die Wunden seiner Vergangenheit zu heilen, in der Hoffnung, in romantischer Liebe ein Mittel gegen die ihn bedrängenden Dämonen zu finden. Doch diese Erlösung findet er nur vorübergehend, dann kehrt er zu sich zurück und gewinnt Abstand zu seiner Einsamkeit, indem er das Erlebte in Erzähltes umformt. Sein Leben dient vor allem dazu, in Worte umgesetzt und verwandelt zu werden. Er geht nach Arizona, beschreibt sich als Schreibenden, kommt sofort auf Gertrude Stein und Hemingway zu sprechen und flicht seine Begegnungen mit Frauen und Kindern und dem Leben in der unmittelbaren Umgebung mit ein. Sex heißt gelegentliche Ekstase und häufiges Gelächter; Liebe ist eine Sache auf Leben und Tod: Er gibt uns beides im Wechsel. Die Storys veranschaulichen auch die Geschlechterkämpfe jener Zeit im Rahmen der Frauenemanzipation. Bukowski kehrt die Situation gern um und zeigt uns, wie leicht sich die »politisch korrekte« Haltung auf den Kopf stellen lässt. Allerdings nimmt er auch die Männer aufs Korn und führt vor, wie absurd die ganze Angelegenheit der romantischen Liebe ist. Pathos, Farce, Tragödie: Oft rettet Humor die Situation. Er kann den Schmerz entschärfen, indem er sich über die ganze Absurdität von Liebesbeziehungen ein wenig lustig macht. Massagesalons, ein Pornoverleger bei nächtlichen Diskussionen mit seiner Frau, Pornobuchläden, ältere Frauen, die jüngere Männer aufgabeln: Das ganze Spektrum der verblassenden sexuellen Revolution wird bespöttelt und durch den Kakao gezogen.

Als sich Bukowski 1970 entschloss, vom Schreiben zu leben, änderte sich in mancher Hinsicht seine Arbeitsweise. Er hatte immer schon den gleichen Stoff in Gedichten und Kurzgeschichten verarbeitet, doch jetzt nahm er sich die Zeit, Romane zu schreiben und Herrenmagazine zu beliefern. An mehreren Storys im vorliegenden Band sieht man, wie er seinen Stoff verarbeitet und umgedichtet hat. Er schafft die Erzählung neu; er kopiert nicht, sondern fängt von vorn an. Immer erzählt er aus seinem Leben, aber er greift andere Details heraus, erfindet neu, statt neu zu fassen. Von »Eine ganz unbedeutende Affäre« etwa findet sich auch eine Version in *Women*, doch die Erzählweise und der Schwerpunkt sind anders. Und die Story »Ich schreibe nur Gedichte, um Frauen ins Bett zu kriegen« gibt es auch als den hier vorgelegten »Dirty Old Man«-Beitrag: Die Handlung wird zum Teil beibehalten, die Begegnung mit Gregory Corso aber ganz anders dargestellt.[18] Das ist typisch für Bukowskis Methode, Episoden aus seinem Leben herauszugreifen und umzugestalten, wobei er bestimmte Details hinzufügt und meistens die Realität ausschmückt, indem er sie durch erfundene Handlungselemente ergänzt. Er ist fortwährend damit beschäftigt, sein

Leben zu erzählen und neu zu erzählen und verleiht ihm die Struktur des Mythos, um beides untrennbar miteinander zu verbinden. Die Grundstruktur seines Lebens ist mythisch, eine Variation der Heldenfahrt, des Helden, der seinem Stern folgt: die vernachlässigte Kindheit, die Urverletzung durch den Vater, die Hautentstellung, die Wanderungen in der Wüste, der Beinahtod durch die Alkoholkrankheit 1954 und die Wiederauferstehung.[19]

Diese Storys aus den Jahren 1948 bis 1985 dokumentieren Bukowskis Entwicklung als Kurzgeschichtenschreiber. Er verfeinert nach und nach seine Kunst und lernt, das Tragische und das Komische zwanglos miteinander zu verbinden. In der Spätphase führt ihn sein Stil zu einer lakonischen, fein modulierten Prosa, wie wir sie in »Keinem schlägt die Stunde« sehen. Der Ton ist schnell hergestellt, und kein Wort wird vergeudet. Bukowskis Ziel war, unterhaltsam zu erzählen, und doch trieb es ihn, die dunklen Seiten zu erkunden, Nietzsches Höhle mit dem monströsen Minotaurus. In seinen eigenen Worten: »Benennen kann ich es nicht. Es ist einfach da. Das Ding ist da. Ich muss es mir ansehen. Das Ungeheuer, den Gott, die Ratte, die Schnecke. Was immer da draußen ist, ich muss hingehen und es mir ansehen und es aushalten und vielleicht auch nicht aushalten, aber es muss sein. Das ist alles. Ich kann es wirklich nicht erklären.«[20] Das unsagbare, monströse, unergründlich gewalttätige und sanfte Geheimnis im Herzen des Daseins lässt ihm keine Ruhe.

1 »The Reason Behind Reason«, *Matrix*, vol. 9, no. 2, Sommer 1946; deutsch u. d. T. »Hinter der Vernunft« in *Held außer Betrieb*, hrsg. v. David Stephen Calonne (Frankfurt am Main: S. Fischer 2014)

2 Charles Bukowski, Brief an Whit Burnett, Box 19, Mappe 13, Princeton University Library

3 François Rabelais, *Gargantua und Pantagruel*, Leipzig 1911, übers. v. Gottlob Regis; »Ultimate Religion« in: *The Essential Santayana*, hrsg. v. Martin A. Coleman (Bloomington: University of Indiana Press 2009), S. 344

4 *Held außer Betrieb*, S. 301–318

5 s. David Stephen Calonne, *Charles Bukowski* (London: Reaktion Books 2012), S. 31f., s.a. Fußnote 8, S. 185

6 dt. *Pulp: Ausgeträumt*, Köln 2011; s. Erin A. Smith, »Pulp Sensations« in David Glover u. Scott McCracken, *The Cambridge Companion to Popular Fiction* (Cambridge: Cambridge University Press 2012); zu Bukowski und *Pulp* s. Calonne, *Charles Bukowski*, S. 171–173; Paula Rabinowitz, American Pulp: How Paperbacks Brought Modernism to Main Street (Princeton and Oxford: Princeton University Press 2014), S. 296f.

7 Charles Bukowski, »Die Frau im roten Kleid«, übers. v. Carl Weissner, in: *Gedichte vom südlichen Ende der Couch* (München, Wien: Carl Hanser Verlag 1984)

8 Jack Black, *You Can't Win*, Vorwort von William S. Burroughs (Edinburgh: AK Press / Nabat 2000)

9 Wallace Fowlie, »Shadow of Doom« in: *The Happy Rock: A Book About Henry Miller* (Berkeley: Bern Porter 1945), S. 102

10 Friedrich Nietzsche: Werke in drei Bänden. München 1954, Band 2

11 *Kauri* 15, Juli-August 1966, S. 4; zu Healey s.a. »Eyes Like the Sky« in: Bukowski, *Tales of Ordinary Madness* (San Francisco, City Lights 1983), S. 175–180

12 Hillary Chute, »Graphic Narrative« in: Joe Bray, Alison Gibbons und Brian McHale, Hgg., *The Routledge Companion to Experimental Literature* (London und New York: Routledge 2012), S. 410.
    S. a. Patrick Rosenkranz, *Rebel Visions: The Underground Comix Revolution, 1963–1975* (Seattle: Fantagraphic Books 2002)

13 Wilsons Illustrationen zu Bukowski-Storys sind nachgedruckt in Patrick Rosenkranz, *Demons and Angels: The Mythology of S. Clay Wilson, Volume 2* (Seattle: Fantagraphic Books 2015)

14 Crumb sagte über Bukowski: »… Mir gefallen sein ironischer Humor und seine entfremdete Haltung gegenüber der Welt im Allgemeinen. Die bringt er sehr prägnant und beredt zum Ausdruck.« Vgl. D. K. Holm, Hg., *R. Crumb, Conversations* (Jackson: University of Mississippi Press 2004), S. 208

15 Zu *The Way the Dead Love* s. Abel Debritto, *Charles Bukowski, King of the Underground: From Obscurity to Literary Icon* (New York: Palgrave MacMillan 2013), S. 127, 135 f.

16 Das Gedicht findet sich in *Pacific Northwestern Spiritual Poetry*, hrsg. Charles Potts (Walla Walla: Tsunami Inc. 1998), S. 48–51

17 *Los Angeles Free Press* 13.–19. Februar 1976, S. 20

18 s. *Held außer Betrieb*, S. 122–135

19 David Stephen Calonne, »Bukowski and the Romantic Conception of Genius«, *Jahrbuch der Charles-Bukowski-Gesellschaft 2011/12/13*, S. 217 f.

20 *The Bukowski Tapes*

Ein gütiges, verständnisvolles Gesicht

Die Eltern starben früher als üblich, der Vater zuerst, die Mutter kurz darauf. Zur Beerdigung des Vaters ging er nicht, aber zu der anderen. Einige Nachbarn erinnerten sich an ihn als Kind und fanden, er war ein »netter Junge«. Andere kannten ihn nur als Erwachsenen, der ab und zu für ein oder zwei Wochen zu Besuch kam. Er war immer irgendwo weit weg in einer Großstadt, Miami, New York, Atlanta, als Journalist, wie die Mutter sagte, und als der Krieg kam und er kein Soldat wurde, erklärte sie, er habe es am Herzen. Die Mutter starb 1947, und er, Ralph, kam nach Hause und blieb im Viertel wohnen.

Er wurde scharf beobachtet, denn es war ein anständiges Viertel mit Durchschnittsbürgern, die lieber im eigenen Heim wohnten statt irgendwo zur Miete, man legte also Wert auf Beständigkeit. Ralph sah älter aus, als er hätte aussehen sollen, etwas verbraucht. Manchmal aber, bei günstigen Lichtverhältnissen, war er beinah schön, und das untere Augenlid links zuckte bisweilen am geradezu fröhlich strahlenden Auge. Er redete wenig und meistens wie im Scherz, aber dann ging er entweder zu abrupt davon oder schlich, die Hände in den Taschen, plattfüßig seines Wegs. Mrs Meers fand, er habe ein »gütiges, verständnisvolles Gesicht«. Andere sahen Hohn darin.

Das Haus war gut in Schuss – die Hecken, der Rasen, die Einrichtung. Der Wagen verschwand, und bald tummelten sich drei Kätzchen und zwei Hundewelpen im Garten. Mrs Meers von nebenan bekam mit, dass Ralph oft in der Garage war und mit einem Besen den Spinnweben zu Leibe rückte. Einmal sah sie, wie er den Ameisen eine angematschte Spinne vorwarf und zuschaute, wie sie die lebendig zerstückelten. Das war, abgesehen von einem anderen Vorfall, das Erste, was Anlass zu Gerede gab. Das andere Mal war er den Hang runtergekommen und Mrs Langley begegnet und hatte zu ihr gesagt: »Bis die Leute lernen, öffentlich ihre Notdurft zu verrichten und zu kopulieren, können sie weder mit Anstand primitiv noch von Herzen modern sein.« Ralph war angetrunken gewesen, und man ging davon aus, dass er trauerte. Aber er schien auch den Kätzchen beinah demonstrativ mehr Zeit zu widmen als den Hündchen, und das war natürlich schon seltsam.

Er trauerte weiter. Der Rasen und die Hecken verdorrten. Er bekam Besuch, der lange blieb und manchmal morgens noch gesehen wurde. Es waren Frauen, kräftige, laut lachende Frauen, viel zu dünne Frauen, schäbige Frauen, alte Frauen, Frauen mit englischem Akzent, Frauen, bei denen sich jedes zweite Wort aufs Bett oder aufs Klo bezog. Bald waren Tag und Nacht Leute da. Ralph sah man mitunter tagelang nicht. Irgendjemand setzte eine Ente in den Garten. Mrs Meers fing an, die Tiere zu füttern, und ihr Mann schloss eines Abends aus Wut seinen Gartenschlauch an Ralphs Wasserhahn an und nässte das Grundstück gründlich ein. Niemand bremste ihn oder bemerkte ihn auch nur bis auf einen »grässlichen dünnen Mann«, der mit einer Zigarre im Mund aus der Fliegengittertür kam, an Mr Meers vorbei zum Abfallverbrenner ging, einen Blick hineinwarf, ihn wieder schloss und an Mr Meers vorbei ins Haus zurückkehrte.

Manchmal schlugen sich die Männer abends im Garten, und einmal rief Mrs Roberts (von der anderen Seite) die Polizei, aber bis die kam, waren alle wieder im Haus. Die Polizei ging rein und blieb eine Zeitlang. Aber sie kam allein wieder raus.

Es wurde fast zu viel, doch auf einmal merkten die Nachbarn, dass die Leute verschwunden waren. Die Ente war auch nicht mehr da. Ruhige Nächte kehrten ein. Tagsüber sah man nur noch eine schmalgesichtige Frau, die mit englischem Akzent sprach und Allüren hatte, sich aber sauber anzog und jünger war als ihre Vorgängerinnen. Ralph kam mit Bibliotheksbüchern unterm Arm nach Hause und verließ das Haus jeden Morgen um Viertel nach sieben im Blaumann. Er sah jetzt besser aus, obwohl Mrs Meers jedes Mal, wenn sie sich mit der Frau unterhielt, eine Whiskeyfahne roch. Ralph fing an, den Garten zu wässern und zu pflegen. Das untere Augenlid links beruhigte sich. Er redete mehr. »Die Menschen sind gut. Jeder ist gut. Ich hoffe, wir können gute Freunde sein«, sagte er zu Mrs Roberts. »Ich glaube, ich war fast mein Leben lang ein Kind. Ich werde gerade erst erwachsen, glaube ich. Und stören Sie sich nicht an Lila. Sie ist ... im Grunde ist sie ...« Er führte es nicht aus. Er lächelte nur, winkte und richtete den Wasserstrahl auf einen Strauch.

Am Wochenende sah man ihn manchmal betrunken und sie natürlich auch; aber immer arbeitete er und war freundlich, ein richtig gutmütiger Mensch. »Wäre sie doch nur so wie Ralph. Ach, ich weiß schon, dass er trinkt! Aber er ist ein patenter Kerl – und der Job fordert ja auch! Er ist so nett. Aber irgendwie braucht er sie wohl.«

Die anderen musste er auch gebraucht haben. Sie kamen alle wieder, erst nur ein paar, dann die übrigen. Der Frau, Lila, gefiel das offenbar am wenigsten. Sie war wütend, aber Ralph lachte nur. Dann kam die Ente. Als die Ente kam, ver-

»Einmal sah sie, wie er den Ameisen eine angematschte Spinne vorwarf und zuschaute, wie sie die lebendig zerstückelten.«

fiel Lila in Schweigen. Die Katzen und Hunde waren jetzt beinah ausgewachsen, und die Ente, einst Chef im Garten, hatte es schwer. Der »grässliche dünne Mann, der zum Abfallverbrenner gegangen war« baute ihr einen Stall, und von da an wurde die Ente von den Nachbarn als Eigentum des »grässlichen dünnen Manns, der zum Abfallverbrenner gegangen war«, betrachtet.

Einer der Hunde starb. Sie kauften ein Klavier und spielten eine Woche lang fast ununterbrochen darauf, Tag und Nacht, dann war es gut. Sie begruben den Hund hinter der Garage und versenkten eine Whiskeyflasche, aus der ein Kreuz ragte, halb in der Erde. Aber sie hatten den Hund nur verscharrt, und es fing an zu stinken. Eines Abends räuberte eine stämmige Frau das Grab und steckte die Überreste laut und derb fluchend in den Abfallverbrenner, kotzte und rief: »Nicht der Tod schmerzt uns, sondern das Alt- und Älterwerden ... runzlige Hände, Runzelgesicht ... Gott, sogar mein Hintern ist runzlig! Herr Jesus, ich hasse das Alter! Ich hasse es!«

Anscheinend verkauften sie den Kühlschrank. Alle halfen den Transporteuren, den Kühlschrank einzuladen. Es wurde viel gelacht. Das Klavier nahmen sie auch mit. Lila, so hörte man, hatte einen Selbstmordversuch unternommen. Mehrere Tage lang lief sie volltrunken in einem extrakurzen Rock auf zehn Zentimeter hohen Absätzen umher. Sie redete mit jedem, auch mit den Nachbarn.

Einige Leute verkrümelten sich. Angeblich verlangte Ralph Miete. Er wurde dünner und stiller. Er kaufte Saat, legte einen Rasen an und teilte die neue Fläche mit Pflöcken und Schnur ab. Frühmorgens verließ er das Haus im Anzug, und mehrere Wochen später verließ er es wieder um Viertel nach sieben in seinem Blaumann. Die Leute blieben zwar, waren aber nicht mehr ganz so laut. Die Nachbarschaft hatte das Haus irgendwie akzeptiert. Der Rasen gedieh, und nicht selten sah man Ralph abends im Gespräch mit Mrs Meers, während sie beide im Garten arbeiteten. Von den anderen Hausbewohnern ging eine gewisse Voreingenommenheit und Geringschätzung aus, doch Ralph war nett, sogar an den Wochenenden, wenn er zur Flasche griff. Er ließ sich einfach zu viel von diesen Leuten gefallen, und an Lila, das merkte man, lag ihm wirklich etwas.

Das Klavier kam wieder. Der Kühlschrank kam wieder. Lila fing an, Ralphs Sachen zu waschen, auch wenn Mrs Meers im Gespräch mit ihr immer noch Whiskey roch. Lila hatte etwas Hartes an sich. Im Grunde war sie ein für

Ralph bestimmtes Mädchen aus der Oberschicht. Sie sei trotz allem nicht so wie die anderen, meinte Mrs Roberts. Beide seien gebildet und wohlerzogen, das merke man. Ralph sei Journalist gewesen ...

Ralphs Selbstmord kam daher wirklich überraschend. Das ist natürlich immer so, auch wenn es heißt, jaja, das alte Lied, nichts Neues. Der Abschiedsbrief schien in einem Rausch der Verzweiflung entstanden zu sein. Und auf der Rückseite standen ein paar unzusammenhängende Lesezitate, so sonderbar wie alles andere:

Sah Mantichoren, sehr närrische Thier; sie haben Leiber wie die Löwen, fuchsrothes Haar, Gesicht und Ohren wie Menschen, und drey Reihen Zähn, die in einander greifen wie wenn ihr die Finger der Händ verschränkt: im Schwanze führen sie Stachel, damit stechen sie wie die Skorpionen; und ihre Stimm ist wunderlieblich. – Rabelais

Die absolute Liebe zu etwas geht einher mit der Liebe zum allgemeinen Guten, und die Liebe zum allgemeinen Guten geht einher mit der Liebe zu allen Geschöpfen. – Santayana

Warcollier machte sich vor dem Ersten Weltkrieg einen Namen mit der Erfindung eines Verfahrens zur Herstellung von künstlichem Schmuck aus Fischschuppen. In Frankreich und den Vereinigten Staaten wurden Fabriken eröffnet ...

Der Rasen verkam.

Die Welt retten

Sie kam herein, und mir fiel auf, dass sie gegen die Wände lief und ihre Augen schwammen. Es war am Tag nach der Schreibwerkstatt, und sie wirkte immer so, als hätte sie etwas genommen. Vielleicht nahm sie ja was. Sie ohrfeigte das Kind, weil es ihren Kaffee verschüttet hatte, dann hängte sie sich ans Telefon und führte eins ihrer endlosen »intelligenten« Gespräche mit irgendwem. Ich spielte derweil mit dem Kind, das meine Tochter war. Sie legte auf. »Geht's dir gut heute?«, fragte ich.

»Wieso?«

»Du scheinst nicht ganz ... bei dir zu sein.«

Ihre Augen sahen wie die von »Verrückten« im Film aus.

»*Mir* geht's gut. Geht's dir auch gut?«

»Nee. Ich bin doch immer konfus.«

»Schon was gegessen heute?«

»Nein. Könntest du ein paar Kartoffeln aufsetzen? Der Topf steht zum Einweichen in der Spüle.«

Ich kam gerade aus dem Krankenhaus und war noch nicht ganz fit.

Sie ging in die Küche, dann blieb sie stehen und schaute auf den Topf. Sie stützte sich am Türrahmen ab und wankte, als hätte sie ein Gespenst gesehen. Am Zustand der Küche konnte es nicht liegen, denn sie war die schlechteste Hausfrau unter meinen Exfrauen.

»Was hast du?«, fragte ich.

Sie antwortete nicht.

»Der Topf ist okay. Steht nur Spülwasser drin. Schrubb ihn kurz aus und schütt es weg.«

Schließlich kam sie wieder raus, lief ein bisschen herum, stieß gegen einen Stuhl und drückte mir ein paar Zeitschriften in die Hand: PROGRAM OF THE COMMUNIST PARTY U.S.A. und AMERICAN DIALOGUE. Auf dem Cover von DIALOGUE schlief ein Baby in einer Hängematte aus Patronengürteln mit vorstehenden Projektilen. Und das Cover verwies auf den Inhalt: DIE MORAL UNSERER ZEIT. ZUR ÜBERLEGENHEIT DES NEGERS.

»Na ja, Kind«, sagte ich, »mit Politik generell hab ich's nicht so. Davon versteh ich zu wenig. Aber dann les ich das mal.«

Ich sah mir einige Sachen an, während sie in der Küche Fleisch zubereitete. Sie rief mich, und die Kleine und ich gingen rein. Wir machten uns ans Essen.

»Ich hab das von der Überlegenheit des Negers gelesen«, sagte ich. »Mit Negern kenn ich mich ja aus. Bei mir auf der Arbeit sind hauptsächlich Neger ...«

»Konzentrier dich lieber auf die Weißen.«

»Tu ich schon. In dem Artikel war die Rede von ›guter, kräftiger Muskulatur‹. Von der ›schönen, tiefen Farbe, den vollen, breiten Gesichtszügen, dem eleganten Kraushaar des Negers‹ und davon, dass die Natur, als sie sich den Weißen vornahm, schon ziemlich erschöpft war, ihm aber schnell noch ein eigenes Gesicht verliehen hat, so gut es ging.«

»Ich kannte mal einen kleinen Farbigen. Er hatte ganz weiche, kurze Haare, wunder-, wunderschön waren die.«

»Das kommunistische Parteiprogramm schau ich mir heute Abend mal an«, sagte ich.

»Stehst du im Wählerverzeichnis?«, fragte sie.

»Bis jetzt nicht.«

»Am Neunundzwanzigsten kannst du dich bei euch in

der Schule eintragen lassen. Dorothy Healey kandidiert als Steuereinschätzerin für den Kreis.«

»Marina wird jeden Tag schöner.« Ich sprach von meiner Tochter.

»Das stimmt. Hör zu, wir müssen los. Sie soll um sieben ins Bett. Und auf KPFK kommt was, das ich hören will. Neulich Abend haben sie einen Brief von mir vorgelesen.«

KPFK war ein Radiosender.

»Okay«, sagte ich.

Ich schaute ihnen nach. Sie schob die Kleine im Kinderwagen über die Straße. Immer noch derselbe steife Gang. Nichts Flüssiges in Sicht. Eine bessere Welt. Herr Jesus. Jeder hat ein anderes Rezept dafür, jeder eine andere Idee, und alle sind sich ihrer Sache ganz sicher. Sie auch, die holzsteife Frau mit den irren Augen und den grauen Haaren, die gegen ihre Wände lief, die sich vom Leben und von der Angst verrücktmachen ließ und schwer davon zu überzeugen war, dass ich sie und ihre vielen Freunde nicht hasste, die zwei- oder dreimal die Woche zusammenkamen und gegenseitig ihre Gedichte lobten und einsam waren und miteinander schliefen und Transparente trugen und sehr engagiert und ihrer Sache sicher waren und mir nicht abnahmen, dass ich nur allein sein und meine Ruhe haben wollte, um meine Haut zu retten und darüber nachdenken zu können, wer *sie* waren und wo angeblich der Feind saß.

Trotzdem war es schön, allein zu sein.

Ich ging ins Haus und machte mich langsam an den Abwasch.

Wie die Toten lieben

Anderthalb Wochen lang tat mir der Kopf weh. So schöne Kater hatte ich öfter. Lou machte sich an den Wein und entschuldigte sich, bis es mir hochkam. Ein paar Tage habe ich sogar noch Güterwagen beladen. Lou fand auf dem Klo einer Kneipe eine Brieftasche mit fünfunddreißig Dollar. Also machten wir weiter. Eine Zeitlang. Aber ich hatte das Gefühl, Lou etwas schuldig zu sein. Und eines Abends begriff ich auch, was. Lou redete von seiner Freundin.

»Dieser Körper! Diese Brüste! Und sie ist *jung*, Hank, *jung*!«

»Und?«

»Nur mit dem Saufen kann sie nicht aufhören. Sie ist ständig blau. Kriegt ihre Miete nicht bezahlt. Jetzt sitzt sie im Keller.«

»Im Keller?«

»Dahin werden die verfrachtet, die kein Geld für die Miete haben.«

»Ist sie jetzt da?«

»Ja.«

Wir tranken eine Weile. Dann sagte ich: »Heute Abend muss ich früher Schluss machen, Lou. Hab noch was zu erledigen.«

»Klar, Junge.«

Er verschwand, und ich zog los und kaufte eine Flasche Whiskey. Ich ging in den Keller. Da gab's nur eine Tür. Ich klopfte an. Die Tür ging auf, und vor mir stand ein junges Ding auf hohen Absätzen, mit nichts als einem dünnen

Negligé über Höschen und BH. Ich schob mich an ihr vorbei.

»Raus hier!«, schrie sie. »Hau ab hier!«

Ich nahm die Flasche aus der Tasche und hielt sie ihr vor die Nase.

»Hau ab«, sagte sie etwas leiser.

»Schön hast du's hier. Wo sind deine Gläser?«

Sie zeigte es mir. Ich goss zwei Wassergläser halb voll, und wir setzten uns auf die Bettkante.

»Trink aus. Ich wohne oben.«

Ich legte ihre Brüste frei. Sie waren gut. Ich küsste sie auf den Hals und den Mund. Ich war in Form. Wir tranken noch ein Glas, dann zog ich ihr den Slip aus und drang in sie ein. Auch das war gut. Ich blieb die ganze Nacht, wir machten es noch einmal und dann noch mal am Morgen, bevor ich ging. Sie schien mich zu mögen. Und es war sehr gut mit ihr.

Eines Abends saß ich oben bei Lou und fragte ihn: »Warst du in letzter Zeit noch mal bei deiner Freundin?«

»Neenee, wollte ich dir noch sagen. Die haben sie rausgeworfen. Raus aus dem Keller. Ich kann sie nirgends finden. Ich hab sie überall gesucht. Das macht mich ganz krank. So ein Weib! Du ahnst ja nicht, wie es mir geht!«

»Doch, Lou.«

Schweigend hoben wir das Glas auf sie.

Notizen eines Dirty Old Man

Open City, 10.–16. August 1967

Ich habe allerhand Schriftsteller, Künstler, Verleger, Professoren, Maler kennengelernt, und nicht ein unverbildeter, wirklich interessanter Mensch war darunter. Sie sahen auf dem Papier oder in Farbe besser aus, und das mag etwas für sich haben, trotzdem ist es sehr unangenehm, diesen Figuren gegenüberzusitzen und sie reden zu hören oder ihnen ins Gesicht zu sehen. Ihr Lebenssame, falls vorhanden, verliert sich in ihrer Arbeit. Unterhaltung, Erfüllung, Anmut und Aufrichtendes musste ich woanders suchen. Und im scheinbar so gleichförmigen Menschenschwarm findet sich immer noch der einzelne Irre oder Heilige. Ich habe viele gefunden, beschränke mich hier aber auf einige wenige.

Nehmen wir das Hotel Ecke Beverly und Vermont. Wir hingen am Wein, meine Freundin und ich. Jane war ein Naturtalent, sie hatte herrliche Beine, eine enge kleine Spalte und ein Gesicht aus gepudertem Schmerz. Und sie kannte mich. Von ihr lernte ich mehr als aus den Büchern großer Philosophen. Wir sahen vielleicht einen Mann oder eine Frau durch die Halle laufen, und sie rochen wie Kotze, Pest und Tod nach Verrat, und ich bekam das auch mit, ertrug es aber stumm in meinem morgendlichen Katerschatten, wieder mal zerschmettert von der Erkenntnis, wie tief der Mensch ohne Anlauf sinken konnte. Und während mir das durch den Kopf ging, hörte ich sie plötzlich sagen: »Der Dreckskerl! Das halt ich nicht aus! Der macht mich krank!« Dann lachte sie, und jedes Mal dachte sie sich einen Spitznamen für die Kreaturen aus wie Grünmaul, Mückenauge oder Plüschohr.

Aber weiter im Text, eines Abends saßen wir Portwein süffelnd in unserem Zimmer, und sie sagte: »Weißt du, ich sollte dich vielleicht mit dem FBI bekanntmachen.« Sie war Zimmermädchen in dem Laden und kannte die Gäste.

»Vergiss es, Herzchen«, gab ich zurück, »das FBI kenn ich schon.«

»Na gut.«

Wir schnappten uns die halbleere Weinflasche und die zwei oder drei vollen, und ich ging mit ihr in die Halle hinunter. Es war finsterste Hölle, zig Leute lehnten an der Tapete, alle mit der Miete im Rückstand, tranken Wein, drehten sich Zigaretten, alle lebten von gekochten Kartoffeln, Reis, Bohnen, Kohl und Schweinskopfsuppe. Wir gingen ein paar Meter, und dann klopfte Jane, das beharrliche kleine Klopfen, das ausdrückt: alles gut.

»Ich bin's – Jane. Ich bin's.«

Die Tür öffnete sich, und eine kleine Dicke stand da, ziemlich hässlich, leicht gefährlich, verrückt, aber trotzdem okay.

»Komm rein, Jane.«

»Das ist Hank«, stellte sie mich vor.

»Hallo«, sagte ich. Ich trat ein und setzte mich auf einen Stuhl, und eine der Ladys lief herum und füllte die großen Wassergläser mit brutal stinkendem Wein.

Unterdessen saß, nein, fläzte sich auf dem Bett ein Mann, der zehn Jahre jünger war als ich.

»Wie geht's, Scheißkerl?«, fragte ich ihn.

Er gab keine Antwort. Er sah mich nur an. Ein Typ, der im normalen Gespräch keinen Wert auf eine Erwiderung legt, ist ein Wilder, ein Naturmensch. Ich wusste, dass ich in der Klemme steckte. Er FLÄZTE sich da einfach so unter dem schmutzigen Laken, Weinglas in der Hand, und obendrein sah er auch noch ziemlich gut aus. Jedenfalls, wenn man wie ich findet, dass Geier gut aussehen. Sein Schnabel und seine Augen lebten, und er hob das Glas und goss sich den ganzen brutal stinkenden Wein auf einmal hinter die Binde, ohne mit der Wimper zu zucken, so dass mir als dem schwersten Säufer der letzten zweihundert Jahre nichts anderes übrigblieb, als die Giftsuppe ebenfalls in mich hineinzuschütten, mich geistig am Stuhl festzuhalten und keine Miene zu verziehen. Nachschub. Er machte es noch einmal. Ich machte es noch einmal. Die beiden Ladys saßen nur da und schauten zu. Fieser Wein für fiese Tristesse. Wir genehmigten uns noch zwei Gläser. Dann fing er an zu quasseln. Kraftvolle Sätze verworrenen Inhalts. Trotzdem taten sie mir gut. Dazu das helle Licht der großen Lampe und die beiden betrunkenen, verrückten Frauen, die sich über irgendetwas unterhielten. Irgendwas.

Dann war es soweit – ausgefläzt. Er richtete sich im Bett auf. Die schönen Geieraugen und das Lampenlicht umfingen uns. Er sagte ganz leise und mit selbstverständlicher Autorität: »Ich bin das FBI. Ihr seid verhaftet.«

Und damit nahm er uns alle fest, seine Frau, meine, mich, und das war's. Wir fügten uns, und der Abend konnte weitergehen. Ich weiß nicht, wie oft er mich im darauffolgenden Jahr festgenommen hat, aber es war immer der magische Moment des Abends. Nie habe ich ihn aufstehn sehen. Wann er scheißen oder pinkeln ging, aß, Wasser trank oder sich rasierte, war mir schleierhaft. Ich kam zu dem Schluss, dass er das alles einfach nicht machte – es spielte sich anders ab, wie der Schlaf, atomare Kriegsführung oder die Schneeschmelze. Er hatte erkannt, dass das Bett die größte Erfindung der Menschheit war – die meisten von uns werden drin geboren, schlafen drin, ficken drin, sterben drin. Wozu aufstehen? Eines Abends wollte ich seine Frau rumkriegen, aber sie meinte, wenn er dahinterkäme, würde er mich umbringen. Damit hätte man ihn also wohl aus den Federn holen können. Gekillt von einem FBI-Agenten in dreckiger Unterwäsche. Ich ließ es sein. So gut sah sie auch wieder nicht aus.

Ein andermal hatte Jane wieder eine Überraschung für mich. Wir becherten. Dasselbe billige Zeug natürlich. Ich hatte ein- oder zweimal mit ihr geschlafen, und viel mehr lag nicht an, da sagte sie: »Willste mal 'n Mörder kennenlernen?«

»Von mir aus«, sagte ich, »jederzeit.«

»Dann komm.«

Sie erläuterte mir das Ganze unterwegs. Wen er umgebracht hatte und weshalb. Jetzt war er auf Bewährung draußen. Der Bewährungshelfer war ein guter Kerl und besorgte ihm immer Tellerwäscherjobs, aber er soff sich immer zu und verlor sie.

Jane klopfte an, und wir gingen rein. So, wie ich den FBI-Mann nie außerhalb des Betts gesehen habe, sah ich auch die Freundin des Mörders niemals aufstehen. Sie hatte *total* schwarze Haare und schrecklich weiße, ultramagermilchweiße HAUT. Sie war todkrank. Das Einzige, was sie der Schulmedizin zum Trotz am Leben hielt, war Portwein.

Ich wurde dem Mörder vorgestellt:

»Ronnie, Hank. Hank, Ronnie.«

Er saß da im dreckigen Unterhemd. Und er hatte kein Gesicht. Nur Hautschichten. Kleine Furzaugen. Wir gaben uns die Hand und machten uns an den Wein. Ich weiß nicht, wie lange wir gebechert haben. Ein bis zwei Stunden, dabei wurde er aber immer wütender, was unter Durchschnittssäufern ziemlich verbreitet ist, besonders beim Wein. Aber wir haben gequasselt und gequasselt, ich weiß nicht, über was.

Dann packte er plötzlich seine Schwarzweißfrau, hob sie aus dem Bett und schwang sie wie eine Weidengerte. Immer wieder knallte er ihren Kopf gegen das Kopfbrett:

                              peng peng
     peng peng peng
         peng peng peng peng
peng

Dann sagte ich: »Lass das!«

Er sah zu mir rüber. »Was ist denn?«

»Wenn du noch einmal ihren Kopf gegen das Kopfbrett haust, bring ich dich um.«

Sie war weißer denn je. Er legte sie wieder ins Bett, strich ihr die Haare glatt. Sie sah beinah glücklich aus. Wir fingen wieder an zu trinken. Wir tranken, bis der Wahnsinnsverkehr auf den Straßen tief unter uns wieder losging. Dann ging richtig die Sonne auf. Strahlend hell, und ich stand auf und gab ihm die Hand. »Ich muss gehen«, sagte ich, »auch wenn's mir schwerfällt; du bist ein guter Kerl, aber ich muss los.«

Dann gab es noch Mick. Die Wohnung war in der Mariposa Avenue. Mick arbeitete nicht. Seine Frau arbeitete. Mick und ich tranken oft zusammen. Einmal gab ich ihm fünf Dollar, damit er meinen Wagen einwachst. Der Wagen damals war nicht schlecht, aber Mick hat ihn nie eingewachst. Ich sah ihn vor der Haustür sitzen. »Es sieht nach Regen aus. Da kann ich mir das Wachsen sparen. Wenn schon, dann mach ich das richtig. Es soll ja kein Murks werden.« Betrunken saß er da. »Okay, Mick.« Dann saß er wieder betrunken da und sah mich. »Ich überlege gerade, was ich machen soll. Du hast ja so Kratzer da dran. Die werd ich erst mal übermalen. Muss ich mir Farbe besorgen ...«

»Um Himmels willen, Mick. Vergiss es!«

Er vergaß es, aber er war ein prima Kerl. Eines Abends

behauptete er hartnäckig, ich sei betrunken, obwohl er derjenige war, der einen sitzen hatte. Und er bestand darauf, mir die drei Treppen hoch zu helfen. In Wirklichkeit half ich ihm. Aber es war ein schwerfälliger, schweratmiger Aufstieg, und ich glaube, wir haben das ganze Apartmenthaus mit unserem Gefluche und unseren Ausfallschritten gegen Türen und Geländer aufgeweckt. Jedenfalls bekam ich die Tür auf, und dann stolperte ich über einen seiner großen Füße. Runter ging's, und ich fiel der Länge nach auf einen Couchtisch mit einem fünf Millimeter dicken Glaseinsatz. Der ganze Tisch krachte auf den Boden – ich wiege knapp zwei Zentner –, und alle vier Tischbeine knickten weg, die Platte riss an vier Stellen, aber der Glaseinsatz blieb schön ganz. Ich stand auf. »Danke, Alter«, sagte ich. »Keine Ursache«, meinte er. Dann setzte ich mich und hörte mir an, wie er gegen Türen krachte und die Treppe runterschlitterte. Es war, als stände der ganze Bau unter Bombenbeschuss. Aber er kam an, die Schwerkraft war auf seiner Seite.

Er hatte eine gute Frau. Ich weiß noch, wie sie mir einmal das Gesicht mit Watte und irgendeinem Desinfektionsmittel abgetupft haben, als es von einer bösen Nacht in der Stadt völlig ramponiert war. Sie gingen sehr sanft, fürsorglich und vorsichtig mit meinem ramponierten Gesicht um, und es war ein ganz komisches Gefühl für mich, diese Fürsorge.

Jedenfalls setzte der Alkohol Mick zu, und das tut er ja bei jedem anders. Micks Körper schwoll an, aufs Zwei- und Dreifache an manchen Stellen. Er bekam seine Hose nicht mehr zu und musste sich die Hosenbeine anschlitzen. Im Veteranenkrankenhaus hatten sie angeblich keinen Platz für ihn. Ich nahm eher an, er wollte nicht hin. Irgendwann kam er jedenfalls auf die dumme Idee, es mit dem Allgemeinkrankenhaus zu versuchen.

Nach ein paar Tagen rief er mich an. »Herrgott nochmal, die bringen mich um! So was hab ich ja noch nie erlebt. Nirgends ein Arzt, und die Schwestern kümmern sich um nichts, nur die Krankenträger laufen rum wie die Kings und freuen sich, dass alle siech sind und es nicht mehr lange machen. Wo bin ich hier? Die Toten werden im Dutzend rausgeschleppt! Das Essen wird durcheinandergebracht! Man kommt nicht zum Schlafen! Wegen nichts halten sie einen die ganze Nacht wach, und wenn die Sonne aufgeht, wird man geweckt. Sie werfen dir einen nassen Lappen zu und sagen, fertig machen fürs Frühstück, und das Frühstück, wenn man es so nennen will, kommt dann gegen Mittag. Ich wusste nicht, dass man gegenüber Kranken und Todgeweihten so grausam sein kann! Hol mich hier raus, Hank! Ich bitte dich, Alter, ich fleh dich an, hol mich aus diesem Höllenloch raus! Ich will in meiner Wohnung sterben, da bleibt mir wenigstens noch etwas Hoffnung!«

»Was soll ich machen?«

»Na, ich wollte, dass sie mich entlassen, und sie geben mir den Schein nicht. Sie haben meine Kleider. Also komm mit deinem Wagen her. Komm zu mir rauf, und wir türmen!«

»Sollten wir nicht lieber Mona fragen?«

»Mona hat von nichts 'ne Ahnung. Da ich sie nicht mehr ficken kann, interessier ich sie nicht mehr. An mir ist alles aufgequollen außer meinem Schwanz.«

»Mutter Natur kann manchmal grausam sein.«

»Genau. Wie ist es nun, kommst du her?«

»Bin so in fünfundzwanzig Minuten da.«

»Okay«, sagte er.

Ich kannte den Laden, war selbst zwei- oder dreimal da gewesen. Ich fand einen Parkplatz beim Eingangsgebäude und ging rein. Ich wusste, welche Station. Wieder stank es nach Hölle. Ich hatte das merkwürdige Gefühl, dass ich eines Tages in diesem Bau sterben würde. Vielleicht auch nicht. Hoffentlich.

Ich fand Mick. Die drückende Hilflosigkeit hüllte alles ein.

»Mick?«

»Hilf mir hoch«, sagte er.

Ich holte ihn auf die Beine. Er sah unverändert aus.

»Gehen wir.«

Wir tappten den Flur entlang. Er hatte so ein hinten offenes Hühnerkackehemd an, das einem die Schwestern nicht zubanden, weil die Schwestern ausschließlich daran interessiert waren, sich einen unternormalen fetten jungen Arzt zu angeln. Und im Gegensatz zu den Patienten bekamen die Schwestern auch schon mal Ärzte zu Gesicht – in den Aufzügen, zwicke-zwacke, oh! Hihi! – während es ringsum nach Tod stank.

Die Aufzugtür öffnete sich. Ein dicker, Eis am Stiel lutschender Junge mit Pickeln im Gesicht saß drin. Er sah Mick mit seinem Hemd an.

»Haben Sie einen Entlassungsschein, Sir? Sie brauchen einen Entlassungsschein, um hier rauszukommen. Meine Instruktionen ...«

»Ich hab mich selbst entlassen, Jungchen. Jetzt fahr das Ding ins Erdgeschoss, bevor ich dir dein Eis in den Arsch ramme!«

»Sie haben den Mann gehört«, vermittelte ich.

Wir kamen blitzschnell ins Erdgeschoss, und auf dem Weg zum Ausgang sprach uns niemand an. Ich half ihm ins Auto. Eine halbe Stunde später war er wieder daheim.

»Ach du Scheiße«, sagte Mona. »Was hast du gemacht, Hank?«

»Er wollte es. Ich finde, einem Menschen sollte man so weit wie möglich seinen Willen lassen.«

»Aber hier wird ihm doch auch nicht geholfen.«

Ich ging ihm einen Liter Bier kaufen und ließ die beiden das unter sich ausmachen.

Ein paar Tage später schaffte er's ins Veteranenkrankenhaus. Dann kam er wieder. Dann war er im Krankenhaus. Dann wieder da. Ich sah ihn vorm Haus sitzen.

»Gott, könnte ich ein Bier gebrauchen!«

»Was sagst du dazu, Mona?«

»Von mir aus, verdammt, aber er sollte es lassen!«

Ich besorgte ihm einen Liter, und er war wie ausgewechselt. Wir gingen rein, und er zeigte mir Fotos aus der ersten Zeit mit Mona in Frankreich. Er war in Uniform. Sie hatten sich im Zug kennengelernt. Irgendeine Zuggeschichte. Er hatte ihr einen Platz besorgt, als die Militärbonzen sie weghaben wollten. So was in der Art. Die Fotos zeigten zwei schöne junge Menschen. Kaum zu glauben, dass es dieselben Menschen waren. Ich hatte mörderische Bauchschmerzen. Sie gaben mir Kümmel dagegen, den Mick nicht vertrug. Ich schüttete den Kümmel so runter. »Du hast blendend ausgesehen, Mick.« Unfassbar aufgequollen saß er da, alle Hoffnung dahin. »Und Mona erst. So ein Prachtstück! Ich lieb dich immer noch!«, sagte ich. Das hörte Mick wirklich gern. Meine Bestätigung, dass er einen guten Fang gemacht hatte. Ungefähr eine Woche später, glaube ich, traf ich Mona vor dem Haus.

»Mick ist gestern Abend gestorben«, sagte sie.

Ich sah sie nur an. »Scheiße, ich weiß nicht, was ich sagen soll. Obwohl er so aufgequollen war, hätte ich nicht gedacht, dass er stirbt.«

»Ich weiß«, sagte sie. »Und wir mochten dich beide sehr.«

Ich kam nicht damit klar. Ich drehte mich um und ging ins Haus, direkt vorbei an Apartment Nr. 1, wo wir so viele gute Abende verbracht hatten. Er war nicht mehr da. Vergangenheit wie voriges Jahr Weihnachten oder ein altes Paar Schuhe. So ein Scheiß. Ich ging die Treppe hoch und fing gleich an. Die Feiglingsnummer. Ich trank und trank und trank und trank. Weltflucht. Säufer sind Weltflüchter, wie es heißt, unfähig, der Realität ins Auge zu sehen.

Später hörte ich, sie sei nach Denver zu einer Schwester gezogen.

Und die Schreiber schreiben, und die Maler malen, aber allzu viel ist das nicht wert.

Notizen eines Dirty Old Man

Open City, 1.–7. November 1968

Politik ließ mich immer ziemlich kalt, aber vor der Wahl kam ich an den Knallköpfen nicht ganz vorbei, wenn ich die Rennergebnisse nachsah. Galopprennergebnisse, meine ich. Überall stand, Nixon läge vorn. Das fand ich etwas schlimmer als Humphrey, aber als dann Wallace einen Erdrutschsieg einfuhr, fehlten mir wie jedem anderen die Worte. Und als er vereidigt wurde, ging es auch schon los. Le May meinte, wenn der Krieg nicht binnen eines Monats gewonnen sei oder der Feind kapituliere, müsse man gegen Nordvietnam wohl die H-Bombe einsetzen. Vielleicht auch gegen China. Gegen Russland. »Ein Mann muss MANN sein!«, meinte er. »Er muss Mumm beweisen! Teddy Roosevelt wusste noch, wie man mit Pennern umgeht!« Wallace grinste einfach nur. Er grinste einfältig. »Gut gebrüllt, Junge!«, sagte er. »Wow!«

Sie stellten MGs in den Schwarzenvierteln auf und lösten im Nu das Wohnungsproblem. »Ich bin kein Rassist«, sagte Wallace, »aber ich denke mal, wenn einer arm oder schwarz ist, dann ist er es selber schuld.«

Le May grinste: »Genau.«

Massenentlassungen fingen an. Einzelne mussten die Arbeit von zweien zum halben Lohn eines Einzelnen übernehmen. Die Sozialhilfe wurde abgeschafft, die Altersrente gestrichen. Die Polizeikräfte wurden verdreifacht, neue Konzentrationslager und Gefängnisse gebaut. Zu jeder Tages- und Nachtzeit hörte man MG-Feuer. Schwarze durften nur zwischen Sonnenauf- und Sonnenuntergang auf der Straße sein und nur in ausgewählten Bereichen. Ein Untergrundprodukt kam auf den Markt, WHITEWASH, zum Übermalen schwarzer Haut. Mit Weißenperücke und ein wenig WHITEWASH hatte man ein wenig bessere Chancen. Aber die meisten Schwarzen rührten es nicht an. Den Mexikanern und Indianern wurde ähnlich mitgespielt, wenn auch nicht ganz so hart.

30 Millionen Arbeitslose und Alte wanderten durch die Straßen. Fiel ein Mann, eine Frau, ein Kind vor Hunger tot um oder wurde von der Polizei oder dem Militär umgebracht, kam der »A«-Wagen – »A« für Arschlöcher, die zu blöd zum Überleben sind, Baby. Die »A«-Wagen fuhren ständig die Straßen ab und fungierten als eine Art Straßenkehrdienst, nur dass sie nicht Laub, Papier und Müll beseitigten, sondern die Leichen von jüngst verstorbenen Frauen, Kindern, Alten und vom Glück verlassenen Männern. »Unsere Städte müssen sauber bleiben«, meinte Präsident Wallace dazu. Die Leichen wurden verbrannt wie die Bücher in den Bibliotheken. Nicht alle Bibliotheksbücher wurden verbrannt, aber gut 85 Prozent. Gut 95 Prozent aller Gemälde und Plastiken wurden als »einer guten amerikanischen Gesellschaft abträglich« vernichtet. Sämtliche Redakteure linker Tageszeitungen wurden vor vielen hunderttausend Schaulustigen in den Baseball- und Footballstadien Amerikas gefoltert. Und während die langsam zersäbelten und in Stücke gerissenen Redakteure ihre Qual hinausschrien, lief eine Schallplatte über die Lautsprecher: GOD BLESS AMERICA! Wobei die Folterer ihren Opfern flüsterten: »Denkt an Ungarn! Denkt an Prag!« Und hinter den Opfern standen Baptistenprediger und schwenkten schwere Silberkruzifixe vor ihren Augen.

Der Eintritt war bei schwarzen wie bei weißen Folterkandidaten frei.

Natürlich hatte auch ich meinen Job verloren und saß auf meiner letzten Monatsmiete. Das Ende war auf dem Weg zu mir. Da sie gerade das Allgemeinkrankenhaus von L.A. abgerissen hatten, konnte ich nirgendwohin. Ich hatte zwanzig Kilo abgenommen, war krank vor Hunger und dachte trotzdem noch feige, na, wenigstens habe ich NUR unpolitisches Zeug geschrieben. Man wird mich verhungern lassen, statt mich umzubringen, aber um mit George Wallace zu sprechen, ich war es selber schuld: Schachspielen war nicht mein Ding. Gott hilft denen, die sich selbst helfen. Der ganze Scheiß.

Daher war ich etwas überrascht, als die 3 Männer aufkreuzten und mir ihre Dienstmarken zeigten. Sie setzten sich um mich herum.

»So, Schlaks, wir ham ein paar Fragen an dich.«

»Schießen Sie los!«, sagte ich.

Einer der Schwachköpfe zog eine Knarre, legte auf mich an und entsicherte.

»LANGSAM. DAS IST BLOß EINE REDEWENDUNG.«

»Ach so«, meinte er und steckte die Knarre weg.

»Sind Sie Charles Bukowski?«, fragte der Große.

»Ja.«

»Sie haben für den Hurensohn Bryan gearbeitet?«

»Ja.«

»Wir haben Ihr Zeug durchgesehen. Hauptsächlich Sexscheiß. Fand ich nicht schlecht. Besonders das, wo Sie Ihrem Kumpel im Suff den Schwanz in den Arsch stecken, weil Sie dachten, Sie lägen mit Ihrer Freundin im Bett. Ist das wirklich passiert?«

»Ja.«

»Wir ham also die 192 Artikel durchgeguckt, die Sie in 192 Wochen verfasst haben, und nur in EINEM ging's um POLITIK ...«

»Um die Stärken und Schwächen der Revolution. Ja, daran erinnere ich mich.«

»Wir kommen da aber nicht ganz mit. Was sollte das?«

»Das sollte heißen, dass Revolution nur etwas bringt, wenn man ehrlich mit Herz und Hand dabei ist, sonst ersetzt man lediglich eine Form wirtschaftlicher Sklaverei durch eine andere. Es sollte heißen, wenn du vorhast zu töten, sieh zu, dass dein Neues mindestens fünfmal so gut ist wie das Alte.«

Alle drei saßen da und schrieben in kleine Notizbücher.

»Stimmt es, dass Hitler noch lebt? In Argentinien?«, fragte ich.

»M-hm«, sagte der Große. »Nächsten Monat macht er Urlaub in Vegas. Er fragt dauernd nach Bildern von den Revuetänzerinnen. Das Letzte, was bei so alten Deutschen stirbt, ist nämlich der Schwanz.«

»Ja?«

»Aber hallo.«

Sie legten ihre Stifte weg und sahen mich an. 5 Minuten lang machte keiner den Mund auf. Das gehörte sicher zu ihrer Ausbildung. Schließlich sagte der Große: »Mr Bukowski?«

»Ja?«

»Würden Sie zulassen, dass Ihre Tochter einen Nigger heiratet?«

»Ja.«

»WAS?«

Alle drei beugten sich ein wenig vor.

»Na ja«, sagte ich, »es liegt doch ganz an *ihr*. Die Kleine ist erst vier Jahre alt. Ich glaube, noch denkt sie nicht ans Heiraten.«

Wieder schauten sie mich lange an.

»Mochten Sie die Hippies?« (Die Hippies waren längst ausgerottet worden.)

»Nicht direkt. Aber sie haben mir nie was getan und mich nie behelligt. Was will man mehr?«

»Sind Sie für den Vietnamkrieg?«

»Ich war noch für keinen Krieg. Nicht mal für den Krieg gegen Hitler.«

»Guter Junge«, sagte der Mittelgroße und steckte die Knarre weg.

Wieder saßen sie lange stumm da und sahen mich an.

»Tja, wir werden Sie mitnehmen müssen, Bukowski«, sagte der Große.

»Na gut, im Knast krieg ich wenigstens was zu essen.«

Darüber lachten sie alle.

»Nein, das neue Knastsystem sieht nur die Einsperrung vor. Kein Essen. Spart dem Staat eine Unmasse Geld.«

»Gott segne den Staat«, sagte ich, »und wenn er schon dabei ist, soll er auch gleich die *Saturday Evening Post* segnen.«

»Neenee«, sagte der Große, »die *Saturday Evening Post* ist verbrannt worden.«

»Wieso?«, fragte ich.

»Zu links«, sagte der Dicke.

»Herrgott«, sagte ich, »verschwinden wir hier und bringen's hinter uns.«

»Bevor wir dich bei uns durch die Mangel drehen«, sagte der Dicke, »möchte ich dich seelisch schon mal ein bisschen verzweifeln lassen.«

»Schießen Sie los!«, sagte ich. »Nein, erzählen Sie.«

Sie legten mir die Handschellen an. Und lenkten mich Richtung Tür. Der Mittelgroße furzte. Ein Zeichen von Zufriedenheit.

»Da du aus dem Verkehr gezogen wirst, kann ich dir das ruhig sagen.«

Er sah auf seine Uhr. »Wir haben aufgepasst, dass nichts durchsickert, darum hörst du das jetzt von mir. Ein Scheißkerl wie du verdient es zu verzweifeln.«

»Okay. Raus damit.«

Wir kamen zur Tür. Der Dicke sah auf seine Uhr.

»In genau 2 Stunden und 16 Minuten drückt Vizepräsident Le May den Knopf, der einen H-Bombenhagel über Nordvietnam, China, Russland und anderen ausgewählten Fleckchen Erde auslösen wird. Was hältst du davon?«

»Das halte ich für einen taktischen Fehler«, sagte ich.

Der Dicke griff nach der Tür. Als er sie öffnete, breitete sich nach allen Seiten eine Wand aus Rot und Grau und Grün und Violett aus. Man sah Blitze. Und lilienweiße Splitter. Teelöffel und halbe Hunde, Damenstrümpfe, Mösenfetzen, Geschichtsbücher, Teppiche, Gürtel, Teetassen, Marmelade und Spinnen flogen durch die Luft. Ich sah mich um, und der Große war weg, der Mittelgroße war weg, und der kleine dicke Scheißkerl war weg, und die Handschellen an mir waren zerbrochen, und ich stand in der Badewanne und sah an mir runter und hatte nur noch ein Ei und ein Stück Schwanz, und Augen tummelten sich am Boden wie Ameisen. Grüne, braune, blaue, gelbe, sogar Albino-Augen. Scheiße. Ich stieg aus der Wanne. Fand einen halben Stuhl. Setzte mich. Sofort sah ich meinen ganzen linken Arm verschrumpeln wie ein Stück brennendes Zellophan.

Wen hielt es jetzt noch auf der Farm? Alles war futsch: Picasso, Shakespeare, Plato, Dante, Rodin, Mozart ... Jackie

Gleason. Die liebreizenden Mädchen. Sogar die so gottgefälligen, allesfressenden Schweine. Sogar die Cops in ihren engen schwarzen Hosen. Sogar die in ihrer Bosheit gefangenen Cops, die mir so leidgetan hatten. Das Leben war gut gewesen, schrecklich, aber gut, und eine Handvoll Helden hatten uns bei der Stange gehalten. Schlecht gewählte Helden vielleicht, aber was soll's? Die Umfragen hatten wieder falsch gelegen – der alte Harry-Truman-Scheiß –, Wallace in seinem Gipfelversteck hatte gesiegt. War drauf und dran, die Drachenzähne seines reaktionären Hasses hinauszuschleudern – 2 Stunden und 16 Minuten zu spät!

Hiroshima hieß jetzt Amerika.

Keine Quickies

Ich saß in der *King's Crow Bar*, und der Typ neben mir fragte: »Weißt du, wo du heute Nacht pennst?«

Und ich sagte: »Nein, verdammt, weiß ich nicht.«

»Okay, komm mit zu mir. Ich heiße Teddy Ralstead.«

Also ging ich mit zu ihm. An diesem ersten Abend saß ich bei ihnen im Wohnzimmer, während Teddy und seine Frau auf dem Fußboden rangen. Ihr rutschte das Kleid immer wieder über den Hintern hoch, und sie grinste mich an und zog es runter. Sie rangen und rangen, und ich trank Bier.

Teddys Frau hieß Helen. Und Teddy war nicht immer da. Helen benahm sich, als würden wir uns seit Jahren kennen, nicht erst einen Abend.

»Du hast noch nie daran gedacht, mich zu ficken, was, Bukowski?«

»Teddy ist mein Freund, Helen.«

»Scheiß drauf. Und das hier ist deine Freundin.« Sie zog ihr Kleid hoch. Sie hatte keinen Slip an.

»Wo ist Teddy?«, fragte ich.

»Mach dir um Teddy keine Gedanken. Der will, dass du mich bumst.«

»Woher weißt du das?«

»Er hat's mir gesagt.«

Wir gingen ins Schlafzimmer. Teddy saß da auf einem Stuhl und rauchte eine Zigarette. Helen zog ihr Kleid aus und legte sich ins Bett.

»Na los«, sagte Teddy, »mach.«

»Sie ist doch deine Frau, Teddy.«

»Ich *weiß*, dass sie meine Frau ist.«

»Aber Teddy, ich meine –«

»Ich geb dir zehn Dollar dafür«, sagte er. »Abgemacht, Bukowski?«

»Zehn Dollar?«

»Ja.«

Ich zog mich aus und legte mich auf sie.

»Lass dir Zeit mit ihr«, sagte Teddy. »Keinen Quickie.«

»Ich versuch's, aber sie macht mich an.«

»Denk an einen Haufen Pferdescheiße«, sagte Teddy.

»Ja, denk an einen Haufen Pferdescheiße«, sagte seine Frau.

»Wie groß?«, fragte ich.

»Riesengroß. Meterbreit. Mit Fliegen drauf«, sagte Teddy.

»Zigtausend Fliegen«, sagte Helen, »die Scheiße fressen.«

»Fliegen sind schon seltsam«, sagte ich.

»Dein Arsch sieht witzig aus«, sagte Teddy zu mir.

»Deiner auch«, sagte ich.

»Und wie sieht meiner aus?«, fragte Helen.

»Bitte«, sagte ich, »an deinen Arsch will ich nicht denken, sonst mach ich's nicht lange.«

»Und wenn du mal die Nationalhymne singst?«, sagte Helen.

»*Oh, say can you see? By the stars early light? Oh –*«

»Was ist los?«, fragte sie.

»Ich kann den Text nicht.«

»Dann sag einfach, was dir so einfällt«, sagte Helen.

»Ich komme«, sagte ich.

»*Was?*«, fragte sie.

»Ich *komme*, hab ich gesagt.«

»O mein Gott!«, sagte sie.

Wir umklammerten uns stöhnend und küssten uns. Ich stand auf. Ich wischte mich am Laken ab, und Teddy gab mir einen Zehner.

»Nächstes Mal«, sagte er, »brauchst du aber länger, sonst gibt's nur fünf Dollar.«

»Okay«, sagte ich.

»O Teddy!«, sagte Helen vom Bett aus.

»Ja, Schatz?«

»Ich *liebe* dich …«

Der zweite Abend lief ein bisschen anders. Teddy und seine Frau hatten auf dem Fußboden gerungen. Dann war Teddy verschwunden. Ich trank Bier und sah fern. Helen schaltete plötzlich den Fernseher aus und stellte sich davor.

»He – das war doch gut, Helen. Warum hast du ausgeschaltet?«

»So ein richtiger Mann bist du nicht, hm?«

»Was meinst du damit?«

»Fandest du das Hähnchen heute Abend gut?«

»Klar.«

»Gefallen dir meine Beine, meine Hüften, meine Brüste?«

»Aber klar.«

»Gefällt dir meine Haarfarbe? Gefällt dir mein Gang? Mein Kleid?«

»Aber klar doch.«

»So ein richtiger Mann bist du nicht, hm?«

»Ich komm nicht mit.«

»Schlag mich!«

»Dich *schlagen*? Wofür denn?«

»Ist das so schwer? Schlag mich! Mit deinem Gürtel! Mit deiner Hand! Bring mich zum Heulen! Zum *Schreien*!«

»Hör mal –«

»*Vergewaltige mich! Tu mir weh!*«

»Gute Frau, ich …«

»Herrgott nochmal, mach endlich!«

Ich nahm meinen Gürtel ab und schlug ihr damit auf den Oberschenkel.

»*Fester*, du Clown.«

»Gute Frau …«

»Sei brutal!«

Ich fetzte ihr die Schnalle über den Hintern. Sie schrie.

»MEHR! MEHR!«

Ich versohlte sie mit dem Gürtel. Die Beine rauf und runter. Dann ohrfeigte ich sie, dass sie umfiel, und zog sie an den Haaren hoch.

»Reiß mir das Kleid runter!«, sagte sie. »Reiß es in Stücke!«

»Aber gute Frau – mir gefällt dein Kleid.«

»Komm, du Clown – zerreiß es mir!«

Ich riss es vorne der Länge nach auf. Dann zerfetzte ich es, bis sie nichts mehr anhatte.

»Und jetzt?«

»*Schlag* mich! *Vergewaltige* mich!«

Ich schlug sie erneut, nahm sie hoch und trug sie ins Schlafzimmer. Teddy saß drin und rauchte eine Zigarette. Helen schluchzte, weinte.

»Schön!«, sagte Teddy. »*Wunderschön!*«

»Du Vieh!«, schrie mich Helen an.

»Zeig es ihr!«, sagte Teddy. »Fick sie durch!«

Ich warf mich auf seine Frau und steckte ihn ihr rein.

»Lass es dauern«, sagte Teddy. »Keinen Quickie.«

»Sie macht mich aber heiß«, rief ich.

»Denk einfach, du frisst Scheiße«, sagte Teddy.

»Scheiße?«

»Ja«, sagte Helen, »und die Fliegen kleben noch dran.«

»Die Fliegen würden abhauen, wenn ich die Scheiße zum Mund führe«, sagte ich.

»Diese Fliegen nicht«, sagte Helen. »Die sind anders. Die schluckst du mit der Scheiße.«

»Okay«, sagte ich.

»Keine Quickies«, sagte Teddy.

»Komm, kleiner Hirte«, sagte ich, »blas in dein Horn, die Kuh ist auf der Weide, das Schaf ist im Korn …«

»Die Nationalhymne kannst du immer noch nicht?«, fragte Teddy.

»Nein.«

»Du bist wohl kein besonders guter Amerikaner, Bukowski?«

»Wahrscheinlich nicht.«

»Ich gehe immer wählen«, sagte Teddy. »Amerika ist großartig.«

»Der kleine Jack Horner«, sagte ich, »saß in den Buchen und aß ein Stück Kuchen …«

»Da kommt eine Spinne und verwirrt ihm die Sinne«, sagte Helen.

»Moment mal«, sagte Teddy, »ist das der Text?«

»Frag mich nicht«, sagte ich. »Marie hat ein kleines Lamm, sein Fell ist weiß wie Schnee, und wo Marie auch hingeht … ich komme!«

»Was –?«, fragte Helen.

»Ich komme!«

»O mein Gott!«, sagte sie.

Wir umklammerten uns stöhnend und küssten uns. Ich stand auf. Ich wischte mich am Laken ab, und Teddy gab mir einen Zehner.

»Nächstes Mal«, sagte er, »klappt das ein bisschen länger, sonst gibt's nur einen Dollar.«

»Okay, Teddy«, sagte ich.
»O Teddy«, sagte Helen vom Bett aus.
»Ja, Schatz?«
»Ich liebe euch *beide* ...«

Am dritten Abend saßen wir alle zusammen vor dem Fernseher. Ich stand auf und trat hinter Helen. Ich packte sie an den Haaren und zog sie rückwärts aus dem Sessel. Ich fiel auf sie und fing an, ihre Beine zu küssen. Dann hörte ich Teddy aufstehen, und er zog mich von seiner Frau runter.
»Was ist denn?«, fragte ich. »Was hast du, Teddy?«
»Halt's Maul!«, antwortete er.
Er zog Helen an den Haaren hoch, dann ohrfeigte er sie und warf sie zu Boden.
»Du Nutte!«, schrie er. »Du dreckige, verkommene Nutte! Du Dreckstück! Du hast mich mit dem Mann betrogen. Ich hab's mit eigenen Augen gesehen!«
Er zog sie hoch, zerriss ihr das Kleid, ohrfeigte sie. Dann nahm er seinen Gürtel ab und prügelte sie durch.
»Du linkes Stück! Du Dreckstück! Du bist eine Schande für alle Frauen!« Er sah kurz zu mir rüber: »Und *du*, du Saukerl, verschwindest besser, solang du kannst!«
»Aber Teddy ...«
»Ich warne dich, Bukowski.«
Er nahm Helen hoch und trug sie ins Schlafzimmer. Ich schnappte mir meine Jacke und ging raus, ging rüber zur *King's Crow Bar*, setzte mich und trank ein Bier. Dieser Teddy. Was für ein beschissener Freund er doch war.

Notizen eines Dirty Old Man

NOLA Express, 9.–23. September 1971

Auf der Fahrt zur Rennbahn Los Alamitos kam ich eines Abends an einer kleinen Farm vorbei und sah ein dickes Vieh im Mondschein stehen. Etwas an dem Vieh war sehr merkwürdig, das zog mich an. Es war wie ein Magnet, ein Signal. Ich bremste also, stieg aus und ging auf das Tier zu. Ich fuhr immer früh vom Freeway runter und an diesen kleinen Höfen vorbei. Das gab mir Zeit, mich zu entspannen, und die Fahrt über so eine Landstraße baute den Stress ab und machte einen besseren Zocker aus mir. Nicht, dass ich gewann, aber ich wettete besser. Eigentlich hatte ich gar keine Zeit anzuhalten. Fürs erste Rennen war ich ohnehin spät dran, und doch lief ich jetzt auf den Pferch zu.

Ich lief zum Zaun, und da stand das Vieh – ein riesiges Schwein. Auch wenn ich kein Landarbeiter bin, das musste einfach das weltgrößte Schwein sein, aber darum ging es nicht. Irgendetwas an dem Schwein, *in* dem Schwein hatte mich dazu gebracht, den Wagen anzuhalten. Ich stand am Zaun und sah es mir an. Erst mal den Kopf und, na ja, ich nenn's mal das *Gesicht*, denn genau das war da vorne am Kopf. Das Gesicht. So ein Gesicht hatte ich noch nie gesehen. Ich weiß nicht genau, was mich daran angezogen hat. Mir sagen viele Leute im Scherz, ich sei der hässlichste alte Knacker, den sie je erblickt hätten. Darauf bin ich ziemlich stolz. Meine Hässlichkeit ist hart erarbeitet, geboren bin ich nicht so. Ich wusste, dass sie für bewältigtes Terrain stand.

Ich vergaß die Rennbahn, vergaß alles außer dem Gesicht dieses Schweins. Wenn ein Hässlicher einen anderen bewundert, ist das eine Art Grenzüberschreitung, eine Berührung und ein Austausch von Seelen, wenn man so will. Das Gesicht dieses Schweins war das hässlichste, das ich jemals im Leben gesehen hatte. Es war übersät mit Warzen, Runzeln und Haaren, langen, krummen und verdrehten einzelnen Haaren, die überall da obszön hervorsprossten, wo kein Haar sein sollte. Ich musste an Blakes Tiger denken. Blake hatte sich gewundert, wie Gott so etwas erschaffen konnte, und ich stand hier vor Bukowskis Schwein und fragte mich, wie *das* entstanden war und wieso und warum. Überall kam die frappante Hässlichkeit zum Vorschein. Die Augen waren klein, fies und dumm, was für Augen, als hätte sich das Böse und Gemeine von überallher dort eingenistet. Und das Maul, der Rüssel war abscheulich – unförmig, dement, versabbert, es war ein stinkendes Arschloch von Maul und Rüssel. Und die Gesichtshaut sah regelrecht faul und verwest aus und hing stellenweise runter. Der Gesamteindruck dieses Gesichts und Körpers ging über meinen Verstand.

Der nächste Gedanke kam schnell – das ist ein Mensch, ein menschliches Wesen. Das drängte sich mir derart auf, dass ich es gelten ließ. Das Schwein hatte drei oder vier Meter entfernt gestanden, aber dann kam es auf mich zu. Ich konnte mich nicht rühren, obwohl es mir Angst machte. Es kam im Mondschein auf mich zu. Es trat an den Zaun und hob den Kopf zu mir hin. Es war ganz nah. Seine Augen sahen in meine Augen, und ich glaube, so standen wir eine ganze Weile da, einer in den anderen vertieft. Das Schwein erkannte etwas in mir wieder. Und ich schaute in die fiesen, dummen Augen. Es war, als würde mir das Geheimnis der Welt eröffnet, und das Geheimnis war ganz klar, wahr und fürchterlich.

Das ist ein Mensch, ging es mir wieder durch den Kopf, ein menschliches Wesen.

Plötzlich wurde es mir zu viel, ich musste weg; ich drehte mich um und ging davon. Ich setzte mich in den Wagen und fuhr zur Rennbahn. Das Schwein fuhr im Kopf, in meiner Erinnerung mit.

Auf der Bahn sah ich mir die Gesichter an. Ein Gesicht hatte etwas vom Gesicht des Schweins, ein anderes Gesicht hatte etwas vom Gesicht des Schweins, dann noch eins und noch eins. Dann ging ich aufs Klo und betrachtete mein Gesicht im Spiegel. Vor Spiegeln halte ich mich meist nicht lange auf. Ich ging wetten.

Das Schweinsgesicht war irgendwie die Summe dieses Publikums. Die Summe jeder Menschenmenge. Das Schwein fasste sie in sich zusammen und verkörperte sie. Es verkörperte sie drei Meilen entfernt hinter dem Zaun auf der kleinen Farm. An dem Abend bekam ich von den Pferden nicht allzu viel mit. Nach den Rennen hatte ich keine Lust, das Schwein noch mal zu sehen. Ich fuhr eine andere Strecke ...

Ein paar Tage später erzählte ich einem Freund von der Begegnung mit dem Schwein und was ich in ihm gesehen hatte, vor allem, dass es ein in diesem Körper gefangener Mensch war. Mein Freund war ein belesener Intellektueller.

»Schweine sind Schweine, Bukowski, weiter nichts!«

»Aber John, wenn du das Gesicht von dem Schwein gesehen hättest, wüsstest du's besser.«

»Schweine sind Schweine, sonst nichts.«

Ich konnte es ihm nicht erklären, und er konnte mich nicht überzeugen, dass Schwein gleich Schwein ist. Bestimmt nicht dieses Schwein ...

Ich erinnere mich an meinen ersten Arbeitstag in einem Schlachthaus. Die Rinder wurden in einem anderen Raum getötet und kamen gehäutet, geköpft und ausgeweidet durch eine Öffnung in der Wand zu uns, blutrot an den Hinterbeinen hängend, und wir mussten sie auf die Schulter nehmen und an ihrem Schulterknorpel in die wartenden Transporter hängen. Das war Schwerarbeit, und laufend kamen neue Rinder, eine unüberschaubare Zahl. Mit der Zeit wurde ich immer müder, die schiere Masse der frisch gemetzelten Rinder und arbeitenden Männer geriet in meinem Kopf etwas durcheinander; Schweiß lief mir in die Augen und verschwemmte mir die Sicht. Ich war so fertig, dass ich mir betrunken vorkam. Ich lachte beim kleinsten Anlass. Die Füße, der Rücken, alles tat mir weh. Ich sah mich in eine Zone nicht für möglich gehaltener Erschöpfung gedrängt und hatte das Gefühl, meine Identität zu verlieren. Ich wusste nicht mehr, wo ich wohnte und warum, was ich machte und warum. Die Tiere und die Menschen gerieten durcheinander, und auf einmal dachte ich, warum bringen sie nicht mich um? Warum bringt mich keiner um und hängt mich in einen Transporter? Was unterscheidet mich von einem Rind? Woran erkennen die das? Dieser Gedanke war sehr stark, weil ich Menschen und Tiere nicht mehr auseinanderhalten konnte, außer dass die Tiere an den Hinterbeinen gehangen hatten.

Als ich am Abend ging, hatte ich das Gefühl, es würde bei dem einen Tag dort bleiben, und so war es auch. Sie kamen also nicht dazu, mich in ihre blöden Transporter zu hängen … kein Bukowski-Steak für euch, meine Lieben. Rind ist zwar Rind, aber ein paar Wochen lang dachte ich im Fleischmarkt unwillkürlich, ich hätte das umgemodelte Fleisch ermordeter Menschen vor mir …

Und so absurd es ist, manche Restaurants und Supermärkte haben ein Schild an der Tür: TIERE HABEN KEINEN ZUTRITT. Meistens ist das ein Blechschild mit roter Schrift auf weißem Grund. TIERE HABEN KEINEN ZUTRITT. Normalerweise ist es in der Nähe des Türgriffs angebracht. Wenn ich das Schild sehe, stocke ich immer erst mal. Ich zögere. Dann stoße ich die Tür auf. Niemand sagt etwas. Alle gehen ihren Angelegenheiten nach.

Einmal habe ich mich vor den Eingang eines Supermarkts mit so einem roten Schild gestellt, um die Reaktion anderer zu testen. Ich habe die Leute beobachtet. Sie sind einfach ohne Zögern, ohne Zaudern reingegangen. Ein Massenbewusstsein zu haben muss wunderbar sein – jemand sagt dir, dass du ein Mensch bist, und du glaubst es. Jemand sagt dir, dass ein Hund ein Hund ist, und du besorgst eine Steuermarke und Hundefutter. Jedes Töpfchen hat sein Deckelchen. Für Überschneidungen oder Beimischungen ist kein Platz ... TIERE HABEN IN UNSEREM ZOO KEINEN ZUTRITT ...

Die meisten Leute haben wahrscheinlich schon mal so ein Spanferkel im Schaufenster eines Restaurants gesehen, ausgestochene Augen, Rüssel zum Fenster hin, Apfel im Maul, der Rücken garniert mit Ananasscheiben. Einmal ging ich halbverhungert und unglücklich in New York den Gehsteig entlang und stieß auf ein Restaurantfenster mit so einem Schwein als Blickfang. Ich blieb stehen. Wo die Augen gewesen waren, führten zwei tiefe Löcher in den Schädel. Die Löcher hatten etwas Ausgebranntes und deuteten auf Verrat und Verstümmelung in einem mit dem normalen Verstand nicht zu fassenden Ausmaß. So hungrig ich auch war, ich konnte mir nicht vorstellen, da eine Gabel hineinzustecken und ein Stück Fleisch abzusäbeln. Der Kopf lag brav auf einem Silbertablett und strömte Horrorstrahlen aus. Die New Yorker hasteten vorbei oder saßen drinnen und wischten sich den Mund. Ich fühlte mich den Menschen immer weniger verbunden. Nie dachten sie über etwas nach, sie nahmen alles einfach hin. Was für ein Haufen – ohne Ehre, ohne Vernunft, und ihre Gefühle beschränkten sich auf sie selbst. Dieses Schwein – diese als etwas Hochgeschätztes ausgestellte Grässlichkeit – war der Schlüssel zu ihrem Leben, die Tür, die offenbarte, wer sie waren. Ich sagte meinem Schwein adieu und ging durch die Menge ...

Vorige Woche kam eine junge Frau aus Costa Mesa zu mir. Sie habe meine Bücher gelesen, sagte sie. Sie war hübsch, ungefähr einundzwanzig, und da ich als Schriftsteller immer auf Stoffsuche bin, ließ ich sie rein. Von einem Sessel auf der anderen Zimmerseite aus sah sie mich an, ohne etwas zu sagen. Das Schweigen ging minutenlang. »Bier?«, fragte ich.

»Gern«, sagte sie.
»Sie sprechen also doch.«
»M-hm.«
»Ich will in Mexiko kreatives Schreiben studieren. Ein Sechswochenkurs«, fügte sie an.
»Kreatives Schreiben lernt man am besten, indem man lebt.«
»Ein Kurs wird schon was bringen.«
»Nein, er hindert. Er hemmt. Zu viel faules Lob und schlechte Kritik. Zu viel Einfluss ähnlicher Persönlichkeiten. Destruktiv ist das. Selbst wenn Sie einen Mann kennenlernen wollen, ist das die schlechteste Gelegenheit.«

Sie gab keine Antwort.

Wir tranken weiter Bier, und ich redete. Dann war das Bier alle.

»Ich mag Bars«, sagte sie. »Gehen wir irgendwohin.«
Wir gingen in die Kneipe an der Ecke. Ich bestellte zwei Scotch mit Wasser. Als sie zur Toilette ging, kam der Barmann zu mir. »Herrgott, Bukowski, du hast ja schon wieder eine. Und alle so jung. Wie machst du das?«
»Alles platonisch, Harry. Und es geht um Recherchen.«
»Kackerlapapp«, sagte Harry und ging davon. Harry war vulgär.
Sie kam wieder, und wir tranken noch einen. Sie redete immer noch nicht. Was wollte sie bloß?
»Weshalb sind Sie zu mir gekommen?«
»Das sehen Sie dann ...«
»Okay, Baby.«
Da Whisky mit Wasser an der Theke schnell teuer wird, schlug ich vor, eine Flasche zu kaufen und wieder zu mir zu gehen.
»In Ordnung«, sagte sie ...

Ich füllte ihr Glas halb mit Whisky, halb mit Wasser. Meins auch. Ich redete über dies und jenes. Ihr anhaltendes Schweigen machte mich etwas verlegen. Beim Trinken hielt sie mit. Nach dem dritten oder vierten Glas ging eine Veränderung mit ihr vor sich. Ihr Gesicht änderte sich. Es nahm eine merkwürdige Form an. Die Augen wurden kleiner und anders, die Nase spitzer, die Lippen hoben sich über den Zähnen. Ich meine das ganz ernst.
»Ich möchte Ihnen etwas erzählen«, sagte sie.
»Nur zu«, sagte ich.
»Kommen wir gleich zur Sache«, sagte sie. »Ich bin eine Ratte im Körper einer Frau. Die Ratten haben mich zu Ihnen geschickt.«
»Verstehe«, sagte ich.

»Ratten sind nämlich intelligenter als Menschen. Wir warten seit Jahrhunderten darauf, die Welt zu übernehmen. Jetzt sind wir bereit. Können Sie mir folgen?«

»Moment«, sagte ich. Ich ging raus und goss noch zwei Gläser ein.

»Weiter«, sagte ich.

»Es ist ganz einfach«, sagte sie, »die Ratten haben mich zu Ihnen geschickt, damit Sie uns bei der Übernahme der Welt behilflich sind. Wir möchten, dass Sie uns helfen.«

»Ich fühle mich geehrt«, sagte ich. »Die Menschen mag ich schon seit einiger Zeit nicht besonders.«

»Sie helfen uns also?«

»Na ja, Ratten mag ich auch nicht besonders.«

»Na schön«, sagte sie. »Sie müssen sich halt entscheiden. Welche Seite soll es sein? Die Ratten werden gewinnen. Wenn Sie klug sind, schlagen Sie sich auf unsere Seite.«

»Geben Sie mir Bedenkzeit.«

»Okay«, sagte sie. »Ich schreibe Ihnen aus Mexiko.«

Sie stand auf.

»Wollen Sie gehen?«

»Ja«, sagte sie, »mein Auftrag ist erfüllt.«

»Okay«, sagte ich. Ich brachte sie zur Tür, oder viel mehr zum neuen Cadillac ihrer Mutter, einem weißen Cadillac, und sie stieg ein und fuhr davon.

Jetzt warte ich auf den Brief. Was ich darauf antworte, weiß ich noch nicht genau. Die Ratten sind im Kommen – sie trinken Scotch, fahren weiße Cadillacs, besuchen Schreibwerkstätten in Mexiko. Der finale Krieg wird wahrscheinlich zwischen den Ratten und den Kakerlaken ausgetragen. Ich glaube, die sind gegenüber dem Menschen im Vorteil; sie legen es nicht darauf an, sich gegenseitig umzubringen ...

Gestern hat meine Freundin mich besucht und ihren Hund mitgebracht. Ich wohne vorn in einer Bungalowanlage, und da laufen eine Menge Katzen rum, die den Leuten aus den anderen Bungalows gehören. Eine Katze stellte sich auf meine Veranda. Der Hund hat einen Heidenrabatz gemacht, ich konnte ihn nicht beruhigen. Der Typ von nebenan, dem die Katze gehört, kam sie holen.

»Was ist denn das für ein Hund?«, fragte er. Der Typ war betrunken.

»Eine Mischung, ein Straßenköter.«

»Lass ihn raus. Mit dem wird meine Katze fertig.«

»Vielleicht. Vielleicht auch nicht. Es ist nicht mein Hund.«

»Sondern?«

»Er gehört einer Freundin.«

»Lass ihn raus.«

»Nein«, sagte ich, »ich mag Tiere.«

»Sie haben wesentlich mehr Verstand als die Menschen«, sagte er.

»Das kannst du laut sagen«, sagte ich.

Und das ist jetzt zwar kein tiefsinniger Abschluss, aber es soll genügen. Bleiben Sie dran, bleiben Sie wach, und wahrscheinlich bekommen Sie eine Gebrauchsanleitung für die Zukunft von mir.

In der Klapse

Wenn die Lernschwestern kamen, onanierten manche Jungs unter ihren Klinikhemden, aber der eine oder andere holte auch einfach sein Ding raus und machte es ganz offen.

Die Tracht der Lernschwestern war sehr kurz, und man konnte durchsehen. Den Jungs war also kaum ein Vorwurf zu machen. Interessant, die Klinik. Dann kam der Arzt. Dr. McLain hieß er, ein prima Kerl. Er lief umher, sah uns an und sagte: »Ja, 140 Milliliter für den hier und, ähm, der bekommt ... ähm, 100 Milliliter davon ...« Und dann sah er mich an und schnippte mit den Fingern: »*Haha, Drogen! Drogen! Jetzt wird gefeiert! Wo steigt die große Party, Bukowski?*«

Ich war da drin ... na, wegen einer Überdosis, und ich wollte noch eine Weile bleiben, weil ich ein paar ungedeckte Schecks ausgestellt hatte und da erst Gras drüber wachsen sollte.

»Die große Party läuft direkt unter meinen Eiern, Doktor. Ich hör sie da!«

»Unter Ihren Eiern, Mann?«

»Ja, direkt drunter. Ich kann sie hören.«

So ging das normalerweise endlos.

Abends brachten sie uns unseren Saft. Um den machten wir immer ein großes Theater.

»Ich glaub, sie kommen mit dem Saft«, meinte irgendjemand.

»Ja, der Mann kommt mit dem Saft!«

Dann sprang ich aus dem Bett. »Wer hat den Saft?«, fragte ich.

»Der Saft! Der Saft! Wir haben den Saft!«, rief Anderson darauf.

Ich drehte mich zu Anderson um. »Was sagst du? Hast du gesagt, *du* hast den Saft?«

»Bitte?«

Ich zeigte auf Anderson. »Da, Leute, das ist der Mann mit dem Saft! Er sagt, *er* hat den Saft! Rück unsern Saft raus, Mann!«

»Welchen Saft?«

»Ich hab dich sagen hören, du hast den Saft! Was hast du mit unserem Saft gemacht?«

»Ja, her mit unserem Saft!«

»Her mit unserem Saft!«

»He, Mann, gib uns unseren Saft!«

Anderson wich zurück.

»Ich habe den Saft nicht!«

Ich blieb an ihm dran. »Hör mal, du hast doch gesagt, du hast den Saft. Ich hab dich eindeutig sagen hören, dass du den Saft hast! Was hast du mit unserem Saft gemacht, Mann? Rück unseren Saft raus!«

»Ja, genau! Rück unseren Saft raus!«

Worauf Anderson mich anschrie: »Hol dich der Teufel, Bukowski – ich habe den Saft nicht!«

Ich wandte mich an die Kollegen: »Da, Leute, jetzt lügt er auch noch! Er behauptet, er hat den Saft nicht!«

»Hör mit der Lügerei auf!«

»Rück unseren Saft raus!«

Jeden Abend zogen Anderson und ich das ab. Wie gesagt, es war da sehr unterhaltsam.

Eines Tages fand ich eine kaputte Hacke auf dem Hof. Die Hacke selbst war okay, aber jemand hatte ganz unten den

Stiel abgebrochen. Ich nahm die Hacke mit auf die Station und versteckte sie unter meinem Bett. Ich fand auch einen Mülleimer, in den sie die leeren Arzneiflaschen warfen. Daraus bediente ich mich immer wieder mal, versteckte das Zeug unter meinem Hemd und beförderte es in meinen Schrank. Alles wurde im Schrank versteckt. Sie waren nachlässig. Manche Flaschen waren zu einem Fünftel voll. Das dröhnte noch ganz gut.

Dann fanden sie die Hacke unter meinem Bett. Ich wurde zu Dr. McLain beordert.

»Setzen Sie sich, Bukowski.«

Er zog die Hacke hervor und legte sie auf den Schreibtisch.

»Weshalb hatten Sie die unter Ihrem Bett?«, fragte er.

»Sie gehört mir«, sagte ich. »Ich hab sie auf dem Hof gefunden.«

»Was hatten Sie mit der Hacke vor?«

»Gar nichts.«

»Warum haben Sie sie mit reingenommen?«

»Weil es mein Fund war. Ich hab sie unterm Bett versteckt.«

»Sie wissen doch, dass Sie so was nicht behalten dürfen, Bukowski.«

»Es ist nur eine Hacke.«

»Das ist uns schon klar.«

»Was wollen Sie denn damit, Doktor?«

»Ich will gar nichts damit.«

»Dann geben Sie sie mir wieder. Sie gehört *mir*. Ich hab sie auf dem Hof gefunden.«

»Die dürfen Sie nicht behalten. Kommen Sie mal mit.«

Der Arzt hatte einen Pfleger bei sich. Sie traten an mein Bett. Der Pfleger klappte meinen Nachttischschrank auf.

»Da schau her!«, sagte der Arzt. »Bukowski hat ja eine ganze Apotheke hier! Haben Sie Rezepte für das Zeug, Bukowski?«

»Nein, aber ich hebe es mir auf. Es gehört mir. Ich hab's *gefunden*.«

»Weg damit, Mickey«, sagte der Arzt.

Der Pfleger holte einen Mülleimer und warf alles rein.

Die nächsten drei Abende bekam ich meinen Saft nicht. Manchmal fand ich sie ziemlich unfair.

Rauszukommen war nicht besonders schwer. Ich kletterte über eine Mauer und sprang auf der anderen Seite runter. Barfuß und im Klinikhemd. Ich ging zur Bushaltestelle, wartete, und als der Bus kam, stieg ich ein. Der Fahrer sagte: »Wo ist Ihr Geld?«

»Ich hab keins«, antwortete ich.

»Das ist ein Irrer«, meinte jemand.

Der Bus fuhr schon. »*Wer* ist hier irre?«, fragte ich. »Wer hat gesagt, ich sei ein Irrer?«

Niemand antwortete.

»Die haben mir wegen einer Hacke meinen Saft weggenommen. Da bleib ich nicht.«

Ich ging durch und setzte mich neben eine Frau.

»Komm, wir vögeln, Süße!«, sagte ich.

Sie wandte sich ab. Ich fasste ihr an die Brust.

»He da!«

»Hat mich jemand gerufen?«

»Ja, ich.«

Ich drehte mich um. Ein Schwerathlet.

»Lassen Sie die Frau in Ruhe«, sagte er zu mir.

Ich stand auf und gab ihm eine aufs Maul. Als er aus dem Sitz kippte, trat ich ihm ein- oder zweimal vor den Kopf, und ich hatte zwar keine Schuhe an, schneide mir aber nie die Zehennägel.

»Allmächtiger Gott, Hilfe! Hilfe!«, schrie er.

Ich zog an der Klingelschnur. Als der Bus anhielt, stieg ich hinten aus. Ich ging in einen Drugstore. Ich nahm mir ein Päckchen Zigaretten von der Theke, eine Schachtel Streichhölzer und steckte mir eine Zigarette an.

Ein kleines Mädchen, vielleicht sieben Jahre alt, war mit ihrer Mutter in dem Laden. »Guck mal den komischen Mann!«, sagte sie zu ihrer Mutter.

»Lass den Mann in Ruhe, Daphine.«

»Ich bin Gott«, sagte ich dem Mädchen.

»Mami! Der Mann sagt, er ist Gott! Ist er Gott, Mami?«

»Ich glaube nicht«, sagte Mama.

Ich ging zu der Kleinen, hob ihr Kleid an und kniff sie in den Hintern. Die Kleine schrie. Mama schrie. Ich ging aus dem Drugstore. Es war ein warmer Tag Anfang September. Das Mädchen hatte eine hübsche blaue Unterhose angehabt. Ich sah auf meinen Körper hinab und grinste, als der Himmel runterfiel. Ich hatte einen ganzen Tag Zeit, bevor ich entscheiden musste, ob ich zurückging oder nicht.

Tanzen mit Nina

Nina war das, was man eine Verführerin nennen könnte, ein Vamp. Lange Haare, seltsame und grausame Augen, aber sie verstand zu küssen und zu tanzen. Und wenn sie küsste und tanzte, bot sie sich dem Mann dar wie kaum eine andere Frau. Das machte viele Mängel wett, und Nina hatte verdammt viele Mängel.

Aber Nina war nun mal so.

Sie geilte gern auf. Sie geilte fast sogar lieber auf, als dass sie Ernst machte. Was Nina abging, war die Fähigkeit der Wahl – sie konnte einen guten Mann einfach nicht von einem schlechten unterscheiden. Darin liegt überhaupt eine Schwäche der Amerikanerin. Nina besaß sie nur im Übermaß.

Ich lernte sie in Los Angeles durch einen Umstand kennen, mit dem ich Sie nicht langweilen möchte.

Sie war heiß und witzig und gut im Bett. Heiraten wollten wir beide nicht (sie hatte eine Ehe hinter sich), und anfangs dachte ich, ich hätte endlich mein Zauberweib kennengelernt.

Mir fiel ihre Zerstreutheit auf, dass sie bestimmte Wendungen wiederholte, immer wieder dieselben Storys erzählte. Das meiste, was sie sagte und dachte, war übernommen, von anderen gehört. Aber sie hatte so ein bestimmtes Flair, das ich damals nicht als die Kunst zu schäkern erkannte.

Ich dachte, sie liebt mich einfach.

Aber auf der ersten Party, zu der ich sie mitnahm, hob ich den Kopf und dachte: Großer Gott, was hab ich mir denn da eingehandelt? Sie tanzte nicht einfach, sie koitierte vor aller Augen. Es war natürlich ihr gutes Recht, vor aller Augen zu koitieren. Und natürlich koitierte sie nicht, es sah nur so aus.

Nina war der Partyhit. Nina war der Hit *sämtlicher* Partys. Sie war die Ewige Hure zum Aufgeilen der Gene. Wir stritten uns wegen ihrer Tanzerei, weil ich sie irgendwie trotzdem liebte.

»Ich bin denen über«, sagte sie. »Wenn die Party vorbei ist und ich den Mann angemacht habe, schlüpf ich durch die Hintertür und verschwinde.«

»Das ist aber doch verlogen. Du bietest dich den Männern an, und dann haust du ab. Das ist verlogen. Du willst dich für irgendwas rächen.«

»Hör zu«, sagte sie, »du hast die Fickkette am Bein, ich nicht. Ich bin *frei*. Wenn ich tanze, denk ich gar nicht an dich. Ich denke an die Musik und daran, wie der Mann tanzt, mit dem ich gerade dran bin. Ich schwebe frei dahin – ich bin ein großer weißer Vogel am Himmel.«

»Gut, okay.«

»Du hast auch schon mal gesagt, wenn ich tanze, betrüge ich dich. Wie soll das gehen?«

»Du weißt, wie«, antwortete ich. »Tanzen kann sexyer sein als Beischlaf. Es ist mehr Bewegung drin, und man hat Zuschauer. Die Augen sind da, das Näherkommen, immer näher. Ich kenne dich, Miststück. Du bist kein großer weißer Vogel – du bist die Hure der Weltzeitalter ...«

»Und du bist ein Arschloch, Charlie. Du kapierst es einfach nicht.«

Ich weiß nicht, warum ich an ihr festhielt.

Vielleicht wollte ich einfach eine Story hören, vielleicht wollte ich einfach eine Story schreiben. Das Tragische an ihrer Tanzerei war wohl, dass sie sich für eine große Tänzerin hielt. Ich hatte schon großes Tanzen gesehen – die Menschen übten Monate, Jahre, ein Leben lang, um es hervorzubringen.

Nina brachte nur den Sex voll zur Geltung, das hatte sie raus, aber es war schwerlich großes Tanzen.

In einem türkischen Café habe ich mal eine Weiße gesehen. Es war so ein Lokal, in dem man unten isst und dann zum Trinken nach oben geht. Die dunkelhäutigen Frauen vollführten ihre stillen, ungezwungenen Bewegungen für sich allein, und dann hatte die Amerikanerin, eine gutgebaute Blondine, ihren Auftritt. Sie machte es nicht schlecht, aber es war hässlich, weil es so eindeutig war. Man bat die Frau und ihren Begleiter zu gehen, und die weiße Amerikanerin überschüttete uns von der Treppe aus mit Unflätigkeiten. Sie hatte den Unterschied zwischen Kunst und Kunstlosigkeit nicht begriffen. Dann widmete ich meine Aufmerksamkeit wieder den dunkelhäutigen Tänzerinnen, die wie Flüsse des Wahrhaftigen zum Meer hinströmten …

Abgesehen von den Partys bekam ich noch andere Informationen von Nina, hauptsächlich auf dem Liebeslager, vorher oder nachher. Man könnte sie Bekenntnisse nennen, in ihrem Fall vielleicht auch Bespaßungen.

»Also da war so ein Kleiderladen. Bin ich rein, um was für meinen Mann zu kaufen. Der Typ da war sehr sarkastisch zu mir. Ach, auf die Sarkastiker steh ich …«

Sie sah mich an, aber ich wich ihren grausamen Augen aus.

»Er zog mich hinter einen Vorhang und küsste mich. Hinten war so ein kleiner Raum. Er lief hinter mir und holte den Schwanz raus, und da saßen ein paar Typen, und alle lachten. Ich bin später noch mal hin und hab zu ihm gesagt: »Du bist schwul, oder? Du bist einfach nur schwul!«

»Stimmte das denn?«

»Ich glaub schon.«

»Okay ...«

»Weißt du«, erzählte sie weiter, »ich hab meinen Mann gar nicht so oft betrogen. Ein- oder zweimal vielleicht. Einmal, das hab ich auch meinem Mann erzählt, hab ich einem den Schwanz rausgeholt und geküsst, aber gevögelt haben wir nicht.« Weitere Geschichten: Auf eine Annonce in einer Undergroundzeitung bekam sie fünfzig Zuschriften. Ein Typ schickte seine Telefonnummer mit, und Nina rief ihn an. Sie traf sich mit dem jungen, dünnen Kerl in einem Café. Anschließend bat er sie, ihn zum Park zu fahren, da hätte er sein Auto stehen. »Ich brachte ihn hin«, erzählte Nina, »aber ich hätte es besser wissen sollen. Er hat mich echt angemacht, das wusste er auch, und er hatte einen riesigen gebogenen Schwanz, wie ein Sensenblatt. So einen großen habe ich noch nie gesehen. Aber er wollte mir nicht sagen, wie er heißt. Ich wollte nicht schwanger werden und sagte nein. Er wurde wütend und meinte: ›Da penn ich doch lieber mit einem Typen, die verschonen mich wenigstens mit dem Scheiß!‹«

»Und du hast ihn gehn lassen?«

»Ja, aber das hättest du sehen müssen – riesig, gebogen, wie eine Sense!«

Ich weiß es nicht. Es gab viele Kämpfe und viele Kehrtwendungen zwischen uns. Ich verdiente meinen Lebensunterhalt mit Schreiben, das hieß, ich hatte nicht viel Geld, aber viel Zeit. Zeit zum Nachdenken – Zeit zum Lieben. Wahrscheinlich war ich in Nina verliebt. Obwohl ich zwanzig Jahre älter war als sie.

An einem Wochenende fuhr ich sie mal bis nach Arizona, wo sie auf einer Ranch eine dreistündige Extra-Tanzshow mit einem Homosexuellen abzog. Sie trug einen roten Hausanzug mit Fransen, die über dem blanken Bauch und Bauchnabel hochwippten.

Ich vertrank den Abend größtenteils im Jagdzimmer, sah mir die toten Tiere an den Wänden an und fühlte mich ihnen ziemlich innig verbunden.

Schließlich ging ich ins Billardzimmer des Ranchgebäudes, wo sie tanzten. Ich stemmte den Homosexuellen hoch über meinen Kopf, entschloss mich aber, seinen Schädel doch nicht an der Decke zu zertrümmern. Ich stellte ihn ab und gab meine eigene betrunkene Version der Tanznummer zum Besten – den großen weißen Vogel im Flug.

Als ich fertig war, kam die Schwuchtel an und sagte: »Verzeihung!«

Ich machte ihm Platz, und er tanzte mit Nina, und niemand schien etwas dagegen zu haben, selbst ich nicht ...

Wie es so ist, das Leben ging weiter.

Ich gab ein paar Gedichtlesungen, bekam ein paar kleine Tantiemen für einen Roman. Dann war ich mit Nina in Utah und wartete auf den großen Tanz zum 4. Juli.

»Das ist die einzige Gelegenheit, bei der sich hier was tut«, erklärte sie mir.

Also gingen wir zu dem Kleinstadt-Großtanz, und Nina lernte ihren dicken, doofen Cowboy kennen. Vielleicht war er auch nicht dick und doof.

Ich sah ihm ein bisschen zu und dachte, Mensch, der könnte sogar zum Schriftsteller werden, wenn ihm was richtig ins Herz schneidet, ihm zeigt, wo es langgeht. Aber er war noch nicht hart rangenommen worden, sagen wir also nur, er hatte Herz, und Nina wusste es. Sie blickte immer wieder zu mir, während sie sich im Tanz an ihn warf. Und ich dachte, was mach ich Fremder in diesem Scheißkaff? Ich wünschte nur, ich könnte raus und die Ninas und Konsorten sich selbst überlassen, aber Nina schmiss sich immer fester ran und bot sich ihm an.

Das war's dann für mich, denn wenn sie ihn haben wollte, konnte sie ihn haben. So dachte ich eben: Wenn zwei sich haben wollen, sollen sie sich haben.

Aber sie musste ihn nach jedem Tanz wieder zu mir schleifen. »Charlie«, sagte sie, »das ist Marty. Tanzt er nicht klasse?«

»Vom Tanzen versteh ich nicht viel. Kann schon sein.«

»Ich möchte, dass ihr Freunde werdet«, sagte sie.

Dann ging es in die nächste Runde, sie tanzten weiter, und alles klatschte, lachte und freute sich. Ich rauchte eine Zigarette und unterhielt mich mit einer großbusigen Dame über Steuern. Dann schaute ich auf und sah, dass sich Nina und Marty beim Tanzen küssten.

Ich war verletzt, aber ich kannte Nina. Ich hätte nicht verletzt sein sollen. Sie küssten sich andauernd. Alles klatschte. Ich klatschte mit. »Zugabe, Zugabe«, rief ich.

Sie tanzten immer weiter.

Die Kleinstädter wurden immer beschwingter. Ich gab einfach die Hoffnung auf, landete auf dem Boden der Tatsachen und langweilte mich fürchterlich. Anders als Langeweile kann ich den Zustand nicht nennen. Der Rhythmus von Tanzmusik macht's. Er kann mich nur so und so lange fesseln, dann kommt es mir vor, als würde ich von schweren Hämmern sinnlos plattgehauen.

Nina und ich wohnten damals in einem Zelt am Stadtrand. Ich saß an einen Baum gelehnt vor dem Zelt, als sie die Straße entlanggelaufen kam: »Charlie, Charlie, ich *will* nicht Marty, ich will *dich*! Bitte glaub mir, verdammt nochmal!«

Ihr Wagen stand an der Hangstraße, und offenbar verfolgte Marty sie im Mondschein. Der dicke, doofe Cowboy saß zu Pferd. Er holte sie ein und fing sie mit dem Lasso, und sie schrie vor mir auf dem Boden. Er riss ihr die Jeans und das Höschen runter und steckte ihn ihr rein. Ihre Beine hoben sich in den pechschwarzen Himmel.

Ich konnte es nicht mit ansehen und ging den Weg runter zur Hauptstraße.

Ich spazierte gut fünf Meilen zur nächsten Bushaltestelle im Ort.

Es ging mir gut.

Ich wusste, dass sie mittlerweile fertig waren und dass ich frei war. Ich dachte an Schostakowitschs Fünfte Sinfonie. Und im Weitergehen begriff ich, dass zum ersten Mal seit Jahren mein Herz frei war.

Der Kies, der unter meinen Füßen knirschte, bot den besten Tanz überhaupt. Besser als alles Küssen und Tanzen, das Nina mir bieten konnte.

Notizen eines Dirty Old Man

NOLA Express, 27. Januar 1972

»*Ein echter Cowboy bist du erst, wenn du mal Rindermist an den Stiefeln gehabt hast*« ...

Pall Mall McEvers, 29. Juli 1941

Phoenix, 13. Januar 1972

Schriftsteller sein heißt, man macht viele Sachen, damit das Schreiben nicht armselig von einer einzigen Basis ausgeht, und man entscheidet sich nicht immer für das Naheliegende wie Paris, San Francisco oder ein Treffen der Herausgeber kleiner Zeitschriften – daher schreibe ich gerade à la Hemingway im Stehen, wenn auch nur an einer umgedrehten Kabeltrommel irgendwo in der Wüste Arizonas, während über mir ein gelber Eindecker mit Propeller schwebt. Afrika und die Löwen sind weit weg – Gertie Steins Lektionen verdaut und verworfen – gerade habe ich einen Kampf zwischen einer kleinen Promenadenmischung und einem Deutschen Schäferhund beendet – und ein bisschen Mumm braucht man dafür schon – und der Promenado liegt zu meinen Füßen unten auf der Kabeltrommel – dankbar, staubig, angekaut – und ich habe meine Zigaretten irgendwo liegen lassen – ich stehe unter einem Trauerbaum mit hängenden Zweigen im Paradise Valley und rieche die Pferdescheiße und denke an meinen verwitterten Bungalow in Hollywood und die neuntklassigen Schreiber, mit denen ich da Bier und Wein trinke und die ich vor die Tür setze, wenn ich ihnen das bisschen, was sie draufhaben, entlockt habe.

Jetzt kommt ein kleines Mädchen an und sagt: »Bukowski, du Blödi, was machst du?«

Dann laden mich die Nachbarn zur Rechten auf ein Sandwich ein. Die Literatur kann warten. Fünf Frauen sind da drin. Alle schreiben Romane. Tja, was fängt man mit fünf Frauen an?

Die Sandwiches sind gut, und der Plausch beginnt:

»Also ich hab mal bei einem Anwalt gearbeitet, der hatte so einen Guru auf dem Schreibtisch, und einmal wurde ich geil und bin damit aufs Klo, und der Gurukopf war genau richtig, die ganze Figur passte genau, es war ziemlich gut. Als ich fertig war, hab ich sie dem Anwalt wieder auf den Schreibtisch gestellt. Die Farbe war abgegangen, und als der Anwalt wiederkam, sah er das und sagte: ›Was ist denn mit meinem Guru passiert?‹, und ich meinte: ›Wieso? Stimmt was nicht?‹ Da rief er die Firma an, von der er das Ding hatte, und beschwerte sich, nach gerade mal einer Woche sei die Farbe abgegangen ...«

Die Frauen lachten: »O hahaha ha, o hahahaha!« Ich grinste.

»In *Die sinnliche Frau*«, sagte eine andere Romanschreiberin, »hab ich gelesen, dass eine Frau 64-Mal hintereinander kommen kann, da hab ich das ausprobiert ...«

»Mit welchem Ergebnis?«, fragte ich.

»Auf dreizehn kam ich ...«

»Wo so viele geile Typen rumlaufen«, sagte ich. »Du solltest dich schämen.«

Hier sitze ich unter Frauen, dachte ich, schlafe mit der schönsten von ihnen, und wo sind die Männer? Sie brandmarken Vieh, drücken die Stechuhr, verkaufen Versicherungen ... Wie kann ich über mein Los als hungerleidender

Schriftsteller klagen? Das wird schon. Morgen fahr ich ins *Turf Paradise* und schau mal, ob die Götter mir gut sind. Die Cowboys und die Alten, die zum Sterben hierherkommen, steck ich ja wohl in die Tasche. Dann gibt's noch die Gedichte. Patchen ist am Samstagabend an einem Herzanfall gestorben, und John Berryman hat sich am Freitag von einer Brücke in den Mississippi gestürzt, und seine Leiche ist noch nicht gefunden. Es geht aufwärts. Der Nachwuchs schreibt wie Oscar Wilde mit einem sozialen Bewusstsein. Oben ist Platz, und unten ist nichts. Ich sehe mich förmlich über den TIMES SQUARE laufen und höre die jungen Mädchen sagen: »Da, da läuft Charles Bukowski!« Ist das nicht das, was man erlebte Unsterblichkeit nennt? Abgesehen von Gratisgetränken?

Ich esse mein Sandwich auf, lasse die Schöne wissen, dass ihrer Seele und ihrem Körper noch meine Liebe gehört, und gehe wieder in die Wüste zu meiner umgedrehten Kabeltrommel, an der ich jetzt tippe. Im Stehen tippe, mit Blick auf Pferde und Kühe, und die Berge links von mir sind anders geformt als die öden Berge nördlich von L.A., und in L.A. werde ich bald wieder sein, es ist der einzig wahre Ort für rasende Literaten: Zumindest ich verkaufe mich da am besten, es ist mein Paris, und wenn ich nicht wie Villon aus der Stadt gejagt werde, sterbe ich da auch. Meine Wirtin trinkt Bier aus der Literflasche und zwingt mich zum Mittrinken und erlässt mir zehn Dollar Miete (im Monat) dafür, dass ich die Mülltonnen der Mieter rausstelle und wieder reinhole. Das ist ergiebiger als ein Kurs über das Werk großer Schriftsteller.

Allerdings geben die Frauen auch Anlass zur Sorge, sie tanzen sexy mit den Cowboys hier in der Kneipe und machen ihnen große Kuhaugen, diesen sonnengebräunten Raubeinen, die noch nicht mal ihren Swinburne gelesen haben ... Kann man nur Bier trinken, stoisch, gleichgültig und menschlich tun und den Literaten rauskehren.

Das kleine Mädchen kommt wieder:

»Hei, Bukowski, du Blödi! Ohne Hemd, ohne Schuhe, ohne Hose, ohne Unterhose tippt er nackig in der Sonne ...«

Sie ist 3 Jahre alt und sitzt in einem Spielzeugtraktor, hält an, dreht sich um:

»Hei, Bukowski, du Blödi! Ohne Hose, ohne Unterhose tippt er nackig in der Sonne ... Mit kahlem Kopf und nacktem Po versinkt er im Wasser ...«

Mit kahlem Kopf? Die Frau ist natürlich das ewige Problem, solange das Ding steif wird. Und fünfzig Lebensjahre bringen den Mann einer Lösung nicht näher. Bei den meisten von uns stellt sich nach wie vor zwei- oder dreimal im Leben die Liebe ein, der Rest ist Sex und Kameradschaft, und das eine wie das andere bedeutet Kummer, Krampf und Herrlichkeit.

Und hier kommt *sie* durch den Staub, 31, Cowboystiefel, lange rotbraune Haare, dunkelbraune Augen, enge blaue Hose, Rollkragenpulli; sie lächelt ...

»Was machst du, Mann?«

»Ich schreibe ...«

Wir umarmen und küssen uns; ihr Körper drängt sich an meinen, und in den braunen Augen spiegeln sich Vögel, Flüsse und Sonne; sie sind heißer Speck, sind Chili und Bohnen, sind vergangene und künftige Nächte, sind genug, sind mehr als genug ... Wo sie küssen gelernt hat, wird mir ein Rätsel bleiben. Als wir uns voneinander lösen, ragt vor mir etwas in die Höhe.

»Morgen fahren wir zum Pferderennen«, sagt sie.

»Gern«, sage ich, »und was ist *hier*mit?«

Ich senke den Blick.

»Keine Sorge. Darum kümmern wir uns«, sagt sie.

Wir laufen umher und verkeilen uns wieder am Kaninchenstall. Passend.

»Du bist der geilste alte Kerl, den ich je kennengelernt habe ...«

Ich schicke sie bald weg, damit ich den Artikel hier fertig kriege. Mein Blick folgt der Bewegung ihres Hinterns, als sie durch den Wüstensand zum Haus geht. Sie bückt sich, um einen Hund zu streicheln. Nur darum drehen sich die Kriege, Freud, da lagst du schon richtig, wenn du's auch etwas aufgebauscht hast ...

Ich beende noch einen Hundekampf. Diesmal kommen zwei Mädchen mit einem größeren Hund vorbei. Der Deutsche Schäferhund greift an. Es ist ein guter Kampf. Ich gehe mit einem Stock dazwischen, packe den großen Hund am Halsband.

»Danke«, sagt eines der Mädchen.

Sie erinnert mich an eine, die ich mal kannte, die falsch geheiratet hatte und sich bei mir Trost holen kam ...

Charles Bukowski – sein Schreibstil ...

Na, den hat er entwickelt, indem er Bier aus Literflaschen trinkt, *Prince Albert* in *Zig Zag* eindreht und Hundekämpfe schlichtet ...

Gerade merke ich, dass ich in eine meiner schlechten Gewohnheiten verfallen bin: Ich schreibe abwechselnd in der Gegenwart und der Vergangenheit. Statt das zu korrigieren, lasse ich es so, um die Großzügigkeit der Lektoren auf die Probe zu stellen ... Jetzt kommen zwei Kinder von der Schule nach Hause, und der Junge wirft mir einen Ball zu. Ich bin auf Zack und fange ihn, schlenze ihn geschickt mit beiläufiger Präzision zurück ... Ernie wäre stolz auf mich gewesen. Jetzt würde ich gerne was über die Freudenhäuser in Phoenix schreiben ... aber das bedarf erst einiger Recherche. Gestern sagte mir ein blinder Schriftsteller, Phoenix sei das drittgrößte Zentrum des Drogenhandels in den USA. Und er sagte mir, diejenigen (Schriftsteller), die die Zeiten überdauert haben, hätten es nicht verdient. Das denke ich auch schon ein paar Jahre. Was für Langweiler.

Wenn ihr jetzt meint, ich hätte immer schon an einer umgedrehten Kabeltrommel in der Wüste gestanden, die Zeiten durcheinandergebracht und herumgekaspert, irrt ihr euch, Leute. Ich habe in winzigen ratten- und kakerlakenverseuchten Zimmern Hunger geschoben und nicht mal genug Geld für Briefmarken gehabt. Betrunken auf dem Pflaster gelegen und darauf gewartet, dass mich ein Laster überfährt ... Die beiden Kinder sind noch da ...

»Wir wollen dich ärgern, Mann!«

»Ah ja?«, sage ich.

»Trinkst du gern Limo?«

»Um Gottes willen. Ich trink gern Hochprozentiges.«

Jetzt klettert das Mädchen auf meine geliebte Trommel, um mich zu ärgern. Da sie mir aber Limonade mitgebracht haben, lasse ich mir ihre Unartigkeiten gefallen. Jetzt klettert der Junge auf meine geliebte Trommel und tanzt. Noch zwei Kinder kommen dazu. Eins erklettert den Tisch.

»Wie heißt du?«, frage ich.

»Genius«, sagt er.

»Macht was Interessantes, damit ich drüber schreiben kann. Und dann VERSCHWINDET GEFÄLLIGST.«

Sie tun nichts als ärgern, nerven, ärgern, nerven ... Wie würde Ernie damit umgehen? Wem gehören die bloß? Sie verziehen sich ...

Dem Artikel fehlt's noch an Sex ... Ich dachte, wenn ich in der Wüste bin, erlebe ich Einsamkeit. So ist das schlimmer als Hollywood mit den ganzen Süffeln, die mich früh um elf aus dem Bett holen, damit ich das Geblubber ihrer schwindenden Seelen mitkriege. Schreiben im Freien kann ich nicht empfehlen. Immerhin haben mich die Vögel nicht angeschissen. Ein Wüstenkind meinte, ich solle meine nächste Story zu Pferd schreiben. Nun, ich hab's mit Phoenix versucht und Phoenix mit mir. Jetzt geht die Sonne unter, und meine Beine sind zutiefst empört. Wie sieht das denn auch aus, hier an einer hochgekippten Kabeltrommel zu schreiben? Da hab ich wohl ein Stück Hollywood mitgebracht. Wenn das Pferderennen nicht besser läuft als die Schreiberei, zahle ich morgen mit Sicherheit drauf. Aber jetzt will ich mal die Maschine einpacken und den Ladys zuhören, wie sie vom Sex mit Besenstielen, Gurken und Ähnlichem erzählen ... erinnert mich an den Typ, der mir erzählt hat, er hätte sein Ding mal in einen Staubsauger gesteckt ... quak-quak-quak. Ich höre Enten. Ich schnappe mir die Maschine und laufe zu dem Haus voll verdorbener Romanschreiberinnen ...

Notizen eines Dirty Old Man

L. A. Free Press, 25. Februar 1972

Ich erwachte in einem fremden Schlafzimmer im Bett mit einer fremden Frau in einer fremden Stadt. Ich lag hinter ihr, und mein Glied steckte nach Hundeart in ihrer Möse. Da war es warm drin, und mein Glied war hart. Ich bewegte es leicht, und sie stöhnte. Anscheinend schlief sie. Ihre Haare waren lang und dunkel, ziemlich lang; zum Teil hingen sie auch über meinem Mund – ich schob sie weg, um besser Luft zu bekommen, und stieß noch einmal vor. Ich fühlte mich verkatert. Ich zog ihn raus, drehte mich auf den Rücken und versuchte, mich zu sammeln.

Ich war vor ein paar Tagen mit dem Flugzeug hergekommen und hatte … wann? … gestern Abend … aus meinen Gedichten gelesen. Die Stadt war heiß. Leonor Kandel hatte zwei Wochen zuvor eine Lesung gehabt. Und kurz davor hatte es die Nationalgarde fertiggebracht, ein paar Leute auf dem Universitätsgelände mit dem Bajonett aufzuspießen. Mir gefielen Städte, wo was abging. Die Lesung war gut gelaufen. Ich hatte ein Bier aufgemacht und losgelegt. Der Dekan und die Englischabteilung waren im letzten Moment abgesprungen, und die Studenten hatten mich finanziert.

Nach der Lesung gab es eine Party: Wodka, Bier, Wein, Scotch, Gin, Whisky. Wir saßen auf dem Teppichboden, tranken und unterhielten uns. Neben mir hatte eine mit langen schwarzen Haaren gesessen … wenn sie lächelte, sah man, dass ihr vorn ein Zahn fehlte. Der fehlende Zahn hatte es mir angetan. Und jetzt lag ich hier.

Ich stand auf, um ein Glas Wasser zu trinken. Hübsche Wohnung. Ich sah zwei Babys in einem Laufstall. Nein, nur eins. Es krabbelte im Laufstall. Das andere lief nackt in der Wohnung herum. 9.45, sagte die Uhr. Na gut, sie *sagte* es nicht direkt. Ich ging in die Küche, sterilisierte eine Flasche und machte Milch warm. Ich gab dem Baby die Flasche, und es sprang voll darauf an. Dem herumlaufenden Kind gab ich einen Apfel. Seltzer fand ich nicht. Im Kühlschrank waren zwei Bier. Ich trank noch ein Glas Wasser und machte das Bier auf. Nette Küche. Nette junge Frau. Zahnlücke. Nette Zahnlücke.

Ich trank das eine Bier aus, öffnete das andere, schlug zwei Eier auf, streute Chili und Salz drauf und frühstückte. Dann ging ich in das andere Zimmer, und der Kleine sagte: »Ich kann deinen Zipfel sehn.« »Ich kann deinen Zipfel auch sehn«, sagte ich ihm. Auf dem Kaminsims sah ich einen aufgerissenen Brief, adressiert an eine Mrs Nancy Ferguson. Ich ging zurück ins Schlafzimmer und legte mich wieder hinter sie.

»Nancy?«

»Ja, Hank?«

»Ich hab dem Kleinen die Flasche gegeben, dem andern einen Apfel.«

»Danke.«

»Und dein Mann?«

Mein Glied wurde wieder hart. Ich schob es ihr in den Hintern.

»Wir sind ... aua! – nicht so fest! ... wir leben getrennt.«

»Hat dir meine Lesung gefallen?«

»Uuuh, verdammt! Sachte! Ja, die Lesung war toll. Fand ich besser als die von Corso.«

»Bei Corso warst du? Bei Kandel auch?«
»Die Kandel hab ich verpasst ...«
»Corso hab ich neulich Abend kennengelernt«, sagte ich.
»Ach, du kennst ihn? – Bitte! Es fühlt sich nicht schlecht an, aber sei vorsichtig ... Wie ist Corso?«
»Nett, er war nett. Ich hab gehört, er hätte eine große Klappe, aber so kam er nicht rüber. Eher sanft und unterhaltsam ...«
»He, zerreiß mich nicht!«
»Er trug weiße Klamotten mit kleinen Rüschen und runterhängenden Schnüren. Er trug Perlen und ein Amulett ...«
»Das ist gut, das ist gut ...«
»Was ist gut?«
»Wie du's jetzt machst, oder ich gewöhn mich langsam dran.«
»Ach ja?«
»AU! So nicht!«
»Corso hat mir die Karten gelesen. Ich hätte POWER, meinte er.«
»Oh, das glaub ich!«
»Corso wollte wissen, warum ich keine Perlen und Ringe an mir habe ...«
»Und was hast du geantwortet?«
»Ich ...«
»He, zieh ihn RAUS, du BRINGST MICH UM!«
Ich zog ihn raus. Sie drehte sich um. Ich hatte recht gehabt. Es war die mit dem fehlenden Zahn. Sie sah an mir runter.
»Was dagegen, wenn ich ihn küsse?«
»Eigentlich nicht«, sagte ich.
»Man sagt, ich bin der größte Dichter seit Rimbaud«, sagte ich.
»Weiter«, sagte ich, »weiter.«

»Dem Kleineren hab ich die Flasche gegeben«, sagte ich, »dem anderen einen Apfel.«

»Schön hast du's hier«, sagte ich.

»Weiter«, sagte ich. »Mach dir keine Gedanken darüber.«

»Herr Jesus!«, sagte ich.

»Ah ah ah ah ah, oh ah oh ah«, sagte ich.

Sie ging ins Bad. Als sie wiederkam, legte sie sich ins Bett und sah mich an.

»Ich habe mir alle deine Bücher gekauft, ich habe sie alle gelesen.«

»Der Größte seit Rimbaud«, sagte ich.

»Wieso wirst du ›Hank‹ genannt?«

»Charles ist eigentlich mein zweiter Vorname.«

»Gibst du gern Gedichtlesungen?«

»Wenn sie so ausgehen wie diese, schon.«

Ich stand auf und zog mich an.

»Schreibst du mir?«, fragte sie.

»Nancy, schreib mir bitte deine Adresse auf.«

Ich gab ihr Papier und Stift. Zwanzig Minuten später fuhr ich mit dem Taxi zum Haus meines Gastgebers. Er fragte, wo ich gewesen sei. Auf der anderen Seite der Stadt, sagte ich. Am nächsten Tag flog ich zurück nach L.A. Etliche Tage erinnerte ich mich liebevoll an die Dame, dann vergaß ich sie. Sie erscheint hier nicht unter ihrem richtigen Namen, aber damals hatte sie sich gerade von einem ziemlich bekannten Undergroundpoeten getrennt. Wieder eingefallen ist sie mir wegen Folgendem: Eine Zeitschrift in der Nähe von Frisco hatte ein paar Gedichte von mir angenommen, und der Herausgeber schrieb gern lange Briefe. Diesmal schrieb er, er sei am Abend zuvor mit diesem Undergroundpoeten saufen gewesen, und der Poet habe zur Belustigung der Runde erzählt, wie er in einem Hotelzimmer in Portland eine gewisse

Dame aus dem Vorstand der Stipendien vergebenden National Foundation of the Arts in den Arsch gefickt habe.

Okay, schrieb ich zurück, da K. so gern lacht, können Sie ihm erzählen, dass ich eines Abends nach einer Lesung an der Uni von ... seine Frau kennengelernt habe. Weder von dem Herausgeber noch von dem Undergroundpoeten hab ich noch mal was gehört, und der Dame hab ich nicht geschrieben, und Corso habe ich auch nicht wiedergesehen, und wenn ihn jemand sieht, kann er ihm sagen, dass ich keine Ringe trage, weil mir nichts daran liegt, und das genügt als Grund, und damit endet auch die Geschichte.

Notizen eines Dirty Old Man

L. A. Free Press, 12. Mai 1972

Sie fuhr mit ihm zum Sunset, und sie frühstückten am Nachmittag in einem Lokal mit einem langhaarigen japanischen Kellner. Es wimmelte von Langhaarigen und Hollywoodtypen. Vicky bestellte. Vicky zahlte. Vicky empfahl die Waffeln mit Rührei plus Beigabe. »Gut«, sagte er, »ich nehm die Wurst, und ich gefalle mir als Gigolo.« Als Getränk empfahl sie – neu für ihn – Champagner mit Orangensaft. Hank war einverstanden.

»Ist es vorbei?«, fragte sie.

»Ja.«

»Und was machst du jetzt?«

»Weitersehen. Mit netten Damen Waffeln essen. Und mich unterhalten.«

»Was hast du mit mir vor?«

»Ich werde mich dir nicht aufdrängen«, sagte er.

»Das kannst du auch nicht.«

Die Getränke kamen.

»Hast du sie geliebt?«

»Scheiße, ja. Meine zweite große Liebe in fünfzig Jahren. Das ist nicht schlecht, oder?«

»Damit es mehr wird«, sagte sie, »brauchst du nur Zeit, Zeit und deine Arbeit und musst andere Menschen kennenlernen.«

»Bin ja dabei. Und wie steht's mit dir?«

»Zweimal verheiratet. Zehn Jahre und vier Jahre. Andere Männer, viele andere Männer, aber immer nur kurz.«

»Lange geht's irgendwie nicht«, sagte Hank.

»Kennst du eine glückliche Ehe?«

»Nein, auch keine Leute, die glücklich zusammenleben oder zusammen sind.«

»Was läuft schief?«

»Na, wenn alles andere soweit in Ordnung ist, würde ich sagen, dass immer irgendwie die chemische Zusammensetzung nicht hinhaut.«

Sie tranken. Das Frühstück war da.

»Erzähl mal von der Zusammensetzung.«

»Es ist immer dasselbe. Einer, dem sehr daran liegt, und einer, dem nichts dran liegt oder nur wenig. Der, dem nicht so viel dran liegt, ist am Drücker. Die Beziehung endet, wenn der, dem nichts dran liegt, die Lust verliert.«

»Auf welcher Seite standest du, Hank?«

»Auf beiden mal. Die letzte war mir wichtig.«

»Die Waffeln sind gut, was?«

»Verdammt gut.«

Sie aßen schweigend und tranken dann noch ein Glas. Vicky verlangte die Rechnung. Neun Dollar. Herrgott. Er kehrte um und ließ ein Trinkgeld da. Sie gingen zum Wagen.

»Du hörst auf zu trinken, ja?«

»Klar. Das erste Stadium der Trennung läuft. Selbstmitleid.«

»Seit ich dich kenne, bist du innerlich im Aufruhr, sitzt du mit einem Glas in der Hand da.«

»Du kennst mich nicht.«

»Doch. Ich war schon öfter bei dir. Weißt du nicht mehr?«

»Es kann sein.«

Vicky fuhr aus der Parklücke. »Warum angeln sich die jungen Mädchen immer die alten Männer? Warum lassen sie mir nicht ein paar Alte.«

»Das haben sie ja gerade getan. Am Freitag.«

Sie bog auf den Sunset. »Und wo möchtest du jetzt hin?«

»Nur weg ... du weißt, es geht mir dreckig. Wo kann man da hin?«

»Was macht dein Humor?«

»Der ist angeblich okay.«

»Was meinst *du* denn?«

»Er ist okay.«

Vicky fuhr weiter. Hank ließ sich von der Sonne bescheinen und dachte, ich bin jetzt raus. Wenn ich halbwegs bei Verstand bin, lass ich die Frauen sein. Aber das ist schwer. Vier Jahre war ich stark und ganz für mich, und dann hat eine angeklopft ...

Vicky bog in eine Einfahrt, und sie waren auf dem Friedhof von Hollywood. Sie folgte der im Kreis führenden Einfahrt, hielt dann an, und sie stiegen aus.

Weit und breit war niemand zu sehen. Sie gingen los. Sie hatten den ganzen sonntäglichen Friedhof für sich.

»Schau mal da ...«

Sie wanderten umher und betrachteten die Grabsteine.

»Da«, sagte sie. »Tyrone Power ist eine *Bank*. Setzen wir uns auf Tyrone Power!«

Sie setzten sich auf Tyrone Power. Er war eine Bank und bestand aus Beton. Sie setzten sich drauf.

»Oh«, sagte Vicky, »wie hab ich Tyrone Power geliebt, und jetzt hat er sich zur Bank gemacht, und ich darf auf ihm sitzen. Das finde ich nett!«

Sie saßen eine Zeitlang auf Tyrone Power, dann standen sie auf und gingen weiter. Sie kamen zu Griffith, einem der Pioniere, für den ein gewaltiger Dorn in den Himmel stach.

Viele Grabstätten auf dem Gelände sahen aus wie kleine

Betonhäuser mit verschlossenen Stahltüren. An einer Tür probierte Hank seine Schlüssel aus. Vergebens. Besuch war nicht drin.

Sie liefen noch ein Stück. Dann sahen sie das Grab von Douglas Fairbanks. Douglas Fairbanks machte wirklich was her. »Goodnight, Sweet Prince ...« Der liebste Prinz hatte es allen angetan.

Sein Grabmal lag oberirdisch, und dazu gehörte ein ziemlich großer Teich. Sie gingen die Stufen zum Grab hinauf und um es herum und setzten sich auf eine Bank dahinter.

»Sieh mal«, sagte sie, »die Ameisen vergreifen sich an Douglas.«

Es stimmte. In dem Grab war ein kleines Loch, und da krabbelten die Ameisen rein.

»Hier sollten wir vögeln«, sagte Vicki. »Meinst du nicht, das wär schön?«

»Ich fürchte, ich bekäme hier keinen hoch.«

Hank legte den Arm um sie und küsste sie. Es war ein langer, langsamer Kuss inmitten der Toten ...

»Komm, wir gehn zum Scheich«, sagte sie, »zu dem Schwulen.«

»Okay.«

»Wie hieß der noch?«

»Rudolph Valentino.«

Sie betraten das große Gebäude und schauten sich nach Rudolph um.

»Früher stand das oft in der Zeitung. An seinem Todestag kamen immer die Leute her. Besonders eine Dame in Schwarz. Jetzt kommt keiner mehr. Der Mensch stirbt. Die Liebe stirbt schneller.«

»Wir besuchen ihn ja jetzt.«

Leicht zu finden war er nicht. Rudolph hatte offenbar ein

Billiggrab. Er lag ziemlich weit unten, nah an der Ecke und schon mitten unter den ganzen anderen Toten. In seinen Vasen stand etwas reichlich Abgestandenes.

Sie machten kehrt, um rauszugehen. Ein junges Mädchen in einem orangen Pulli und violetter Hose kam ihnen mit einer sehr hinfälligen, weißhaarigen alten Dame entgegen

»Wir suchen den Scheich«, sagte das Mädchen lachend.

»Der liegt da.« Hank zeigte es ihnen. »Da in der dunklen Ecke.«

Sie gingen hin und sahen es sich an.

»Mein Gott«, sagte die alte Frau. »Die ganzen leeren Grüfte! Ich bin zu nah dran an den leeren Grüften!«

»Ach was, Mary, du hast es noch weit bis dahin!«

»Nein. Überhaupt nicht!«

»Mary ...«

»Nichts wie weg hier!«

Sie eilten an Vicki und Hank vorbei.

»Peter Lorre liegt gleich um die Ecke«, sagte das junge Mädchen im Vorbeigehen zu Hank.

»Danke.«

Sie schauten sich Peters Grab an. Es sah aus wie alle anderen. Sie gingen weiter. Es war ein angenehmer, zwangloser Spaziergang. Alles sauber und sicher und langweilig. Kein Schmerz.

Vicki wollte eine Glasvase mitgehen lassen, aber es sollte eine aus Kristallglas sein. Hank redete es ihr aus. »Nachher durchsuchen sie uns. Bei meinem Gesicht ...«

»Dein Gesicht ist schön. Ich hab dich schon immer bewundert. Du bist einer der wenigen echten Männer, die ich kenne ...«

»Danke, aber lass die Vase stehn.«

»Sag mir, dass ich hübsch bin.«
»Du bist hübsch, und ich hab dich gern bei mir.«
Sie küssten sich zwischen den Gräbern. Dann gingen sie zum Ausgang. Drei Männer standen davor. Sie waren dabei abzuschließen.
»Oh«, sagte Vicki.
Sie rannten. »Hey! Hey!«, rief Hank, »warten Sie!«
Das Tor war zu. Sie hämmerten dagegen. Die Männer drehten sich um. Einer kam und schloss auf.
»Die Besuchszeit ist um«, sagte er.
»Gut. Danke …«
Die Friedhofswärter gingen davon, und Vicki und Hank schlenderten zum Wagen. Sie stiegen ein, und Hank schnorrte eine Zigarette.
»Jetzt ist es zu spät«, sagte er, »aber stell dir vor, sie hätten uns da eingesperrt. Wäre das nicht schön gewesen?«
»Das kann man so sehen. Ich glaube aber, wir sind so am besten gefahren. Wir waren nicht eingesperrt, aber *beinah* eingesperrt.«
»Vielleicht hast du recht.«
Sie waren wieder auf der Straße. »Hör mal, Vicki, lass uns bei mir vorbeifahren …«
»Warum? Willst du sehn, ob sie dir eine Nachricht hinterlassen hat? Ob sie anruft?«
»Das ist vorbei, glaub mir. Vergangenheit, toter als das Grab von Douglas Fairbanks. Ich will nur Marty einen Zettel schreiben. Er sagte, er kommt heute Abend vorbei. Ich möchte einen Zettel an die Tür stecken, damit er Bescheid weiß.«
»Du denkst immer noch an sie.«
»Ich will nur Marty nicht hängen lassen. Jetzt verdirb uns den schönen Nachmittag nicht.«
»Es ist schön, ja?«

»Ja.«

Sie kamen zu ihm. Hank hatte den vorderen Bungalow.

»Fahr einfach auf den Rasen.«

Vicki parkte, und sie gingen rein.

»Gott«, sagte sie, »ist das hier dreckig! Hast du 'n Besen?«

»Trauma«, sagte er. »Vergiss es. Setz dich hin.«

Er gab Vicki drei oder vier Bücher, und sie setzte sich. Er ließ Badewasser ein. Er hörte sie lachen. Ja, die Bücher waren ganz gut. Er hatte sie geschrieben.

Er stieg in die Wanne. *The Wormwood Review No. 44* lag auf dem Wannenrand. Er fing an, die erste Seite zu lesen:

Aus einem Brief von Henry Green an G.W. vom 9. Juni 1954 im W.R.-Archiv

Ein Mann verliebt sich, weil etwas mit ihm nicht stimmt. Es ist weniger eine Frage der Gesundheit als seines inneren Klimas, so wie man sich im Winter nach dem Frühling sehnt ...

Am Schluss hieß es:

Der Horror vor uns selbst, die Angst, mit uns selbst allein zu sein, bewegt uns zur Liebe, doch diese Liebe sollte einmalig sein und sich nicht wiederholen. Wenn wir, wie es sich gehört, unsere Lektion gelernt haben, nämlich die, dass jeder Einzelne von uns immer und letztendlich allein ist.

Hank stand auf und trocknete sich ab. Vicki lachte immer noch. »Du schreibst so direkt. Du bist eine Wucht.«

»Danke, Liebes ...«

Er ging ins Schlafzimmer und zog frische Sachen an. Band sich die Schuhe und ging prüfend durch die Wohnung. War auch die Fliegengittertür hinten zu? Er betrat die Hinterveranda. Da stand etwas im Weg. Ein Blechding mit einem Pillenfläschchen obendrauf und einer auf die Rückseite eines alten Briefumschlags geschriebenen Nachricht unter dem Pillenfläschchen:

Hank –
Den Weinkühler bekommst du
Für die fünfzehn Dollar
Die ich dir schulde –
Die Pillen für dein müdes
Blut
Das Höschen zum Schnuppern
Während du onanierst –
                    Carol

Hank hakte die Hintertür zu, sperrte die Verandatür ab und ging nach vorn.
»Fahren wir.«
»Wohin?«
»Zu dir vielleicht.«
»Gern, aber möchtest du nicht auf einen Anruf warten?«
»Es kommt kein Anruf.«
»Wieso nicht?«
»Ich hab's dir doch gesagt: Einer liebt, der andere entscheidet.«
»Sei nicht so theatralisch.«
Sie stiegen ein und fuhren los. Sie bog auf die Normandie Avenue.
»Warte«, sagte Hank, »ich hab ein Höschen in der Tasche. Ob das dir passt?«
»Werd nicht gemein zu mir«, sagte sie.
»Ich werde nicht gemein.«
»Ich weiß schon.«
»Siehst du, wir wohnen noch nicht mal zusammen, und schon haben wir unseren ersten Streit«, sagte Hank.
»Schau mal«, sagte sie, »es ist schön heute Abend.«
»Ja.«

Sie bog von der Franklin auf die Bronson Avenue und fuhr auf der Bronson nach Norden.

»Und da – da läuft ein Hinterhofverkauf. Komm, den sehen wir uns an. Du kaufst mir was, und ich kauf dir was«, sagte Vicki.

Sie stiegen aus und gingen die Zufahrt entlang. Als sie an einer Sträucherreihe vorbeikamen, nahm er das Höschen aus der Tasche und warf es ins Gebüsch. Es blieb an einem niedrigen Zweig hängen. Es war gelb und bewegte sich leicht im Wind.

Er nahm sie bei der Hand. Sie sah gut aus, wie eine Frau, die sich auskannte, oder eine, die sich auskennen wollte. Er würde es herausfinden.

Notizen eines Dirty Old Man

L. A. Free Press, 2. Juni 1972

Joe ging unter die Dusche, und als er nackt rauskam, saß ein anderer Typ auf dem Bett, und der Typ hatte seine Sachen an und küsste Julie. Der Typ sah Joe an und küsste weiter. Julie hatte sich angezogen, sie waren also beide bekleidet und küssten sich, während Joe dastand und zusah.

Der Schwanz des Typs war hart, und Julie griff danach, packte ihn. Dann zog sie den Reißverschluss auf, holte ihn raus und fing an, ihn zu lecken. Joes Schwanz wurde steif. Julie nahm den Schwanz des Typs in den Mund und bearbeitete ihn. Der Typ stöhnte nur und streckte sich aus. Das durchs Fenster einfallende Sonnenlicht blinkte auf Julies wippendem Kopf. Joe fing an zu onanieren. Er stellte sich vor die beiden und wichste los. Dann kam der Typ, und Julie schluckte es, und Joe zog ihren Kopf vom Schwanz des Typs und schob ihr seinen in den Mund, und dann kam er, und Julie schluckte auch das.

Julie ging ins Bad. Als sie rauskam, hatte der Typ den Reißverschluss zu, saß in einem Sessel und rauchte. Joe war angezogen bis auf seine Schuhe.

Julie sagte: »Joe, das ist Artie. Artie, das ist Joe.«

Sie gaben sich die Hand.

»Vorgestern hat's endlich mal geregnet«, sagte Joe. »Der Regen hat uns gutgetan. Der erste seit rund einem Jahr.«

»Ja«, sagte Artie, »den Regen brauchten wir.«

»Ich hab Hunger«, sagte Julie, »gehen wir was essen.«

Joe zog seine Schuhe an, und sie gingen raus. Sie wandten sich nach Süden, dann nach rechts, und waren auf dem Boardwalk. Ein junger Schwarzer kam ihnen entgegen. Julie scherte aus, als sähe sie ihn nicht, und stieß mit ihm zusammen.

»Tut mir leid«, sagte Julie, »ich hab Sie nicht gesehen.«

»Macht nichts«, sagte der Schwarze.

Julie brachte ihr Gesicht ganz nah an seines. So nah es ging, ohne dass sie sich berührten. Ihren Körper auch.

»Ich sollte aufpassen, wo ich hinlaufe.« Sie lachte und sah dem Schwarzen tief in die Augen.

Beide sagten nichts mehr. Sie standen nur so da.

Als Julie wieder zu Artie und Joe rüberging, kam der Schwarze mit. Er stellte sich als Lawrence vor. Sie gingen ins *Happy Hunting Ground* und setzten sich an einen Tisch. Joe bestellte eine Runde Fassbier bei der Kellnerin. Julie saß links von Joe. Sie beugte sich vor und flüsterte ihm ins Ohr: »Hör zu, Joe, ich liebe dich. Ich lieb dich wirklich. Aber du musst mir Spielraum lassen. Viel, viel Spielraum.«

»Klar«, sagte Joe.

Das Bier kam, und sie unterhielten sich. Dann stand Julie auf und sagte: »Ich werde diese Bar befreien!« Sie ging zur Musikbox und steckte ein paar Münzen rein. Im Weggehen schnappte sie sich einen Typ, der gerade aus dem Klo kam. »Tanzen Sie mit mir, Mister?«

Sie tanzten.

Julie war großartig. Sie tanzte, als vögele sie den Kerl direkt auf dem Parkett. Bloß war es besser als Vögeln, weil sie mehr Bewegungen reinbringen konnte. Alle Männer sahen zu. Julies Hintern stampfte und rotierte. Sie vermittelte das Gefühl, außer Kontrolle zu sein. Julie konnte wirklich tanzen. Dabei sah sie den Typ mit den einladendsten Blicken an, die man sich vorstellen konnte. Nach dem Tanz kam der Typ rüber und setzte sich zu ihnen an den Tisch. Er hieß William.

»Ich wünschte, ich könnte so tanzen, wie ich will«, sagte Julie.

»Wie möchtest du denn?«, fragte Lawrence.

»Na, richtig WILD! Ich würde mich einfach nicht trauen, so zu tanzen, wie mir zumute ist. Manchmal hab ich das Gefühl, ich könnte fliegen! So WILD bin ich innerlich. Könnte ich mich doch nur gehenlassen!«

»Du machst das schon ganz gut«, sagte Artie.

Julie stand auf und tanzte mit Lawrence. Das sah tatsächlich noch wilder aus. Am Schluss wirbelten sie zum Herrenklo und sperrten die Tür ab. Während sie da drin waren, bestellte Artie drei Runden Bier.

»Tolle Freundin hast du, Joe«, sagte Artie.

»Ein echter Sexbolzen«, sagte Joe, »und sie liebt mich. Sie hat gerade zehn Jahre Ehe hinter sich. Die Frauenbewegung hat ihr die Kraft gegeben, daraus auszubrechen. Sie ist eine befreite Frau. Intelligent. Eine Menge Power.«

»Allerdings«, sagte William.

Irgendwann kamen Julie und Lawrence aus dem Herrenklo. Sie setzten sich an den Tisch.

»Lawrence *bildhauert*«, sagte Julie, »ist das nicht klasse?«

»Kannst du was?«, fragte Joe Lawrence.

»Ich kann was.«

»Und die Kohle?«

»Groß verdient hab ich noch nicht, aber das kommt schon.«

Dann tanzte Julie mit dem Barmann. Gegen Ende drückte sie sich ganz dicht ran und rieb ihre Möse an ihm. Als sie sich voneinander lösten, hatte er einen Steifen. Er ging hinter die Theke und schenkte sich einen großen Whiskey mit Wasser ein.

»Da auf dem Land, wo ich herkomme«, sagte Julie, »ist Tanzen was ganz Natürliches. Manche Städter sehen Tanzen leider als etwas Schmutziges an. Auf dem Land ist es ganz natürlich. Der große Tanz zum vierten Juli ist jedes Jahr ein ganz besonderer Spaß! Ein alter Kerl hüpft dabei sogar wie eine Art Frosch rum.«

»Tanzen ist okay«, meinte Joe. »Ich hab nichts dagegen.«

»Ich auch nicht«, sagte Lawrence.

»Manche Männer«, sagte Julie, »können bloß nicht gut tanzen, deshalb werden sie eifersüchtig, wenn ich tanze.«

»Klar«, sagte Joe, »so isses.«

Dann ging Julie zu einem anderen Tisch und forderte einen blonden jungen Kerl zum Tanz auf. Sie hatten sich schon beäugt. Julie fing an zu tanzen, und für ihn gab sie alles. Sämtliche Männer im Lokal hatten einen Steifen. Die Katze kam vorbei, und sogar die Katze hatte einen Steifen. So befreite Julie die Bar.

»Ich könnte stundenlang tanzen«, sagte Julie anschließend. »Tag und Nacht könnte ich tanzen. Ich tanze einfach liebend gern.«

Niemand sagte etwas. Joe schmiss noch eine Runde Bier.

»Wir wollten ja hier essen, aber zum Teufel damit«, sagte er.

»Werd jetzt nicht fies, Joe.«

»Wie meinst du das?«

»Ich meine, es stört dich doch nicht, wenn ich mit den Männern hier tanze, oder?«

»Nein, mach nur.«

»Wenn dir mein Benehmen nämlich nicht gefällt, kann ich mir jemanden suchen, *dem* es gefällt.«

»Da findest du bestimmt wen.«

»Was heißt denn das jetzt wieder?«

»Ach du Scheiße ...«
»Was soll das? Warum schimpfst du?«
»Herrgott nochmal ...«
»Du bist einfach *eifersüchtig*, Joe. So ein *eifersüchtiger* Mensch ist mir noch nie untergekommen! Meinst du, ich *spüre* deine Eifersucht nicht?«
»Ich weiß nicht, was du spürst.«
»Hör mal, Joe, mit dir *stimmt* was nicht. Geh mal zum Psychologen und lass dich entwirren. Wir leben hier und heute. Die führst dich auf wie ein Typ von 1900. Mach doch mal die Augen auf. Wir leben hier und heute ...«
»Scheißdreck ...«
»Siehst du? Siehst du? Wenn du mich nicht willst, Joe, kann ich mir jemanden ...«

Joe stand auf und ging zur Tür. Dann war er draußen auf dem Boardwalk. Er ging zum Lebensmittelladen und kaufte einen halben Liter Whiskey und ein Sechserpack. Dann ging er nach Hause, zog die Folie vom Flaschenhals und riss ein Bier auf. Morgen würde er zum Pferderennen fahren und übermorgen zum Boxen. Er musste hier raus. Vielleicht war er ja von 1900. Vielleicht hatte 1900 was für sich.

Das Telefon klingelte. Es war Julie. »Also Joe, wenn du deine blöde Eifersucht irgendwann überwindest, sag mir Bescheid. Dann geht vielleicht noch was mit uns. Aber im Moment hat's keinen Zweck.«

Joe antwortete nicht. Sie legte auf. Dann ging er zum Kühlschrank und machte sich ein Sandwich mit Salami und Käse. Dazu trank er ein Bier. Danach einen Whiskey. Dann streckte er sich auf dem Bett aus und betrachtete die kleinen Risse an der Decke. Die Risse bildeten Muster. Er entdeckte einen Elefanten, ein Pferd und einen Bären. Und sie tanzten alle.

Notizen eines Dirty Old Man

L. A. Free Press, 16. Juni 1972

Pete Fox ist ein Juwel. Meine Freunde fragen sich, wie ich über, mit und trotz Pete Fox lachen kann. Pete ist 1930. Pete ist 1940. Pete ist ein dicker Bogart. Pete ist der frühe Edward G. Robinson. Pete ist James Cagney. Pete ist fad wie warme Pisse und witziger und tragischer. Pete ist wie ich, wenn ich betrunken, volltrunken bin. In Pete werden meine schlimmsten Seiten mir vor Augen gestellt.

Pete kommt meistens gegen Mitternacht mit etwas zu trinken an. Er legt sich praktisch flach auf die Couch, nur sein Kopf schaut hoch. »Wo ist Linda?«

»Sie ist weg. Das ist Liza.«

»Oh, Liza. *Liza!* Oh ...«

Er sieht mich an. »Hank, hast du was dagegen, wenn ich versuche, Liza ins Bett zu kriegen? Linda konnte ich nicht ins Bett kriegen. Ich hab's versucht. Kann ich versuchen, Liza ins Bett zu kriegen?«

»Pete, keine Frau gehört jemals einem Mann, und kein Mann gehört jemals einer Frau.«

»Aber Linda war so *hübsch* ... Was ist denn zwischen dir und Linda passiert?«

Ich trinke einen Schluck und schweige.

Er sieht Liza aus der Rückenlage an. »Linda ... nein, *Liza*, hahaha ... Was dagegen, wenn ich versuche, dich rumzukriegen?«

»Dagegen hab ich eine *Menge*. Ich will dich nicht.«

»Herrgott, *so* musst du aber auch nicht sein! Ich bin doch nur freundlich! Reg dich ab!«

Er kommt von der Couch hoch, schenkt sich noch einen Wein ein.

»Gutes Gesöff, was, Hank?«

»Trinkbar.«

»Sieht ganz so aus. Du hältst ja mit mir mit. Das gefällt mir an dir ... Mit dir kann ich süffeln *und* reden. Reden kann ich mit den meisten Leuten nicht. He, weißt du, was passiert ist, als ich letztes Mal von dir weg bin?«

»Nein.«

»Ich bin ausgeraubt worden.«

»Du?«

»Ja. Ich bin oben über den Cahuenga Blvd., Siff Gulch nennen sie den. Jedenfalls bin ich blau und geh den Gehsteig lang, und so ein junges Ding kommt mir entgegen, sie sieht ziemlich gut aus, ja, und sie quatscht mich an, zehn Dollar, sagt sie. Okay, sag ich. Wir steigen in meinen Wagen, ich gebe ihr den Zehner, und sie fängt an, mir einen zu blasen. Sie macht das ziemlich gut, ja?«

Er sieht mich an, und ich nicke. Wir kriegen beide so viel davon, dass wir das ziemlich Gute vom Rest unterscheiden können. Also nicke ich.

»Na gut, sie hält sich dran. Sie macht es richtig, lässt sich viel Zeit. Auf einmal zieht sie den Kopf weg. ›Scheiße, was hast du denn jetzt?‹, frage ich. ›Ich will nicht!‹, sagt sie. ›Ja, was‹, sag ich, ›willst du mich hier mit einem *Steifen* sitzen lassen? Du lässt mich nicht mit einem Steifen sitzen! Ich prügel dich windelweich!‹ ›Mir egal‹, sagt sie, ›ich will nicht.‹

›Okay, Baby‹, sage ich, ›dann gib mir eben meinen Zehner zurück.‹ Sie gibt mir das Geld, und ich lasse sie ziehn. Mann, sie ist noch keine fünf Minuten weg, da seh ich nach meiner

Geldscheinrolle, die nehm ich nämlich immer aus der Brieftasche. Mit Gummi drum. Tja, die hatte sie sich geschnappt. Und da war alles drin, mein Pass, mein Führerschein, die Kohle. Weg.«

»Ein echter Profi«, sage ich.

»Ich bin schon zigmal gefleddert worden«, sagt Pete.

»Ich auch, Pete.«

Wir trinken unseren Wein und warten auf was. Dann sieht Pete Liza an.

»Linda ... Liza meine ich, hahaha ... Junge, du greifst sie wirklich ab, Hank, eine nach der anderen ... Frances kannte ich ja auch. Na, sie hatte ein bisschen Grau in den Haaren, aber jetzt, wo sie sich die Zähne hat richten lassen, sieht sie ziemlich gut aus ...«

Er schenkt sich Wein nach. »Eigentlich will ich nur sagen, mit *dir* könnte ich, Baby!«

Liza und Pete sitzen beide auf der Couch. Pete streckt sich nach der Seite, legt den Kopf dicht an Lizas Bein, sieht hoch ... »Baby ...«

Ich muss lachen, und Liza wird böse. »Du dicker, fetter Scheißhaufen«, sagt sie zu Pete, »verzieh dich!« Pete setzt sich aufrecht. »Hör mal, ich war dabei, als Hank Linda sämtliche Zähne ausgeschlagen hat. Sie hat geblutet wie Sau! Das hättest du mal sehen müssen. Ich hab noch nie eine Frau geschlagen. Ich bin ein richtiger MANN!«

Zwei oder drei Abende lässt er sich nicht bei uns blicken, dann kommt er gegen Mitternacht. Er ist in Bermudashorts und T-Shirt und hat eine Flasche Wein und eine Frau und ein kleines Mädchen dabei.

»Hi!«, sagt er.

Ich lasse ihn rein. Man macht sich bekannt. Die Lady heißt Tina. Sehr strenges Gesicht. Ein Dutzend Männer haben sie verletzt. Jetzt geht sie zur Unitarierkirche, steckt voller Engagement und weiß endlich, was für eine Art von Mann sie will, aber es ist zu spät, weil die Figur, der Liebreiz und die Ursprünglichkeit flöten sind. Ihre Haare sind weiß. Sie gäbe eine gute Nonne ab. Ihre Tochter sprudelt über. Ihre Tochter kennt noch keine Männer. Ihre Tochter ist sieben. Liza sagt der Tochter, dass in der Ecke ein paar Spielsachen liegen. Die Tochter heißt Nana.

Ich mache Petes Flasche auf und schenke Gläser voll. Pete hat schon getrunken.

»Weißt du, Hank«, sagt er, »als ich letztes Mal weg bin, hab ich dich durchs Fenster gehört. ›Den Mann haben mir die Götter geschickt! Hab ich ein Glück!‹, hast du zu Liza gesagt. Das waren doch deine Worte, oder?«

»Ja.«

»Weißt du, dass Nana Marina kennt?«

(Marina ist meine 7 Jahre alte Tochter.)

»Nein, das wusste ich nicht.«

»Na, die kennen sich.«

»Schön.«

Dann blickt er zu der gestrengen Tina, die kerzengerade auf der Couch sitzt und das Weinglas in der gekreuzigten Hand hält. Dann blickt er wieder zu Liza und mir.

»Tina versuche ich schon lange rumzukriegen!«

Pete trinkt einen Schluck Wein, schaut ins Glas, schaut auf.

»Ja-hahaha, Tina versuche ich schon lange rumzukriegen ... aber ich krieg sie nicht rum ... was, Tina?«

Er sieht sie an. Tina gibt keine Antwort.

»Allerdings krieg ich sowieso keinen hoch. Das blöde Ding will nicht! Selbst wenn ich sie also rum*bekäme* ...? ...?«

Pete trinkt wieder Wein. »Gutes Gesöff, was?«

»Klar, Pete.«

»Du hältst ja schön mit. Muss also gut sein. Ich unterhalte mich gern mit dir, Hank. Auch wenn du Linda die Zähne eingeschlagen hast ...« Er sieht Liza an. »Dass er Linda sämtliche Zähne eingeschlagen hat, hab ich dir doch erzählt, oder?«

»Das hast du mir erzählt«, sagte Liza.

»Ja, schon lange versuch ich, diese Frau«, er blickt zu Tina, »rumzukriegen. Aber verdammt, ich krieg keinen hoch. Ich bezweifle, dass ich das Scheißding hochkriege ...«

»Hör mal«, sagt Tina, »ich muss gehen. Ich muss Nana ins Bett bringen.«

»Ach, pfeif drauf, Baby!«, sagt Pete.

»Nein, wir müssen gehen.«

Nana und Tina verabschieden sich. Ich fülle die Gläser nach.

»Du bist ein harter Hund, Hank. Aber ich bin auch ein harter Hund. Hab ich dir mal erzählt, wie ich an meine Blumenkohlohren gekommen bin?«

»Hast du, Pete.«

»Na, du kennst ein paar von den Schwänken, aber du kennst sie nicht alle. Wieso hast du keine Blumenkohlohren, Hank?«

»Ich teil lieber aus, als dass ich einstecke.«

»Linda, nein, Liza, hast du schon meine Blumenkohlohren gesehen?«

»Ja.«

»Aber so richtig von nahem hast du sie dir noch nicht angeguckt, hm?«

Pete geht auf Hände und Knie runter und kriecht über den Teppich. Liza sitzt in einem Sessel am Kamin. Er kriecht auf sie zu.

»Ich hab so Blumenkohlohren, Liza.«

Pete kriecht auf sie zu. Er ist ein Schwergewicht, gut

110 Kilo, lauter Bierspeck und Whiskeyspeck, gutes Leben und das nötige Kleingeld. Der Teppich setzt seinen steifen Knien zu, und sein Hintern ragt ziemlich ungelenk in die Luft. Sein Gesicht ist von öden Nachmittagen und fettigem Essen verwüstet. Er hat nie an Selbstmord gedacht oder daran, dass das Leben sinnlos sein könnte. Er steht auf Football, schlechte Gedichte, Iceberg Slim und mehr als genug zu trinken. Er kommt angekrochen.

Ich weiß, was das wird. Hier entsteht ein nicht aufzuhaltender langsamer Film. Etwas Großartiges. Ich kann's nicht aufhalten. Ich will's nicht aufhalten. Das ist Cary Grant. Grübchenkinn *forever*. Es ist traurig, wunderbar und schrecklich zugleich. Es ist alles Miese und Gefühllose, das ich je getan habe, alles Miese und Gefühllose, das ich noch tun werde, und alles Miese, das mir und euch und uns allen noch widerfahren wird. Pete kriecht auf sie zu, die Schnecke im Geschirrschrank, der heilige Gral, gefüllt mit Billigwein zu $ 1.69 ...

»Siehst du meine Blumenkohlohren, Liza? Siehst du das hier?«

Er dreht den Kopf zur Seite. Er ist ein Kind von einem Berg von einem Mann. Er ist unendlich und fern und doch wie ein Hufeisen oder eine Rübe.

»Das war das eine. Jetzt sieh dir das andere an.«

Liza sitzt da und sieht sich das andere an. Und dann passiert das, von dem wir alle wissen, dass es passieren wird. Er hebt den Kopf, reißt die Augen auf und steckt Liza den Kopf zwischen die Knie. Es ist einfach zu viel: Es ist zu wunderbar, zu schrecklich, zu schön und zu albern, als dass man es glauben könnte. Ich muss lachen. Ich kann nicht damit aufhören. Pete hält die Stellung. Liza springt auf.

»Du Pottsau! Das brauch ich mir nicht gefallen zu lassen!«

»Aber Liza ...«

»Ich hab dich letztes Mal gewarnt ...«

»Ja, was ist denn los, liebe Liza?«

Pete dreht sich um und sieht mich über sein Kreuz, seinen bermudabehosten Arsch hinweg an.

»Mensch, was hat die denn?«, fragt er mich.

Kurz darauf geht er. Aber er kommt bestimmt wieder. Unser wunderbarer Cagney. Unser Allan Ladd. Unser Held von 1937. Hiermit zünde ich ein Altarfeuer für ihn an. Damit ihr's wisst. Irgendjemand muss geopfert werden. Erinnert ihr euch an die altmodischen Stundengläser mit den winzigen rieselnden Sandkörnern? Aus einer Hälfte raus, in die andere Hälfte rein. Wenn die eine Hälfte leer war, war eine Stunde um, oder 12 Stunden oder 24 Stunden, je nachdem, wie sie angelegt waren. Aber ich habe immer gemogelt. Ich habe das Glas hin und her gedreht und den Mechanismus durchkreuzt ... Mit Pete Fox ist es so ähnlich. Ich nutze ihn aus. Es tut mir leid, wenn ich ihn ausnutze, und ich weiß schon, dass das nicht ganz richtig ist, aber ich lache gern, so viel ich nur kann, und Pete merkt es gar nicht, und wenn er doch irgendwann dahinterkäme, wäre er bloß stolz.

Was man verehrt, verklärt man leicht.

Notizen eines Dirty Old Man

L. A. Free Press, 28. Juli 1972

Ich hatte mit Jane Schluss gemacht, und sie war die erste Frau, die ich je geliebt hatte, und mir hingen so die Därme raus, und ich fing an zu trinken, aber es nützte nichts, es wurde nur schlimmer, der Alkohol trieb den Schmerz hoch, und wütend war ich auch, weil sie mit einem anderen geschlafen hatte, einem richtigen Blödmann auch noch, als wollte sie mich bestrafen, und das machte die Liebe ein Stück weit kaputt, aber nicht ganz, und um ihr nicht in einer Bar in der Stadt übern Weg zu laufen und den Kummer noch mal loszutreten, fuhr ich am Nachmittag mit dem Bus raus nach Inglewood (meinen Führerschein hatten sie wegen Trunkenheit am Steuer kassiert) und machte mich in einer Bar voller Hinterwäldler ans Saufen, einer auf Hawaii getrimmten Bar, und weil ich mir nichts Abwegigeres auf der Welt vorstellen konnte als Hawaii, ging ich da rein und fing an zu saufen in der Hoffnung auf eine satte Schlägerei mit einem Hinterwäldler, eine satte Schlägerei mit irgendwem, aber sie ließen mich in Ruhe, und dauernd blitzte Jane vor mir auf, sah ich sie vorbeigehen oder ihre Strümpfe anziehen oder lachen, und ich trank schneller, ließ Musik laufen und redete hektisch mit den Leuten, ohne Sinn und Verstand, aber sie lachten, und je mehr sie lachten, desto schlechter ging es mir.

Am späten Abend wurde ich schließlich vor die Tür gesetzt, lief den Gehsteig entlang und fragte mich, wie man eine Frau bloß aus dem Kopf und aus dem Bauch bekam, und fand eine andere Bar, in der ich vor mich hin trank, bis sie zumachte; es war Samstagnacht oder viel mehr Sonntagmorgen, und ich lief draußen herum und wusste nicht genau, wohin.

Dann sah ich ein großes Leichenhaus, so einen Kolonialbau mit breiten, von tausend Lampen beleuchteten Eingangsstufen, und ging bis zur vorletzten Stufe hoch, legte mich hin und schlief ein.

Ich erwachte wegen irgendeinem Verkehrsstau unten auf der Straße. Autos hupten, Leute schrien und lachten, und als ich mich aufrecht setzte, um sie mir anzusehen, hörte ich Gelächter und Gepfeife und sah zwei Cops die Treppe hoch zu mir kommen ...

Als ich wieder aufwachte, hatte ich vergessen, was passiert war. Wandteppiche schmückten die Wände. Ein erlesener Ort. Vielleicht hatte endlich jemand herausgefunden, was für ein guter Mensch ich war, und ich sollte hier meine Belohnung in Empfang nehmen. Ein Klasseladen.

Dann sah ich die Tür. Vergittert. Das Fenster. Vergittert. Ich war im Knast. Ich trat ans Fenster und sah das Meer.

Später erfuhr ich, dass ich in Malibu war. Es erinnerte mich an die Zeit, als ich von Lautsprechermusik geweckt wurde, und draußen stand eine lange Reihe von in einer Handschellenkette aneinandergefesselten Typen im Sand. Am Kettenende hing ein Paar Handschellen lose herunter. Ich lief hin und streckte die Hände aus. Der Cop sah mich an und lachte. »Sie nicht, Freundchen, Sie sind bloß betrunken. Da bekommen Sie ein Sondermodell.« Er legte sie mir an. Wie üblich waren sie wieder zu eng.

Zwei Cops kamen mich holen. Sie stießen mich in einen Streifenwagen und brachten mich nach Culver City zum Gericht. Als ich ausstieg, nahm ein Cop mir die Handschellen ab, begleitete mich ins Gerichtsgebäude und setzte sich neben mich. Ich kam als Dritter oder Vierter dran.

»Die Vorwürfe gegen Sie«, sagte Euer Ehren, nachdem er mich über meine Rechte belehrt hatte, »lauten auf Volltrunkenheit und Verkehrsbehinderung. Bekennen Sie sich schuldig?«

»Euer Ehren?«

»Ja?«

»Die Volltrunkenheit war gewollt. Die Verkehrsbehinderung nicht.«

»Ist Ihnen klar, dass die Leute Sie für einen auf der Leichenhaustreppe abgelegten Leichnam gehalten haben?«

»Ja, schon.«

»Ist Ihnen klar, dass Sie den schlimmsten Verkehrsstau in der Geschichte der Stadt Inglewood verursacht haben?«

»Nein, Euer Ehren.«

»Bekennen Sie sich schuldig?«

»Schuldig, Euer Ehren.«

»32 Dollar oder zehn Tage.«

»Ich zahle das Bußgeld, Euer Ehren.«

»Gehen Sie bitte zur Kasse ...«

Ich stieg am Alvarado gegenüber dem Park aus dem Bus, ging in die erste Kneipe und sah Jane hinten an der Theke sitzen. Sie saß zwischen zwei Typen und hatte ein Taschentuch oder einen Schal aus Seide der Länge nach über ihre Handtasche drapiert, und sie trank entweder Gin oder Wodka und rauchte eine Zigarette und schwieg, und als sie mich erblickte, bekam sie ganz große Augen, und ich ging langsam auf sie zu. Ich blieb vor ihr stehen. »Hör zu«, sagte ich, »ich wollte eine Frau aus dir machen, aber du wirst nie etwas anderes als eine verfluchte Nutte sein.«

»Wenn ich Lust hab ...«, setzte sie an. Ich wusste, was sie

sagen wollte. Meine Hand schoss vor. Ich konnte sie nicht zurückhalten. Die linke Hand, offen und flach. Jane landete auf dem Boden und schrie. Ein Typ half ihr hoch. Es war ganz still in der Bar. Ich ging zur Tür. Dann drehte ich um. Zwölf oder dreizehn Typen waren da drin.

»Also«, sagte ich, »wenn es hier irgendwem nicht passt, was ich gemacht hab, SOLL ER'S MIR SAGEN!«

Ich wartete. Es war so was von still. Ich drehte mich wieder um und ging zur Tür hinaus. Sowie ich auf die Straße kam, hörte ich den Krach da drin, alle redeten gleichzeitig.

Sie hat recht, dachte ich, wenn sie eine Nutte sein will, ist das ihre Angelegenheit. Es stand mir nicht zu, sie zu schlagen. Ich hatte mich in eine Nutte verliebt. Sie hatte mich nicht drum gebeten.

Ich ging in die nächste Bar, und da saß Judy Edwards. Für fünf Dollar machte Judy alles. Für einen Drink machte sie alles. Ich gab ihr einen Scotch aus und sagte ihr, ich würde eine Flasche kaufen und nach Hause gehen. »Was ist mit Jane?«, fragte sie. »Wir haben uns getrennt«, sagte ich.

»Endgültig?«

»Endgültig.«

Wir gingen zu mir, und Judy setzte sich in einen Sessel, schlug die Beine übereinander und verdrehte die Fußgelenke. Sie war soweit. »Ist es auch bestimmt vorbei?«

»Bestimmt, Baby«, sagte ich, »ja, bestimmt, ich würde dich nicht anlügen.«

Ich zog sie aus dem Sessel und gab ihr einen langen, langsamen Kuss, den ich mir im Ganzkörperspiegel ansah. Judy schob mich von sich.

»Ist sie wirklich weg?«

»Ja. Ich hab sie gerade im *Shelby's* auf den Arsch gesetzt.«

Judy ging zum Kleiderschrank und öffnete ihn. »Da sind

noch ihre Sachen drin. Die bringt mich um, wenn sie mich hier sieht.«

»Ich gehöre ihr nicht.«

»Bist du sicher?«

»Ganz sicher.«

»Wie lange warst du mit ihr zusammen?«

»Fünf Jahre.«

»Dann gehörst du ihr.«

Ich packte sie erneut. Sie schien nicht zu wollen. Wir fielen rücklings aufs Bett. Ich landete auf ihr. »Ich hab in Inglewood den Verkehr blockiert, wurde in Malibu eingebuchtet und in Culver City verknackt. Kein Wunder, dass unsere Steuern so hoch sind.«

»Du hast die Augen auf«, sagte sie. »Deine Augen sind wunderschön. Ich hab dich noch nie mit offenen Augen gesehn. Warum machst du die nicht öfter auf?«

»Ich weiß es nicht.«

Ich spreizte ihre Lippen mit meinen und drückte meinen Mund auf ihren. Ihre Zunge stieß vor, und dann öffnete sich die Tür. Es war Jane. Judy sprang auf. Sie schrien sich an. Ihre Stimmen wurden dabei immer schriller, aber offenbar verstanden sie sich und antworteten Schlag auf Schlag. Ich stand auf und goss mir einen großen Whiskey pur ein, kippte ihn runter, goss mir noch einen ein, dann setzte ich mich in einen Sessel, um zuzuschauen und zuzuhören. Die beiden kamen sich immer näher.

Plötzlich packte eine zu, ich weiß nicht, wer, und schon waren sie ineinander verkrallt, kratzten, bissen, traten, zogen sich an den Haaren und schrien. Sie fielen auf den Fußboden und wälzten sich hin und her. Beide wussten sich anzuziehen – hohe Pfennigabsätze, Strumpfbänder, das ganze wundersame Frauenzeug –, Fußreifen, Ohrringe, alles.

Wenigstens hab ich mal was bewirkt, dachte ich. Ich habe den schlimmsten Verkehrsstau in der Geschichte der Stadt Inglewood verursacht.

Ihre reizenden langen Beine fegten durch die Luft, eine Lampe sprang vom Tisch und zerbrach. Ich leerte mein Glas zur Hälfte und schaltete den Musiksender ein. Ich hatte Glück. Schostakowitsch. Schostakowitsch hatte ich schon lange nicht mehr gehört.

Ein Stück Käse

Rena war heiß, das ist alles. Sie hatte ein Erdgeschossapartment in einer Apartmenthausreihe. Alle waren eine Etage hoch, mit Balkendecke, Kamin und Betten und Kissen überall – zumindest bei Rena waren überall Betten und Kissen.

Die ganze Wohnung strotzte vor Sex, inklusive rotem Telefon, rotem Bademantel, roten Kissen, und dazu kam Rena, die zwar nicht rot war, aber heiß, das ist alles.

Ich bin selbst sexbesessen. Irgendwas stimmt sicher nicht mit mir, aber das Beste für einen sexbesessenen Mann ist eine sexbesessene Frau. Das heißt nicht Nymphomanin. Eine Nymphomanin kann einen Mann umbringen. Rena war bloß *heiß*, das ist alles.

Es war Sommer, daher ging ich abends zu Rena.

Tagsüber wurde das Austoben einfach zu schweißtreibend. Es war schlicht eine Runde Sex nach der andern, aber weit entfernt von Arbeit, voller Humor. Wir waren wie in Trance, aber in einer guten Trance.

Wenn wir uns von einer guten Nummer erholt hatten, gingen wir unter die Dusche, seiften uns gegenseitig die Geschlechtsteile ein und lachten, erst unter zu kaltem, dann unter zu heißem Wasser, dann ich als Alleinherr der Brause. Und ehe wir's uns versahen, hatte ich ihn wieder drin, vorne oder hinten, irgendwo. Und im Stehen ist es zwar schwieriger, aber es geht.

Wir machten es überall. In dem großen Park hinterm Gebüsch, im Wagen, in der Küche, im Wohnzimmer, im Schlafzimmer, wo es uns gerade überkam.

An einem Abend kam ich leicht angezischt zu ihr, setzte mich ins Wohnzimmer und süffelte den guten Franzosen, den ich mitgebracht hatte. Rena und ich küssten uns, und Rena konnte küssen. Sie machte Sachen mit ihren Lippen und ihrer Zunge, die keine andere Frau je mit mir gemacht hatte. Rena hatte Pep und Phantasie. Meine Phantasie ist auch nicht schlecht. Schon waren wir beide nackt, und ich leckte sie und sie mich überall.

Nach einiger Zeit bekam ich Hunger, und Rena brachte mir ein Käsesandwich. Sie stellte sich auf den Couchtisch. Rena stand gern nackt auf dem Couchtisch. So hatte ich ihr Ding direkt vorm Gesicht, wenn ich aufstand. Ich sah sie mir an. Dann nahm ich die Käsescheibe, rollte sie zusammen und steckte sie da rein. Dann stand ich auf und fing an, langsam an dem Käse zu knabbern.

Das hatte eine erstaunliche Wirkung auf Rena.

Neues gefiel ihr. Sie kam in Fahrt und schimpfte, sie wurde so heiß, dass sie durchdrehte, Schaum trat ihr auf die Lippen, sie lief im Gesicht und am Hals rot an, fluchte und zitterte am ganzen Körper.

Als der Käse alle war, aß ich einfach weiter. Sie explodierte wie ein verdammter Vulkan, dann stieß sie mich rücklings auf die Couch und warf sich auf mich.

Es war wie eine Vergewaltigung. Ich hatte nichts dagegen. Danach konnten wir nicht mehr.

Ich zog mich an und fuhr nach Hause und las eins der vielen Bücher über das Leben von Ernest Hemingway, und ich dachte, ob Ernie mit Frauen auch die ganzen Sachen gemacht hat, die ich schon mit Frauen gemacht habe? Wenn ja, dann musste er damit aufgehört haben, sonst hätte er sich keine Ladung Schrot verpasst. Etwas so Gutes gibt man nicht freiwillig auf.

Das Telefon klingelte. Es war Rena.

»Bukowski, ich hab Angst.«

»Was ist denn los?«

»Ich glaube, mich beobachtet jemand. Ein Spanner. Gerade sehe ich seinen Kopf am Fenster. Ich bin im Schlafzimmer. Ich hab Angst. Er kann ja direkt hier rein.«

»Ich komm sofort!« Ich legte auf.

Ich setzte mich ins Auto, überfuhr zwei rote Ampeln und pfiff auf die Stoppschilder. Als ich parkte, stand da tatsächlich ein Typ im weißen T-Shirt hinter dem Busch vor Renas Fenster, den Kopf im Gezweig. Ich sprang aus dem Wagen.

»He, du Arschloch!«

Es war ein junger Kerl, vielleicht 19, blond, gutaussehend. Der Schreck stand ihm im Gesicht. Und als ich auf ihn zulief, sprang er hinter dem Gebüsch hervor und rannte auf die Straße. Ich setzte ihm nach, aber gegen seine Angst und seine Jugend kam ich nicht an und war bald außer Puste.

Meine einzige sportliche Betätigung waren das Maschineschreiben und die Sexsessions mit Rena.

Schon war er um die Ecke verschwunden.

Ich kehrte um.

Widersinnig, dass so ein junger Kerl Voyeur spielen musste. Manche kamen einfach nicht oder nur schwer an eine Frau. Es war wirklich nicht fair.

Ich hatte mich vor langer Zeit entschlossen, das alles nicht mitzumachen, aber ich hatte mein Leben lang einfach Glück gehabt. Frauen neigen dazu, Männer zu mögen, die geneigt sind, sie nicht zu beachten. Die Psychologie war auf meiner Seite.

Ich klingelte.

»Wer ist da?«

»Bukowski, Rena.«

Sie ließ mich rein. »Ist er weg?«
»Ja – ich hab ihn verjagt. Aber er war zu schnell für mich.«
»Komm mal mit raus«, sagte sie. »Ich will dir was zeigen.«
Sie trug einen dicken Bademantel über ihrem Schlafanzug. Ich ging mit ihr nach draußen.
»Da«, sagte sie.
Rena wies auf die Vorhänge vor den Wohnzimmerfenstern. Von drinnen sahen die Vorhänge schwer und dicht aus, als ob sie alles verhüllten. Auch wenn, wie jetzt, das Licht brannte. Aber man konnte glatt durchsehen. Wohnzimmer, Couchtisch, Couch. Es war wie eine Bühne.
»Mein Gott!«, sagte ich.
»Er konnte alles sehen, was wir da drin gemacht haben, und wir haben so ziemlich alles gemacht.«
Ich blickte zu dem hohen Apartmenthaus gegenüber ihren Wohnzimmerfenstern. Sämtliche Rollläden waren runtergelassen bis auf einen schmalen Spalt zum Rausschauen. Die Leute hätten praktisch ihre Freunde einladen können.
»Wir haben die halbe Nachbarschaft aufgegeilt«, sagte ich, »und wir haben einen Spanner aus der Taufe gehoben. Unsere Seelen sollten in der Hölle schmoren.«
»Morgen«, sagte Rena, »geh ich Stoff kaufen und näh ihn auf die Vorhänge.«
»Okay, entweder das, oder wir nehmen ab jetzt Eintritt.«
Ich lachte.
»Bitte, Bukowski, bleib heute Nacht bei mir. Ich hab Angst.«
»Gern«, sagte ich, »duschen wir noch zusammen, bevor wir uns hinhauen.«
»Gut«, sagte sie, und so machten wir es. Wer immer die Dusche erfunden hat, war ein geiler Hund …

Am nächsten Abend versuchte ich hinter den verstärkten Vorhängen den Käsetrick noch einmal. Nur steckte ich diesmal zwei Scheiben rein.

Ich war fast mit der zweiten Scheibe durch, da hörte ich draußen ein Rascheln und dann jemanden weglaufen. Ich zog mich so schnell wie möglich an und ging raus. Ein Junge aus dem Apartment nebenan stand draußen. Er war vielleicht 12.

»He, Mister«, rief er, »ich bin raus, weil ich den Eiswagen hörte, und da hab ich einen Mann bei Ihnen ins Fenster gucken sehn. Als er mich gesehen hat, ist er weggerannt.«

»So ein junger Blonder mit weißem T-Shirt?«

»Genau der war's.«

Ich sah mir die von Rena verstärkten Vorhänge an. Man konnte *immer noch* durchsehen. Ich ging wieder rein.

»Wir müssen das Wohnzimmer vergessen, Rena, oder das Licht auslassen oder so was.«

»Kriegst du den Käsetrick auch im Dunkeln hin?«, fragte sie.

»Glaub schon.«

»Mir gefällt's aber besser, wenn ich dich dabei sehen kann«, sagte sie.

»Gut, wir besorgen uns eine Taschenlampe oder irgend so was.«

»Okay«, stimmte sie bei.

Ich musste für eine Woche verreisen und fuhr eines Abends bei Rena vorbei, ohne vorher anzurufen. Sie machte mir auf. Ein junger Kerl saß auf der Couch. Er war vielleicht 19, blond und sah ganz gut aus.

»Das ist mein Freund Arnold«, sagte Rena.

»Tag, Arnold, wie geht's?«

»Ach, richtig gut«, sagte er. »Alles bestens eigentlich.«
»Hör mal, Rena«, flüsterte ich, »das ist der Spanner.«
»Wer, Arnold?«
»Ja, Arnold.«
»Du bist doch bloß eifersüchtig, Bukowski. Sag mir so was nicht über Arnold.«
»Wie hast du ihn kennengelernt?«, schoss ich zurück.
»Arnold ist Tütenpacker hier im Supermarkt. Er ist nett. Er war ein Einserschüler an der Highschool. Ich möchte nicht, dass du ihn schlechtmachst.«
»Verdammt – das ist der Typ, hinter dem ich hergerannt bin.«
»Du sollst nicht so reden, du Arschloch. Geh bitte.«

Rena war wirklich sauer. Ich ging zur Tür, öffnete sie, schloss sie und war weg. Ich setzte mich ins Auto und war auf dem Freeway schon gut nach Hause unterwegs, als mir einfiel, dass ich meinen Sommermantel bei ihr hatte liegen lassen.

Ich nahm die nächste Ausfahrt, wendete und fuhr zurück. Ich parkte und stieg aus.

Ich ging zur Wohnung, und als ich gerade klingeln wollte, sah ich etwas durch den Vorhang. Arnold und Rena küssten sich, langsam und intensiv. Sie lag vor ihm auf dem Sofa, das Kleid zur Hüfte hochgeschoben, die eine Brust frei, und hielt sein Glied gepackt.

Es sah aufregend aus. Ich schaute zu.

Sie fing an, seinen Schwanz zu massieren. Er hob den Kopf, saugte an ihrer Brust, sprang von der Brust wieder zum Mund und zog mit der einen Hand an ihrem Slip. Dann hörte ich jemanden kommen, zog mich rasch vom Fenster zurück und ging zu meinem Wagen. Ein kleiner Schweißtropfen rieselte mir am Hals runter.

Ich startete den Wagen und fuhr davon. Herrgott – den Mantel konnte ich mir morgen früh holen, oder sie konnten ihn behalten. Im Wegfahren merkte ich aber, dass ich die Szene gern weiter beobachtet hätte. Sie war sicher gut.

Dieser Arnold hatte technisch was drauf. Das sollte er auch –, nachdem er mir an all den Abenden mit Rena zugesehen hatte.

Notizen eines Dirty Old Man

L. A. Free Press, 15. Dezember 1972

»Die ganzen Typen«, sagte er, »liefen da in Unterhose herum, nicht nackt, aber in Unterhose, ob mit Ständer, halbem Ständer oder Hänger, sie liefen durch den Saal und sagten: ›Ich bin knallhart. Ich hasse die verdammten Schwuchteln. Den Schwulen prügle ich die Scheiße aus dem Leib!‹ Mit der Scheiße hatten sie's«, sagte er, »alle schissen gern. Sie liefen auch gern von einem Haus zum andern nackt über die Straße. Einmal lief einer mit einem Halbsteifen nackt über die Straße, sah einen Typ da im Wagen sitzen, sprang auf die Motorhaube und schiss ihm auf die Windschutzscheibe. Der Typ wusste nicht, was er machen sollte.«

»Na ja«, meinte ich, »er hätte die Scheibenwischer einschalten können.«

»Ein andermal hat so ein Footballstar bei offenem Rollladen ein Mädchen gevögelt, und fünfundzwanzig bis dreißig Typen sahen zu. Plötzlich unterbrach er sich, hockte sich auf sie und schiss sie voll.«

»Na ja«, sagte ich, »das ist wohl was Sexuelles. Manche Typen bezahlen ja auch Frauen dafür, dass sie auf sie scheißen und pissen. Und andere lassen sich gern geistig verscheißen und bepissen. Ich nicht. Ich hab's satt. Ich verlange Freundlichkeit von einer Frau, aber damit können die meisten amerikanischen Frauen nicht dienen, bis sie vierzig sind. Männer übrigens auch nicht. Aber Frauen sind kälter als Männer, weil es für sie viel einfacher ist, sich aufgabeln, ficken und eventuell lieben zu lassen. Ich schätze, viele Männer werden einfach aus Abscheu schwul.«

»Das Freudenhaus«, sagte er, »hat schon viele Männerseelen gerettet.«

»Amen«, sagte ich, »aber wo kann eine Frau hin? Die haben's zwar einfacher, das ist aber auch nicht immer einfach. Es sollte auch Freudenhäuser für Frauen geben. Kitzlerleckende Jungs mit Riesenschwänzen und Muskelpaketen. Wahrscheinlich hängt das Angebot aber von der Nachfrage ab. Wenn Frauen dringend Freudenhäuser brauchten, gäb's auch bald welche.«

»Du hast ganz recht, die haben es zu einfach. Betritt eine Frau eine Bar, sitzen da zwölf Typen einsatzbereit, bereit, um sie zu kämpfen. Betritt ein Mann eine Bar, wo sitzen da zwölf Frauen, die bereit sind, mit ihm zu schlafen, fast bis auf den Tod um ihn zu kämpfen?«

»Das gibt's in ganz Amerika nicht«, sagte ich. »Nicht hier und heute.«

»Was kann ein Mann tun?«, fragte er.

»Gar nichts. Die meisten Männer begnügen sich mit der Zweit-, Dritt- oder Viertbesten, einfach, weil sie einsam sind, weil sie Angst haben, weil sie nicht den Mumm haben, allein zu leben. Sie nehmen sämtliche Fehler eines anderen Menschen in Kauf, bloß, damit er bei ihnen bleibt.«

»Was meinst du mit ›Fehler‹?«

»Damit meine ich, was andere uns antun, weil ihnen nicht genug an uns liegt. 98 Prozent der Menschen in den USA leben zusammen, aber sie lieben sich nicht. Das ist ein Kompromiss und verlogen.«

»Ja«, sagte er, »und damit fangen die Spielchen an. Die Flirts, das Betrügen, das Fremdgehen, wobei alle ihre Unschuld und Liebe beteuern.«

»Ja, das Wort LIEBE kommt ihnen wirklich leicht über die Lippen. ›Oh, ich liebe dich, mein Gott, ich liebe dich!‹ Meistens kommen sie damit, wenn du ihnen nach einem guten Vorspiel den Schwanz reinschiebst. Aber sie meinen es nicht ernst.«

»Und wir sind Chauvis, weißt du, unsere Vorstellungen von den Frauen sind völlig falsch.«

»Versteht sich«, sagte ich.

Wir tranken schweigend unser Bier. Dann sagte er: »Ja, die Typen an der Uni waren nicht zum Aushalten, besonders die aus den bessergestellten Familien. Sie hatten von den Jungs in Yale was gelernt, das sich ›fleißiges Nichtstun‹ nannte. Keiner hat die jemals studieren sehen. Sie haben frühmorgens von 3 bis 7 studiert. Keiner hat davon was gesehen. Sie hingen dauernd an den Tennisplätzen rum oder haben auf dem Rasen palavert. Das hat die anderen immer verwirrt.«

»Manche haben's gut im Leben«, sagte ich, »aber fest steht, damit einer richtig klug wird, muss ihm auf die eine oder andere Art erst der Druck vom Buckel genommen werden. Klug sein ist schwer, wenn man vor der Heilsarmee wegen einem Teller labberiger Bohnen ansteht.«

»Ich frage mich, was diese Typen für Frauen tun.«

»Die vergessen sie. Wenigstens in dem Bereich sind sie mit sich im Frieden.«

»Kennst du den alten Witz von der Schraube im Bauchnabel – wie sie rausgeht und einem der Schwanz und der Arsch abfällt?«

»Den hab ich noch nicht gehört«, sagte ich. »Erzähl ihn mir.«

»Nein, den will ich nicht erzählen.«

»Ach, komm.«

»Neeneenee.«

»Die Schraube fällt raus«, sagte ich, »und Arsch und Schwanz fallen ab? Okay. Was ist mit den Eiern?«

»Die Eier fallen auch ab.«

»Und dann?«

»Vergiss es«, sagte er. »Als wir jung waren, war es schwer, an einen Fick zu kommen. Heute fickt jeder. Sogar die Deppen und Schwachköpfe sind versorgt. Als wir jung waren, sah das anders aus. Kennst noch den alten Stinkefinger?«

»Den kenne ich noch.«

»Ja«, sagte er, »die Typen haben einem den Finger unter die Nase gehalten und gesagt: ›Riech mal, Kleiner, weißt du, wo der drin war?‹«

»Der alte Stinkefinger.«

»Den kriegte man, wenn man den Finger an Hammelfleisch rieb«, sagte er. »Die Jungs sind rumgelaufen und haben die Finger an Hammelfleisch gerieben. Danach riecht das: Hammelfleisch.«

»Haargenau«, sagte ich, »und weißt du noch, der alte Trockenfick?«

»Erinnerungen«, sagte er. »Hör auf, du bringst mich zum Heulen.«

»Der Trockenfick«, sagte ich. »Die Mädels wollten sich nicht hergeben. Es sprach sich zu schnell rum, und das verdarb die Heiratschancen. Die Mädels wollten heiraten.«

»Hör auf«, sagte er, »du bringst mich zum Heulen.«

»Gras hieß damals Tee, und wenn man Tee hatte, gaben die Mädchen manchmal nach mit der Begründung, dass sie unter Drogen gestanden hatten und das nicht richtig zählte. Aber zum Saufen bringen konnte man sie nicht, und an Tee kamen die meisten von uns nicht ran.«

»Ja, den hatten hauptsächlich die Musiker.«

»Du knutschst also mit einem Mädel auf dem Rücksitz. Ihr küsst euch fünf bis sechs Stunden. Manchmal wird eine so heiß, dass du schließlich den Finger unter den engen Slip schieben und ihn ihr reinstecken kannst. Oder ihr macht Trockensex. Gelegentlich kommt's dir. Aber meistens tust du nur so. ›O mein GOTT, ich komme!‹ Und das Mädchen lacht, denn das gefällt ihr. Und du steigst aus, gehst hinter den Wagen und tust so, als ob du dich mit einem Taschentuch abwischst. Dann steigst du wieder ein. Mitunter haben wir das zwei- oder dreimal gemacht, und das hat den Mädchen sehr gefallen, sie dachten, sie hätten dich wirklich erregt.«

»Was ist mit dem alten Notsitz und dem Banjo?«, fragte er.

»Na ja, Jack Oakie mit Waschbärfellmantel und Collegewimpel war vor meiner Zeit. So alt bin ich auch wieder nicht.«

»Ja. Heute fickt jeder«, sagte er. »Es ist praktisch wie atmen.«

»Besser«, sagte ich, »kein Smog.«

»Du meinst, Smog kann sich da nicht reindrängen?«

»Wahrscheinlich schon. Alles andere drängt sich ja auch rein.«

»Du redest von meiner Mutter. Die ist heilig.«

»Klar«, sagte ich, »aber noch mal zum Thema, wenn du eine richtig Wilde hattest, hat sie dir einen runtergeholt. Du holst das Ding raus, und sie sitzt da und wichst dir einen. Das war ziemlich aufregend, wenn du kamst, wenn der Samen rausspritzte und sie zusah.«

»Trotzdem bin ich froh, dass wir in der heutigen Zeit leben«, sagte er.

»Ja«, sagte ich, »wir vögeln so viel, dass wir's gar nicht mehr brauchen. Wir scheißen auf Windschutzscheiben.«

»Die kleinen Perversionen«, sagte er, »Leder, Leder und noch mal Leder – Riemen, Dildos, Automatenmuschis, Prügel, Käfige, Mord ...«
»Ein viel besseres Leben«, sagte ich.
»Sozial verträglich«, sagte er.
»Sozial verträglich«, sagte ich.
»Freiheit«, sagte er.
»Freiheit«, sagte ich, »wir sind befreit.«
Dann tranken wir schweigend unser Bier.

Notizen eines Dirty Old Man

L. A. Free Press, 30. März 1973

»Wir waren alle schon mal Schurken«

Sir Lord Henry Hawkins

Karen und ich zankten in einer Tour; Wille und Weg gingen nicht zusammen, vor allem mein Wille nicht mit ihren Wegen. Ausgangspunkt war diesmal eine falsche Verbindung gewesen, der Anruf eines Unbekannten, den Karen für mein Gefühl ungebührlich in die Länge zog und übertrieben intim gestaltete, zumal wir uns gerade erst geliebt hatten, oral, normal und anders. Kleinigkeiten können mitunter verhängnisvoller sein als Tragödien. Jedenfalls entschloss ich mich, erst mal abzuhauen, und Karen sagte:»»Wenn du jetzt zu deiner Scheißrennbahn fährst, bin ich nicht mehr da, wenn du wiederkommst.«

Ich setzte mich ins Auto und fuhr zur Rennbahn. Das Programm war ziemlich gut, und ich gewann $ 28. Als ich zurückkam, war Karen weg – Kleider, Habe, alles. Ich nahm ein Bad, zog frische Sachen an und fuhr zum Schnapsladen, um eine Flasche Whiskey und ein paar Sechserpacks zu kaufen. Wieder im Haus, stellte ich das Radio an und fing an zu bechern. Ich becherte eine Woche lang: Tage und Nächte, Mittage und Abende verschwammen ineinander. Eines Morgens klingelte das Telefon:

»Bukowski?«

»Ja?«
Es war Karen.
»Wie geht's dir?«
»Bestens.«
»Ich bin in Wyoming«, sagte sie, »schickst du mir bitte meine Post nach? Würde ich für dich auch tun.«
Sie gab mir die Adresse durch, und ich legte auf. Zum ersten Mal seit einer Woche ging ich raus auf die Hinterveranda. Da stand ein Luftkühler mit einem Brief drauf und einem Fläschchen Tabletten. Ich las den Brief:

»Hier ist dein Luftkühler, und die Pillen sind für dein müdes Blut. Als Entgelt für meine Tränen habe ich deine Armbanduhr mitgenommen. Es lebe die hochwichtige falsche Verbindung. In das Höschen kannst du onanieren.«

Karen hatte im überübernächsten Bungalow gewohnt, wo ich auch immer geschlafen hatte. Wir waren anderthalb Jahre zusammen gewesen. Das entsprach ganz meiner Theorie, dass eine Beziehung höchstens zwei Jahre hält. Ich nahm die Tabletten – Vitamin E – und das gelbe Höschen an mich. Ich warf das Höschen in eine Schublade und riss ein Bier auf.

Ich suchte die Telefonnummer von Lila Wiggins raus. Lila hatte ich vor ein paar Jahren, als ich für *Open City* schrieb, kennengelernt, wenn auch nicht intim. Und durch Zufall hatte ich sie neulich wiedergetroffen und mir ihre Telefonnummer geben lassen. Die gebildete Hippiefrau hatte sie hinter sich. Sie war jetzt Präsidentin einer Plattenfirma. Ihre Sekretärin stellte mich durch. Ich sagte ihr, ich sei haltlos und verlassen. Lila sagte, sie müsse am Abend noch viel tun, aber ich könne jederzeit vorbeikommen.

Am Abend erschien ich betrunken in der Plattenfirma. Dicht. Lila Wiggins war hinten mit einer ziemlich berühmten Sängerin beschäftigt. Sie hatten ein Band laufen. Zwei Instrumentalmusiker waren auch da. Lila sang Background. Sie machte das gut. Ich saß da mit meinem Bier, rauchte und hörte zu. Sie gingen den Song immer wieder durch, um ihn richtig hinzukriegen. Es wurde eintönig. Als sie wieder loslegten, stimmte ich ein. Darüber waren alle sehr unglücklich. Ich hörte auf und ließ mich von Lila und der Sängerin beschimpfen. Dann stieß ich ihnen ordentlich Bescheid und ging zur Tür. Lila kam hinter mir her. Wir küssten uns am Eingang.

»Ein andermal«, sagte sie ...

Das nächste Mal war bei ihr zu Hause, in ihrem Schlafzimmer, dem »Beduinenzeltschlafzimmer«, wie sie es nannte. Ein großer Wandteppich hing von der Decke. Überall Troddeln und Schnickschnack. Dazu Pillen, Dope, guter Wein und Champagner. Und ein riesengroßer Farbfernseher.

»Tut das weh«, sagte ich, »dass das Miststück abgehauen ist, bringt mich um. Du hast keine *Ahnung*, wie weh das tut. Ungeheuer, unerhört, als ob mir ein Büffel durch den Köper stampft! Rette mich, Lila, du wirst es nicht bereuen!«

Sie sah mich bloß an.

»Und ich bin ein toller Liebhaber, der größte Liebhaber der Welt, du wirst sehen!«

Lila wartete. Sie wartete vier Tage und vier Nächte.

»Hör mal«, sagte sie, »du hast mir erzählt, du wärst der weltgrößte Liebhaber, und du machst überhaupt nichts. Wie lange soll ich noch warten?«

Ich bestieg sie, schob eine Standardnummer alten Stils mit ihr, wälzte mich runter.

»War's das?«, fragte sie.

»Nein, wohl kaum«, sagte ich, »du musst eben warten.«

Sie wartete noch zwei Nächte, und dann passte es. Lila

schrie und redete und stöhnte ununterbrochen dabei. »JA! JA! JA! O mein Gott! Mein Gott!«

Ich hatte sämtliche Tricks und Bewegungen einfließen lassen, die Karen mir beigebracht hatte, und sie durch ein paar eigene ergänzt.

»Du bist wirklich Spitze«, sagte sie, »du bist der beste Mann, den ich je hatte ... ehrlich ...«

»Das sagst du bestimmt jedem.«

»Nein, das ist mein Ernst.«

Hör mal, hast du noch von den grünen Pillen und den gelben und von dem Champagner?«

»Natürlich, mein Schatz ...«

Von da an wartete jeden Morgen, wenn ich aufwachte, ein Liebesbrief auf mich. Manche fand ich eher beunruhigend als schmeichelhaft, zum Beispiel: »Das ist der Sinn des Ganzen, die vielen Tage und die Jahre, alles hat darauf hingezielt, mein Lieber ...«

Ich las die Briefe, machte das Bett, lehnte das herzförmige Kissen ans Kopfbrett. Dann sah ich ein wenig fern, stieg ins Auto, fuhr zu mir, ging die Post durch, zog mich um, fuhr zur Rennbahn und verlor gegen die Pferde. »Hast du Geld für die Miete?«, fragte mich Lila.

»Klar«, sagte ich. »Keine Sorge. Die Miete hab ich noch.«

Da mir klar war, wie der Hase lief, sagte ich ihr eines Morgens: »Du weißt schon, das ist keine Liebe. Ich bin immer noch in Karen verliebt, aber das ist vorbei. Du sollst wissen, woran du bist.«

»Schon gut, ich versteh das.«

Lila nahm mich mit in Restaurants und Rock-Konzerte, auf lange Wochenendfahrten die Küste hoch und runter und in die Berge. Sie wollte mich davon abhalten, Karen in Wyoming anzurufen. Mich langweilten die Ausflüge, und mich langweilten ihre Rockstars, Verleger, Agenten, Schriftsteller und Künstler. Sie kannte jeden. »Ich gehe mit Paul Krassner essen«, sagte sie, »möchtest du Paul Krassner kennenlernen?« »Nein«, sagte ich. Eines Abends schneite Robert Crumb mit 17 Bewunderern im Gefolge zur Tür herein. Crumb war okay, aber der gesamte Rockszene-Anhang war hohl, billig und unterwürfig. Sie rissen feine, kleine Witzchen und warfen den ganzen Abend mit großen Namen um sich. Keiner hatte den Mumm, sich zu besaufen. Ich wetterte gegen sie, verzog mich mit meiner Flasche ins Beduinenzelt und ließ den großen Farbfernseher laufen, während sie nebenan kicherten und tratschten und Späße aus ihrem Leben erzählten. Das Fernsehen war fast genauso schlimm, aber nicht ganz. Und wenn mal meine Freunde mit ihren derben und unverblümten Scheuermannsprüchen aufkreuzten, zog Lila sich ins Beduinenzelt zurück. Insofern waren wir quitt. Mehrmals gelang es mir, von meiner Wohnung aus Karen anzurufen, aber sie war immer noch kühl. Sie hatte ihre Schwestern um sich, die ihr gegen das Vieh Bukowski beistanden. Sicher bekam sie einige gute Tipps ...

Eine mit Lila befreundete Fotografin kam vorbei und machte rund 50 Fotos von Lila und mir im Haus. Nervosität kehrte ein. Ehe ich's mich versah, nahm Lila Urlaub und brachte mich auf eine Insel, wo ich von einem Fenster im zweiten Stock aus das Meer, die Schwimmer, die Boote und die Touristen sehen konnte, während ich vor ihrer elektrischen Schreibmaschine hing. Schreiben konnte ich nicht. Ich lag herum, trank Bier und glotzte in den kleinen Schwarzweißfernseher. Ich sah mir die Arztserien und die Western an. Lila ging shoppen, unterhielt sich, fuhr Boot, machte Fotos. »So muss es sein«, sagte sie, »hier könnte ich wohnen bleiben.« Die nächste Rennbahn war 50 Meilen entfernt. Wir aßen in jedem einzelnen Café, Nachtclub und Restaurant auf dieser Insel. Und der Mann vom Spirituosenladen lernte mich sehr gut kennen. Nach zwei Wochen elender Mühsal und Bedrängnis ging es heimwärts.

Wir fuhren bei mir vorbei, um nach der Post zu sehen. Die gab es reichlich. Lila lag auf dem Bett, während ich sie las. Das Telefon im Flur klingelte. Ich ging hin. Normalerweise hängte Lila aus Angst, Karen könne anrufen, den Hörer aus, wenn wir nicht da waren. Ich hatte ihr gesagt, das solle sie nie wieder tun. Als ich jetzt zum Apparat ging, fing Lila an zu stöhnen. Das ärgerte mich. Ich nahm ab. Es war Karen.

»Ja«, antwortete ich ihr. »Natürlich komme ich.«

Lilas Stöhnen wurde lauter.

»Ja, natürlich liebe ich dich noch, ich liebe dich. Das hat nie aufgehört.«

Lila stöhnte immer lauter. Ich hielt nach Möglichkeit die Muschel zu aus Angst, Karen könnte sie hören. Lilas Theater regte mich auf. Karen und ich unterhielten uns eine ganze Weile. Danach holte ich mir ein Bier aus dem Kühlschrank, haute mich in einen Sessel und sah aus dem Fenster. Lila war still. Ich trank das Bier aus und ging ins Schlafzimmer. Lila schien zu schlafen. Irgendwie sah sie ganz seltsam aus. Ich hob ihren Arm an, und er fiel runter, als gehörte er gar nicht richtig zu ihr. Ich hob den anderen Arm an, ihren Körper, ihren Kopf. Sie war eigenartig schwer und schlaff. »Lila! Lila! Verdammt, was hast du gemacht?« Schließlich weckte ich sie. »Sag mal, hast du Schlaftabletten genommen?« »Ich hab die ganze Flasche geschluckt«, sagte sie. Ihre Stimme war schwer, dunkel, undeutlich. »Du willst mir Angst machen. Du verstellst dich.« »Nein«, sagte sie.

Ich steckte ihr die Finger in den Mund, um sie zum Erbrechen zu bringen. Sie erbrach sich, hörte auf, und ich steckte ihr die Finger immer wieder in den Hals. Sie kotzte weiter. »Gut so, gut so«, sagte ich, »lass es kommen!« Wieder steckte ich ihr die Hand in den Mund, und eine Gaumenplatte sprang raus, sie hüpfte wie ein Frosch durch die Luft und landete auf dem Bett. »Mein Gebiss, oh, mein Gebiss ... ich wollte nicht, dass du das weißt ... o Gott, meine Zähne ... ich wollte nicht, dass du das weißt mit den Zähnen ... oh ...«

»Scheiß drauf! Deine Zähne sind mir egal! Kotz weiter!«

Lila griff nach ihren Zähnen und wollte sie wieder einsetzen. Dafür war sie zu fertig. Ich nahm ihr die Zähne ab und legte sie außerhalb ihrer Reichweite in einen Aschenbecher. Dann steckte ich ihr wieder die Finger in den Mund. »Also gut, ich fahre nicht nach Wyoming! Morgen früh ruf ich Karen an und sag ihr, ich kann nicht!«

»Mein Gebiss, oh, mein Gebiss ... Ich wollte nicht, dass du das weißt!«

Ich überlegte, ob ich sie zum Magenauspumpen ins Krankenhaus bringen sollte, merkte aber, dass mit zunehmendem Erbrechen ihr Körper nicht mehr so schwer und willenlos wirkte. Schließlich ließ ich es gut sein und brachte sie zu ihrer Wohnung, heim ins Beduinenzelt. Ich wusch ihr Gesicht, Hals und Hände, und wir tranken einen Schluck Wein zusammen und rauchten Gras.

»Wenn du jemals was über meinen Selbstmordversuch und meine Dritten schreibst, bring ich dich um«, sagte sie.

»Also Lila, ein Drecksack mag ich ja sein, aber so ein Drecksack bin ich auch wieder nicht.«

Ein paar Tage später hatte ich Geburtstag, und mein Wagen hatte einen Platten. Ich montierte den Ersatzreifen, und wir fuhren nach Hollywood zu Mark C. Bloome, und Lila schenkte mir zwei Reifen und zwei Stoßdämpfer zum Geburtstag. Über $70 laut Rechnung ...

Im September musste Karen nach Los Angeles zurück und ihren Sohn einschulen. Außerdem wohnte ihr Exmann in North Hollywood und wollte den Jungen jedes Wochenende besuchen. Ich fand heraus, wo sie wohnte, und fuhr vorbei. Zuerst wollte sie mich nicht reinlassen. Ich zwängte mich durch und fing an zu reden. Ich setzte jedes bisschen Charme, Vernunft und Redegewandtheit ein. Ich wusste gar nicht, dass ich so viel davon hatte. Aber es war auch nötig, samt Reserven. Das ist fast schon wieder eine Story für sich. Story? Nach drei oder vier Tagen waren wir jedenfalls wieder vereint, und nach einer Woche lebten wir wieder zusammen. Karen gestand mir eine Affäre in Wyoming. *Das* gefiel mir zwar nicht, aber es glich die Sache irgendwie aus, erleichterte einen Waffenstillstand und einen Neuanfang ... Es gab ja noch Lila Wiggins, Chefin einer Plattenfirma. Ich sagte Karen, ich müsse zu ihr fahren und ihr erklären, wie alles so gekommen war ...

Ich rief bei ihr an, und sie hatte Besuch von ihrer Freundin Judy. Judy sagte, Lila sei da, und ich sagte ihr, sie solle sie nicht weglassen, ich käme gleich vorbei. Es war keine lange Fahrt, und ich parkte wie immer, ging durch den Garten zur Glasschiebetür an der Seite und klopfte. Einige Tage vorher hatte ich Lila am Telefon gesagt, ich sei wieder mit Karen zusammen und es sei aus zwischen uns. Judy ließ mich rein und zeigte in Richtung Beduinenzelt. »Dahinten ist sie.«

Ich ging durch. Lila lag bäuchlings auf dem Bett. Sie hatte nur ein blaues Höschen an. Eine leere Whiskeyflasche lag auf dem Boden neben einer Spülschüssel voller Erbrochenem.

Ein sehr säuerlicher Geruch lag in der Luft. Ich setzte mich auf die Bettkante. »Lila ...«

Sie wandte den Kopf. »Du ...«

»Ich wollte nur erklären ...«

»Du mieser, gemeiner Scheißkerl ...«

»Komm, Lila ...«

»Du mieser, verstunkener ...«

»Lila, komm, ich bin auch schon verlassen worden. Einige Frauen haben mich *kalt* abserviert ... kein Brief, kein Mucks, kein Wort ... Ich möchte das gern möglichst menschlich hinter mich bringen.«

Lila kniete sich hin. Sie rutschte übers Bett auf mich zu. »Menschlich? Du? Du stinkst doch bis zur Hölle und zurück!«

Sie ballte die Fäuste und schlug auf mich ein. Ich blieb sitzen. Einige Schläge gingen auf meine Brust, einige gingen vorbei, andere trafen mich im Gesicht. Sie teilte immer weiter aus. Meine Nase blutete, und es tropfte mir aufs Hemd. Schließlich packte ich sie bei den Händen.

»Lila, ich habe dir gesagt, dass es keine Liebe war. Dass ich Karen liebe ...«

Sie hielt den Kopf über die Bettkante und erbrach sich in die Spülschüssel. Dann legte sie sich lang hin.

»Halt mich mal. Halt mich ein bisschen.«

Ich hielt sie. »Küss mich ...«

Ich küsste sie. Ihr Mund schmeckte schal, säuerlich.

»Fahr nicht ... Fahr nicht wieder zu ihr. Bleib bei mir. Die Welt ist grauenhaft. Du spinnst ... du spinnst total ... aber du bist ein großer Schriftsteller ... Ich möchte dich vor dieser Welt beschützen.«

»Großer Schriftsteller? Das spielt doch gar keine Rolle.«

»Ich hab dich von Anfang an geliebt, seit ich dich vor Jahren zum ersten Mal sah. Du warst bei *Open City*, blau, und hast gelacht und rumgeschimpft ...«

»Davon weiß ich nichts mehr ...«

»Ich schon ...«

Ich hielt sie fest und schwieg. Plötzlich richtete sie sich wieder auf. »Du mieser Scheißkerl, du mieser, mieser Scheißkerl!«

Sie schlug wieder drauflos. Ein paarmal erwischte sie mich voll.

»Hör mal, du haust mich hier windelweich ...«

»Du hast es verdient! Halt still, damit ich dir noch paar verpassen kann.«

Ich ließ ihre Schläge ins Gesicht über mich ergehen. Dann hörte sie auf. »Gehst du wirklich zu ihr zurück?«

»Ja. Lila, du tust dir doch nichts an?«

»Wieso? Deinetwegen? Das bist du doch gar nicht wert!«

»Da hast du recht. Also, ich geh jetzt mal.«

»Du wirst sehen, du vergisst mich nicht, mich vergisst du nie.«

»Natürlich nicht.«

Ich stand auf, drehte mich vom Bett weg, ging ein paar Schritte. Die leere Whiskeyflasche kam mir über die rechte Schulter geflogen. Da wusste ich, warum kalt abservieren besser ist als die menschliche Variante: Es ist gütiger.

Ich stieß die Glastür auf und ging durch den Garten. Ihre Katzen waren draußen. Sie kannten mich. Sie schmiegten sich an meine Beine und kamen mir nach, als ich davonging.

Notizen eines Dirty Old Man

L. A. Free Press, 20. April 1973

Die Kriegsgefangenen-Propagandamühle mahlte immer noch wider alle Vernunft. Wir hatten den Krieg verloren und uns von hungerleidenden Männern und Frauen verjagen lassen, die nur halb so groß waren wie wir. Da wir sie durch Bomben, Tricks und gute Worte nicht unterwerfen konnten, hatten wir uns abgeseilt, und zwar hinter einer eigens errichteten Nebelwand, damit die Bevölkerung vergaß, dass wir verjagt worden waren. Fahren wir die Kriegsgefangenenschiene, sagten die Vernebler, und so fing es an. Bob Hope machte sich Sorgen wegen der Kriegsgefangenen; als Weihnachtsmann hatte er bei seinen letzten beiden Truppenbesuchen nicht mehr so groß eingeschlagen. Gesagt, getan. Die Ankunft der ersten Kriegsgefangenen wurde im Fernsehen übertragen. Das Flugzeug kam. Und wir warteten und warteten, und das Flugzeug rollte und rollte. Auf keinem Flughafen der Welt hat man jemals ein Flugzeug so lange rollen sehen. Die Kameras warteten und filmten es zu Tode. Dann kam der erste große Kriegsgefangene zum Vorschein, und Patriotismus war angesagt.

Diese Männer hatten Bomber geflogen und Tausende Tonnen Sprengstoff auf Städte und Menschen geworfen. Sie waren als Helden gefeierte Mörder. Das Mitgefühl galt natürlich den armen Burschen, deren Flieger abgeschossen worden waren, so dass sie sich per Schleudersitz in die Gefangenschaft retten mussten, wo man sie zwang, Sachen zu essen, die auf keiner Speisekarte standen. Hier in Amerika haben wir Menschen aus viel nichtigeren Gründen gefangen gesetzt und schlecht verpflegt, und die waren schwerlich Helden, als sie rauskamen.

George Wallace hat sich in die Klemme gebracht. Der Mann, der einst versprach, die Rassentrennung in Alabama für immer aufrechtzuerhalten, wurde beim Händedruck mit Sergeant Thomas W. Davis abgelichtet, einem ehemaligen Kriegsgefangenen, der nach Eufaula in Alabama heimgekehrt war. Sgt. Davis ist schwarz.

Ein Kriegsgefangener ist jemand, der wissentlich in den Krieg gezogen ist, der wusste, dass er vielleicht sterben oder töten muss, Gefangene macht oder gefangen wird, andere verstümmelt oder verstümmelt wird. Daran ist nichts besonders Heroisches. Wahre Patrioten finden sich kaum noch, dafür gab es zu viele unnötige Kriege, und sie kamen zu schnell hintereinander.

Die meisten Amerikaner im wehrfähigen Alter haben gezockt. Sie nahmen an, die Wahrscheinlichkeit zu fallen sei eher gering. Ob sie vom Krieg überzeugt waren oder nicht – wenn sie mitmachten und wiederkamen, würden sie als ehrbare Bürger gelten und sich wieder ihren Frauen und ihren Berufen, ihren Häusern, ihrem Baseball und ihren neuen Autos widmen können. Verweigerten sie, blieb ihnen nur Freiheitsentzug und / oder Abtauchen.

Die meisten spielten es durch und überlegten, dass es einfacher wäre, in den Krieg zu ziehen, besonders die mit Hochschulbildung und Reserveoffizierausbildung, die über dem Dreck und Blut stehen konnten und nur Knöpfe zu drücken brauchten. Dass einige von ihnen Kriegsgefangene wurden, war einfach nur Pech, dumm gelaufen, und das wissen sie selbst am besten. Wenn sie dafür jetzt einen Gratisfick oder ein Gratisauto, Applaus oder einen guten Job bekommen, sagen sie natürlich nicht nein.

Beim Boxabend neulich im Olympic Auditorium wurde ein ehemaliger Kriegsgefangener angekündigt, und als er in den Ring stieg, bekam er stehende Ovationen. Früher habe ich Boxfans mal beinah bewundert. Jetzt erscheinen sie mir in einem anderen, rotlila bis kackbraunem Licht ...

Neulich abends erzählte ein Freund mir ein paar Storys aus der Arktis. Sie hatten da oben das Leben eines Süffels verfilmt, sagte er, der genauso aussah wie ich. Jedenfalls ist der Süffel mit einem Flugzeug da hoch und hat berufsmäßig Leute rausgeholt, Versorgungs- und Rettungseinsätze geflogen, Kunststücke vorgeführt und Geld verdient. Ein Kunststück des Süffels bestand darin, auf dem Kopf stehend ein großes Glas Scotch zu trinken. Jedenfalls kann der zivilisierte Durchschnittsmensch, der die Weite, die Stille und die sechs Monate Nacht und die sechs Monate Tag nicht gewöhnt ist, da oben durchdrehen. Den richtigen Begriff dafür habe ich vergessen. Viele halten es nicht aus.

Die hatten da einen Koch, der für die Männer immer Eier gebacken hat. Und mit Eiern ist es ja so eine Sache. Die einen wollen Spiegeleier, die anderen Rührei, wieder andere wollen sie gekocht (weich, hart, mittelhart, mittelweich), manche wollen sie leicht überbacken, andere mittel überbacken. Jeder will die Eier anders und genau-so-und-nicht-anders. Sonst regen sie sich furchtbar auf. Fragen Sie die Kellnerin oder den Koch vom nächsten Imbiss. Die müssen Ströme von gereizten Eieressern über sich ergehen lassen.

Ich saß mal irgendwo, da kam ein Typ mit Basecap und schwarzem Sweater mit durchlöcherten Ärmeln rein und sagte: »Zwei im Saft.« Ich fragte die Bedienung: »Was heißt denn ›Zwei im Saft‹?« »Gott«, meinte sie, »ich hab keine Ahnung. Darüber soll sich der Koch Gedanken machen.«

Dieser Koch in der Arktis nun hatte ebenfalls Weite, Zeit, Stille, Eier und Schnee um sich ... immer wieder hat er verschiedene Eier für verschiedene Männer zubereitet, die zum Geldverdienen da waren, alle ohne Frau, und den ganzen Tag, die ganze Nacht ausharrten. Eines Tages (oder eines Nachts?) nahm der Koch dann schließlich den gesamten Eiervorrat des Lagers, jedes einzelne Ei, und briet sie durch. Er ließ sie kurz trocknen, dann nahm er sie mit in sein Zimmer und nagelte sie an die Wände. Als die Crew zur Frühstückszeit den Koch nicht fand, klopften sie bei ihm an. Er saß in einem Sessel und sagte: »Da sind eure Eier. Bedient euch.«

Der neue Koch war ein Knabe aus Boston, der jedes Mal, wenn er sich betrank, von John Dillinger, Baby Face Nelson und Fats Domino anfing ...

Wie ich höre, gibt es da oben Eskimos und Indianer, die Indianer etwas weiter südlich, und die Eskimos mögen die Indianer nicht und tun nichts lieber, als sich Western anzusehen und sich jedes Mal, wenn's einen Indianer erwischt, einen runterzuholen.

Der äußerste Norden ist wahrscheinlich der letzte Westen der Welt oder, wie mein Freund John Thomas vielleicht schlussfolgern würde, die letzte Grenze. Jack London hat daran nicht schlecht verdient. Old London war der Hemingway des gefrorenen Nichts, mit Wölfen statt Löwen und Joe Conrads Bibel in der Tasche. Ich weiß nur, dass Wile Post, A. Earhart und Will Rogers in der Weiße verschütt gegangen sind, genau wie meine millionenschwere Exfrau, die es mit mir nicht aushielt und einen japanischen Fischer mit vorzüglichen Manieren im Norden Alaskas geheiratet hat.

Da oben ist Platz für die Kunst und das Wort, und ich würde vorschlagen, dass einige der Leute von der Bank am Parkplatz hinter der Rose Avenue in Venice, die mich jedes Mal um 20 Cent anhauen, wenn ich mir beim Juden dort ein Cornedbeef-Sandwich kaufen gehe – fahrt mal da hoch, sag ich, und versucht euer Glück.

Und es gibt noch eine Story. Die haben da so Außenstationen, meistens mit zwei Mann besetzt. Darum geht's. Außer arbeiten und saufen hat man nichts zu tun. Manchmal fängt man auf der Arbeit verschlüsselte Nachrichten von den Russen und Chinesen ab, manchmal ist die Arbeit kaum Arbeit zu nennen, aber irgendjemand zahlt, und es sind keine Frauen da und es gibt außer saufen nichts zu tun. Und kluge Köpfe wissen, dass sogar, wenn Frauen da sind, saufen manchmal das Beste ist.

Zwei Typen saßen also in einer Außenstation. Sie machten ihre Arbeit, aber es lief nichts. Warten und Alkohol trinken. Mit das Beste am Trinken da oben ist, dass man sich volllaufen lassen kann bis hinter die Ohren und nur vor die Tür zu gehen braucht, raus in die reine, klare, weiße Sauerstoffkälte, und nüchtern wird, wenn man einfach nur Luft holt, und sich von neuem besaufen kann. Genauso bei einem Kater, man geht einfach raus, holt Luft, und der Kater wird vom großen Weiß verschluckt.

Irgendwann, eines Abends, geht einer der beiden also vor die Tür und atmet das große Weiß ein. Tolles Gefühl. Er blieb ein Weilchen draußen. Sein Kumpel soff weiter und hörte sich alte Eartha-Kitt-Platten an. Dann fehlte ihm was. Er sah sich draußen danach um. Sein Kumpel war steifgefroren. Am besten, man ließ ihn einfach draußen. Erst in vier Monaten würden sie wieder zurück in die Zivilisation gebracht werden. Weitertrinken, auf Empfang gehen, die verschlüsselte

Nachricht der verdammten Chinesen abfangen, die vorhaben, auf sämtliche Billigläden in Pasadena eine H-Bombe zu werfen.

Zeit verging, und eigentlich gibt es da oben gar keine Zeit. Sie steht still. Sie rührt sich nicht. Man entleert Blase und Darm, aber so etwas wie Zeit gibt es in dieser gefrorenen weißen Stille nicht. Wenn da nichts ist, ist nirgends was. Man muss sich in Erinnerung rufen, dass etwas da ist. Er musste sich in Erinnerung rufen, dass etwas da war. Und er fühlte sich ein bisschen einsam. Also holte er seinen Kumpel rein und lehnte ihn gegen einen Stuhl. Er machte das Fenster auf, damit sein Kumpel steif blieb, und er rückte ihn ans Fenster. Und er fing an, zu trinken und mit ihm zu reden.

Ein Fortschritt. Er trank und redete mit seinem Kumpel. Das baute er aus, indem er seinen Kumpel antworten ließ. Es war wie früher.

Aber eines Abends (Tages?) kam es dick. Es war wegen Clare. Er hatte immer den Verdacht gehegt, sein Kumpel und Clare hätten ihn hintergangen, als er damals zu Sears gefahren war, um den neuen Schalldämpfer zu besorgen, auch wenn beide (Clare und sein Kumpel) das immer bestritten hatten. Der Streit spitzte sich zu; Dementi folgte auf Vorwurf, Vorwurf folgte auf Dementi, und der Alkohol floss. Zorn und Lüge nahmen überhand, und nach drei Schluck vom Allerfeinsten holte er ein Schießeisen und schoss auf seinen Kumpel. Dann schlief er.

Die Monate gingen dahin. Als sie kamen, fanden sie den Toten mit der Schusswunde bei ihm. Er wurde des Mordes angeklagt. Zum Glück bewies die Autopsie, dass sein Kumpel längst tot war, als auf ihn geschossen wurde.

Mir gefiel die Story mit dem Koch besser.

Heute, am 15. April 1973, wurden in Kalifornien erstmals an einem Sonntag Pferderennen ausgetragen. Das Publikum unterschied sich etwas vom Samstagspublikum, obwohl einige Samstagszuschauer wieder mit dabei waren, zumindest die, die noch etwas in der Brieftasche hatten. Es waren 40 954 Zuschauer, und einige davon waren zum ersten Mal auf der Rennbahn.

Tische waren aufgestellt worden, und in Gratisbroschüren wurden die Feinheiten des Pferderennens erklärt. Ich sah so viele Babys in Kinderwagen wie noch nie. Und vielen Zuschauern merkte man an, dass sie neu waren; dichtgedrängt belagerten sie die Ziellinie. Wo diese Menschen sich bisher samstags versteckt hatten, kann man nur raten. Aber die Besucherzahlen hatten angekurbelt werden müssen, und so hatte die Bahn darum gebeten, sonntags statt dienstags Rennen veranstalten zu dürfen. Ich glaube, für den Anfang wurden der Bahn drei Sonntage bewilligt. Danach sollte Sacramento an die Reihe kommen.

Die Kirchen und andere Wirtschaftsverbände kämpfen schwer gegen die Sonntagspferderennen. Aber ich vermute, die hält jetzt keiner mehr auf, nicht mal Gott persönlich. Die Rennbahn und der Staat teilen sich in etwa den Gewinn aus jedem gewetteten Dollar, der rund 15 Prozent ausmacht. Den zusätzlichen Steuerertrag aus den Sonntagspferderennen wird man sich kaum entgehen lassen wollen.

Hollywood Park gibt an, dass auf der Bahn mehr als zwei Millionen Dollar pro Tag gesetzt werden. Das bedeutet nicht, dass 40 000 Menschen mit zwei Millionen Dollar zur Rennbahn kommen. Es bedeutet, dass immer dieselben Leute (sofern sie bleiben) immer dasselbe Geld neun Rennen hindurch in den Totalisator stecken und dass der Staat und die Rennbahn ihren Anteil immer wieder vom selben Dollar abknapsen.

Man kann zum Beispiel zwei Dollar Einsatz wagen, und wenn man ab und zu gewinnt, kann man diese zwei Dollar neun Rennen hindurch setzen. Zum Schluss verliert man sie vielleicht sogar, aber bis dahin hat der Zahlen fletschende Totalisator automatisch 15 Prozent von $ 18 (neun mal zwei) kassiert. Zauberei, was? Man könnte sagen, wenn man neunmal zwei Dollar wettet, stemmt man sich gegen eine Abgabe von neunmal 15 Prozent, nach dieser Theorie also gegen 135 Prozent Abgabe, was vielleicht erklärt, wieso die meisten Leute alles, was sie mitbringen, auf der Rennbahn lassen.

Andere Mathejungs sagen, nein, Unsinn, die Abgabe bleibt bei 15 Prozent. Ich weiß es nicht. Ich weiß nur, dass lediglich einer von 20 Wettern die Bahn als Gewinner verlässt. Anstandshalber sollten die Dinger geschlossen werden, aber das lässt die Steuer schlicht nicht zu. Es ist genau wie mit dem Wiederaufbau von Vietnam, man konnte einfach viel zu gut daran verdienen, dass man es kaputtgebombt und vom Erdball gewischt hat. Auch das ist Zauberei: verdienen am Zerstören und verdienen am Wiederaufbauen. Aber beides geschieht unter dem Deckmantel der Moral und Rechtschaffenheit.

Natürlich leidet irgendwo irgendjemand darunter. Die Galopprennbahn ist auch ein Krieg. Nehmen Sie eine Kamera, und fotografieren Sie die Gesichter der Leute, die nach dem neunten Rennen gehen. Wieder reingelegt. So funktioniert eine Demokratie. Die Gefolterten ergeben sich der Folter, sie nehmen sie freiwillig auf sich.

Die Sonntagsrennen werden bleiben. Der Krieg ist überall, und den kleinen Mann wird man niemals in Ruhe lassen. Er wird gnadenlos geschröpft, besteuert, betrogen und prozentualisiert. Und er wird schreien und Grünbier trinken, er wird alles verlieren und auf dem Weg nach draußen sagen: »Ja, mein Gott, ich hab zwar verloren, aber ich hab mich doch gut unterhalten.« Übersetzt heißt das, er hatte zu wenig Phantasie, um mit seiner Zeit und seinem Geld etwas anderes anzufangen, und so hat er die Taler jemandem rübergeschoben, der das Problem für ihn gelöst hat. Mit guter Unterhaltung meint er, dass er sich nichts einfallen lassen musste und einfach die Rutschbahn runterrutschen konnte. Und Montagfrüh ist die Stechuhr wieder da, und jemand anders zeigt ihm, wo es langgeht.

Begreifen Sie, weshalb ich zum Pferderennen fahre? Dabei lerne ich so viel über die Menschen.

Jedenfalls sind die Sonntagsrennen genauso *in* wie die Massagesalons. Wir sehen uns da am Ostersonntag. Ich bin ein guter kalifornischer Bürger. Ich asphaltiere die Straßen, baue die Schulen, bezahle die Polizei und versuche, ein paar Nervenkliniken in Gang zu halten. Und wenn sie mich zwanglos und halbwegs freundlich ansprechen, gebe ich Ihnen vielleicht einen Tipp, wer das nächste Rennen gewinnt. Wenn Sie meinen, ich bin bloß einer, der rumläuft und dreckige Storys schreibt, sind *Sie* der Verrückte. Obwohl nächste Woche wohl wieder eine von mir kommt. Diesem Geradeausschreiben fehlt das Göttliche und das Feuer. Wie kriegen die anderen das nur immer weiter hin? Ich weiß noch nicht mal, wie man so was zu Ende bringt. Vermutlich so: ENDE.

Notizen eines Dirty Old Man

L. A. Free Press, 11. Mai 1973

Es war in Washington D.C., eine Privatparty, aber gut besucht, 200 plus, und Danny James (Gerüchten zufolge hatte er der Regierung $ 50000 für die letzte Wahl gespendet) und seine Freundin standen mit Gläsern in der Hand herum. Danny James, ehemaliger Entertainer, jetzt in Rente. Nicht ganz in Rente, denn es ging das Gerücht, er habe die Moderation einer Show mit Bob Hope verpatzt – die Beherrschung verloren, als der Secret Service einen seiner Freunde aus Las Vegas nicht ohne Sicherheits-Check auftreten lassen wollte. Unter anderem ging auch das Gerücht, James habe oft den Vizepräsidenten daheim zu Gast.

Während Danny und seine Freundin mit Gläsern in der Hand herumstanden, wurde Danny von einer Kolumnistin angesprochen, die ihm eine Frage stellte. »Wofür halten Sie sich?«, antwortete James. »Wenn Sie mich sprechen wollen, schreiben Sie mir vorher.«

Die Kolumnistin verschwand, und eine andere kam. »Gehen Sie bloß weg, Sie Abschaum«, sagte Danny. »Fahren Sie nach Hause und nehmen Sie ein Bad. Ich will nicht mit Ihnen reden. Ich muss sehen, dass ich von Ihrem Gestank wegkomme.« Er wandte sich an seine Freundin. »Der Gestank, den du riechst, kommt von ihr.« Dann wandte sich Danny James wieder an die Kolumnistin: »Sie sind nichts als eine 2-Dollar-Fotze. F-O-T-Z-E, das Wort kennen Sie, ja? Sie haben sich Ihr Leben lang für 2 Dollar auf den Rücken gelegt!«

Zuerst lachte Mrs Blanche Delmore, die Kolumnistin. Dann ging sie davon und weinte. Danny James hatte ihr $2 ins Glas gesteckt mit der Bemerkung: »Hier sind 2 Dollar, Herzchen, das sind Sie ja gewöhnt.«

Ihr Mann, Henry Delmore, reichte ihr ein Papiertuch, und Mrs Delmore weinte hinein. Jeder auf der Party hatte die Sprüche gehört. Ihr Mann tröstete sie noch ein wenig, dann fuhr er mit ihr nach Hause. Dort angekommen, schenkte Henry zwei Gläser voll, und während sie sich auszogen, redeten sie über die Szene.

»O Henry, es ist furchtbar, ganz, ganz furchtbar! Ich glaube, ich sterbe!« Sie warf sich mit dem Gesicht voran aufs Bett.

»Morgen früh geht's dir schon besser, Schatz.« Henry trank sein Glas aus, dann das von Blanche. Er machte das Licht aus, und sie schliefen ...

Als Henry am nächsten Morgen zur Arbeit gefahren war, griff Blanche im Bett zu ihrem rosa Telefon. Als Erstes rief sie im Büro an: »Briget? Ach, Briget, ich *kann* heute Morgen nicht zur Arbeit kommen ... Ich ... ach, es steht in der Zeitung? In *allen*? Ach, du lieber Gott!« Sie legte schnell auf, dann saß sie da vor dem rosa Telefon und dachte nach. Sie stand auf, ging ins Bad und pinkelte. Als sie wieder im Bett saß, vor dem rosa Telefon, kam ihre Mutter herein.

»Mein Gott, Blanche, du siehst ja SCHRECKLICH aus! Was ist passiert?«

»Die Party war's. Danny James hat mich beleidigt! Es war einfach entsetzlich. So etwas Widerwärtiges und Ungerechtes ist mir in meinem ganzen Leben noch nicht passiert!«

»Was hat er denn gesagt?«

»Ach, Mutter, *bitte*!«

»Ich möchte das wissen, Blanche!«

»Mutter, *bitte*!«

»Blanche, ich *bin* deine Mutter!«

»Er hat mich eine 2-Dollar-Fotze genannt.«

»Was ist eine ›Fotze‹, Blanche?«

»Bitte?«

»Was eine Fotze ist, habe ich gefragt.«

»Ach Mutter, das ist ja wohl ein Scherz. Mir ist nicht nach Scherzen zumute. Überhaupt nicht. Kein bisschen.«

»Ich möchte wissen, was eine ›Fotze‹ ist, Blanche.«

»Lass mich *bitte* in Ruhe, Mutter! Bitte, bitte, *bitte*!«

Blanches Mutter ging aus dem Zimmer, und Blanche nahm den rosa Hörer von der Gabel und wählte.

»Tag, Annie, ist Wayne Brimson da? Was? Er ist gestern Abend gestorben? In einem Aufzug? O mein Gott, was ist bloß los? Was ist bloß los?«

Blanche legte auf. Wayne Brimson war ihr Anwalt gewesen.

Die Tür öffnete sich, und Blanches Mutter erschien.

»Mutter, lässt du mich jetzt endlich mal in Ruhe? Geht das, bevor ich durchdrehe?«

Die Tür schloss sich.

Ich muss mir einen anderen Anwalt besorgen, dachte sie. Aber Wayne und ich waren so gut befreundet, und mit ihm konnte man reden.

Das Telefon klingelte. Sie nahm ab. Es war eine Männerstimme, tief, ruhig, dunkel und volltönend.

»Deine Zweidollarfotze stinkt wie das Hämorrhoidenarschloch eines Affen.«

Er legte auf.

Da fiel ihr John Manley ein. Das war ein ganz ordentlicher Anwalt mit einem guten Namen. Sie wählte. John meldete sich.

»Hör mal, John … ach, Sie wissen es schon? Das war

schrecklich, John, und alles stimmt ... Bitte? Nein, nein, das macht nichts. Ich möchte nur eine Entschuldigung. Eine Entschuldigung genügt mir. Das ist doch nicht zu viel verlangt, John, oder? Ja, Henry geht's prima. Natürlich regt ihn die Geschichte genauso auf wie mich. Okay, Sie übernehmen das? Nur eine Entschuldigung, mehr verlange ich nicht.«

Sie legte auf, ging durchs Zimmer, sah aus dem Fenster, dann setzte sie sich an den Frisiertisch und fing an, sich die Haare zu kämmen. Das Telefon klingelte. Sie ging rüber und nahm den Hörer ab.

Wieder eine Männerstimme, aber diesmal heller und sehr viel jugendlicher.

»Hör mal, Kleine, auch wenn du eine Zweidollarfotze hast, mich stört das nicht. Ich steck dir meinen Schwanz bis hintenhin in die Zweidollarfotze, alle 30 Zentimeter, und dann komme ich und spritz dir den weißen Saft in die Zweidollarfotze. Macht dich das nicht heiß, die Vorstellung? Mich macht sie heiß. Ich spritz dir voll in die –«

Blanche legte auf. Sie ging ins Bad und ließ Wasser in die Wanne laufen. Sie nahm ein langes, heißes Bad, schluckte eine Schlaftablette und legte sich wieder ins Bett. Nach einer Stunde schlief sie ein.

Sie ahnte nicht, wie lange sie geschlafen hatte, doch das Telefon weckte sie. John Manley teilte ihr mit, dass Danny James eine Entschuldigung ablehnte, zumindest eine schriftliche.

»Warum denn bloß? Warum?«

John antwortete, das wisse er nicht, er habe nur mit James' Anwalt gesprochen, werde der Sache aber nachgehen und versuchen, mehr zu erfahren.

Inzwischen hieß es, der Präsident der Vereinigten Staaten

persönlich sei insgeheim verärgert über den Vorfall, auch weil James mit dem Vizepräsidenten befreundet war.

»Das hat alle möglichen Auswirkungen«, sagte John Manley, dann legte er auf.

Als die kleine Gladys aus der ersten Klasse nach Hause kam, weinte sie.

»Mama, die Jungs haben mich ›Fotze‹ genannt. Immer wieder haben sie mich angebrüllt: ›Fotze! Fotze! Eine Fotze bist du!‹ Mama, was ist eine ›Fotze‹?«

»Gladys, lass deine Mutter jetzt mal. Es geht ihr nicht gut!«

Gladys ging aus dem Zimmer. Wieder klingelte das Telefon. Blanche nahm ab. Es war der Mann mit der hohen Stimme. »Ich kann an einem Abend sechsmal kommen. Sechsmal kann ich dir den Saft in die Fotze spritzen. Ich kann dich zum Wahnsinn treiben. Ich kann …«

Blanche legte auf.

Das Abendessen war eine traurige Angelegenheit für Blanche, Henry, Gladys und Blanches Mutter. Blanches Mutter hatte gekocht: Fleischbällchen, Kartoffelpüree, Erbsen, gemischter Salat mit Oliven, Gebäck … Man unterhielt sich über Allgemeines, dann wandte sich Blanches Mutter an Henry.

»Henry, was ist eine ›Fotze‹?«

»Herrgott nochmal, Grace!«

»Ich möchte wissen, was das ist, eine ›Fotze‹? Warum sagt mir niemand, was eine ›Fotze‹ ist?«

»Ja«, sagte Gladys, »ich möchte auch wissen, was eine ›Fotze‹ ist.«

»Henry«, sagte Blanche, »ich habe ein paar schreckliche Anrufe bekommen, einfach furchtbar!«

»Und zwar?«

»Obszön, schrecklich obszön ... zwei Männer ... einer mit leiser, hoher Stimme und einer mit tiefer, voller Stimme ...«

»Scheißkerle!«

»Allerdings. Was sollen wir machen?«

»Irgendwas muss da zu machen sein. Über die Telefongesellschaft, die Polizei, das FBI, irgendwen ...«

»Hört mal«, sagte Blanches Mutter, »ICH MÖCHTE AUF DER STELLE WISSEN, WAS EINE ›FOTZE‹ IST!«

»Ach, Mutter, bitte ...«

»Henry?«

»Ja?«

»Geh mit ihr nach nebenan und sag es ihr.«

»Was?«

»Geh mit ihr nach nebenan und sag es ihr.«

»Ist das dein Ernst?«

»Ja. Ich ertrage das nicht mehr.«

Henry und seine Schwiegermutter gingen in die Küche. Er schob die Tür zu. Sie setzten sich, eine Vase halbverwelkter Rosen zwischen sich.

»Also?«, sagte Grace.

»Also Grace, ›Fotze‹ ist ein ziemlich vulgäres Wort für etwas, das jede Frau besitzt.«

»Ich auch?«

»Bestimmt. Aber mich wundert, dass du den Ausdruck nie gehört hast.«

»Ich bin unter gottesfürchtigen Menschen aufgewachsen, Henry.«

»Ach so.«

»Wo ist meine Fotze, Henry?«

»Da unten.«

»Wo da unten?«

»Zwischen deinen Beinen.«

»Hier?«
»Da.«
»Fasse ich dran?«
»Ja.«
»Aber was stimmt denn mit der ›Fotze‹ nicht? Sie gehört doch zum Körper.«
»Natürlich.«
»Warum regt sich Blanche dann so auf?«
»Der Mann hat angedeutet, sie sei eine billige für zwei Dollar, mit anderen Worten, eine billige Prostituierte.«
»Henry?«
»Ja?«
»Was ist eine ›Prostituierte‹?«
»Großer Gott, Grace ...«
»Warum ärgerst du dich?«
Henry stand auf, stieß die Tür auf und setzte sich nebenan in einen Sessel. Blanche und Gladys saßen auf der Couch.
»Hast du's ihr gesagt?«
»Ja.«
»Was ist denn dann los? Du siehst genervt aus. Dazu hätte ich wohl eher Grund, denn ich habe die Anrufe bekommen ...«
Die Tür ging auf, und Grace kam herein.
»Hör mal, Blanche, ich muss wissen, was eine Prostituierte ist. Er will's mir nicht sagen ...«
Henry stand auf. »Leute, ich muss hier mal 'ne Weile raus.«
»*Untersteh* dich, mich in dieser Situation allein zu lassen, Henry!«
Henry ging trotzdem. Er setzte sich ins Auto und fuhr nach Süden. Er überfuhr ein Stoppschild. Das Land ging zum Teufel. Erst Watergate, und jetzt das ...

Im Haus klingelte derweil das Telefon. Blanches Mutter kam zuerst hin. Ein Mann war dran, mittlere Tonlage.

»Hallo«, sagte Blanches Mutter.

»Hör mal«, kam die Stimme, »ich leck dir voll die Fotze aus. Ich leck dir das verdammte Ding in Fetzen. Ich treib dich zum Wahnsinn, ich lutsch dir die Möse komplett aus dem Leib, ich ...«

Blanches Mutter hielt das Telefon in den Händen, aber der Hörer war runtergefallen und schwang und baumelte an seiner Schnur in der Luft. Als Blanches Mutter mit dem ersten Schrei fertig war, setzte sie zum zweiten an. Und aus dem in Bodennähe baumelnden Hörer drang seine Stimme:

»Ha, jetzt bist du heiß, was, Baby? Heiß gemacht hab ich dich, was? Haa-ha-ha ...«

Notizen eines Dirty Old Man

L. A. Free Press, 8. Juni 1973

Emil und Steve waren die härtesten harten Typen an unserer Mittelschule, der Hampton Road Grammar School, und die Hampton Road war die Mittelschule in der Stadt, und sie lag, was ungewöhnlich ist, auf der *West*seite. Es hatte sich so ergeben. Wir wurden schnell erwachsen. Morrie Eddleman hatte mehr Haare auf der Brust als jeder Mann, den ich kannte. Aber die meisten Jungs waren schnell groß – und kräftig – geworden. Und wir waren auch noch alle in derselben Klasse. Ein Zufall. Nelson Potter war bestückt wie ein Pferd, und die Mädchen hielten sich von ihm fern, aber sie redeten über ihn und wir auch.

Schon als wir in der vierten Klasse waren, schlug unser Baseballteam die Sechstklässler, und als wir in der Sechsten waren, kamen die Jungs von der Templeton Junior High nach der Schule immer vorbei, und wir schlugen sie im Baseball. Morrie Eddleman war ein echter Homerun-Spezialist. Seine Bälle knallten so oft gegen das Schulgebäude, dass die Fenster vorsichtshalber vergittert werden mussten. Wir legten uns blaue Baseballkappen zu, und die trugen wir beim Spielen, und wir siegten immer. Sie standen uns gut, die blauen Basecaps, und die Jungs von der Junior High hatten echt Angst vor uns, versuchten das aber zu überspielen. Ich kam nicht in die Startaufstellung, sondern spielte nur Reserve, aber die blaue Kappe hatte ich trotzdem. Emil und Steve waren allerdings die richtig harten Jungs, Emil und Steve Yuriardi. Sie waren sogar fürs Baseball zu hart. Emil ging in die sechste Klasse und sein Bruder in die fünfte. Aber Steve war fast so hart wie Emil. Die zwei standen einfach hinter dem Schutzschirm und sahen zu. Sie trugen so Lederarmbänder und rauchten Zigaretten in der hohlen Hand und sahen uns bloß zu. Und über die Mädchen sahen sie weg, als wären sie Luft.

Wenn wir nach der Schule nicht Baseball spielten, rauften wir uns, Raufereien gab es immer, und nie waren Lehrer in der Nähe, keiner war in der Nähe, und wenn Emil und Steve nicht jemanden vermöbelten, dann machte es jemand anders. Immer fand sich irgendein Weichei, ein gut angezogener Junge, und auf den schlugen sie ein, der bekam Dresche. Das Weichei wurde an den Zaun gedrängt, und wir versammelten uns ringsum und sahen zu. Die Prügel hatten es wirklich in sich, aber an der Hampton Road Grammar School waren selbst die Weicheier hart im Nehmen. Nie hat einer geheult, wenn ihm das Blut aus Nase und Mund lief. Die standen nur da am Maschendrahtzaun und hielten sich, so gut sie konnten. Das heißt, man dachte einfach, sie seien fertig, so wie sie mit beiden Händen das Gesicht vor Schlägen schützten, dann holen sie auf einmal aus und schlagen selber zu. Nie hat einer um Gnade gefleht oder gebettelt. Eine echt harte Schule hatten wir.

Wir waren alle weiß bis auf Emil und Steve, und die waren weder schwarz noch Mexikaner, aber dunkelhäutig, ein gleichmäßiges Dunkelbraun, und es sah derb aus, sie *waren* derb, und sie redeten mit keinem und steckten immer zusammen, grinsten die Mädchen höhnisch an und grinsten uns höhnisch an. Sie gerieten nicht oft in Schlägereien, weil sie nie etwas sagten, und sie rempelten auch keinen an, und meistens entstanden Schlägereien durch Reden oder Anrempeln. Ich weiß nicht, wie sie in Schlägereien gerieten, aber wenn es passierte, dann grenzte es an Mord. Sie regten sich nicht auf. Sie traten bloß einen Schritt zurück und ließen die Fäuste sprechen, und jeder Schlag saß. Im Gegensatz zu uns anderen hauten sie nicht dauernd daneben. Sie waren auch nicht so groß wie die meisten anderen, dafür aber stämmig und gemein. Steve bewunderte ich wirklich. Sogar bei einer Schlägerei nahm er sich manchmal Zeit, sich nach uns umzusehen mit dem bekannten Hohngrinsen, dem er dann ein winziges Lächeln nachschickte, das besagen sollte: Hier, so kann's *euch* auch ergehen, und dann landete er einen besonders harten Schlag. Ich hätte alles darum gegeben, Steve zu sein.

Wie Steve im Unterricht war, kann ich nicht sagen, weil er eine Klasse unter mir war, aber Emil stellte sich im Unterricht dumm. Er war nicht dumm, das sah man an seinen Augen und der Art, wie er dasaß, aber er stellte sich dumm, das machte er gern. Miss Thompson fragte ihn: »So, Emil, wie heißt die Hauptstadt von Peru?«, und Emil antwortete nicht, er sah Miss Thompson nur mit diesen Augen an. Und Miss Thompson fragte noch einmal: »Emil, wie heißt die Hauptstadt von Peru?«, und Emil schwieg. Oder er antwortete: »Ich weiß es nicht.« Und das in einem Ton, als wollte er sie beleidigen.

»Emil, hast du gestern Abend deine Hausaufgaben gemacht?«

»Nein.«

»Emil, stell dich draußen in den Flur.«

Worauf Emil so langsam und lässig aufstand, mit angewidertem Gesicht, und zur Tür ging und verschwand.

»Henry, was hast *du* zu grinsen?«

Das schockte mich immer, weil mir mein Grinsen nicht bewusst gewesen war.

»Henry, wie heißt die Hauptstadt von Peru?«

Ich wusste, dass Bolivien die Hauptstadt von Peru war, wollte aber nicht, dass mich die Jungs für ein Weichei hielten.

»Ich weiß es nicht.«

»Henry, hast du dir gestern Abend deine Aufgaben angesehen?«

»Nein, ich hatte keine Lust.«

Die Klasse kicherte, vor allem die Mädchen kicherten, und ein paar Jungs lachten laut.

»Wenn es hier nicht gleich still wird, kommt keiner in die Pause.«

Miss Thompson sah mir direkt ins Gesicht, sie war etwa 32, trug sehr enge Kleider, hatte die Haare aber hinten zu einem Dutt zusammengebunden, und ihre Augen sahen genau in meine, und während ich ihren Blick erwiderte, dachte ich einen Moment lang unwillkürlich, ich bin mit dir im Bett. Miss Thompson bekam das auch mit, ging aber darüber hinweg.

»Also Henry, wie war das mit deinen Aufgaben?«

Emil rückte sie nie so auf die Pelle, und ich fragte mich, wieso. Wahrscheinlich, weil Emil Emil war. Die Klasse wartete. »Ich hatte einfach keine Lust, meine Aufgaben zu machen«, sagte ich. »Die Hauptstadt Perus interessiert mich nicht. Sie ist belanglos.«

Das hatte ich ein Mädchen hinter mir sagen hören und für klug befunden. Ich sah Miss Thompson an, und sie weinte beinah. Das wunderte mich.

»Henry«, sagte sie, »dass wir kompliziertere Sachverhalte lernen und Gefühle und Gedanken daraus ableiten können, gerade das unterscheidet doch den Menschen vom Tier, oder nicht?«

»An Tieren ist nichts verkehrt.«

»Das habe ich doch auch nicht gesagt, Henry, oder?«

Miss Thompson zog ein kleines weißes Taschentuch hervor und führte die spitzen Ecken an ihre Augen. Dann steckte sie das Taschentuch wieder ein. Ihr Rock hatte an beiden Seiten eine Tasche. Ihre Figur war fabelhaft. Sie schrieb etwas auf einen kleinen Zettel. Den faltete sie zusammen und sah mich an.

»Henry, bring das bitte zum Rektor.«

Das Mädchen hinter mir, das die Hauptstadt Perus belanglos genannt hatte, sagte zu mir: »Du solltest dich bei Miss Thompson entschuldigen, Henry.«

Also sagte ich, als ich zu ihr ging, um den zusammengefalteten Zettel für den Rektor abzuholen, leise zu Miss Thompson: »Bitte entschuldigen Sie, Miss Thompson, es tut mir leid.«

»Bring jetzt den Zettel zum Rektor, Henry.«

Als ich zur Tür rauskam, lehnte Emil an der Wand neben dem Trinkbrunnen. Er sah ganz entspannt aus. Ich versuchte, auf dem Weg zum Rektor seinen Blick einzufangen, doch er beachtete mich nicht. Ich ging zum Rektorbüro und öffnete die Tür. Mr Waters saß hinter seinem Schreibtisch und sah hochgradig gereizt aus. Ein Metallschild auf dem Schreibtisch besagte: Martin W. Waters, Rektor. Ich gab ihm den Zettel, und er faltete ihn auseinander und las ihn. Dann sagte er:

»Mein Junge, warum benimmst du dich so?«

Ich gab keine Antwort. Mr Waters hatte einen grauweißen Nadelstreifenanzug an, mit hellblauem Schlips. Alles an ihm spitzte sich auf den hellblauen Schlips zu. Ich sah auf den hellblauen Schlips.

»Für Aufsässigkeit gibt's ja keins mit dem Lineal auf die Finger, mein Junge. Seit dem letzten Halbjahr nicht mehr.« Er ließ mich dastehen und las den Zettel noch einmal.

»Warum benimmst du dich so, Henry?«

Ich schwieg.

»Du verweigerst die Antwort?«

Ich schwieg.

»Stell dir vor, das käme deinem Vater und deiner Mutter zu Ohren!«

Ich schwieg.

Mr Waters warf den Zettel abrupt in seinen Papierkorb. Er sah mich an. »Geh und stell dich in die Telefonzelle, bis ich sage, du sollst rauskommen.«

Ich ging hinaus zur Telefonzelle, zog die Tür hinter mir zu, und da stand ich. Es war heiß in der Zelle. Unter dem Telefon lagen zwei Illustrierte. Zum Zeitvertreib blätterte ich darin. *Harper's Bazaar* und *The Ladies' Home Journal*. Ich klappte die Hefte zu und stand da. Das war viel schlimmer, als man es sich vorstellt. Es war einfach dunkel, stickig, langweilig und öde, furchtbar öde, und ich stand da, und mir taten die Beine weh, und die Minuten vergingen, ich horchte auf die Klingel und dachte, ja, das ist die Mittagsklingel, und das ist die Nachmittagspausenklingel, und da klingelt's zum Unterrichtswiederbeginn, und das ist die Feueralarmklingel, jetzt marschieren alle auf den Hof und stehen da, und das ist die Schlussklingel, jetzt gehen sie nach Hause oder raus zum Spielen oder Prügeln, und dann dauerte es gefühlt noch eine Stunde, bis sich die Tür der Telefonzelle öffnete. Mr Waters stand immer noch gereizt vor mir und sagte: »So, Henry, jetzt kannst du nach Hause.«

Ich ging nach Hause, weil ich schlecht drauf war, und am nächsten Tag im Unterricht tat Miss Thompson, als wäre nichts gewesen, die ganze Klasse tat, als wäre nichts gewesen. Viel kam dann auch nicht, außer dass einmal die Kreide von Miss Thompson auf der Tafel gequietscht hat, wie es manchmal so geht, und wir haben das Geräusch nachgemacht, und Miss Thompson hat sich umgedreht und gelacht. Das war's so ungefähr. Miss Thompson hat weder mich noch Emil was gefragt, sie hat hauptsächlich die Mädchen gefragt.

Mein Junge, warum benimmst du dich so?

Nach der Schule gab es wieder ein Baseballmatch mit den Jungs von der Templeton Junior High, und sie wussten so gut wie wir, dass wir sie schlagen würden – die Frage war nur, wie hoch, denn wir schlugen sie jedes Mal, wenn sie vorbeikamen, höher. Ich setzte meine blaue Mütze auf und hockte mich auf die Bank. Wir führten 7 zu 3 am Ende des 4. Innings, da ließ einer von denen einen Ball vom Schläger abprallen, und der Ball rollte am Fangnetz hoch und drüber weg. Ich saß außen auf unserer Bank und stand auf und lief hin, und als der Ball über den Rahmen kam, fing ich ihn in vollem Lauf, ging ums Netz herum und warf ihn mit aller Kraft unserem Pitcher zu. Aber er passte nicht. Er ging weit rechts vorbei, kam bei unserem Shortstop auf, der sich kein Bein ausriss, um ihn zu kriegen, und rollte raus zu Morrie Eddleman, der schon gehomerunt und gedoublet hatte, und der fing ihn schön und warf ihn mit einem Aufsetzer wieder rein zu unserem Pitcher Clars Thurman. Thurman fing ihn und schmiss mit dem dritten Strike einen drei Jahre älteren Typ raus. Der Sieg war uns mal wieder sicher.

In dem Moment merkte ich, dass Emil mich ansah. Er behielt mich im Blick. Er stand drüben hinter dem Fangzaun. Dann mal los, dachte ich. Ich stand auf und ging auf ihn zu. Sein Bruder Steve stand direkt neben ihm, aber Steve sah woandershin. Ich ging auf sie zu. Ging um den Fangzaun herum und weiter in ihre Richtung. Sie hatten beide ihr Lederarmband um. Ich lief weiter, Emil sah mich weiter an. Etwa einen Meter vor ihm blieb ich stehen. Er grinste ein kleines bisschen und winkte mich zu sich. Ich trat einen Tick näher. Sein Blick war so was von ruhig. Dann trat ich direkt vor ihn hin, wobei ich glaube, ich hatte die Augen zu, beinah zu. Aber ich sah, wie seine Hand hochkam, die hohle Hand, seine rechte, und er hatte eine Zigarette drin, ich sah den Rauch sich kringeln, und er hielt mir die Zigarette hin, und es gab Geschrei wegen etwas, das auf dem Feld geschehen war, und ich spürte die Zigarette in meinen Fingern und verdeckte sie, beschirmte sie, und fast ohne Zögern und mit Sicherheit unbemerkt nahm ich einen kräftigen Zug, sog den Rauch ein, behielt ihn in der Lunge, gab Emil die Zigarette zurück, ohne dass es jemand mitbekam, dann stieß ich unauffällig den Rauch aus. Und ging zur Bank zurück und setzte mich. Ich sah mir das restliche Spiel an. Wir schlugen sie haushoch, 13 zu 4, und sie ließen sich nicht noch mal blicken.

Ein Tag im Leben eines Pornobuchverkäufers

Es war ein 08/15-Pornobuchladen: Tippscheine, die *Racing Form*, Tageszeitungen ... Ferner war er in drei Abschnitte unterteilt – die Normalabteilung mit den gängigen Illustrierten und Nichtporno-Taschenbüchern, die Abteilung mit den Pornosachen hinter der Schwingtür, und von da ging's zum Videoraum, wo man sich für einen Vierteldollar schnell ein schmutziges Filmchen ansehen konnte. Die Pornoabteilung kostete 50 Cent Eintritt, aber man bekam dafür einen mit Einkäufen verrechenbaren Silberchip.

Es war Martys erster Arbeitstag, und er hatte die Tagschicht. Er stand auf der erhöhten Plattform, von der aus der ganze Pornoraum zu überblicken war. Den Videoraum konnte er nicht sehen.

Besser als die Möbelfabrik fand er den Laden allemal. Es war sauber, und es war still. Man konnte auf den Boulevard schauen und die Autos vorbeifahren sehen, man konnte Leute vorbeilaufen sehen. Der gelbe Taxistand war gleich vor der Tür.

Viertel nach acht. Ein Typ Mitte dreißig mit einem gelben T-Shirt und langen Koteletten kam herein. Graue Hose, lange Arme, schwarzweiße Schuhe, rosarotes, sauberes Gesicht, große, offene blaue Augen. Er stand da und sah Marty an.

»Haben Sie was ohne Haare auf der Möse?«
»Bitte?«
»Junge Mädchen, Mann.«

»Das weiß ich nicht.«
»Lesen Sie das Zeug nicht?«
»Nein.«
»Ich soll 50 Cent blechen und es drauf ankommen lassen?«
»Genau.«

Der Typ zahlte die 50 Cent, Marty gab ihm den Chip, und er ging durch die Schwingtür. Zwei andere Typen waren schon da. Eine halbe Stunde verging. Der Typ im gelben T-Shirt kam raus.

»Einen Scheiß habt ihr da, Mann. Irgendwas ohne Mösenhaare solltet ihr schon haben.«

Marty schwieg.

»Aber in einer Vitrine hab ich was gesehn. So eine Maske. Was kosten die?«

»$ 6.95 plus Mehrwertsteuer.«

»Nehm ich eine mit.«

Marty holte eine unter der Theke hervor. Die Gummimaske eines weinenden kleinen Mädchens. Ihr Mund stand offen. Die Mundöffnung war röhrenförmig zur Aufnahme des Penis. Marty zog die 50 Cent vom Preis ab, steckte die Schachtel mit der Maske in eine braune Papiertüte, reichte sie dem Mann zusammen mit dem Wechselgeld, und weg war er.

Ein anderer Mann kam, gab Marty schweigend die 50 Cent, nahm seinen Chip und ging in die Pornoabteilung. Dann kam ein Pferdewetter.

»Geben Sie mir die Vierte.«

»Die Vierte wovon?«

»Die vierte *Racing Form* von oben.«

Marty zog die viertoberste heraus und nahm den Dollar.

»Ich will auf Pferd Nummer 4 im vierten Rennen setzen und auf alles, was 4 zu 1 startet.«

Damit verschwand er.

Dann kam einer der Typen hinten raus. Er gab Marty den Chip zurück, aber Marty hatte gesehen, dass er mit einer Rasierklinge ein Foto aus einem Heft herausgeschnitten hatte. Und er war auch im Videoraum gewesen. Dann kam ein junger Kerl, vielleicht 22, durch die Schwingtür: »Großer Gott.«

»Was ist denn?«, fragte Marty.

»Mein Gott, da haben welche direkt auf den Münzeinwurf gewichst. Der tropft nur so.«

Marty sperrte die Kasse ab und ging nach hinten. Es stimmte. Der Münzeinwurf eines Gerätes war mit Sperma bekleckert. Marty holte eine Handvoll Toilettenpapier aus dem WC und wischte den Münzschlitz ab. Der Film hieß *Eines Mädchens bester Freund: der Hund*.

Gegen halb zwölf kam ein Typ und kaufte eine Gummipuppe. Sie kostete $ 20.

»Hören Sie«, sagte der Typ. »Können Sie mir die aufblasen? Ich habe Asthma.«

»Ich habe ein Lungenemphysem«, sagte Marty. »Da müssen Sie an einer Tankstelle vorbeifahren.«

»Okay«, sagte der Typ.

»Wie wär's mit einem schwarzen Spitzenhöschen für die Dame?«

»Zeigen Sie mal. Muss ich anfassen.«

Marty gab dem Mann das schwarze Spitzenhöschen. Er fasste es an. »Wie teuer?«

»$ 6.95.«

»Gut, nehm ich.«

»Vielleicht noch eine hübsche Perücke dazu? Haben wir in Blond, Schwarz, Brünett, Rot und Grau.«

»Nein, ich hab jetzt genug ausgegeben. Vielleicht später. Ich nehm nur sie und das Höschen.«

Mittag essen musste man an der Theke. Marty schloss die Kasse ab, ging zur Tacobude und bestellte den Enchilada-Teller und eine große Coke. Beides führte er sich an der Kasse zu Gemüte.

Gegen eins kam ein junges Mädchen herein. Vielleicht war sie auch schon 21. Marty verlangte ihren Ausweis. Laut Ausweis war sie 21. Sie wollte die Dildos sehen. Sämtliche Dildos.

»Legen Sie sie mal aus«, sagte sie.

Marty breitete sie auf der Theke aus. Es waren sieben verschiedene Modelle. Das Mädchen nahm einen in die Hand.

»Wozu soll das gut sein?«

»Was ist denn damit?«

»Hier«, sie fuhr mit dem Finger hinten an dem Dildo hoch. »Da steht eine Kante raus. Das ist nichts.«

»Die aus Plastik sind auch die billigsten. Nehmen Sie doch einen anderen.«

Das Mädchen gab ihm den Dildo zurück.

»Haben Sie keine schwarzen Dildos?«

»Nein.«

»Sie sollten schon auch schwarze Dildos haben.«

»Sollten wir wohl.«

Sie wählte schließlich drei Dildos aus. Der mit den dicken vorstehenden Adern schien ihr am besten zu gefallen. Marty steckte die Dildos in eine braune Tüte, und das Mädchen war weg. Dann musste Marty pinkeln. Er schloss die Kasse ab und ging durch den Pornoraum zum Videoraum. Nur durch den Videoraum kam man zur Toilette. Vor einem der Geräte stand ein Typ und onanierte. Marty ging vorbei, pinkelte, und als er zurückkam, onanierte der Typ immer noch.

An der Kasse wartete schon jemand auf Marty.

»Die Hände möchte ich«, sagte der Mann. Die Hand war aus Gummi und von kleinen Drähten durchzogen. Dank der Drähte ließ sich die Hand um den Penis legen, dann wurde sie an die Steckdose angeschlossen, und die Finger bewegten sich.

»Die Hände?«, fragte Marty.

»Ja. Zwanzig Hände möchte ich.«

»Zwanzig Hände?«

»Ja, zwanzig Hände.«

Marty zählte zwanzig Hände ab, und der Mann zahlte. Er nahm die Hände in einer großen Tragetasche mit.

Das Telefon klingelte. Es war sein Chef, Herman. Herman hatte 19 Jahre wegen bewaffneten Überfalls gesessen. Jetzt gehörten ihm 22 Pornobuchläden. »Wie läuft's? Irgendwelche Probleme?«

»Prima. Nein.«

»Wie viel hast du eingenommen?«

»Rund 90 Dollar.«

»Dann kommst du auf 150, bis deine Schicht rum ist.«

»Kann sein.«

»Hör mal, ich hab ein Problem. Der Verkäufer in meinem Hollywoodladen ist weg. Die Scheißpolizei hat ihn kassiert.«

»Wieso denn?«

»Na, er ging mit der Frau des Hausmeisters. Eines Abends saßen sie noch spät zusammen, da ist er aufgestanden und hat sie erwürgt. Dann hat er die Leiche zerstückelt und sie im Griffith Park vergraben. Während er dann schlief, kamen zwei Leute und haben seinen nicht abbezahlten Wagen wieder in Besitz genommen. Im Kofferraum fanden sie zwei Hände. Er hatte die Hände vergessen. Die Cops haben ihn abgeholt. Er war ein guter Verkäufer. Schon zwei Jahre bei mir. Er war ehrlich. Bei ihm brauchte ich mir nie Gedanken zu machen. Man findet kaum noch jemanden, der einen nicht bescheißt.«

»Ja, kann sein.«

»Immer zocken sie einen ab. Du gibst ihnen Arbeit, und sie zocken dich ab.«

»Ja.«

»Kennst du vielleicht eine gute, ehrliche Haut? Ich brauche einen für die Nachtschicht.«

»Nein, ehrliche Leute kenne ich leider nicht.«

»Gut, okay, wir finden schon einen.«

Herman legte auf.

Der Nachmittag ging weiter. Gegen halb fünf kam ein Typ aus dem Videoraum. »Die Knallköpfe wohnen da hinten«, meinte er zu Marty. »Da ist es dunkel und stinkig, die kauen sich gegenseitig einen ab.«

Marty schwieg. »Aber das reicht noch nicht«, sagte der Mann, »jetzt scheißt jemand da hinten!«

»Was?«

»Ja, ein Scheißefreak. Hier tummelt sich ein Scheißefreak. Am Dienstag auch schon. Ein dicker Haufen Stinkescheiße liegt mitten auf dem Fußboden!«

Marty ging mit dem Mann nach hinten und schaltete das Licht an. Vor einer der Boxen stand ein Typ und onanierte.

»He«, sagte der Typ. »Macht verdammt nochmal das Licht aus!«

Ein großer Scheißhaufen lag mitten auf dem Fußboden. Wirklich groß, und er stank fürchterlich.

»Haben Sie auf den Boden geschissen?«, fragte Marty den Typ an der Box. Der Mann schaute wieder den Film und onanierte weiter.

»Hallo, ich habe gefragt, ob Sie auf den Boden geschissen haben.«

»Sie machen mir den Film kaputt. Dafür müsste ich meinen Vierteldollar zurückkriegen.«

»Gut, den geb ich Ihnen zurück. Haben Sie auf den Fußboden geschissen?«

Der Typ an der Box zeigte auf den anderen. »Nein, das war der.«

Der andere Mann sagte: »Ja, glauben Sie, ich scheiße auf den Boden und komm dann zu Ihnen und erzähl's?«

»Das macht der immer so«, sagte der Mann an der Box, »bei dem letzten Typ, der hier gearbeitet hat, auch schon.«

Können Sie mir die aufblasen?

»Sie sind ein Lügenmaul«, sagte der andere.

»Wer ist hier ein Lügner? Dich hau ich gleich weg. Ich hasse euch Scheißefreaks!«

Der Typ an der Box steckte seinen Schwanz in die Hose, zog den Reißverschluss hoch und ging auf den anderen Mann zu.

»Sachte«, sagte Marty, »hier drin wird nicht geprügelt.«

Marty holte eine alte Zeitung, klaubte damit die Scheiße auf und warf sie ins Klo. Natürlich ohne die Zeitung. Das Schlimme war nur, dass vorne jemand was klauen konnte, während er hinten zugange war. Zwischendurch musste er immer wieder nach den Kunden schauen, dann weiter die Scheiße wegbringen.

Als Marty fertig war, bat der Typ an der Box um einen Vierteldollar. Marty gab ihn ihm. Der Typ steckte ihn in die Box, zog den Reißverschluss auf, nahm seinen Schwanz in die Hand und schaute wieder zu. Der andere Typ war weg. Marty ging nach vorn und setzte sich an die Kasse.

Als der Mann für die Nachtschicht kam, Harry Wells, fragte ihn der, wie er den Job fand.

»Nicht übel«, sagte Marty.

»Er hat seine Nachteile«, sagte Harry, »aber alles in allem ist es okay.«

»Besser als die Möbelfabrik«, sagte Marty. Er holte seinen Mantel und trat hinaus auf den Boulevard. Harry hatte recht, alles in allem war es okay. Er hatte Hunger und entschloss sich, seinen neuen Job mit einem Steak im *Sizzler* zu feiern. Er ging los.

Notizen eines Dirty Old Man

L. A. Free Press, 6. Juli 1973

Das Haus stand hoch oben in den Hollywood Hills. Ein nettes Plätzchen. Drei Deutsche Schäferhunde schliefen im Hof. Der neueste Einbruchsalarm war installiert. Doch Herman konnte nicht schlafen. Er drehte sich auf den Rücken. Er drehte sich auf die Seite. Erst die eine. Dann die andere Seite. Er versuchte es auf dem Bauch. Er ging zur Toilette. Keine Tabletten im Haus. Es war warm. Er setzte sich im Bett auf und rauchte eine Zigarette. Dann streckte er sich aus. Versuchte es auf dem Rücken. Versuchte es mit beiden Seiten. Er wälzte sich herum, kratzte sich und schaute an die Decke. Schließlich sagte seine Frau: »Herman, was ist denn los mit dir?«

»Joan, kann ich dich was fragen?«

»Klar.«

»Liest du Zeitung?«

»Ja, ich will über die Frauenbewegung auf dem Laufenden sein.«

»Ich weiß. Das ist okay, aber es gibt auch noch andere Probleme.«

»Das weiß ich, Herman. Ich bin kein tumbes Weib. Ich bin ein Individuum.«

Joan las unter anderem *Playgirl, Ms, Woman* und *California Girl*.

»Gebongt. Du bist ein Individuum. Da sind wir uns doch einig. Wir brauchen hier keine Buckley-Greer-Debatte.«

»Greer-Buckley-Debatte.«

»Auch gut, Greer-Buckley-Debatte. Greer hat gewonnen. Aber Buckley ist nicht gegen die Frauenbewegung, er ist gegen einige Aspekte der Frauenbewegung.«

Herman setzte sich aufrecht und steckte sich eine neue Zigarette an. »Hör mal«, sagte Joan, »wenn dich das mit der Frauenbewegung so beschäftigt, sollten wir drüber reden.«

»Ich verschwende keinen Gedanken daran.«

»Sondern?«

»Ich verdiene mein Geld damit, dass ich bestimmte Filme mache und Bücher drucke.«

»Das weiß ich.«

Herman drückte seine Zigarette aus. »Wir erleben einen Rückfall ins Mittelalter, man bringt uns um. Die Viktorianer mit ihren Knopfschuhen sind wieder da. Die Kirchen grinsen sich einen, von der Pfarrei bis zur Sammelbüchse.«

»Was meinst du damit?«

»Damit meine ich, dass der Supreme Court heute entschieden hat, es den Bundesstaaten zu überlassen, was für sie obszön ist.«

»Und das heißt?«

»Das heißt, was in Oakland nicht obszön ist, kann in Twin Falls obszön sein.«

»Das gibt es ja nicht. Was an einem Ort obszön ist, ist es auch anderswo.«

»Nein, der Supreme Court sagt, Obszönität wird ortsabhängig definiert.«

»Bedeutet das für dich Ärger?«

»Klar. Ich vertreibe bundesweit.«

»Das hast du jetzt von deinem Sexismus.«

»Und was hast du von meinem Sexismus?«

»Ich bin deine Frau.«

»Du hast ein schönes Haus in den Bergen, du fährst einen 1973er Caddy, du bist in den besten Frauenvereinen, hast eine Putzfrau, gehst einmal die Woche zur Therapie, isst und kleidest dich erstklassig ...«

»Und ich hab dich ...«

»Gut, das gehört zum Paket dazu.«

»Frauen als Sexualobjekte. So etwas bleibt nicht ungestraft.«

Herman ging ins Bad, schüttete sich kaltes Wasser ins Gesicht und kam wieder.

»Mach doch mal die Klimaanlage an«, sagte Joan.

»Dann erkälte ich mich immer.«

»Aber ich nicht.«

Herman ging nach nebenan, drückte auf den Schalter und kam zurück. Dann legte er sich wieder ins Bett. »Die Klimaanlage kann ruhig laufen. Wir sind sowieso bald pleite.«

»Herman, wir haben zweihundertzehntausend Dollar auf der Bank.«

»Du weißt nicht, wie schnell Geld flöten gehen kann, wenn sich der Wind dreht. Wir müssen Beamte bestechen. Das ist nicht weiter schlimm. Die verkaufen sich meistens billig. Die Gerichtskosten sind das Problem. Damit können sie uns kaputtmachen. Wir werden dauernd vor Gericht stehen.«

»Also Herman, denk nicht, ich bin gegen dich. Mir liegt an dir. Aber du verbreitest Sexismus.«

»Ich verbreite Mist. Aber manche Leute brauchen den. Der Mist macht sie glücklich.«

»Richtig ist das trotzdem nicht.«

»Von Hemingway gibt's den Ausspruch: ›Egal, woran du glaubst, wenn's dich nicht glücklich macht, liegst du falsch.‹«

»Hemingway! Dieser Chauvi! Stierkämpfe gucken,

Boxhandschuhe anziehen, Tiere abknallen ...! Das war ein kleiner Junge, der sich als Mann aufgeführt hat. Er hatte Angst vor Impotenz, vor seiner Homosexualität!«
»Ach du Scheiße«, sagte Herman.
»Du hast wohl was gegen die Schwulen?«
»Hör mal, in meiner Branche sind 80 Prozent der Leute, mit denen ich arbeite, Homos.«
»Schwul.«
»Dann eben schwul.«
»Herman, die Menschen kommen jetzt zu ihrem Recht. Wounded Knee. Marlon Brando sagt –«
»Bitte, Joan. Du weißt nicht, was dieses höchstrichterliche Urteil bedeutet. Es kann nicht nur meinen Kram kaputtmachen, es kann sich auch auf seriöse Kunst auswirken, Literatur, Malerei, Bildhauerei, Filme ...«
»Filme? Wie *Deep Throat* und *Der letzte Tango in Paris*?«
»Das war gutes Kino, weil es den Äther geöffnet hat ...«
»Würdest du wollen, dass sich dein Kind *Deep Throat* ansieht?«
»Wir haben keine Kinder, Joan.«
»Wenn du eins hättest, würdest du wollen, dass es sich *Deep Throat* ansieht?«
»Die Frage ist doof. Sie erinnert mich an die beliebte Frage aus den Vierzigern: ›Möchtest du, dass deine Schwester mit einem Nigger schläft?‹«
»Herman, ich rede hier von *bewusstem* Sexismus, ich rede von *bewusster* Obszönität ...«
»Über Obszönität kann man so endlos streiten wie über Gott. Keiner weiß was.«
»Wir finden aber doch immer was zum Streiten.«
»Okay. Wir können nicht einschlafen. Versuchen wir's mit Gott.«

»Herman, es *gibt* einen Gott.«

»Ach du Scheiße.«

»Ist das alles, was du noch über die Lippen bringst: ›Ach du Scheiße‹?«

»Scheiße, ja.«

»Du willst doch ein intelligenter Mensch sein.«

»Hab nie behauptet, dass ich das bin.«

»Das hab ich auch nicht gesagt.«

»O Gott!«

»Siehst du?« Joan lachte. »Schon rufst du ihn an.«

»Ich geh zu ihm.«

Das hast du jetzt von deinem Sexismus.

Herman stand auf und ging in die Küche. Er holte den Scotch aus dem unteren Schrank. Er gab drei Messbecher voll in ein

Glas Wasser und trank es in zwei Zügen. Dann kehrte er ins Schlafzimmer zurück und legte sich wieder ins Bett.

»Warum bewegst du dich nicht auch ein bisschen?«, fragte er seine Frau. »Du liegst da nur so platt. Das ist doch unnatürlich.«

»Herman, nachts schläft man. Man steht nicht auf und kratzt sich und läuft herum, wie du das machst.«

»Woher willst du das wissen? Ich wette, die halbe Stadt spaziert nachts rum und kratzt sich.«

»Herman, steh auf und hol mir was zu trinken, ein schönes Glas voll, und zünd mir eine Zigarette an.«

»Und was machst du?«

»Ich steh auf und mach Pipi.«

»Du stehst auf und machst Pipi? Pissen Frauen jemals?«

»Pissen tun nur Leute, die das im Stehen machen.«

»Das ist diskriminierend. Ich nehme an, wenn man Pipi trinkt, schmeckt das auch anders, als wenn man Pisse trinkt.«

»Natürlich. Die Drüsen der Frau ...«

»Natürlich, die Drüsen der Frau. Was möchtest du denn? Scotch? Whisky? Gin? Wodka? Wein?«

»Mineralwasser mit zwei Schuss Scotch.«

»Wir haben kein Scheißmineralwasser.«

»Wir haben Scheißmineralwasser. Guck mal in den Kühlschrank.«

Herman stand auf, ging in die Küche und schaute in den Kühlschrank. Sie hatte recht. Da stand Mineralwasser. Er machte ihr den Drink und kam zurück. Er machte zwei Drinks und kam zurück. Er stieg zu seiner Frau ins Bett, und gegen die Kissen gelehnt tranken sie ihre Drinks. Er nahm Zigaretten, Aschenbecher und Streichhölzer vom Kopfbrett. Er steckte ihr eine an.

»Die Vögel«, sagte er, »die singen die ganze Nacht. Wann schlafen die?«

»Die Vögel sind glücklich. Wenn du nicht glücklich bist, liegst du falsch.«

»Hemingway-Vögel«, sagte er.

»Hemingway-Vögel.«

»Sie werden sich das Gehirn wegpusten«, sagte er.

»Sie werden sich das Gehirn wegpusten«, sagte sie.

Sie saßen da und hörten den Vögeln zu. Grillen waren auch da.

»Das ist absurd«, sagte Herman. »Zweihundertzehntausend Dollar auf der Bank, und ich kann nicht schlafen. Die Jungs, die auf der Straße leben und nichts als eine Flasche Wein haben, schlafen wie ein Baby. Ich muss verrückt sein.«

»Nehmen wir uns doch zwei Monate Auszeit und fahren nach Paris.«

»Was? Und wenn ich wiederkomme, ist das Geschäft weg? Da muss ich dranbleiben. Nach *dem* Urteil steh ich mit dem Rücken zur Wand.«

»Auch gut, Herman.«

»Werd bitte nicht herablassend.«

»Nein, es ist mir ernst damit. Ganz wie du möchtest. Wahrscheinlich sollte ich mir mehr Gedanken machen als du. Ich trage ja gar nichts bei.«

»Doch.«

»Danke, wenn du das ernst meinst.«

»Aber ja. Und wir fahren nach Paris. Für zwei Wochen.«

»Das wird uns guttun, Herman. Mir wird's guttun.«

»Scheiße ja. Scheiß auf den Supreme Court! Scheiß auf den Supreme Court! Rosenbaum kriegt das geregelt. Vier Wochen Paris!«

»Rosenbaum kriegt das geregelt. Ihr bleibt in ständigem Kontakt.«

»Ich halte ständigen Kontakt. Sechs Wochen Paris!«

»Acht Wochen Paris!«

»Zwei Monate Paris. Scheiß auf den Supreme Court!«

»Drei Monate Paris! Auf Rosenbaum kannst du dich verlassen.«

»Zwei Monate Paris. Ganz so kann ich mich auf Rosenbaum auch nicht verlassen.«

»Na schön, zwei Monate Paris. Hör dir die Hemingway-Vögel an!«

»Hör dir die Hemingway-Vögel an. Sie werden sich das Gehirn wegpusten!«

Sie tranken ihre Gläser aus, liebten sich und schliefen bis zum Morgen.

Notizen eines Dirty Old Man

L. A. Free Press, 14. Dezember 1973

Carl klopfte dreimal, und Billy machte ihm auf. Eine große Brünette (zumindest sah sie groß aus) saß auf Billys Couch. Billy war Jockey.
 »Wer ist das?«, fragte Carl.
 »Das ist Joyce«, sagte Billy.
 »Soll ich Ihnen einen Kaffee machen?«, fragte Joyce Carl.
 »Bloß nicht«, sagte Carl.

»Wer ist das?«, fragte Carl.

»Komm«, sagte Billy, »du brauchst nicht fies zu werden.«
Billy setzte sich neben Joyce auf die Couch.

»Fies?«, sagte Carl. »Wieso fies? Hör mal, ich verschaff dir Starts, ich hab dir schon Ritte bei den branchenbesten Trainern besorgt, sogar bei Harry Desditch, und was machst du?«

»Desditch? Der gibt mir doch nur Esel. Wenn seine Pferde was taugen, setzt er den Schuh drauf oder Pinky. Meine Viecher starten mit 80:1.«

»Also gut, ich besorg dir *Starts*, oder? Du kriegst dein Geld. Für einen Ritt kriegst du mehr als andere für einen ganzen Tag Arbeit. Ich hol dich aus der Stierkampfarena, bring dich dahin, wo du die Chance auf ein bisschen Kohle hast, und was machst du? Du gehst mit einem elektrischen Viehtreiber ins Rennen! Wo hast du ihn denn hingepikst? Hättest vielleicht die Bedienungsanleitung sollen.«

»Ins Arschloch hab ich ihn gepikst«, sagte Billy.

Die Brünette kicherte. Billy grinste.

»Ach, das ist lustig, ja?« Carl stapfte im Zimmer hin und her. »Weißt du, wie lange du dafür gesperrt wirst?«

»Sechs Monate«, sagte Billy. »Ich brauch mal Pause.«

»Zwei Jahre Rennverbot kriegst du. Kannst froh sein, wenn du noch Pferde bewegen darfst.«

»Sechs Monate«, sagte Billy. »Kann ich endlich mal wieder futtern.«

»Zwei Jahre«, sagte Carl, »und wenn du zulegst, kommst du da nie wieder runter. Dafür ist dein Knochenbau zu schwer. Dann bist du erledigt.«

»Er kann ja mich vernaschen«, sagte Joyce.

»Wenn er das so macht, wie er reitet, kriegen Sie gar nichts davon mit. Es sei denn, er nimmt seinen Viehtreiber zu Hilfe.«

Billy stand von der Couch auf. Er wog fünfzig Kilo. Carl wog achtundneunzig.

»Pass auf, so kannst du mit meiner Frau nicht reden.«

»Vielleicht solltest du sie auch mal in den Arsch piksen.«

Billy stürzte sich auf Carl und holte aus. Carl packte ihn an beiden Handgelenken und stieß ihn mit der Schulter auf die Couch zurück.

»Scheißkerl«, sagte Billy. »Ich bring dich um.«

»Lassen Sie Billy in Ruhe«, sagte Joyce.

Carl lief im Zimmer hin und her. Sie beobachteten ihn von der Couch aus.

»Ein Viehtreiber! Herr Jesus, ein Viehtreiber! Schalt doch dein Hirn ein. Egal, was du mit einem Pferd anstellst, ob du es ansengst, kitzelst oder dopst, um mehr als zweieinhalb Längen auf zwölfhundert Meter kannst du's nicht verbessern, auf sechzehnhundert Metern oder mehr holst du höchstens drei Extralängen aus ihm raus. Was nützen dir drei Längen bei einem Klepper, der acht Längen hinter dem Feld herzockelt?«

»Mir war nicht so klar, wie das läuft«, sagte Billy. »Das hab ich nicht bedacht.«

Carl lief weiter hin und her. »Du hast es nicht *bedacht*! Ich hol dich aus der Arena, und nachdem ich dir die Chance gegeben habe, endlich was zu verdienen und halbwegs bekannt zu werden, hast du das nicht *bedacht*?«

»Na, wenn ich Köpfchen hätte, würde ich *dich* buchen.«

»Mich? Mit achtundneunzig Kilo? Wo denn?«

»Na, vielleicht als Türsteher im Biltmore.«

»Also ich weiß nicht, warum du jetzt so Sprüche klopfst. Du hast einen Riesenbock geschossen und tust, als wär's ein Witz.«

»Tut mir leid, Carl, ich bin wirklich nicht glücklich damit.«

»Hör zu, Billy, wo wir dich hatten, brauchtest du nur deine

Arbeit zu tun. Menschliche Habgier kann tödlich sein. Das ganze Spiel ist so angelegt, dass für jeden genug da ist, man braucht nicht nachzuhelfen. In den Fünfzigern haben sie's an der Ostküste mal mit Gewalt versucht. Sie haben das Pferd manipuliert, sogar die Jockeys haben sie manipuliert. Alles war abgesprochen. Sie haben ihr Haus, den Wagen, die Kinderkrippe und Omas sämtliche Ersparnisse gesetzt. Aber das Pferd hatte irgendwas. Es lief nicht. Sie nahmen Tempo raus und warteten. Es kam immer noch nicht. Das Rennen hat die Jungs Millionen gekostet. Und so dringend brauchten sie das Geld gar nicht. Alles war abgekartet, und es ging trotzdem schief. Und du trittst mit einem Viehtreiber an und denkst, du kannst die Welt erobern.«

»Ich wünschte, du würdest mal von dem verdammten Viehtreiber aufhören«, sagte Billy.

»Sie haben doch noch andere Jungs an der Hand«, sagte Joyce. »Sie kommen auch ohne Billy zurecht. Sie sind hier der Gierhals.«

»Genau«, sagte Billy.

Carl blieb stehen. Er stellte sich vor die Couch. »Ja, vielleicht haben Sie recht. Ich bin hinterm Geld her. Aber eins lass dir gesagt sein, Billy. Wenn du dir vor der Kommission keine lebenslange Sperre einfangen willst, halt dich zurück. Mach keinen auf schlau. Du hast das Zeug zu einem verdammt guten Reiter, glaube ich, ich möchte nicht, dass du dir das versaust.«

»Okay, Carl, okay.«

»Du hast das doch von dir aus gemacht, Billy, oder?«

»Aber klar.«

»Wirklich?«

»Wirklich.«

»Ich meine, auf der Anzeige hat sich nichts weiter getan.

Wenn die Bookies zu viele Wetten kriegen, legen sie sofort auf den Toto ab. Da hat sich aber nichts getan.«

»Es war meine Idee.«

»Okay, Billy. Dann geh ich mal wieder. Du denk dran, wenn du vor die Kommission trittst ...«

»Ich denke dran«, sagte Billy.

Carl ging zur Tür, öffnete sie, schloss sie, und weg war er.

»So«, sagte Joyce, »weg isser. Er fühlt sich schlecht.«

»Ich fühl mich auch schlecht. Das war eine saublöde Nummer.«

»Gut, denken wir mal nicht mehr dran. Was machen wir heute?«

»Keine Ahnung, Joyce, fahren wir an den Strand.«

»Zum Schwimmen ist es zu kalt.«

»Schon klar. Wir können spazieren gehen. Was essen. Ein Glas trinken. Aufs Meer schauen. Uns entspannen.«

»Hört sich doch gut an.«

Joyce stand auf, ging ins Bad und kämmte sich die Haare. Die Wohnung lag im dritten Stock, mit Blick auf den Boulevard. Ja, es war eine saublöde Nummer gewesen. Aber er hatte eine größere Frau als alle anderen. Selbst als Johnny. Und mit den fünfzig Kilo fiel er wie ein Tiger über sie her.

Als Joyce aus dem Bad kam, gingen sie zusammen aus der Wohnung. Sie warteten zusammen auf den Aufzug. Als der Aufzug kam, sagte Joyce: »Keine Sorge, Billy, du schaffst das.«

»Ich weiß«, sagte er.

Sie stiegen zusammen ein, die Tür schloss sich, und sie sanken Richtung Straße.

Notizen eines Dirty Old Man

L. A. Free Press, 29. März 1974

Als Jimmy an diesem Mittwochabend gegen halb neun die rechte Seite der Alvarado Street hochlief, hielt ein neuer gelber Wagen neben ihm am Bordstein. Drei Frauen saßen drin. »He, Kleiner«, sagte eine, »wo ist denn hier die Avandale Terrace?«

»Bitte?« Jimmy ging zu dem Wagen hin.

Zwei Frauen saßen hinten, und die platinblond Gefärbte mit dem zu dick aufgetragenen Lippenstift, die auf seiner Seite saß, machte die Tür auf, richtete die 32er auf ihn und sagte: »Steig ein, Kleiner, und zwar *schnell* ...« Jimmy setzte sich zwischen sie auf den Rücksitz. »Hört mal«, sagte er den Frauen, »ich hab nur zwei, drei Dollar ...«

»Uns geht's nicht um dein Geld, Kleiner«, sagte die am Steuer. Sie war die älteste, sehr trauriger Gesichtsausdruck, ziemlich dicker Hals und dick gerahmte Brille. Die einzige attraktive Frau war die dritte, vielleicht 23, blass und schläfrige Augen, aber sie hatte kaum Busen.

»Was wollt ihr dann von mir?«, fragte Jimmy. Die Platinblonde hielt die Knarre in seine Rippen gedrückt.

»Wir wollen dich entjungfern, Kleiner«, sagte die Fahrerin.

Die Dünne kicherte. Die mit der Knarre drehte sie ihm ein bisschen rein.

»Wir fahren mit dir zu Sarahs Wohnung, und da entjungfern wir dich. Du *bist* doch noch Jungfrau, oder?«, fragte die Fahrerin.

»Ich war noch mit keiner im Bett, wenn's darum geht.«

»Hoppla, wie *dreist* er ist. *Dreist* gefällt mir. Eine Menge Power, das macht mich an!«, sagte die Platinblonde, ohne ihm die Knarre aus den Rippen zu nehmen. »Aber eine Tunte bist du nicht, oder?«

»Tunte?«

»Du verstehst schon! Schwul, eine Schwuchtel ...«

Der Wagen bog scharf nach rechts und warf Jimmy gegen die Platinblonde. Mit der waffenfreien Hand zog sie Jimmys Kopf zu sich her und küsste ihn. »Du machst mich heiß, du Saukerl. Ich lutsch die ganze Sahne aus dir raus, Jungfernsahne.«

»Damit kommen auch Frauen nicht davon. Ich geh zur Polizei.«

»So wahr du den Hintern meiner Tante Minnie küsst. *Deine* Story glauben sie dir auch ganz bestimmt. Wir werden behaupten, du hättest uns vergewaltigt. Dann steht Aussage

Wir wollen dich entjungfern, Kleiner.

gegen Aussage. Jedenfalls wird's dir *Spaß* machen, richtig Spaß.«

Dickhals fuhr unter ein Apartmentgebäude in der Nähe der Berge, und sie stiegen in der Tiefgarage aus, und die Platinblonde stieß Jimmy zum Aufzug. »Bleib ganz ruhig, Kleiner. Ich komme gerade aus dem Frauenknast, dem Marin County Civic Center in San Rafael, und ziehst du irgendeinen Scheiß ab, bring ich's fertig und geh wieder hin. Wenn du also nicht als Jungfrau sterben willst, sei still.«

Sie standen da, während die 23-Jährige mit dem flachen Busen den Aufzugknopf drückte. Der Aufzug kam, die Tür glitt auf, sie stiegen ein. Eine der Frauen drückte den Knopf, und auf ging's.

»Ich bin bloß froh«, sagte Dickhals, »dass die Araber uns für ein paar Monate etwas Öl überlassen. Mann, das war hier schon so schlimm, dass ich den Tankwart für einmal Benzin, Ölwechsel, Schmieren und ein Kännchen STP an meine Muschi lassen musste.«

»Diese Habgier«, sagte die Platinblonde, »diese ungeheure, entsetzliche Habgier richtet unser Land zugrunde.«

»Ach komm, Dolly«, sagte die Flachbusige, »unser Land ist schon sehr lange habgierig.«

»Trotzdem«, sagte Dolly, »es wird immer schlimmer.«

»Heute Abend spielen die Lakers gegen die Warriors«, sagte Platinblond. »Ich wette auf die Warriors mit zwei Punkten.«

»Halt ich dagegen«, sagte Dickhals. »Fünf Dollar.«

»Fünf Dollar«, sagte Platinblond.

Sie stiegen zusammen aus dem Aufzug, und Platinblond dirigierte Jimmy mit der jetzt in ihrer Handtasche verborgenen 32er durch den Gang. Sie hielten vor 402, Flachbusen holte den Schlüssel raus, und dann waren sie in der Wohnung, einem hübschen Einzimmerapartment mit Klimaanlage, belüfteter Heizung und viel Schrankraum.

»Setz dich, Kleiner«, sagte Platinblond, »mach's dir bequem. Was zu trinken?«

»Nein.«

»Wär' aber gut. Das macht dich locker. Du wirkst etwas angespannt.«

»Nein, bitte nichts zu trinken.«

»Doch, einen kleinen Grand-Dad mit Wasser bekommst du. Mach ihm ein Glas, Sarah.«

Sarah war die mit dem flachen Busen. Sie ging in die Küche. Die beiden anderen Frauen standen da und sahen Jimmy an, der auf der Couch saß. »Ich glaube, er ist wirklich noch Jungfrau. Sieh ihn dir an.«

»Spielst du mit deinem Ding, Kleiner?«, fragte die Platinblonde.

Jimmy gab keine Antwort.

»Mit deinem Ding solltest du nicht spielen, Kleiner, das ist unnatürlich, es schlägt auf die Hirnströme.«

»Genau«, sagte Dickhals.

Sarah kam mit dem Drink. Sie gab ihn Jimmy.

»Runter damit«, sagte Platinblond, »das nimmt dir die Klemmungen.«

Jimmy trank das Glas in zwei Zügen und hustete kurz.

»Bitte, bitte ... lasst mich gehen«, sagte er.

»So'n Scheiß«, sagte Sarah. »Zieh deine Sachen aus.«

»Bitte ...«

»Das Mädchen hat gesagt, du sollst dich ausziehn, Kleiner«, rief Platinblond, »mach schon!«

Jimmy stand auf, knöpfte sein Hemd auf, zog es aus, setzte sich hin, zog seine Schuhe aus, dann stieg er aus seiner Hose.

»Ach du Scheiße! Seht euch die Unterwäsche an!«
»Der ist wirklich noch Jungfrau!«
»Zieh die Unterwäsche aus, Kleiner!«
»Au, was für ein *süßer* Hintern!«
»Und guckt mal sein kleines …«
»Ja, aber der wird schon groß …«
»Wer kriegt ihn zuerst?«
»Wir knobeln, das ist nur gerecht …«
»Okay, schnell … Wer hat Kleingeld …?«
»Hier, ich hab drei Fünfer …«
»Okay, wer rausfällt, gewinnt …«
»Eins, zwei, drei … hopp …!«
»Was habt ihr?«
»Ich hab Kopf.«
»Ich hab Zahl.«
»Ich hab Zahl.«
»Okay, er gehört mir … Ich hab Kopf … Ich werd geleckt!«

Dickhals kam durch die Wohnung. Die anderen sahen zu.

»Jetzt fick ich dich durch, Kleiner … bis du nach deiner Mutter schreist …«

»Helen, kann ich ihm derweil nicht das Arschloch lecken?«

»Nein, er gehört mir, mir ganz allein«

Sie kam auf Jimmy zu und leckte sich kurz die Lippen. Plötzlich packte sie ihn und wollte ihn küssen. Er zog den Kopf weg, und Helen knutschte seinen Hals ab. Er nahm die Hand hoch und schob ihren Kopf weg. »Uuh«, sagte Helen, »der Typ gefällt mir! Echt *mutig*!« Dann packte sie mit beiden Händen seinen Kopf und küsste ihn mit rein und raus gleitender Zunge lange und fest auf den Mund. Dann griff sie nach seinen Eiern.

»Da, Helen, schau! ER WIRD STEIF! ER KANN NICHT ANDERS! ACH, WIE SÜSS!«

Helen hatte bereits ihr Kleid gelüftet und versuchte, ihren Slip auszuziehen, ohne Jimmy dabei loszulassen. Sarah ging in die Küche, goss sich einen Grand-Dad ein und kippte ihn runter. Dolly legte eine Frank-Sinatra-Scheibe auf. Dann sahen sie beide zu, wie Helen Jimmy flach auf die Couch drückte, ihn bestieg und ihr Kleid aus dem Weg schob.

Notizen eines Dirty Old Man

L. A. Free Press, 14. Juni 1974

Eines Abends saß er zu Hause in seiner Wohnung. Seit drei oder vier Jahren hatte er keine Frau mehr gehabt. Er übte sich im Onanieren, Süffeln und in trostloser, aber bequemer Isolation. Er hatte schon oft daran gedacht, Schriftsteller zu werden, und sich eine gebrauchte Schreibmaschine gekauft, aber nichts Geschriebenes war dabei herausgekommen. Jetzt sah er beim Weintrinken auf die Schreibmaschine. Er ging zu ihr rüber, setzte sich und tippte:

Ich wünschte, ich hätte eine Frau. Ich wünschte, eine Frau würde bei mir anklopfen.

Dann stand er auf, stellte das Radio an und goss sich noch ein Glas Wein ein. Es war ein früher Juliabend. Seine Eltern waren beide in den letzten fünf Jahren gestorben, seine letzte Freundin auch. Er war mittelalt, müde, ohne Hoffnung, aber auch ohne Wut und Ressentiments. Er hatte das Gefühl, die Welt war eher etwas für andere Leute; ihm blieb nur essen, schlafen, arbeiten und das Warten auf den Tod. Er setzte sich aufs Sofa und wartete.

Es klopfte an die Tür. Er stand auf und öffnete. Eine Frau Mitte dreißig stand vor ihm. Sehr blaue Augen, fast beängstigend. Rötliche, etwas zottelige Haare, ein kurzes schwarzes Kleid mit schräglaufenden roten Streifen. Sie sah gepflegt, aber nicht zu gepflegt aus. »Kommen Sie rein«, sagte er, »und setzen Sie sich.« Er machte eine Handbewegung zur Couch hin, ging in die Küche und schenkte ihr ein Glas Wein ein.

»Danke. Mein Name ist Evans.«

»Danke, Ms Evans. Mein Name ist Fantoconni. Samuel Fantoconni.«

»Ja, das wissen wir, Mr Fantoconni. Wir haben Ihr Bewerbungsschreiben erhalten und möchten Ihnen dazu ein paar Fragen stellen.« Ms Evans schlug die Beine übereinander, und er sah ihre Oberschenkel aufblitzen. Schnell prägte er sich die Schenkel ein, um sie bei seinen Onanierphantasien verwenden zu können. Ms Evans schaute auf den Zettel, den sie in den Händen hielt.

»Also, Mr Fantoconni, seit wann besteht Ihr gegenwärtiges Arbeitsverhältnis bei *Carploa & Sons*?«

»Seit zweiundzwanzig Jahren.«

»Wie lange waren Sie verheiratet?« Ms Evans schlug wieder die Beine übereinander.

»Dreizehn Jahre.«

»Waren Sie gern verheiratet?«

»Ich weiß es nicht.«

»Sie wissen es nicht?«

»Ja, ich weiß es nicht.«

»Sie *wissen* aber, dass die Ehe geschieden wurde?«

»Müssen Sie ins Bad?«

»Bitte?«

»Falls Sie ins Bad müssen, das ist die Tür dort.«

»Ich muss nicht ins Bad, Mr Fantoconni. Wer wollte die Scheidung?«

»Sie hat sich von mir scheiden lassen.«

»Verstehe.«

Er nahm ihr Glas mit in die Küche, schenkte ihnen beiden nach und kam zurück.

»Danke.« Sie nahm ihr Glas entgegen. »Warum hat Ihre Ehe nicht funktioniert, Mr Fantoconni?«

»Sagen Sie Sam zu mir.«

»Mr Fantoconni, warum hat Ihre Ehe nicht funktioniert?«

»Seien Sie kein Arschloch!«

»*Ich bitte Sie!* Aber was meinen Sie damit?«

»Damit meine ich, dass die eheliche Beziehung ihrer Anlage nach in unserer Gesellschaft unmöglich ist.«

»Wieso?«

»Weil mir die Zeit fehlt.«

»Ihnen fehlt die Zeit? Wieso?«

»Sie haben die Frage gerade beantwortet.«

Ms Evans hob ihr Glas und sah ihn darüber hinweg mit den extrem blauen Augen an. »Ich verstehe Sie nicht.«

»Das tut mir leid. Aber Sie stellen ja die Fragen.«

»Wir müssen unsere potentiellen Kunden nun mal befragen, Mr Fantoconni.«

»Dann fragen Sie.«

»Sind Sie schüchtern?«

»Du lieber Gott ...«

»Antworten Sie bitte.«

»Ja.«

»Sind Sie von Frauen verletzt worden?«

»Ja.«

»Glauben Sie, auch Frauen werden von Männern verletzt?«

»Ja.«

»Was kann man tun?«

»Gar nichts.«

Ms Evans trank ihr Glas aus. »Bekomme ich noch eins?«

»Natürlich.« Er ging in die Küche und schenkte zwei Gläser voll. Als er wiederkam, war ihr Kleid weit nach oben gerutscht; die Form ihrer Hüften war unglaublich schön, fast schon Zauberei. Es machte ihm Angst, gefiel ihm aber. Sie trank ihr Glas gleich aus. »Wie alt ist Ihr Wagen?«

»Elf Jahre.«
»Elf Jahre?«
»Ja.«
»Warum kaufen Sie sich keinen neuen?«
»Ich weiß nicht. Weil ich zu bequem bin wahrscheinlich.«
»Zu bequem. Das glaub ich Ihnen.« Sie lachte; es war ein reizendes kleines Lachen. »Wie lange haben Sie schon keine Frau mehr gehabt?«
»Vier Jahre.«
»Vier Jahre? Wie kommt's?«
»Ich habe Angst vor dem, was daraus wird.«
»Warum gehen Sie nicht zu einer Hure?«
»Weil ich nicht weiß, was eine Hure ist.«
»Kaufen Sie sich ein Wörterbuch.«
»Sie haben recht. Das ist eine Hure.«
»Studium?«
»Nein.«
»Woher kommt Ihre Schlagfertigkeit?«
»Aus Verzweiflung.«
»Bitte?«
»Überflutung.«

Er trank aus und nahm ihr leeres Glas mit in die Küche. Entkorkte eine neue Flasche, goss zwei Gläser voll, kam zurück und setzte sich neben ihr auf die Couch. Das eine Glas gab er ihr.

»Sie sind von mir fasziniert«, sagte er, »weil ich nicht auf Erfolg aus bin.«
»Sie sind auf Erfolg aus, nur auf ganz andere Art.«
»Ich kann mich einlassen, kann es aber auch ohne Bauchschmerzen sein lassen.«
»Äußerster Zynismus.«
»Äußerstes Training.«

»Beides«, sagte sie.

»Wir hören uns an wie wohlfeiles Noel-Coward-Geplänkel.«

»Mochten Sie ihn?«

»Das war keiner zum Mögen oder Nichtmögen, nur ein halbwegs ergötzlicher Wackelpudding. Ein Mischsalat: Oscar Wilde plus ein Duett von Jeanette McDonald und Nelson Eddy mit George Gershwin am Piano.«

»Jetzt reden Sie zu viel, Sie werden bombastisch und fangen an zu lästern. Der Wein setzt Ihnen zu«, sagte Ms Evans.

»Ich wurde 1922 in West Kansas City geboren ...«, sagte er.

»Davon will ich nichts hören.« Sie kreuzte die Beine wieder andersherum, diesmal etwas nervös.

»Erinnern Sie sich an Alf Landon?«

»Nein.«

Er ging in die Küche, schenkte Wein nach, kam zurück.

»Ich habe keine Zigaretten. Haben Sie welche?«

»Ja.« Sie öffnete ihre Handtasche und holte ein Päckchen, ein hellgrünes Päckchen Zigaretten hervor. Unangebrochen. Sie zog das Zellophan ab und klopfte zwei heraus. Er steckte sie an. »Was ging in Ihrer Ehe schief?«

»Ach«, sie zog den Rauch ein, »der übliche Mist.«

»Nämlich?«

»Er ging fremd, ich ging fremd. Wer damit angefangen hat, weiß ich nicht mehr. Seine dreckige Unterhose neben meinem dreckigen Slip. Es ist unmöglich, eine Beziehung aufrechtzuerhalten, in der es jeden Tag kracht.«

»Ich weiß.«

»Was wissen Sie?«

»Das ist Amerika: Wir sind die verzogenen Kinder des Universums – Liebe großgeschrieben, im Scheinwerferlicht – Liz und Burton.«

»Sie sind betrunken«

»Burtons Gesicht gefiel mir. Liz erinnert mich an ein Laborpräparat, ideal nur für einen bestimmten Zweck. Und dann *platsch*.«

Er legte den Arm um sie und küsste sie. Sie wich erst zurück, gab dann aber nach. Als sie sich voneinander lösten, sagte sie: »Ich bin hier, um Ihre Referenzen zu prüfen.«

»Sicher doch.«

Sie stieß ihn von sich. Ihre Finger waren lang und schmal, fiel ihm auf, als sie ihn wegstieß.

»Sie kotzen mich an«, sagte er.

Sie hielt die Zigarette in der rechten Hand, und ihre linke bekam er flach ins Gesicht, halb auf die Nase. Die Zigarette flog ihm aus dem Mund – Funken, Feuerwerk – und brach durch, ein Stück erwischte er noch mit der Hand, dann kam zu den Fünkchen dunkle Asche, dann weißes Papier und unverbrannter brauner Tabak.

»Noch ein Glas?«, fragte er.

Ms Evans hatte eine Aktenmappe und eine Handtasche dabei, und beides nahm sie im Aufstehen an sich. Das Kleid senkte sich über ihren Oberschenkeln. Sie strich ein paar Falten im Kleid glatt, gab es dann aber auf. »Sie sind auch bloß ein verdammter Cowboy wie die anderen.«

»Stimmt. Das ewige Gevögel bringt die Welt vielleicht nicht zum Leuchten, aber immerhin dreht sie sich noch.«

»Soll das ein kluger Spruch sein?«

»Ein wahrer.«

Sie ging zur Tür, und der Gang war Zauberei; er ließ den Blick in jede Falte ihres verknitterten Kleides sinken, und jede Falte war Intimität, Wärme und Traurigkeit, aber dann lachte er auch schon über seine Gefühlsduselei und konzentrierte sich auf ihren Hintern, die beiden Halbkugeln, und sah zu, was die Halbkugeln machten. Er wollte sagen, komm zurück, komm zurück, wir haben das überstürzt.

Die Tür schloss sich. Er trank noch ein letztes Glas Wein. Dann ging er ins Bett. Er onanierte nicht. Er schlief.

Innerhalb von zwei Wochen hatte er einen Brief in der Post, dass er als Kfz-Versicherungsvertreter für die Firmenzentrale zwar nicht in Frage komme, dass aber eine Außenstelle bei St Louis seine Bewerbung zu leicht verbesserten Gehaltsbedingungen höchstwahrscheinlich annähme, wenn er die beigefügten Formulare ausfülle und portofrei einsende. Das sah ziemlich einfach aus. Man brauchte nur Kästchen neben den Fragen anzukreuzen.

Er ging die Fragen durch, machte an den richtigen Stellen sein Kreuz und warf den Freiumschlag zwei, drei Tage später in den nächsten Briefkasten.

Notizen eines Dirty Old Man

L. A. Free Press, 9. August 1974

Sie hieß Minnie Budweisser, ja, genau wie das Bier, und Minnie hätte Sie ins Jahr 1932 zurückversetzen können, bloß war sie viel zu neu dafür, als sie an diesem heißen Julinachmittag in Hose und Top in meinem Büro saß, beides nicht mal eng, sie wollte nicht zu viel zeigen, und doch sah man die ganze Frau da drin, die Allmächtige, die nur eine Frau in einer Million in sich hat. Da saß sie also: Minnie Budweisser, aber fürs Showbiz hatte sie sich vernünftigerweise den Namen Nina Contralto zugelegt. Ich sah sie mir an, und sie war's, der Busen kein Silikon, der Hintern so echt und unverkennbar wie der Fluss ihrer Bewegungen, ihre Augen und ihre Gesten. Sie war da. Sie hatte die unglaublichsten Augen – ihre Farbe wechselte ständig, von blau zu grün zu braun, mal so, mal so, sie war eine Hexe, und doch aß sie wahrscheinlich Erdnussbutterbrote und schnarchte ein wenig im Schlaf, und womöglich furzte und rülpste sie sogar ab und zu.

»Ja?«, fragte ich.

»Ich komme gerade aus Vegas.«

»Ärger?«

»Nein. Ich hab's nur satt.«

»Und jetzt willst du bei Berlitz Spanisch lernen? Botschafterin werden?«

»Leck mich.«

»Jederzeit. Wir zahlen fünf Dollar die Stunde. Von den

Kranken gibt's Trinkgeld dazu. Wenn du richtig verdienen willst, machst du noch was nebenher. Dreiundneunzig Prozent tun das. Mit Blowjobs kannst du auf 23 000 im Jahr kommen, absetzbar sind nur sechs.«

»Du kannst mich mal.«

»Gleichfalls. Du hast nur sechs gute Arbeitsjahre. Danach schwitzt du dir vorm *Norm's* den Arsch ab. Du scheffelst jetzt oder nie. Du hast nur deinen Körper, und der hält sich nun mal nicht.«

»Wann fange ich an?«

»Morgen Abend um sechs.«

Nina war um sechs startklar, aber Helen war noch da. Ich nahm mir einen Tisch und brachte Nina einen großen Scotch. Helen war dran, aber Helen war einfach doof. Sie hatte sich Silikon einsetzen lassen, aber die eine Brust war anderthalbmal so groß geworden wie die andere, und tanzen konnte Helen auch nicht, sie bewegte nur immer erst das eine, dann das andere Bein. Wie eine Schlafwandlerin. Die Jungs spielten Billard und drehten ihr an der Bar den Rücken zu.

Dann trat Nina auf. »Keine Musik bitte«, sagte sie. Und fing mit ihren Bewegungen an: Es war eher ein Gebet als ein Tanz; es war, als schaute sie Erlösung suchend in den Himmel, aber keine Bange, es war *heiß* – sie hatte hohe Silberstöckel an und ein rosa Spitzenhöschen, und ihre Hinterbacken wirbelten enthemmt vor einem unergründlichen Gott. Bei einer anderen Frau hätte das Ganze vielleicht kitschig gewirkt – die langen schwarzen Handschuhe, die bis zur Mitte zwischen Ellbogen und Schultern hinaufreichten, die vielen Ringe an den Handschuhfingern, die langen Strümpfe mit dem oben aufgestickten »LOVE«. Sie trug Wimperntusche, lange falsche Wimpern, sie trug Perlen um den Hals, aber ihre Bewegung, ihre Bewegungen in der Stille machten es.

Ihr Körper war ein herrliches Geschenk, doch dazu kam etwas Suchendes in ihrem Innern, und sie fand es nicht – den Mann, den Weg, die Stadt, das Land, den Ausweg. Sie war vollkommen allein, auf sich gestellt, obwohl viele dachten, sie könnten ihr helfen. Als letzten Akt in ihrem Tanz nahm sie die kleine rote Rose, die in ihrem Haar steckte, grub die Zähne in den Stängel und schlängelte sich der Decke entgegen, wirbelte, kreiste fast bis zur Besinnungslosigkeit. Dann hörte sie auf, erstarrte und kam die Seitentreppe herunter.

Ich setzte sie sofort auf $ 10 die Stunde hoch und sagte es ihr. »Danke, Daddy«, meinte sie, »aber jetzt brauch ich erst mal etwas Koks oder eine Nase voll H. Holen wir uns das irgendwo.«

»Okay«, sagte ich. Ich fuhr mit ihr in den Canyon zu Vanilla Jack, und wir setzten uns an seinen Couchtisch, und er legte es auf dem Spiegel aus und wir probierten es. Ich ohne Erfolg, aber Nina sagte, das Zeug sei gut. Ich verteilte es auf beide Nasenlöcher. Nichts tat sich. »Ich bin verrückt«, sagte ich, »aber meiner Ansicht nach kommt da nichts – das ist gestreckt, hat keinen Wumms.«

Nina probierte noch mal und sagte, es sei gut. Jack wog das Ganze auf einer in München gefertigten Waage ab, und ich zahlte und dachte bei mir, wir haben alle keine Chance: wir *glauben* nur, wir kreisen über den Geiern.

Ich fuhr zu mir, nahm sie mit zu mir, wir holten den Spiegel raus und fingen an. Ich hatte eine Flasche guten, sehr alten Franzosen besorgt und legte Schostakowitsch auf. Sie war schön wie eh und je. Bei manchen Frauen kann die Schönheit binnen einer halben Stunde flöten gehen oder noch schneller, sobald sie den Mund aufmachen, und wenn ihre Tricks und Schliche erst verbraucht sind, geht ihr Licht aus und sie haben keine Trümpfe mehr – na, einen noch, vögeln wir halt und hoffen das Beste. Nina hielt sich, sie blieb ganz.

Wahrscheinlich war Jacks Zeug wirklich gut. Ich merkte es, auch wenn ich der Münchener Waage misstraute. »Ich heirate dich«, erklärte ich Nina, »du bekommst mein halbes Geld.«

»Du kapierst es nicht«, sagte sie.

»Was denn?«

»Du kapierst nicht, was Liebe ist.«

»Ich liebe dich.«

»Du liebst die Vorstellung von mir. Das ist nichts als Schatten, Licht und Form.«

»Aber das liebe ich. Herrgott, gib mir eine Chance.«

»Und wenn ich 66 wäre? Und hätte nur noch ein Auge, und mir liefe die Scheiße aus einem seitlich angeklebten Beutel?«

»Ich weiß es nicht.«

»Du weißt es. Leg noch mal was auf den Spiegel.«

Wir hoben immer mehr ab und gingen schließlich zusammen schlafen. Ich machte nichts. Ich wollte nicht. Die Welt lief mir durch die Schädeldecke, den Rücken runter und zum Fenster hinaus.

Ich versuchte es nicht noch mal mit Nina. Sie kam zur Arbeit und führte ihren Tanz auf und machte 75 Jungs in sich verliebt. Aus einer ziemlich guten Quelle erfuhr ich, dass sie nach ihrer Show mit keinem ins Bett ging. Dieser Körper, unangerührt. Zweifellos ein Verbrechen gegen die Menschheit.

Sie hatte die Schicht von 6 Uhr abends bis 2 Uhr früh. Am nächsten Mittwochnachmittag klaute jemand sämtliche Sachen aus ihrem Spind, die Silberstöckel, die langen Handschuhe, die langen Strümpfe mit dem oben aufgestickten »LOVE«. Und alles andere auch. Sie kam und fing an zu schreien und gegen die Spinde zu hämmern. Sie trug

Bluejeans und ein altes weißes T-Shirt und war schöner als die Sonne in ihrer Wut, ihrem Toben, ihrem Wahn. Scheiß drauf, vergiss es, sagte ich ihr, ich bezahl dir den Abend, du brauchst nur rumzulaufen und ab und zu den Jungs was zu trinken zu bringen. Der Abend lief nicht schlecht. Nina war im Servieren besser als die anderen Mädchen auf dem Parkett. Als ich sie danach zu ihrer Wohnung fuhr, lachte sie.

Der nächste Tag war seltsam. Sie war um 6 dran, und um halb 5 kam sie die Straße runter auf meinen Laden zu. Den ganzen Gehsteig nahm sie ein mit ihrem tollen Körper, alle schauten hin, und sie trug einen Minirock, die Strümpfe voller Laufmaschen, und wippte im Gehen vor und zurück – die Stammgäste und Zeitungsjungen würden sich in Erinnerung daran noch wochenlang einen runterholen –, und dann lief sie voll gegen die Frontscheibe von Billie's Half Hard Club, richtig fest, aber es gab keine Scherben, und sie hatte eine rote Perücke auf, eine große rote Perücke, und die fiel ihr vom Kopf, ohne dass sie es merkte, sie kam wie in Trance weiter auf meinen Laden zu, und jemand hob die Perücke auf und lief ihr nach. Es war nicht nur der Schnee. Sie kam rein und legte einen supersteifen Tanz als Parodie auf das Mädchen hin, das gerade auf der Bühne war. Das ärgerte mich.

»Hör mal«, sagte ich, »du bist anderthalb Stunden zu früh dran.«

»Ja, und?«, fragte sie.

»Ja, leck mich«, sagte ich, »du bist gefeuert.«

»Leck mich«, sagte sie und spazierte raus.

Jetzt denke ich manchmal an sie, aber ich gehe davon aus, dass sie irgendwie nicht im Städtchen ist oder überhaupt in der Gegend. Und wieder mal habe ich L. A. als Städtchen bezeichnet. Es ist eine Großstadt, oder? Aber wer ihre Sachen gestohlen hat, hab ich dann doch rausgefunden. Es war die mit dem Silikon und den unterschiedlich großen Brüsten. Sie trägt sie jetzt, die hohen Silberstöckel, die Perlen, die langen schwarzen Handschuhe mit den vielen Ringen, 17 an der Zahl, und die »LOVE«-Strümpfe, alles auf einmal. Sie hat sogar ein bisschen tanzen gelernt, aber es bringt einfach nichts.

Notizen eines Dirty Old Man

L. A. Free Press, 27. September 1974

Barry, den ich seit zwei Jahren nicht gesehen hatte, rief an und fragte, ob ich seine Schwiegermutter vögeln wolle. Ich sagte okay, ließ mir erklären, wo sie wohnten, stieg ins Auto und fuhr los. Es war irgendwo hinter dem San Berdo Freeway, ziemlich weit draußen. Ich fand die Straße, das Haus, parkte und stieg aus. Barry saß auf der Eingangstreppe und trank ein Bier. Ich hatte vier Sechserpacks dabei. Wir gingen ins Haus, und Barry fing an, das Bier in den Kühlschrank zu stellen. »Die Mutter hat genau so eine Muschi wie die Tochter. Ich hab sie beide gevögelt. Kein Unterschied.«
»Wenn's kein Unterschied ist, nehm ich die Tochter.«
»So siehst du aus«, sagte Barry. »Komm, sie sind hinten.«
Wir nahmen ein paar Dosen Bier mit raus in den Garten. Sarah, Barrys Frau, kannte ich schon. Er stellte mich der Mutter vor, Irene. Sie schenkte mir ein strahlendes Lächeln. »Ach, Mr Bukowski, ich habe Ihre Bücher gelesen und finde, Sie sind ein wundervoller Schriftsteller!« Beide Ladys trugen Shorts, Blusen und Sandalen. Irene hatte hübsche Beine, die allerdings mit sehr vielen blauen Äderchen überzogen waren.
»Es gibt Bratwurst«, sagte Barry.
»Nichts geht über heiße Würstchen«, sagte Irene.
Barry nahm mich ins Schlepptau und zeigte mir sein neues Motorrad. »Kleine Probefahrt?«, fragte er.
»Nein, danke, Mann, das ist schlecht für die Hämorrhoiden.«

»Ich, Barry«, sagte Irene, »nimm mich mit!«

Irene stieg auf den Rücksitz, und sie kurvten zum Garten hinaus auf die Straße. Ich trank mein Bier aus und machte ein neues auf. Ich setzte mich neben Sarah. »Irene hält dich für den größten Schreiber seit Hemingway«, sagte sie.

»Ich bin eher eine Mischung aus Thurber und Mickey Spillane.«

»Das hört sich nicht so toll an.«

»Ist es auch nicht.«

»Mutter ist sehr einsam. Sie tut sich schwer damit, Leute kennenzulernen.«

»Ich habe Angst.«

»Die brauchst du nicht zu haben.«

Barry war nur mal um den Block gedüst. In einer Staubwolke kamen sie wieder. Irene stieg ab. »UIII!«

»Komm«, sagte Barry zu mir, »hilf mir beim Holztragen.«

Ich ging mit ihm hinter die Garage. »Sie ist wirklich geil«, sagte er. »Ich glaub, ihr ist auf dem Motorrad einer abgegangen. Gott, ist die heiß!«

»Ich weiß nicht, was ich tun soll, Barry.«

»Nur die Ruhe. Das ergibt sich.«

»Klar.«

Wir kamen mit dem Holz hinter der Garage hervor. »Eilt euch«, sagte Irene. »Ich könnte so ein Ding roh verspeisen!«

»Aber Irene«, sagte ich, »nicht doch.«

»Wie *witzig* er ist!«, sagte sie. »Für mich war er schon immer einer der wenigen Schriftsteller, die Humor haben.«

Sie trank ihr Bier aus, warf die leere Dose ins Gebüsch und riss eine neue auf. Sarah strich Senf und Sauce auf ihr Brötchen, und Irene sah sich die Würstchen an.

»Oh, ich möchte das *große*!«, sagte sie.

»Du bist auch witzig, Irene«, sagte ich und machte ein

neues Bier auf. Die alte Dose warf ich neben ihrer ins Gebüsch. »Unsere Dosen Seite an Seite.«

»Uuuh«, machte Irene, »ha ha ha ha!«

»Ich glaube, wir ziehen nach Mexiko«, sagte Barry, »ein guter Schriftsteller braucht Abgeschiedenheit.«

»Ein guter Schriftsteller braucht Geld«, sagte ich.

»Ich habe dieses Jahr neun Romane verkauft«, sagte Barry. Barry schrieb jeden Monat einen Roman, alle über Inzest. Ich hatte ihn kennengelernt, als er gerade aus der Nervenklinik kam. Er war Babysitter gewesen, bevor er den Inzestmarkt knackte.

Wir verspeisten die Würstchen, tranken in den Gartenstühlen Bier und sahen zu, wie die Sonne unterging. Barry stand auf und kam mit zwei Sechserpacks wieder, die er in seinen Gartenschuppen trug. »Da schlaft ihr, du und Irene«, erklärte er mir. Ich blickte zu Irene. Sie steckte sich gerade eine Zigarette an. Ihre Fingernägel waren violett lackiert.

Unvermittelt standen Barry und Sarah auf und gingen ins Haus. Ich war mit Irene allein. »Oh«, sagte sie, »Sonnenuntergänge liebe ich einfach, und du?«

»Ich eigentlich nicht.«

»Du bist ein Zyniker, was?«

»Das wäre ich wohl, wenn ich sagen würde, ich liebe Sonnenuntergänge, obwohl es nicht stimmt.«

»Aber nein, dann wärst du ein Heuchler.«

»Du bist schlau, hm?«

»Nicht von gestern.«

»Vassar?«

»Was ist das denn?«

»So heißt der Franzose, der die hydraulische Wasserpumpe erfunden hat.«

Sie kurvten aus dem Garten.

»Ach du Scheiße. Gehen wir rein und machen's miteinander.«

Ich folgte Irene in den Schuppen. Ein Bett und ein Stuhl, Lampe und Nachttisch. Sie warf sich auf das Bett. Ich setzte mich auf den Stuhl und riss für sie und mich ein Bier auf. Wir tranken das Bier und sahen uns an. Die Fliegengittertür ging auf, und ein schwarzes Kätzchen kam herein. Ich nahm es hoch. »Ist das nicht süß?«, fragte ich.

»Klar«, sagte sie.

Ich streichelte das Kätzchen. »Die sind so unschuldig. Schau dir mal die Augen an. Guck doch mal die Augen, Irene.«

Irene stand vom Bett auf, nahm das Kätzchen, stieß die Fliegentür auf und warf es in die Luft. Dann kam sie zurück und schmiss sich wieder aufs Bett.

»Ich brauch noch ein Bier«, sagte ich. »Wir kennen uns ja kaum. Wo bist du geboren? In Italien?«

»Denver.«

»Hör mal. Zieh dir doch Stöckelschuhe an. Nylonstrümpfe. Schmück dich. Ich steh auf Ohrringe.«

»Ich trag doch welche.«

»Oh.«

Irene stand auf und ging raus. Sie blieb lange weg. Sie blieb so lange weg, dass ich mich mit meinem Bier aufs Bett setzte. Herr Jesus, dachte ich, musste D. H. Lawrence das auch alles mitmachen? Was musste man tun, um ein unsterblicher Schriftsteller zu werden?

Irene kam herein. *Frederick's* im Reinformat: Pfennigabsätze, Armreif, durchsichtiger Slip, ein BH, der die Brustwarzen wie glühende Zigarrenspitzen rausstieß. Sie wackelte zum Bett und ließ sich neben mich fallen.

»Ach herrje«, sagte ich, »zu viel für mich! Das ist so toll, dass ich noch ein Bier brauche. Nur eins noch, Irene!«

»Okay.«

Ich trank das Bier und schaute auf ihre Stöckelschuhe, ihre Waden, ihre Knöchel, ihre Brustwarzen. Bald würde das alles mir, ganz mir gehören. Ich trank das Bier aus und schlang die Arme um sie. Unsere Lippen trafen sich. Eine riesendicke Zunge stieß zwischen meinen Zähnen hindurch in meinen Schlund. Ich saugte an der Zunge. Sie war sehr nass. Dann biss ich hinein, und sie zog sie raus. Ich hakte ihren BH auf, und die Brüste verteilten sich flach. Während ich an der einen Brustwarze saugte, drehte ich die andere in den Fingern. Das hat Valentino sicher auch gemacht, wenn er in Form war, dachte ich, aber den ganzen Umweg mach ich jetzt nicht. Ich zog ihr den Slip aus und bestieg sie.

Ich hatte bestimmt 15 oder 16 Bier intus. Ich stieß. Ich stieß, und ich stieß, und ich stieß. Es war nicht schlecht. Ich stieß eine Viertelstunde lang. Sie hatte die Schuhe anbehalten.

Ich drehte den Kopf und sah auf die hochhackigen Schuhe an ihren Füßen. Ich stieß noch eine Viertelstunde. Ich kam nicht zum Höhepunkt. Ich stieß, stach, rotierte, änderte den Rhythmus, setzte ihn nur zum Teil, dann wieder ganz ein, und die Bettfedern quietschten und quietschten, und Irene lag unter mir, und ich sah sie an, und ihre Augen waren ganz nach hinten verdreht, sie kehrte mir das Weiße ihrer Augen zu, keine Pupillen, keine Iris. Ich holte zum letzten, großen Endspurt aus. Zwecklos, kein Höhepunkt. Ich legte mich neben sie.

»Entschuldige, Irene.« Das Licht war aus. Sie stand auf und kletterte über mich hinweg.

»Ich komme wieder.«

Sie ging raus. Ich hörte sie auf dem Weg zum Haus und dann zur Hintertür reingehen. Ich zog mich an. Ich ging raus, die Zufahrt entlang, stieg in meinen Wagen und fuhr nach Hause.

Barry rief mich am nächsten Tag an. »Tut mir leid, Mann«, sagte ich, »ich konnte nicht.«

»Warte. Ihr hat's gefallen. Sie möchte dich wiedersehen.«

»Bitte?«

»Im Ernst …«

Als Nächstes kam dann auch schon ein Brief von Barry. Sie waren in Mexiko. Fabelhaftes Hausmädchen. Fabelhaft. Hält das Haus sauber und macht alles. Junges Mädchen. Sarah ist eifersüchtig. Irene ist geil. Hab gerade wieder einen Roman verkauft. Fabelhaftes Angeln hier an der Küste.

Ich weiß nicht, wie viele Monate vergingen. Wie das Leben so spielt, auf einmal war ich mit einer Grauhaarigen zusammen, einer gewissen Lila. Lila war gut gebaut und bewies manchmal einen ausgezeichneten Verstand, manchmal aber auch gar keinen. Ihre gelben Vorderzähne standen schief, und wenn sie mich anschrie und sich ihre Lippen teilten und sie ihr Gebiss fletschte, konnte einem bange werden, aber sie war gut im Bett, belesen und hielt ihre Fingernägel sauber. Die Figur war wie gesagt hübsch, aber eine Schwäche von ihr bestand darin, dass sie ständig zu Veranstaltungen ging, Versammlungen der Kommunistischen Partei, Dichterlesungen, und eines Tages kam sie ganz in Schwarz nach Hause und sagte, sie würde Schwarz tragen, bis der Vietnamkrieg aufhörte; das war ihre Art von Protest, die gute Figur mit lauter schwarzem Tand aus Wohltätigkeits- und Billigläden und was weiß ich zu verhängen, sie warf sich das schwarze Zeug nur so über, und kratzig war es auch noch, denn wenn man protestiert, tut man das nicht im glatten Schwarzen, aus dem die Titten hängen, sondern man leidet. So litten wir beide, und der Vietnamkrieg lief seit 40 Jahren und würde noch weitere 40 laufen. Im Grunde gab ich sie auf, lebte aber, wie das so geht, weiter mit ihr zusammen.

Dann klingelte es eines Tages an der Tür. Es waren Barry und Irene. Sie kamen frisch aus Mexiko. Barry sollte in North Hollywood ein Nacktmagazin herausgeben. Sarah war zum Shoppen in Van Nuys. Außerdem malte Sarah jetzt Aquarelle. Gar nicht schlecht. Alle setzten sich, und ich ging das Bier holen. Irene schlug die Beine weit oben übereinander. Sie trug hohe Pfennigabsätze. Und Nylons mit blauen Rüschenstrumpfbändern. Dass ihre Beine so lang waren, war mir noch gar nicht aufgefallen. Irene sah Lila an. »Sind Sie nicht stolz darauf, mit einem großen Schriftsteller wie Bukowski zusammenzuleben?«

Lila drückte das Kreuz durch und schwieg.

Ich bemühte mich, nicht auf Irenes Beine zu schauen. Sie waren grandios. Sie wusste, dass ich hinsah, dachte aber nicht daran, ihr Kleid runterzuziehen. »Weshalb tragen Sie Schwarz?«, fragte sie Lila.

»Es werden so viele Menschenleben für unnütze Ziele vergeudet«, sagte Lila.

»Das will ich meinen, Herzchen«, antwortete Irene.

Barry sagte, sie müssten gehen, aber ich bestand auf einer weiteren Runde Bier. Irene zog ihr Kleid noch höher. Wir sahen alle auf Irenes Beine. »Jetzt müsst ihr uns auch mal besuchen«, sagte Irene. Dann standen sie auf und gingen.

Ich sagte Lila, ich wolle ein Bad nehmen. Ich ging da rein und schloss die Tür ab. Seit Jahren hatte ich keine Seife mehr benutzt. Dafür, meine ich. Pink Lady Godiva.

Diesmal kam ich zum Höhepunkt.

Notizen eines Dirty Old Man

L. A. Free Press, 20. Dezember 1974

»Die Hälfte deiner Einnahmen geht ans Haus, die andere Hälfte an dich«, sagte Marty. Sie war die Dritte, die er an diesem Morgen befragte. In der Anzeige hatte gestanden, der Job bringe zwischen 500 und 1000 Dollar die Woche ein. Das Mädchen war vielleicht 23, ziemlich elegant und gepflegt, blond, mit hellblauen Augen, die schauten, ohne zu blinzeln. Sie trug eine weiße Bluse und eine schwarze Hose.

»Leckst du?«, fragte er das Mädchen.

»Bitte?«

»Du musst Blowjobs geben. Kannst du das?«

»Nehm ich doch an.«

»Die meisten Typen, die herkommen, wollen einen geblasen bekommen.«

»Verstehe.«

»Das solltest du auch. Wer hier arbeitet, muss liefern. Wir sind ein guter Pflaumenhandel. Es gibt kaum Beschwerden. Wir kümmern uns um die Bullen, und wir kümmern uns um die Kunden. Hin und wieder beschwert sich mal jemand. Dem nehmen wir dafür sein ganzes Geld ab, statt nur einen Teil. Dann vermöbeln wir ihn ein bisschen und werfen ihn raus. Zieh deine Sachen aus.«

»Bitte?«

»Zieh dich aus. Rasierst du deine Dose?«

Marty steckte sich die Zigarre an und wartete. Sie trug einen hellgrünen Slip.

»Den Slip auch. Zieh den Slip aus. Leg alles da auf den Stuhl.«

Das Mädchen stand nackt vor ihm.

»Nicht gerade viel Busen, aber was soll's? Und bisschen mehr die Zähne putzen, die sind fleckig. Hast du studiert?«

»Ein Jahr lang.«

»Ein Jahr. Na, fein. Wo?«

»Claremont.«

»Claremont. Na, fein. Dreh dich um. Schaffst du für einen Schwarzen an?«

»Nein.«

»Wär' okay, nur dass er mir hier nicht reinkommt. Du hast eine Warze am Hintern.«

»Das ist ein Muttermal.«

»Ach so. Na gut, hab ich dir gesagt, du sollst dich anziehen?«

»Nein.«

»Dann lass es auch. Mein Ding wird steif. Wegen der Warze, glaub ich.«

»Dem Muttermal.«

»Dem Muttermal. Du kriegst die Schicht von abends 6 bis 2 Uhr früh. Kannst du pissen?«

»Natürlich.«

»Einem Mann in den Mund, meine ich, auf seinen Brustkorb, die Beine, die Eier und die Zehen. Kannst du das?«

»Ja.«

»Du bist nett. Du hast Klasse. Das Jahr an der Uni gefällt mir. Eine Tochter von mir studiert auch. Wie ist es mit Scheiße?«

»Scheiße?«

»Du kennst das Wort. Wir haben hier viele Scheißefreaks.

Kannst du dir von einem Kerl eine Wurst aus dem Arsch lutschen lassen?«
»Ich glaub schon.«
»Das solltest du vorher genau wissen. Bist du verheiratet?«
»Nein.«
»Lebst du allein?«
»Ich wohne bei meiner Mutter.«

Zieh den Slip aus.

»Du und deine Mutter, wo seid ihr drauf, Koks oder H?«
»Wir nehmen keine Drogen.«
»Das kommt noch. Hier, er steht mir immer noch. Platzt fast aus der Hose. Siehst du das?«
»Das sehe ich.«
»Glaubst du an Gott?«
»Ja.«

»Dachte ich mir. Brav.«

»Kann ich mich jetzt anziehen?«

»Lass verdammt nochmal die Klamotten AUS! Das kostet dich doch nichts, oder?«

»Nein.«

»Wir haben hier einen Laden, dem nichts im Umkreis von Hollywood und Western Avenue das Wasser reichen kann. Wir haben für jeden Typ auf Erden etwas. Wir haben Typen, die einfach nur herkommen, um mit einem Mädchen fernzusehen. Dafür haben wir Extraräume. Man kann hier auch zwei, drei Tage mit einer Frau zusammenwohnen. Dafür haben wir Extraapartments: Herd, Badewanne, alles. Die shoppen sogar zusammen im *Ralphs*. Wir haben zwei Etagen hier, und die nutzen wir komplett. Wir sind eine Institution und behandeln unsere Leute besser als *Mark C. Bloome*. Manchmal musst du einem Kerl mit so was hier den Arsch versohlen.«

Marty griff in die Schreibtischschublade und zog die Lederpeitsche heraus. Er gab sie dem Mädchen. »Das Scheißding hat uns 80 Dollar gekostet, aber es hat schon mehr als zweihundert Männern und Jungs Freude beschert. Zeig mal, ob du damit umgehen kannst. Los.«

Das Mädchen hob die Peitsche.

»He! Doch nicht mich, dumme Gans! Schlag den Sessel da drüben.«

Sie schlug mit der Peitsche nach dem Sessel.

»Nein, du musst die Spitze schnalzen lassen. Versuch's noch mal! Der Sessel ist der rausgestreckte Arsch eines Kerls. Siehst du ihn? Wie er sich vorbeugt? Siehst du sein Arschloch? Seine Eier baumeln. Voll auf die Arschbacken! Mach dir'n Spaß draus!«

Das Mädchen peitschte den Sessel.

»Schon besser. Aber das müssen wir dir beibringen. Du musst sie peitschen bis aufs Blut. Die betteln, du sollst aufhören, aber das meinen sie nicht ernst. Du merkst schon, wann du aufhören musst. Du hörst auf, wenn sie kommen. Die meisten wichsen sich einen, aber die echten Profis können kommen, ohne ihren Schwanz anzufassen.«

Das Mädchen peitschte den Sessel erneut.

»Gut, das reicht. Die Möbel sind noch nicht abbezahlt. Hast du deine Sozialversicherungsnummer?«

»651–90–2010.«

»Telefonnummer?«

»614–8965.«

»Adresse?«

»4049 Fountain.«

»Name?«

»Helen Masterson.«

»Fass mir an den Schwanz, Helen.«

»Bitte?«

»Komm her und fass mir an den Schwanz. Ich hole ihn nicht raus. Komm kurz her und halt einen Finger dran. Das ist schon alles.«

Helen ging zu ihm und berührte Martys Glied.

»Okay, du bist eingestellt. Zieh dich an. Du fängst morgen Abend an.«

Helen zog sich an und ging zur Tür, stieß sie auf. Draußen saß ein anderes Mädchen. Marty sah sie. »Komm rein, Liebes, und mach die Tür hinter dir zu.«

Helen trat ins Freie und war auf dem Hollywood Boulevard. Sie ging zur Western hinunter, auf die andere Straßenseite und sah eine Telefonzelle neben dem Tacostand. Sie wählte die 614–8965.

»Mama?«

»Ja?«

»Helen hier. Mama, ich hab den Job.«

»Ach, Helen, das freut mich. Und ich glaub, ich hab auch einen Job. Ich hab eine Bewerbung fürs *House of Pies* ausgefüllt.«

»Toll, Mama.«

Helen legte auf. Dann ging sie zum Tacostand und bestellte einen Chili Burrito und eine große Coke.

Notizen eines Dirty Old Man

L. A. Free Press, 27. Dezember 1974

Lucille war gar nicht so verkehrt, wenn ich an die anderen dachte, die mit mir zusammengelebt hatten. Wie die anderen trank, log, betrog, stahl und übertrieb sie, aber irgendwann hört man auf, nach dem Stoff an sich zu suchen, und gibt sich mit einem Stofffetzen zufrieden. Und gibt ihn an den Nächsten weiter und kratzt sich am Ohr.

Aber solange es wenigstens ein bisschen läuft, tut man im Allgemeinen gut daran, das auch zu akzeptieren, sonst hat man nichts als sich selbst in der Tüte und hört, wenn man sie schüttelt, immer dasselbe Geräusch. Ab und zu muss man sich einfach ein Herz fassen, Mensch, und schauen, wie das Leben spielt.

Lucille erzählte gern Schwänke aus dem Süden. Nicht aus dem richtigen Süden, sondern aus dem Süden Arizonas und Neumexikos, dem Süden des mittleren Westens. Wir saßen im Bett, tranken unseren Wein, und sie redete. »Mein Gott, war das schrecklich. Das Kloster. Diese Zicken. Wir waren lauter kleine Mädchen, und sie haben uns hungern lassen. Die wohlhabendste Kirche der Welt, die katholische Kirche, und sie lassen uns hungern.«

»Mir gefällt die katholische Kirche, sie liefert eine gute Show ab mit den ganzen Gewändern, dem Latein, und sie trinken das Blut Christi ...«

»Wir hatten solchen Hunger, so einen Riesenhunger. Nachts sind wir aus dem Fenster geklettert und haben im

Garten Radieschen ausgegraben, da war Matsch und Erde dran, und wir haben die Radieschen samt Matsch und Erde gegessen ... so einen Hunger hatten wir. Und wenn wir erwischt wurden, haben sie uns furchtbar bestraft ... diese Zicken in Schwarz, mit ihren schwarzen Kapuzen ...«

»Schütt nicht den Wein auf die Bettdecke, das geht schwerer raus als Rote Bete.«

Lucille hatte wie die anderen auch eine lange, unglückliche Ehe hinter sich. Sie alle erzählten mir Geschichten aus ihrer langen, unglücklichen Ehe, und ich lag neben ihnen und dachte: »Was soll ich denn da machen?«

Das war mir nicht so ganz klar, deshalb trank ich viel mit ihnen, schlief oft mit ihnen und hörte mir ihre Reden an, aber ich glaube nicht, dass ich viel für sie getan habe. Sie hatten mein Ohr und meinen Schwanz, ich habe ihnen zugehört und mit ihnen geschlafen, während die meisten Männer nur *so tun*, als ob sie zuhören. Das war vielleicht ein Trumpf, aber ich musste mir eine Unmenge Scheiß anhören, den dann abwägen und ihn auswerten, und das bisschen Substanz, das übrig blieb, hätte ich mit halbzugehaltener Nase wegpusten können. Aber ich war ein freundlicher Mensch. Da waren sich alle einig: ein sehr freundlicher Mensch.

»Die Radieschen haben so gut geschmeckt, mit Erde, Sand und allem ...«

»Leg die Hand auf mein Ding. Streichel mir die Eier.«

»Bist du noch katholisch?«

»Nein, danke. In deinem Ring hat sich ein Haar verfangen. Du bringst mich um. Ich kann's nicht ausstehen, wenn Frauen Ringe tragen, schon gar nicht mit einem Türkis. Das beweist, dass sie mit dem Teufel im Bund sind, dass sie Hexen sind ... Fass meine Eichel an.«

»So große Eier habe ich noch bei keinem Mann gesehen.«

»Über dich könnte ich auch was sagen, aber ich glaub, ich lass das mal ...«

Davon abgesehen, hatte Lucille eine geringfügige Schwäche. Wenn sie betrunken war, fläzte sie sich aufs Bett, während ich irgendwo saß, und legte los: »Du bist eine Schwuchtel, ein Schuhspanner, ein Pimpernell ... du hast die Franzmänner in Verdun umgebracht, du hast Johanna von Orleans die Muschi rasiert und dir ihre Schamhaare wie Blumen in die Ohren gesteckt ... Du frisst deine eigene Scheiße wie dein amerikanisches Erbe ... Du meinst, Beethoven war ein Knallkopf aus der Halbwelt von Sevilla. Deine Mutter hat sich während ihrer Totaloperation von dir die Slips mit Bienenwachs einschmieren lassen ...«

An dem Abend, um den es geht, fand sie kein Ende. Ich fiel auf die Knie: »Lucille, meine Liebe, du weißt, dass ich ein gutmütiger Mensch bin, du hast es selbst schon zugegeben. Ich flehe dich auf Knien an, sei bitte still. Ich flehe dich an! Es stecken gewisse Wahrheiten in deinen heimlichen Beobachtungen, aber auch gewisse Übertreibungen. Ich bitte dich, Goldröschen, hör auf damit.«

»Du hast Heinrich VIII einen abgekaut und ihm Buttermilch in den Arsch geschmiert. Du hast den Franzosen von Louisiana die Schlinge um den Hals gelegt. Du hasst Henry Fonda!«

»Sag das mit Fonda nicht noch mal, sonst schlag ich dir die Zähne ein!«

»Du hast die goldblonden Kinder des Valencias meiner Träume umgebracht!«

»Nein, nein, das war dein Mann!«

»Ihr wart es beide! Gib mir noch Wein!«

»Ja, meine Liebe.«

An diesem Abend war Lucille nicht zu bremsen. Ich bin

ein freundlicher Mensch, aber um mich hier zu verstehen, muss man an den *Tonfall* denken. Es gibt einen besonders giftigen Tonfall, der zum Tragen kommen kann, eine Tonlage, die juckt und kratzt und piesackt und speit und spieselt. Dieses elende Getön geht gnadenlos und ohne Ende weiter, und man kann sagen, was man will, um es abzustellen, es geht immer nur weiter. Babys können einem das antun, aber auch Frauen und manchmal auch Männer.

Die Stunden verstrichen, und Lucille stichelte weiter. Ich weiß nicht, wie oft ich sie um Gnade gebeten oder sie gewarnt habe. Aber es passiert eben doch. Ich trat zu ihr ans Bett mit den Worten: »Okay, Goldröschen, das war's.«

Aber Lucille quengelte immer noch weiter, flach auf dem Rücken, Bauch aufgebläht von billigem Wein, drei Zentimeter Asche an ihrer Zigarette und abwechselnd weiß, rosa, gelb und blau im Neonlicht von L. A. Mitte. Ich hob das Bett an und klappte es mit ihr in die Wand und setzte mich wieder hin. Ich goss mir ein Glas ein, steckte eine neue Zigarette an und schlug die Beine übereinander.

Lucille war weg. Ich hatte nichts als braune Holztäfelung vor mir. Klischee hin oder her, ich empfand eindeutig ein Gefühl der Ruhe. Ich musste an Lucille denken, wie ich sie kennengelernt hatte, ihre Beine, ihre Augen, ihre Lippen, die so runden Ohren und ihre schwere Zunge. Einen Menschen überhaupt nicht zu kennen ist allemal besser, als ihn durch und durch zu kennen. Unbekannten kann man wenigstens Zauberkünste andichten, ganz unmögliche Künste, und wenn man dann mit ihnen zusammengelebt hat, kann man ihnen vorhalten, dass der Zauber nie eingetreten ist.

Ich trank mein Glas aus und hörte etwas hinter der Täfelung: »Allmächtiger, bitte hilf mir! Hilfe!«

»Dir passiert schon nichts, Baby. Ganz ruhig. Ich seh den Goodyear-Zeppelin in der Luft. Er gibt Blinkzeichen. Ich les es dir vor ...«

»Lass mich BITTE BITTE raus! ICH STERBE!«

»Ach du lieber Gott«, sagte ich, ging rüber und zog das Bett runter. Da lag sie. Meine Blume.

»Ach du Scheiße, ich glaub, mein Arm ist kaputt!«

»Jetzt mach mir hier keine Scherereien. Ich geb dir ein Glas Wein. Zigarre?«

»Ich sag dir, der Arm ist kaputt. Er ist gebrochen!«

»Herrgott nochmal, sei ein Mann! Hier ist der Wein! Trink aus.«

»Das tut so weh, so weh, mein Gott, wie weh das tut!«

»Hör auf zu jammern, sonst versenk ich dich gleich wieder in der Wand neben deinem Arsch!«

Nichts schien sie abzuschrecken. Es war übel. Ich trank noch einen großen Schluck Tokaier und fuhr mit dem Aufzug nach unten. Ich ging ein Stück die Straße entlang und kam zur Rückseite eines Supermarkts. Ich pisste im Mondschein und ging rüber zu den Holzkisten. Ich fing an, Bretter loszureißen, Latten. Ein krummer Nagel hakte sich in mein Handgelenk, als ich ein Brett losriss. Blut rieselte an meinem Arm runter. Ich fluchte. Scheiße, was macht ein Mann nicht alles für eine Hure.

Ich brachte meinen Krimskrams hoch in die Wohnung. Erst tranken wir Tokaier und rauchten ein paar Zigaretten. Dann stand ich auf, zog mit einer billigen Zigarre im Schnabel das Oberlaken weg, riss es in Streifen und brachte die Latten übers Knie gebrochen auf die richtige Größe. Ich verpackte den Arm wie Dr. Keene persönlich. Dann setzte ich mich hin und drehte das Radio an. Schostakowitschs Fünfte. Famos. Ich hatte schon immer ein Herz für die Massen gehabt. Ich trank den Tokaier zu einem Drittel aus und hielt Ausschau nach dem Goodyear-Zeppelin.

»O mein Gott«, sagte Lucille.

»Halt die Klappe. Du sollst doch die Klappe halten. Lange sag ich das jetzt nicht mehr.«

Keine Ahnung. Sie jammerte einfach immer weiter, der Arm sei gebrochen. Schließlich sagte ich, na schön, fuhr mit ihr im Aufzug nach unten, steckte sie ins Auto und brachte sie zum Allgemeinkrankenhaus ...

Ich setzte die alte Karre direkt vor die Notaufnahme statt vor die Anmeldung, weil ich wusste, dass das mindestens 72 Stunden Unterschied ausmachte. Wir hatten Glück. Wegen des gebrochenen Arms fuhren sie Lucille schnurstracks zum Röntgen und durchleuchteten ihren Brustkorb. Dann setzten sie sie auf einen kleinen Wagen mit einem weißen Tuch drüber, und wir mussten anstehen; Unfallopfer, denen das Blut rausrlief wie gutes arabisches Öl, und durch den Flur kamen gesunde junge schwarze Assistenzärzte, die sich ungerührt über ihr Glück auf der Rennbahn unterhielten oder darüber, dass Lucille Ball mit dem Kino Schluss machen solle, solange ihr Hintern noch über den Kniekehlen hing.

Ich langweilte mich und fing an, von den Verblutenden, Blutsaugern und Unterwasserkraken ringsum Zigaretten zu schnorren. Lucille wurde zu einer Tür reingefahren und kam aus einer anderen Tür auf eigenen Füßen raus. Sie war hübsch verbunden. Ein Armbruchpräsent. Süß sah sie aus. Als hätte sie den Arzt geküsst.

Ich brachte sie runter zum Wagen, und wir stiegen ein. Kurz vor Ladenschluss konnten wir noch irgendwo Portwein und Muskateller kaufen, vier Flaschen insgesamt. Der Mond stand an dem Abend hoch, und wir fuhren langsam süffelnd weiter ...

Hinterher ging es durch alle Kneipen, man hörte es noch wochenlang: »Ich bin die einzige Frau der Welt, die jemals mit einem Klappbett in der Wand versenkt worden ist und sich dabei den Arm gebrochen hat«, erzählte sie allen und jedem. Vielleicht war es schon etwas Einmaliges. Rein rechnerisch könnte das Gleiche natürlich schon mal einer anderen Frau passiert sein.

Das Merkwürdigste war, dass sie mich, nachdem ich ihr den Arm gebrochen hatte, mehr liebte als vorher. Jedenfalls wurden wir aus der Wohnung mit dem Klappbett aus dem einen oder anderen Grund rausgeworfen und fanden eine Wohnung direkt auf der anderen Straßenseite für weniger Miete, bei Leuten, die weniger neugierig und weniger empfindlich gegenüber Lärm und Arbeitslosen waren, und das Bett war direkt auf dem Fußboden, man kam nicht dran vorbei, genau wie sich das für ein Bett gehört.

Notizen eines Dirty Old Man

L. A. Free Press, 3. Januar 1975

Harry rief drei- oder viermal von seiner Wohnung aus an, als er von der Rennbahn zurück war. Zwei Stunden vergingen, er aß ein New-York-Steak im *Sizzler*, dann fuhr er rüber. Lilly kniete auf dem Boden und packte Weihnachtsgeschenke ein. Ihre Kinder waren gerade bei ihrem Exmann. »Und?«, sagte sie. »Wie war's? Du hast verloren, hm?«
»Nein, ich hatte Glück. $94 gewonnen. Ich hab angerufen. Ich hatte dir gesagt, dass ich nach der Rennbahn vorbeikomme.«
»Du hast gesagt, es würde spät.«
»Stimmt ja auch. Aber im Dunkeln lassen sie die Pferde nicht laufen. Heute ist der kürzeste Tag des Jahres.«
Lilly schwieg.
»Hör mal, ich besorg ein Geschenk für Nadia.«
»Tu das. Ach ja, dann bring mir Einpackpapier mit, Geschenkpapier, und Katzenfutter. Und hast du einen Hammer im Wagen?«
»Ja.«
»Dann bring den auch mit.«
Harry ging raus, stieg in seinen Wagen und fuhr zum Laden. Ein Spielzeug für eine Sechsjährige. Er lief durch die Gänge. Alles nur Zellophan, Plastik, billiger Lack und Schmu. Er gab es auf und kaufte 6 oder 8 Kleinigkeiten: einen Kompass, eine Spielzeuguhr, ein Schminkset, ein Maniküre-Set, Luftballons, ein Puzzle, Zauberseifenblasen, ein

Handtäschchen und Schmuck. Eine Auswahl Scheiß war besser als Scheiß am Stück. Er kaufte die anderen Sachen und nahm noch ein Sechserpack Diet Rite und ein großes Glas Nussmix mit. Wieder zurück, klappte er die Haube des Volkswagens hoch und nahm den Hammer raus. Dann ging plötzlich die Haube nicht mehr zu. 10 Minuten lang versuchte er, die Haube zuzuknallen.

Lilly kam auf die Veranda. »Sag mal, was ist denn da draußen los?«

»Ich hab den Hammer vorne rausgeholt, und jetzt geht die Haube nicht mehr zu. Das liegt an dem Stoßstangenaufsatz, den der Typ da drangemacht hat. Der ist im Weg. Darauf hab ich beim Kauf nicht geachtet.«

Lilly ging wortlos wieder ins Haus. Harry warf weiter die Haube. Es war neblig, das Blech war nass, seine Hände rutschten aus, und er riss sich die Haut über den Fingerknöcheln auf. Lilly kam wieder auf die Veranda. »Hast du den Hammer?«

»Ja, den hab ich aus der Motorhaube geholt, so ist das Ganze passiert.«

Lilly kam die Treppe runter. »Ich brauch den Hammer.« Sie kam zum Wagen und hob die Haube an.

»He«, sagte Harry, »ich hab dir doch gesagt, ich hab ihn da *raus*geholt.«

»Ach so.«

Er nahm den Hammer vom Wagendach und gab ihn ihr. Sie ging damit wieder ins Haus. Harry schmiss noch ein paarmal die Haube, dann gab er es auf. $ 1299 für einen 67er Volkswagen, und die Motorhaube ging nicht zu.

Als er mit den Sachen hereinkam, sah sie sich *Geronimo* im Fernsehen an, gespielt von Chuck Conners. Chuck Conners war der schlechteste Schauspieler in einem Hollywood voller schlechter Schauspieler. Er zeigte ihr die Geschenke, die er für Nadia gekauft hatte. Lilly sagte nichts dazu.

»Willst du ein Diet Rite?«

»Nein, ich hab Tee aufgesetzt.«

»Nüsse vielleicht? Gut fürs Gemüt.« Er schraubte den Deckel vom Glas.

»Nein, danke.«

Sie schauten zusammen *Geronimo*. Harry fand es schwer zu glauben, dass Indianer niemals lächelten. Bestimmt lächelten sie doch, besonders, wenn was in die Hose ging.

Lilly nahm sich doch ein paar Nüsse. Sie schauten zusammen den Film. Dann kamen die Nachrichten. Der Nebel hatte den Flughafen lahmgelegt, und die vielen Leute, die über Weihnachten zu Verwandten fliegen wollten, waren nah am Tipp-Ex-Koller.

»Verwandtschaft wird überbewertet. Nur, weil jemand mit dir verwandt ist, ist er noch nicht wichtiger als alle anderen.«

»Doch.«

»Wieso denn?«

Lilly gab keine Antwort. Harry warf eine Handvoll Nüsse ein, als die Wirtschaftsberater von Präsident Ford mit ihren Aktenmappen zum Kapitol marschierten.

Die Nachrichten endeten, und sie gingen ins Schlafzimmer. Lilly war zuerst im Bad, und Harry legte sich ins Bett und überflog das Rennprogramm des Tages. Er hatte wirklich Glück gehabt heute. Nächstes Mal würden sie ihn dafür wahrscheinlich ans Kreuz schlagen. Wenn man da bloß ein Schema entdecken könnte. Aber alles änderte sich ständig. Ein Rennen lief so und so ab, das nächste dann genau umgekehrt. Mit entsprechend klarem Kopf konnte man vielleicht die Gezeitenbewegung erkennen … Jeder braucht irgendein Gift, das ihn entschlackt. Bei ihm war es das Pferdegift. Bei anderen war es die Kunst, oder es waren Kreuzworträtsel, oder sie ließen Aschenbecher aus Bars und Cafés mitgehen.

Lilly kam herein, legte sich ins Bett, drehte ihm den Rücken zu und las ein Buch über einen Mann, der darauf spezialisiert war, seinen Körper zu verlassen und in den Raum zu entschweben. Harry stand auf, ging ins Bad und putzte sich die Zähne. Dann legte er sich wieder ins Bett. Er las eine Weile im *London Magazine*, stieß auf seinen Namen und sah sich von einem Kritiker als »unerhört erfolgreicher Schriftsteller« bezeichnet. So, so. Er legte die Zeitschrift aufs Kopfbrett, drehte sich um und schloss die Augen.

»Ich war in einem Laden«, hörte er ihre Stimme, »und hab die Inhaberin kennengelernt, und sie meinte, wir könnten zusammen was Neues aufziehen. Sie macht Sachen aus Metall, und ich kann meine Köpfe machen.«

»Die Konjunktur geht zurück«, sagte Harry. »Sei vorsichtig. Meinst du, das Zeug verkauft sich?«

»Ich weiß es nicht. Kommt auf einen Versuch an.«

»Mag sein. Aber pass auf, so ein Ladenlokal muss man unter Umständen pachten. Für sechs Monate oder ein Jahr, und wenn's nicht läuft, habt ihr die Pacht trotzdem am Hals.«

»Sie macht sehr gute Sachen. Mir gefallen sie.«

»Gute Sachen und was die Leute kaufen, ist oft zweierlei.«

»Trotzdem versuch ich's vielleicht. Ich hab's satt, die Säufer in der Kneipe zu bedienen. Die wollen alle, dass ich sie rette.«

»Das ist nur ein Spruch. In dem Moment, wo sie das Glas heben, sind sie gerettet.«

»Du musst es ja wissen.«

»Na gut, wenn ihr den Laden aufmacht, könntet ihr Dichterlesungen geben.«

»Da hast du's! Jedes Mal, wenn ich daran denke, einen Laden aufzumachen, sagst du mir, ich kann Dichterlesungen veranstalten! Das ist herabsetzend. Damit machst du einen Vangelisti aus mir. Gib zu, dass das herabsetzend ist!«

Harry dachte nach. »Okay, vielleicht ist es herabsetzend. Aber ihr müsst zusehen, dass euer Laden bekannt wird. Und sei es mit einem Scheißpuppenspiel oder so was.«

Lilly knipste das Licht aus. Dann hörte er sie: »Ich hab ein größeres Potential als du, musst du wissen. Wirklich. Ich sag's, wie es ist. Meine Schwestern sagen's, wie es ist. Wir werden noch bekannt. Du kommst mit deiner Lügerei nicht davon.«

»Sei so gut, nenn es wie ich Fiktion.«

»Sie kommen dir schon auf die Schliche.«

»Okay, man kommt mir schon auf die Schliche.«

»Du tust immer so überlegen!« Lilly richtete sich im Bett auf und schrie: »Herrgott nochmal! Wir wissen doch alle, dass du der große Schriftsteller Harry Dubinsky bist!«

Dann ließ sie sich aufs Kissen fallen. »Meine Schwester Sarah hat noch nichts veröffentlicht, aber sie hat *Drive*, sie ist 47, und wenn ich zu ihr komme, klappert *unentwegt* die Schreibmaschine, so viel Drive und Feuer hat sie. Die Romane kommen immer zurück, und trotzdem haut sie den nächsten raus. Sie hat es drauf. Wann du schreibst, ist mir ein Rätsel. Wenn du nicht schläfst, bist du betrunken oder auf der Rennbahn.«

»Wallace Stevens hatte einen Spruch: ›Erfolg durch Fleiß ist ein Bauernideal.‹«

»Mit meiner Schwester kann ich *reden*! Wir kommen auf die Ursprünge, dahin, wo alles seinen Ausgang nimmt! Wir diskutieren! Wir kommen auf den Kern der Dinge!«

»Schön. Dann sag mir mal was, was ihr rausgefunden habt.«

Lilly drehte sich im Bett um. »Scheiße nochmal, du widerst mich an! Du kapierst einfach gar nichts – Liebe, Gefühle: Essig. Meine Schwestern haben mehr Leben in ihrem kleinen Finger als du in deinem dicken Walfischwanst!«

»Einige Frauen scheinen nichts gegen meinen Walfischwanst zu haben.«

»Deine Nutten, die Leserinnen deiner Gedichte!«

»Ich bin dir treu, wenn wir nicht getrennt sind.«

»Aber wir trennen uns immer schön, was?«

»Ja, lass das im Plural stehen.«

»Meine Schwestern haben Ehrgeiz, *echten* Ehrgeiz, das geht einfach nicht in deinen Kopf!«

»Ehrgeiz ohne Begabung ist sinnlos, wenn man nicht einen verdammt guten PR-Agenten hat.«

»Du tönst nur rum, du *redest* nicht mit mir. Du klopfst nur Sprüche wie irgendein scheiß John Thomas.«

Harry stöhnte auf.

»Sprich mit mir!«, sagte sie. »Sprich mit mir!«

»Ein Pferd siegt normalerweise, wenn es von seiner letzten Quote runterkommt.«

»Ich muss neue Büsten schaffen, das ist mein Problem. Ich muss neue Büsten kreieren! Ich glaub, ich mach mal nackte Männer, zweieinhalb Meter hoch! Das würde dir nicht gefallen, wenn mir hier nackte Männer Modell stünden, oder? Das würde dir nicht gefallen.«

»Ich weiß es nicht.«

»Ich brauche Freiheit, viel, viel Freiheit!«

Harry schwieg.

»Ich brauche einen Tritt in den Arsch«, sagte sie, »Leute, die mich antreiben. Ich brauch das Neue, das Andere. Wir schlafen immer nur! Rapüh! Schlaf *deprimiert* mich! Als ich klein war, hab ich drei Wochen am Stück geschlafen! Ich hasse das! Du hängst einfach nur rum! Du bist JAHRE ÄLTER ALS ICH! Wir haben unterschiedliche Bedürfnisse! Wir sollten mal was anderes ausprobieren!«

»Lilly, du brauchst einfach einen anderen Kerl ...«

»Ach, das sagt ihr Männer *immer*! Nie PASST ihr euch AN. Ihr setzt euch nicht mal hin und sagt, na gut, vielleicht sollten wir's mal hiermit oder damit oder mit *sonst was* versuchen! Ihr sagt immer nur: ›Wenn du mich nicht so magst, wie ich bin, GEH ich einfach, dann GEH ich eben!‹ Jedes Mal, wenn wir an den Punkt kommen, gehst du! Und wir sind seit vier Jahren zusammen! Als wir uns kennenlernten, haben wir uns immer fürchterlich gekracht, uns dann vertragen und wunderbar gefeiert, dass wir wieder zusammen sind! Jetzt kommst du einfach zurück. Früher hast du mir Vorwürfe gemacht, du hast dich angestellt! Jetzt kommst du einfach wieder, ziehst deine Schuhe aus und liest die Zeitung! Du hast keinen Schwung mehr!«

»Alles ändert sich. Ich dachte früher auch, du wärst jemand anders, aber das war nur die, die ich mir in den Kopf gesetzt hatte. Irrtum meinerseits. Jetzt habe ich die Erwartungen von früher nicht mehr. Wir werden doch reifer, verdammt nochmal, merkst du das nicht? Da muss nicht dauernd so ein Scheißtheater abgehen. Die Weichen sind gestellt, wir können uns abregen.«

»Du bist nicht mal mehr eifersüchtig, wenn ich was mit anderen Männern mache.«

»Du hast doch gesagt, meine Eifersucht stört dich, wahre Liebe hieße, dem anderen vertrauen.«

»Na schön, was *ist* wahre Liebe?«

»Zwei Katzen, die morgens um 2 auf dem Hof vögeln.«

Lilly schwieg 3 oder 4 Minuten, dann sagte sie: »Ich glaube dem Hellseher, bei dem ich war. Er sagte mir, du würdest nie ein wirklich großer Schriftsteller. Und ich glaube ihm das. Du hast so viele blinde Flecke in deinen Storys, riesenriesengroße blinde Flecke! Du schaffst es nie!«

»Ich bin nicht sonderlich daran interessiert, es zu schaffen. Ehrgeiz kotzt mich an.«

Zwei oder drei Minuten vergingen. Dann sprang Lilly aus dem Bett, warf die Arme in die Luft und schrie: »Ich werde Großes vollbringen! Niemand kann ermessen, wie groß ich sein werde!«

»Okay«, sagte Harry, »dann werd mal groß. Ich gehe.«

»Du *gehst*! Du *gehst*! ... Du *ahnst* ja nicht, wie sehr du mich zurückgehalten hast! DU HAST MEINE BILDHAUEREI UNTERBUNDEN! DU HAST ALLES IN MIR UNTERBUNDEN! GEH DOCH, GEH, GEH!«

Lilly fing an, schreiend durch ihr Haus zu laufen. »GEH, GEH, GEH! Das ist alles, was du kannst: GEHEN!«

Sie stieß einen langgezogenen Schrei aus, dann riss sie den Weihnachtsbaum um, dessen Schmuck und Beleuchtung zerschellte. Der Krach folgte ihr auf dem Weg durchs Haus. Das Erdbeben der dreißiger Jahre verlor mit mindestens einer halben Länge. Larry hatte das schon mal bei ihr erlebt. Zerbrochene Glastüren, Spiegel, alles.

Sie kam auf ihn zu gerannt, und er erinnerte sich an die anderen, die vielen anderen Male. »Lass es«, sagte er, »sonst kriegst du wirklich Prügel! Im Ernst!«

Lilly wich zurück. Dann lief sie nach nebenan, und er hörte den Krach und das Geschrei: »Gehen. Immer geht er! Na, dann geh doch; geh, geh, geh!«

Harry schnappte sich seine Brille, die neueste Ausgabe des *London Magazine*, die letzten zwei Kapitel seines halbfertigen Romans und verschwand in Hose, Mantel und Schuhen, ohne Unterwäsche, Hemd, Strümpfe und aktuelles Rennprogramm. Er ging zur Tür raus und die Einfahrt hoch zum Wagen, während sie schrie: »Ich hasse Weihnachten! Ich hasse das Haus hier. Ich hasse dich ... Ich ...«

Ich hasse Weihnachten auch, dachte er beim Versuch aufzuschließen, merkte, dass er den falschen Schlüssel hatte, fand den richtigen, brachte die Tür auf und verriegelte sie von innen, als Lilly auch schon ankam und sie aufreißen wollte.

»Ich zertrümmer dir das schöne Auto, ich bring es um, ich bring *dich* um!« Und sie fing an, gegen die Frontscheibe zu hämmern.

Er legte den Rückwärtsgang ein und fuhr raus, als sie den Briefkasten vorm Haus losriss, ein riesiges Eisending, das ihm fast die Frontscheibe eindrückte, und dann warf sie einen Stein, der ebenfalls traf, aber nur die blöde Haube, und dann fuhr Harry durch die engen Straßen des Viertels, und dickster Nebel herrschte, und er warf die Scheibenwischer des neu gekauften 67er VWs an, und die Wischer funktionierten nicht, und er drehte das linke Fenster runter und versuchte, in die Nacht zu schauen.

Es wurde immer schlimmer, bis er zum Hauptboulevard kam, und dann gab er Gas bis zum Spirituosenladen auf der Western direkt überm Hollywood Boulevard, und Harry parkte und ging rein mit seinem alten Mantel ohne Hemd und hätte ihn über Bauch und Brust gern zugeknöpft, aber er hatte zugenommen, Buckelwal Harry, und gab es auf und zog ein Sechserpack Heineken (light) und zwei Sechserpack Michelob in Flaschen aus dem Regal und ging damit zur Theke.

Der Typ an der Kasse gab ihm das Wechselgeld heraus und fragte: »Was zu rauchen?«

»Nein«, sagte Harry.

Harry ging raus zu seinem blauen VW, brachte wieder die Schlüssel durcheinander, musste das Bier auf dem Dach abstellen, um den richtigen zu finden, und auf der anderen Straßenseite saßen 3 Frauen in einem Wagen mit offenstehenden Türen, keine Männer dabei, und sie saßen nur so da, und die eine Frau sagte: »Hehe, seht euch den an!«

Und sie fingen an zu lachen, so ein leises, verhaltenes Lachen, und Harry fand den richtigen Schlüssel, schloss auf, warf das Bier vom Dach auf den Beifahrersitz, wobei einige Flaschen auf den Boden fielen, und dann sah er zu den Frauen rüber, kniff langsam und verrucht ein Auge zu, verbeugte sich wie ein stiller Heiliger, stieg ein, ließ den Motor an und fuhr davon.

Er fuhr rüber zum Carlton Way, parkte, schloss den Wagen ab, schleppte die Sechserpacks zur Haustür, schloss auf, und das Telefon klingelte.

Notizen eines Dirty Old Man

L. A. Free Press, 21. Februar 1975

Zu einem der wohl erstaunlichsten und verblüffendsten Ereignisse der Sportwelt kam es beim Eröffnungsspiel der Profi-Footballsaison 1977 zwischen den New York Razors und den L. A. Wolfhounds. Ich berichtete für ein Lokalblatt über das Spiel, und als die Wolfhounds in Stellung gingen, um den Kickoff in Empfang zu nehmen, und der tiefstehende alleinige Receiving Back, ein Unbekannter, dem Publikum auffiel, verwandelte sich das ganze Stadion in ein unaufdröselbares Stimmengewirr. Er schien gut 2 Meter 40 groß und an die 200 Kilo schwer zu sein. Er wurde als Graham Winston angesagt.

Der Anstoß ging in seine Richtung, und Graham setzte sich in Bewegung. Er bewegte sich schnell und elegant, und dank seiner Größe prallten die Tackles der New York Razors von ihm ab, als wäre er ein Panzer. Etliche wichen ihm sogar aus, als Graham Winston die Torlinie zum Touchdown überquerte. Das blieb fürs ganze Spiel so. Die Wolfhounds überließen einfach Graham den Ball, und er lief damit das Spielfeld rauf und runter. Manchmal wurde er angegangen, aber meistens brauchte es drei oder vier Mann dazu, und alle mussten gleichzeitig auf ihn losgehen. Am Ende hatten die Wolfhounds 84 Zähler, die New York Razors 7.

Danach hatten die Reporter einige Fragen, als Graham Winston auf dem Massagetisch flaschenweise Bier nuckelte.

Chubby Daniels, der Trainer, stand neben ihm, massierte ihm den Hals und grinste.

»Wo haben Sie den her?« Ich stellte die Frage, die auch alle anderen Reporter beschäftigte.

»Wir haben ihn auf einer runtergekommenen Farm im Mittelwesten entdeckt, die er betreibt.«

»Einfach so?«

»Ja, einer unserer Scouts war unterwegs zu einem Kandidaten, da sah er diesen Goliath hinter einem Pflug.«

»Gib mir noch'n Bier, verdammt«, sagte Graham.

»Er sieht sogar gut aus. Vielleicht holt ihn sich der Film.«

»Wir haben ihn wasserdicht unter Vertrag.«

»Bei der Größe und der Schnelligkeit könnte er wahrscheinlich auch den Schwergewichtsweltmeister vertrimmen.«

Friss Scheiße am Stiel, Loser.

»Wir haben ihn wasserdicht unter Vertrag.«
»Mögen Sie Football?«, fragte ein Reporter Graham.
»Scheiße, ja. Find ich super, wenn sie alle so schreien. Sind doch hier in Hollywood, hm?«
»Ja, nah dran.«
»Gut, ich hab Lust zu ficken. Ich will ein Sternchen ficken.«
»Sachte, Graham«, sagte Chubby Daniels. »Du bist ja nun heute erst entdeckt worden. Du bist unschlagbar, das kommt schon alles noch.«
»Ich will heute Abend ficken. Und gib mir ein anderes Bier. Das hier ist warm.«
»Wie soll den einer stoppen, Chubby?«
»Das ist nicht unser Problem.«
»Es könnte den anderen das ganze Spiel versauen.«
»Das Spiel ist längst versaut«, sagte Chubby. »Im Profifootball wie in der Gesellschaft zählt nur der Sieg: Gewinnt, wo ihr könnt, so hoch ihr könnt, und der Verlierer frisst Scheiße am Stiel. Und jetzt bitte ich euch zu gehen, Leute, damit unser Mann hier ein bisschen zur Ruhe kommt. Und ich muss ein paar Anrufe machen.«
Angeblich bestieg Graham Winston an diesem Abend unter den Augen zweier seiner Bodyguards das aufstrebende Sternchen Mona St. Claire in ihrem eigenen Schlafzimmer. Kaum zu glauben, dass er sie dabei nicht aufspießte. Doch zwei Tage später sah man sie in der Stadt Joghurt, saure Sahne und Winchell's Donuts essen ...
Die Wolfhounds schlugen die Bluebirds 94 zu 14 und die Mounties 112 zu 21. Graham Winstons Foto war auf fast sämtlichen Titelseiten, und zig Illustrierte brachten Storys über sein Leben, seine Wünsche und seine Philosophie. Man sah ihn mit Elizabeth Taylor, Liza Minelli und Henry Kissinger. Er ließ Autos von Brücken herab in Flüsse stürzen und

seine Frauen ertrinken. Er wurde mit Drogen erwischt, beim Missbrauch einer Siebenjährigen, blieb aber in Freiheit und lief die Footballplätze rauf und runter, machte Verteidigungen und Verteidiger nieder ...

Mitte der Saison verkündete er, für ihn sei Schluss mit Football, er wolle »schauspielern«. Die Wolfhounds zogen vor Gericht, und die Kameras rollten. Sie holten ihn für eine Fernsehserie: *Großes Cowboyherz*. Er war der herzensgute harte Kerl. Er räumte mit jedem Scheiß in der Prärie auf und ein paarmal auch in den Städten. Unterdessen normalisierte sich der Profifootball, das heißt, die Mörderqualitäten der Teams glichen sich wieder ungefähr aus. Graham Winston machte Werbung für alles. Der Supermann aller Männer- und Frauenphantasien war tatsächlich auf die Erde herabgekommen und hatte sie in Besitz genommen. Das lief schon fast auf eine Wiederauferstehung Christi hinaus, auch wenn es niemand so ausdrückte: Er war weniger heilig und daher interessanter, menschlich-irrender, und er hatte den 6-Millionen-Mann um 46 Millionen übertrumpft. So wurde er denn bald auch genannt: der 50-Millionen-Dollar-Mann. Und zwar mit meiner Hilfe. Ich hatte nämlich das Glück, sein Presseagent zu werden. Umso besser kann ich jetzt seine Story erzählen ...

Eines Abends saß ich mit ihm in seinem Penthouse in New York City. Er hatte Leerlauf, *Big Cowboy Heart* war vorgedreht, und er gab eine Party. Graham liebte Partys. Er tanzte gern, sang gern und betrank sich gern. An dem Abend also saßen wir da. Graham am Klavier, das er gerade zusammengehauen hatte. Er trank Scotch, Wodka, Bier und Wein und rauchte 5-Dollar-Zigarren. Ihm war etwas langweilig.

»Aber es sind doch alle da, Graham. Truman Capote, John

Wayne, Sammy Davis Jr., Cal Worthington, Billy Graham, Liz Taylor, Liza Minelli, Henry Kissinger, Richard Burton, Cher, Charo, Earl Wilson, Nick der Grieche, Linda Lovelace, Marlon Brando und ein paar Indianer.«

»Im Ernst?«

»Im Ernst.«

»Mich langweilt das alles, Charlie.«

»Spruch für dich, Graham: ›Nur langweilige Menschen langweilen sich.‹«

»Scheiße, das bringt mir auch nichts.«

Graham stand vom Klavier auf. Er ging zu einer ganz reizenden schlanken Blondine in einem langen weißen Glitzerkleid hinüber. Er holte seinen Pimmel raus und pisste das Kleid an. Sie verfiel in Schockstarre, und Graham stand seelenruhig da und bepinkelte sie von oben bis unten und zurück. Schließlich schrie das Mädchen auf und lief davon. Graham steckte sein Ding weg und zog den Reißverschluss hoch. Er ging zur Bar und mixte sich einen Drink, Scotch mit Portwein. Dann drehte er sich um und schrie die Leute an: »ICH HASSE EUCH ALLE! IHR SEID AUCH NUR BLENDER WIE ICH!«

Sofort wurde es still, und die Leute beschäftigten sich grinsend mit ihren Drinks. »Das ganze Universum ist Blendung«, sagte Truman Capote. »Wir sind nur die etwas virtuoseren Blender.«

»Leck mich doch quer«, meinte Graham.

Er ging zur Theke und mixte sich noch einen. Dann wandte er sich seinem Publikum zu: »Ich hab mich oft gefragt, wie die Welt von ganz oben aussieht. Jetzt bin ich ganz oben und wünschte, ich liefe wieder am Pflug dem Arschloch eines Maultiers nach.«

»Man kriegt einen Kerl zwar vom Arschloch weg, aber

nicht das Arschloch vom Kerl«, sagte ein junger jüdischer Komiker, der in den Nachtclubs von Vegas seine Karriere vorantrieb.

Graham Winston leerte sein Glas und ging zu Billy Graham hinüber. »Hehe, dein Vorname lautet genau wie mein Nachname!«

»Gott segne uns«, sagte Billy.

»Warum sollte Gott uns segnen?«

»Wir verlangen es ja nicht, wir bitten ihn nur drum.«

»Das ist alles so öde. Du gibst nur Sprüche von dir.«

»Gottes Wort der Liebe.«

»Wieso trinkst du nicht?«

»Ich erteile die Absolution.«

»Meine Freunde trinken mit mir. Wenn du nicht mit mir trinkst, bist du mein Feind.«

»Es gibt nur einen Feind, das ist der Teufel, das Böse.«

»Du stehst hier rum und isst meine Oliven und meine Hähnchenschenkel und siehst dir den Hintern, die Titten, die Beine, die Augen und die Bewegungen all dieser Frauen an, und du *trinkst* nicht mit mir?«

»Nein, mein Sohn.«

»Ja, Scheiße«, sagte Graham Winston, »so kann's gehen.«

Er packte Billy Graham, stemmte ihn über seinem Kopf in die Luft, ging zwischen Joe Namath und Norman Mailer hindurch und weiter, bis er zu einem Fenster mit Blick auf die Straße kam. Wir waren im 40. Stock. Er warf Billy Graham durch die Scheibe, und Billy Graham fiel runter. Graham Winston ging zum Klavier, setzte sich und versuchte, ein Lied rauszuhauen.

»Klavier spielen konnte ich noch nie«, meinte er zu mir.

Graham Winston bekam lebenslänglich. Und ich konnte mir einen neuen Job suchen. Eines Tages beim Hofgang passierte es dann. Graham gehörte zu keiner Gruppe. Den wenigsten gelang es, sich da rauszuhalten. Aber an diesem Tag gerieten die weiße Vorherrschaft, die schwarze Vorherrschaft, die braune Vorherrschaft und die gelbe Vorherrschaft beim Hofgang aneinander, und wer im Knast kein Messer hat, der sucht oder baut sich einen Ersatz dafür, und Graham Winston kam ihnen mit seiner wuchtigen Gestalt in die Quere. Wer ihn erwischte – welche Gruppe –, wusste niemand. Aber da lag er, 2 Meter 40 groß, 203 Kilo schwer, sterbend in der Sonne, aus drei Löchern im Bauch schoss das Blut. Dann war der 50-Millionen-Mann tot. Aber mir bleibt am besten in Erinnerung, wie er den Ball übers Spielfeld trägt, besonders nach dem Kickoff, und nicht zu halten ist. Das war das Erstaunlichste überhaupt. Ein ganz erhebendes Gefühl für mich, als wären in unserer überstrapazierten und letztlich ausgelaugten, müden Welt doch noch Wunder möglich. Ich hätte es besser wissen sollen. Und jetzt bin ich, wie gesagt, auf Arbeitssuche, aber das sind viele andere Leute auch.

Notizen eines Dirty Old Man

L. A. Free Press, 28. Februar 1975

Ganz in Schwarz kam er eines Abends in die Stadt. Auch sein Pferd war schwarz, und nicht mal die Sterne waren draußen. Er trug ein Schießeisen und einen Zottelbart. Er kam in die Bar und bestellte einen Whiskey. Den kippte er runter und bestellte einen neuen. Alle wurden ganz still. Eins der Mädchen lief an ihm vorbei, und er packte sie am Handgelenk. »Wie viel, Süße? Mein Horn steht hoch.«

»So viel Geld hast du nicht bei dir«, sagte Minnie.

»Ich hab 'n Dollar, Baby.«

Sie machte sich los. »Wahrscheinlich hast du sowieso den Tripper«, sagte er und trank den zweiten Whiskey aus.

»Wo ist der Chef?«, fragte er in die Runde. Niemand antwortete.

»Ihr wollt mir also nicht sagen, wo der Chef ist, hm?«

Keine Antwort. Er holte seinen Schwanz raus und pisste auf den Kneipenboden.

»Das schmeckt uns nicht so richtig, Fremder«, sagte der Wirt.

»Na, wenn ich das nächste Mal was frage, erwarte ich eine Antwort. Ich hab so richtig Stuhldrang.«

»Wie heißt du, Fremder?«, fragte der Wirt.

»Pein und Kummer. Schieb 'ne Nummer.«

»Suchst du Stress?«

»Na ja, Miezen bedeuten immer Stress. Das weiß doch jeder.«

Der Fremde ging zu einer Pokerrunde am hinteren Tisch, zog einen Stuhl ran und setzte sich.

»Haben wir gesagt, du sollst dich setzen?«, fragte einer der Jungs.

»Piss auf die Titten deiner toten Mutter«, sagte der Fremde. »Ich bin dabei.«

»Na schön. Einsatz.«

Die Karten wurden ausgeteilt. Der Fremde behielt drei, verlangte noch zwei. Billy Culp behielt vier, verlangte noch eine. Die anderen stiegen aus. Culp und der Fremde erhöhten immer weiter. Der Pott kam auf 75 Cent, und Culp wollte sehen. Die Karten wurden aufgedeckt. Der Fremde stieß den Tisch um und schlug Billy Culp zu Boden. »Es gibt nur *ein* Herz-Ass im Spiel, du Hund!« Der Fremde zog sein Schießeisen. »Saukerl! Ich hätte große Lust, dir den Bauchnabel durchs Arschloch zu ballern!«

»Hör zu, Fremder, ich schwör dir, ich betrüg nie wieder! Nimm mein Geld, aber verschon mein Leben.«

»Okay, Dreckarsch«, sagte der Fremde, nahm das ganze Geld an sich und stellte sich wieder an die Theke.

»Ich kaufe eine Flasche«, sagte er zum Wirt. Schon setzte er die Flasche an. Er nahm einen Schluck und spuckte ihn dem Wirt aufs Hemd. »Das scheint mir ein verdammt ödes Kaff zu sein«, sagte der Fremde, »nicht ein einziger Kerl in der ganzen Bagage. Aber«, er zwinkerte, »jede Menge Frauen.« Und als Stardust Lil an ihm vorbeikam, riss er das Oberteil ihres Kleides auf, und ihre Brüste sprangen heraus.

»Allerliebst«, sagte er, »allerliebst.«

Schräg gegenüber stand ein Cowboy im roten Hemd auf. »Das ist *meine* Frau, Fremder.«

»Junge«, sagte der Fremde, »kein Mann besitzt eine Frau. Manche Frauen besitzen Männer, aber es gibt auch Männer, die sich niemals besitzen lassen. Frauen haben Herzen wie Klapperschlangen. Sie reißen dir das Innerste raus, hocken sich über dich und pissen voll da rein.«

»Willst du damit sagen, Männer sind besser als Frauen?«

»Jacke wie Hose.«

»Es passt mir nicht, dass du der ganzen Kneipe die Brüste meiner Braut vorgeführt hast.«

»Herrgott, Kleiner, werde dir mal über die Frauen klar. Der Zupfer hat sie glücklicher gemacht als alles, was ihr in den letzten Jahren passiert ist.«

»Ich sollte dir die Eier wegpusten!«

»Wie du meinst. Warte, bis er mir steht.«

Der Junge zog. Der Fremde zog. Dann hatte der Junge einen extraroten Fleck auf seinem roten Hemd, und Stardust Lil hatte ihren 17. Liebhaber eingebüßt. Sie beweinte ihn, dann ließ sie einen leisen Furz und lief ins Hinterzimmer.

»Dreckiges Chauvischwein«, meldete sich ein dünnes Stimmchen irgendwo im Raum.

»Bei Gott«, sagte der Fremde, »bei Gott, jetzt reicht's!« Er setzte die Whiskeyflasche an und leerte sie zu einem Viertel. »Was macht ihr hier eigentlich zu eurer Unterhaltung? Schotten dicht und abschlaffen? Wenn Gott euch erschaffen hat, hätte er's wirklich besser noch mal neu versucht.«

Die Tür flog auf, und der Sheriff kam rein. »Ich heiße Billy Budd und bin der Sheriff dieser gottverfluchten Stadt, und man bezahlt mich dafür, dass ich Recht und Ordnung aufrechterhalte. Mein Vater lief davon, als ich 6 war, und meine Mutter wurde die Gemeindehure, doch ich wuchs redlich auf und glaube an das Recht, und wie ich höre, benimmst du dich nicht dem Recht entsprechend, also muss einer von uns beiden raus aus der Stadt. Sag, was du hier willst, Fremder, sag, was du verdammt nochmal hier willst!«

»Hast du Familie?«, fragte der Fremde.

»Nein.«

»Das ist gut. Ich verbreite nicht gern unnötiges Herzeleid. Die Welt ist so kalt geworden. Ließe man mich in Frieden, müsste ich nicht tun, wozu ich mich immer wieder genötigt sehe.«

Der Fremde nahm noch einen guten Schluck aus der Pulle, setzte sie ab und trat vor den Sheriff. Er griff nach dem Stern und löste ihn vom Hemd des Sheriffs.

»Mach den Mund auf.«

»Was?«

»Brauchst du ein scheiß Hörgerät? Du sollst den Mund aufmachen!«

»Weshalb?«

»Weil du diesen Stern kauen wirst, bis dir die Zähne weh tun. Und wenn du nicht langsam damit anfängst, lass ich ihn dich vielleicht auch schlucken.«

Der Sheriff klappte den Mund auf, und der Fremde legte den Stern rein. »So, jetzt beiß drauf. Du sollst DRAUFBEISSEN!« Der Fremde trat einen Schritt zurück und zog die Knarre. Er schoss dem Sheriff ein paarmal zwischen die Füße. »BEISS DRAUF!«

Der Sheriff kaute auf dem Stern herum. Schon lief ihm Blut aus dem Mund. »BEISS DRAUF!«, schrie der Fremde. »FESTER!« Er schoss noch ein paarmal nach den Füßen des Gesetzeshüters.

»Okay«, sagte der Fremde, »jetzt nimm den Stern aus dem Mund, steck ihn dir ans Hemd und mach, dass du hier rauskommst!«

Der Sheriff tat genau das und war gerade weg, als Stardust Lil in einem neuen Kleid, aufreizender und hübscher als das vorige, die Treppe herunterkam.

»Baby«, der Fremde sah vom Tresen auf, »du hast dir endlich einen Mann geangelt.«

Stardust Lil kam lächelnd die restlichen Stufen herunter.

»Verdammt, Baby, das Kleid steht dir wirklich, du könntest drin geboren sein, so schimmert, fließt und perlt das an dir. Ich glaub, ich nehm dich mit dem Kleid auf der Haut. Das sollst du nicht ausziehn. Kann natürlich sein, dass wir den Saum ein wenig anheben müssen.«

Stardust Lil ging zu dem Fremden und schmiegte die Hüfte an ihn. »Mach mir was zu trinken, Killer.«

»Ich gefall dir, was?«

»Klar.«

»Frauen mögen Sieger. Ich bin ein Sieger. Ich weiß, wie's geht.«

»Klar, Fremder, ich mag Sieger.«

»Ich lecke auch. Brüste und Muschi. Ich mache langsam.«

»Das sagen alle Typen.«

»Und wie viele tun's?«

»Einer von 30 weiß, wie man liebt.«

»Das ist hart.«

»Abartig ist das. Seit drei Jahren mach ich's mir mit den Fingern. Lieber geh ich mit einer Frau ins Bett, denn die weiß, was eine Frau will.«

»Bist du lesbisch?«

»Nein, aber was soll eine Frau machen, wenn die meisten Männer bloß Affen mit stinkigem Schritt und null Phantasie sind?«

»Trink noch ein Glas, Baby.«

»Ja.«

»Ich kann dich weit über den siebten Himmel schicken, Baby.«

»Was ist aus deinen andern Frauen geworden?«

»Ich hab 50 gebrochene Herzen hinter mir gelassen.«

»Und warum?«

»Ach, die haben einfach so blöde Sachen drauf, sie korrigieren deine Aussprache oder wie du die Schultern hältst.«

»Komm mit rauf zu mir, Fremder, wenn du Manns genug bist.«

»Und ob ich das bin.«

Verfolgt von allen Augen in der Bar, stiegen sie gemeinsam die hohe Treppe hinauf. Lil funkelte in ihrem Kleid und ihren Bewegungen. Es gab keinen Mann in der Bar, der nicht fünf Jahre seines Lebens hingegeben hätte, um mit ihr da oben zu sein.

Sie warteten. Fünf Minuten vergingen, dann 15, dann 20. Dann öffnete sich die Tür, und Stardust Lil kam heraus. Sie sah unverändert aus, nur ihre Haare waren etwas strubbelig und zerzaust. Langsam kam sie die hohe Treppe herunter. Auf halber Höhe gab sie ein kleines Lachen von sich und sagte: »Na los, Jungs, geht hoch und holt ihn euch.«

Niemand rührte sich, und Lil kam weiter die Treppe herunter.

»Niemand darf unseren Sheriff auf seinen Stern beißen lassen«, sagte sie. Sie sah wirklich reizend und friedenbringend aus, wie sie sich von oben der Thekenbeleuchtung näherte. »Holt ihn euch, Jungs«, sagte sie noch einmal.

Niemand rührte sich. Lil kam am Fuß der Treppe an. »Verdammt, Jungs, ich hab ihn doch schon!« Sie hielt eine braune Papiertüte in der Hand. Die warf sie von sich. Sie schlitterte über den Fußboden. Dann kullerte der Inhalt heraus. Weiß und würstchenförmig, am einen Ende blutig zerbissen. Das Blut fing an, auf den Boden zu laufen. Und genau in dem Moment läutete irgendein Süffel im Kirchturm die Glocke. Und die Hündin von Mrs McConnell warf 7,5 weibliche und

Gott, konnte eine Frau sich langweilen.

2 männliche Welpen. Und Stardust Lil kam zur Theke, setzte die Flasche des Fremden an ihre Lippen und trank sie restlos aus. Der Abend war besser gewesen als sonst. Wirklich besser als sonst. Gott, eine Frau konnte sich echt langweilen.

Notizen eines Dirty Old Man

L. A. Free Press, 8.–14. August 1975

Ich erwachte um halb neun. Meg hatte das Radio auf Brahms gestellt. Sie hatte es sehr laut gestellt. Meg hatte nicht nur falsche Zähne, sie war auch zu trocken. Sie wurde einfach nicht feucht. Es war, als steckte man den Schwanz in eine Rolle Sandpapier: Es kratzte, zerrieb und verbrannte die Haut.

»Stell das Radio leiser! Ich will schlafen!«

»Sinfonien kann man nur so hören.«

Ich stand auf und drehte das Radio leise. »Immerhin wohne ich hier«, sagte ich. Meg saß auf der Couch und war bei ihrem zweiten Glas Scotch, ihrer vierten Zigarette und der Morgenzeitung. »Ich möchte dir Jack Smith vorlesen.«

»Jack Smith gefällt mir nicht.«

Meg las mir die Jack-Smith-Kolumne trotzdem vor. Sie war clever gemacht, zeitungsgemäß und eingängig. Ich hörte sie mir ganz an. »Jack Smith schreibt sehr gut«, sagte sie. »Mir gefällt Jack Smith.«

»Bitte sehr.«

»Mir gefällt auch der *New Yorker*. Es ist mein gutes Recht, den *New Yorker* zu mögen. Früher haben James Thurber und der Chefredakteur sich ellenlang über die Kommasetzung gestritten. Sie haben sich von Schinkenbroten und Kaffee ernährt, bis die Nummer raus war.«

»Die Ärmsten. Während die restliche Bevölkerung vor der Suppenküche anstand.«

»Trotzdem gefällt mir der *New Yorker*.«
»Ich geh jetzt erst mal scheißen.«
Als ich zurückkam, hatte sie das Radio wieder laut gestellt und war beim dritten Scotch. »Hast du mal ein Konzert im Konzertsaal gehört?«
»Ja.«
»Wie fandest du's?«
»Es ging sehr steif zu, und sie haben mich hinter eine Säule gesetzt.«
»Du bist schwer zu begeistern, was?«
»Ziemlich.«
»Einige Sachen, die du schreibst, begeistern mich auch nicht.«
»Das geht mir bei einigen meiner Sachen genauso.«
»Hast du schon?«
»Was denn?«
»Meine Schwestern gevögelt.«
»Nein.«
»Das kommt noch.«
Ich ging in die Küche und holte mir ein Bier. Als ich wieder rauskam, war sie bei ihrem vierten Scotch. »Hör mal, ich wollte ja heute nach Hause fahren, aber jetzt bin ich zu blau. Ich fahr morgen.«
»Du bist jetzt schon eine Woche hier.«
»Morgen fahr ich. Versprochen.«
»Das hast du gestern auch gesagt. Ich komm mit meiner Schreiberei nicht voran.«
»Du kannst doch auch schreiben, wenn ich hier bin. Es stört mich nicht.«
»Danke.«
»Wir haben wirklich Gemeinsamkeiten.«
»Und zwar?«

»Wir mögen beide Knut Hamsun und Céline.«
»Ich fahr mal zur scheiß Rennbahn.«
»Jetzt schon?«
»Jetzt schon.«

Als ich um 7 zurückkam, saß sie noch genauso auf der Couch, rauchte und trank immer noch, und das Radio war noch auf den Klassiksender eingestellt. Mozart lief. »Wie war's?«

»Ich hab verloren.«
»Eine Frau rief an, während du weg warst.«
»Wie hieß sie?«
»Den Namen hat sie nicht gesagt.«
»Was wollte sie denn?«
»Das hat sie auch nicht gesagt.«

Ich ging ins Bad und ließ Badewasser ein, kam wieder raus und holte mir ein Bier.

»Hör mal. Ich wollte dich was fragen«, sagte sie.
»Ja?«
»Hast du meine Schwestern schon gevögelt?«
»Nein.«
»Das kommt noch.«

Meg stand auf und knipste alle Lampen aus. Dann zündete sie die vier großen Kerzen an, die sie gekauft hatte. Auch die Ständer hatte sie in einer Tragetüte mitgebracht, zusammen mit einer Ausgabe von *Das Herz ist ein einsamer Jäger*. Ich ging nach nebenan, zog mich aus und stieg in die Wanne. Sie kam mit einer Kerze herein. »Du hast den Körper eines jungen Kerls. Du bist ein erstaunlicher Mann.«

»Denk dran, du hast versprochen, dass du morgen fährst, Meg.«

»Das mach ich auch. Es gibt noch andere Männer.«

Mit hocherhobener Kerze ging sie raus.

Als ich aus dem Bad kann, saß sie wie vorher auf der Couch. Plötzlich schoss neben ihr eine Stichflamme empor. Sicher einen halben Meter hoch. Sie sah sie nicht.

»Meg, steh auf, um Gottes willen!«

»Was ist denn?«

»Es brennt, verdammt nochmal!«

Sie stand auf, und ich lief in die Küche und kam mit einem Topf Wasser zurück. Ich zog das Polsterkissen weg und kippte Wasser in die Ritze. Meg hatte eine brennende Zigarette in die Couch fallen lassen. Ich schüttete noch mehr Wasser nach.

»Das Ding müssen wir die ganze Nacht hüten. So was kann jederzeit wieder in Flammen aufgehen.«

Zwei Stunden lang saßen wir da, tranken, kippten Wasser in die Couch und hörten die klassische Musik im Radio. Meg redete die ganzen zwei Stunden über ihren Exmann, ihre Griechenlandreise, über D. H. Lawrence und A. Huxley, über ihre Schwestern. Dann blies sie alle Kerzen bis auf eine aus, und wir gingen ins Bett. Sie nahm ihre Flasche, ihr Glas und ihre Zigaretten mit und deponierte sie neben sich auf dem Nachttisch. Sie goss sich ein Glas ein, steckte eine Zigarette an und setzte sich aufrecht. Ich legte mich lang und schloss die Augen.

»Komm, ich leck dich«, sagte sie.

»Bitte?«

»Ich möchte dir einen blasen.«

»Nein.«

»Wieso nicht?«

»Ich bin müde von der Rennbahn, und mir ist kotzelend.«

Ich drehte mich auf den Bauch und versuchte zu schlafen. Sie saß da, trank und rauchte ihre Zigaretten. »Zum Frühstück mach ich dir Eier Benedict«, sagte sie.

Am Morgen saß sie wieder auf der Couch, das Radio lief, und sie rauchte. Ich zog mich an und ging zu ihr.

»Okay, Meg, es ist Morgen, und du fährst.«

»Wann sehn wir uns denn wieder?«

»Ich weiß nicht. Wir überlegen uns was.«

Meg hatte eine riesige Handtasche, und sie fing an, ihre Sachen da reinzustopfen.

»Ich kenn so einen Cowboy. Aus einer Bar kenn ich den. Ich bin dann mit zu ihm. Er hat ein großes Haus. Seine Kinder sind weg. Er hat ein großes Haus und will, dass ich zu ihm ziehe.«

»Probier's doch mal.«

»Beiß dir doch selber den Schwanz ab.«

»Das ist ziemlich schwierig.«

»Ich verschwinde.«

Und weg war sie, Tür zu, und den Weg runter. Ich ging ins Schlafzimmer und sah, dass sie mit ihrer Kerze ein Loch in den Nachttischlampenschirm gebrannt hatte. Ich drehte das Loch im Schirm zur Wand hin. Es klopfte an der Tür. Ich ging hin und machte auf. Es war Meg.

»Mein Wagen läuft nicht richtig.« Sie hatte einen Mercedes.

»Scheiße. Nun mal langsam.«

»Es stimmt, er läuft kaum. So kann ich ihn nicht fahren. Der kommt nicht bis Claremont. Nicht mal bis zum Freeway.«

Ich ging raus und checkte den Motor, die Kabel und so weiter. Dann fuhr ich ihn um den Block. Er bockte und kam nicht über 10 Meilen die Stunde.

»Direkt um die Ecke ist eine Mercedes-Werkstatt«, sagte Meg. »Ich hab sie gesehen. Fahr ihn da hin.«

Die Mechaniker saßen herum und tranken Bier. Ein Mädchen mit raushängenden Brüsten kam und legte Meg ein

Arbeitsblatt zum Unterschreiben vor. »Wir sehen nach und rufen Sie an«, sagte einer der Mechaniker und winkte uns mit der Bierdose.

Wir fuhren zurück zu mir und stellten das Radio an. Ich goss mir einen Scotch aus Megs Flasche ein.

»Schreib du ruhig«, sagte sie. »Mich stört's nicht.«

Ich saß da und trank Scotch mit Bier, und wir warteten auf das Klingeln des Telefons. Es klingelte.

Als Meg fertig mit Reden war, kam sie wieder. »Das kostet mich $ 400«, sagte sie, »gut, dass ich mein Scheckbuch dabeihabe.«

»Wann ist er fertig?«

»Vielleicht am Donnerstag, auf jeden Fall am Freitag.«

Das hieß Samstag.

»Was haben wir heute?«, fragte ich.

»Mittwoch.«

Meg nahm ihren Lieblingsplatz auf der Couch ein. »Ich kann's nicht ändern«, sagte sie. »Das sind Gauner, aber meinen Wagen brauche ich.«

»Klar.«

»Meine älteste Schwester hat ein eigenes Pferd und hübsche Beine. Du stehst doch auf hübsche Beine, hm?«

»Ja.«

»Versprich mir, dass du nie mit einer meiner Schwestern schläfst.«

»Versprochen.«

Meg stand auf, ging mit ihrem Drink in die Küche und sagte: »Ich mache uns Eier Benedict.«

Dann stellte sie das Radio lauter. Es lief wieder Brahms.

Notizen eines Dirty Old Man

L. A. Free Press, 14.–20. November 1975

Gary nahm den Hörer ab. Es war Joan.

»Hör mal, ich mach mir Sorgen«, sagte sie, »kommt die nicht wieder?«

»Wer?«

»Diane.«

»Ich hab dir doch gesagt, Diane ist nach Nevada gegangen. Sie wollte sich einen ›Sommermann‹ suchen. Ich bin quasi ihr ›Wintermann‹. Wir haben den 7. Juli. Du bist meine ›Sommerfrau‹.«

»Ich habe von Diane gehört.«

»Nur Gutes, nehme ich an?«

»Nein.«

»Also, sie lebt für sich, und ich lebe für mich. Sie ist in Nevada bei ihrem Sommermann oder ihren Sommermännern.«

»Ich möchte nicht von irgendeiner Roller-Derby-Queen attackiert werden.«

»Sie ist in Nevada.«

»Ich hab gehört, wie sie damals ...«

»Glaub das doch nicht. Du weißt, wie die Leute reden. Mach uns gebackene Garnelen mit Krautsalat.«

»Na gut.«

Gary legte auf. Die Gegensprechanlage summte, er drückte auf den Knopf, und Marie meldete sich:

»Ein Mr Charles K. Strunk für Sie.«

»Und wo kommt er her?«

»Das sagt er nicht.«

»Okay, rein mit ihm.«

Die Tür öffnete sich. Der Mann trug eine hautenge violette Montur mit einem groben Kreis vorne drauf: Mars hinter einem Feuerblitz. Aus dem schweren, breiten Gürtel standen Dorne hervor. Sein Gesicht war knallrot. Er sah wie ein Säufer aus.

»Strunk«, sagte er, »Charles K. Strunk.«

»Gary Matton«, sagte Gary.

Sie gaben sich die Hand, und Gary bat ihn, Platz zu nehmen.

»Wir müssen Rollbahnen bauen«, sagte Strunk, »damit ihre fliegenden Untertassen landen können. Da liegt das Problem. Sie können nicht landen, weil sie spezielle Rollbahnen brauchen. Seit 1923 versuchen sie schon zu landen.«

»Finden Sie, ein Museum für moderne Kunst ist dazu da, Rollbahnen für UFOs zu bauen?«

»Sonst zeigt niemand Verständnis für meinen Plan.«

»Wir alle haben unsere Probleme. Ich hatte mal eine dem Essen abgeneigte Freundin, die keine vierzig Kilo wog und in Stöckelschuhen einen Dreitausender besteigen wollte.«

Das Telefon klingelte. Es war wieder Joan: »Pommes dazu?«

»Liebend gern. Mach eine große Portion. Alles gut?«

»Alles gut«, sagte sie und legte auf.

»Hat Ihre Freundin den Dreitausender bestiegen?«, fragte Strunk.

»Das weiß ich nicht. Sie lief eines verregneten Abends davon, nachdem wir drei oder vier Flaschen kalte Ente gekippt hatten, und kam nie zurück.«

»Die Rollbahn muss komplett aus Zink bestehen.«

»Wo kann ich Sie erreichen, wenn wir was anleiern?«

»Dass ich nicht lache.«
»Soll das heißen ...«
»Ja.«
»Aber wieso können denn die anderen nicht landen, wenn Sie hier gelandet sind?«
»Die Rollbahn muss komplett aus Zink sein.«
»Und Sie sehen aus wie wir.«
»Nein, Sie sehen aus wie wir.«
»Was ist der Unterschied?«
»Wir.«
»Was habt ihr uns voraus?«
»Die Sexualkräfte zum Beispiel.«
»Nämlich?«
»Wir können 12 Stunden durchvögeln.«
»Und?«
»Wir brauchen weder Essen noch Wasser noch Schlaf noch Krieg.«
»Was wollt ihr dann hier?«
»Wir möchten uns an ein paar eurer Frauen versuchen.«
»Heißt das, ihr wollt seit 1923 hier landen und fliegt seit 1923 hier mit UFOs herum, nur weil ihr es mit unseren Frauen probieren wollt?«
»Ja.«
»Ist euch klar, dass wir vorwiegend pathogene Orgasmen haben?«
»Jau. Und wir brauchen Zinkrollbahnen.«
Charles Strunk stand auf. Sie gaben sich erneut die Hand.
»Sie hören von mir.«
Dann war er fort.
Als Gary nach Hause kam – ein Bungalow in einer Bungalowanlage nicht weit von den Massagesalons –, hatte Joan das Futter fertig und empfing ihn im Minirock, und

Gary weichte sich bei Vodka Seven plus Bier und der einen oder anderen Salem oder Graszigarette in heißem Badewasser ein, und als er rauskam, zog er anstandshalber eine frische Unterhose an und sagte Joan, die auf der Couch saß, er habe keinen Hunger, und ihre weißen Beine lockten ein wenig, und sie war unglücklich, aber viel gewöhnt, und Gary trank auch im Bett weiter, und dann klingelte das Telefon, und es war Diane, zurück aus Nevada, und sie sagte: »Ich weiß, dass du eine andere bei dir hast, aber das ist mir egal. Hol deinen Kram hier ab.«

»Welchen Kram?«

»Deinen Bademantel, deine Fotoalben und den 2-Dollar-Stock, den du dir im K-Mart gekauft hast, nachdem du dir beim Tanzen zu der griechischen Musik den Fuß verrenkt hattest.«

»Ja, Mensch«, sagte Gary, »verbrenn das Zeug doch oder schmeiß es weg. Das kratzt mich nicht.«

»Ich BESTEHE darauf«, sagte sie. »Ich BESTEHE darauf, dass du den Kram hier abholst! Mehr verlange ich nicht. Nur das.«

»Hast du mich nicht verstanden? Verbrenn das Zeug oder schmeiß es weg. Es juckt keinen.«

»Doch. Du holst das ab. ICH BESTEHE DARAUF.«

»Okay dann.«

Joan sah, dass Gary sich anzog.

»Wo willst du hin?«

»Ich fahr da rüber.«

»Wo rüber?«

»Zu Diane.«

»Du willst sie vögeln.«

»Um Gottes willen.«

»Doch.«

»Warte. Du verstehst die Frauen nicht.«

»Nur Frauen verstehen Frauen«, sagte sie.

»Das könnte das Problem sein«, sagte Gary.

Als er zu Diane kam, gab sie ihm weder den Bademantel noch das Fotoalbum noch den 2-Dollar-Stock vom K-Mart. Sie drosch einfach auf ihn los. Gary stieß sie zu Boden und

»Wir können 12 Stunden durchvögeln.«

trat den Rückzug an. Sie bekam seinen Jackenärmel zu fassen und riss ihn glatt ab. Speichel kränzte ihren Mund.

»Damit kommst du nicht davon!«, schrie sie. »So nicht! So nicht! SO NICHT!«

»Ich will doch nur von dir weg.« Gary ging zur Tür. Schon war sie bei ihm, auf ihm, schlug ihm mit den Fäusten auf die Ohren, den Hals, die Augen, den Mund …

»Verdammt«, sagte er, »mach noch ein bisschen, und ich hau dir eine rein, dass du nicht mehr STEHN kannst!«

»MACH DOCH! MACH DOCH! SCHLAG ZU, SCHLAG ZU! MACH SCHON! BRING MICH UM!«

Dem folgte ein langer, irrer Heulton. Die Nachbarn mussten denken, er schlachte sie ab. Gary öffnete die Tür und ging hinaus. Sie hing auf ihm, schlug von hinten, von der Seite auf ihn ein und heulte. Einerseits machte es ihm Angst, andererseits ließ es ihn kalt, weil er es unfair fand: Schmierentheater. Auf der Welt lief nicht alles nach Wunsch.

»VERSCHWINDE AUS MEINEM HAUS!«, schrie sie. »VERSCHWINDE AUS MEINEM HAUS! VERSCHWINDEN SOLLST DU!«

Gary ging die steile Betontreppe zur Straße hinunter. Diane schlug weiter auf ihn ein, Balance war fast unmöglich. Er schlug zurück. Ein sauberer rechter Haken in den Brustkorb. Einen Moment lang stand sie entgeistert unter tropfnassem Efeu in einem Winkel der Treppe. Bis sie sich gefangen hatte und auf die Straße kam, hatte Gary den Wagen auf, und er saß drin und fuhr los, als ihre Fäuste gegen die Scheibe hämmerten.

Gary war wieder in der Unterhose, sie hatten ein paar Stunden zusammen gesüffelt, und er kam gerade aus dem Bad ins Schlafzimmer, da sagte Joan: »Soll ich hingehn?«

»Wohin denn?«

»Es ist jemand an der Tür.«

»Okay.«

Er setzte sich auf die Bettkannte und trank einen Schluck. Dann hörte er die Stimme von Diane: »Tag, ich wollte mir nur mal meine Rivalin ansehen. Ich wollte wissen, wie Sie aussehen.«

Es kam keine Antwort.

Na ja, dachte Gary, das ist okay. Das ist ganz menschlich und vernünftig. Ich mache beiden was zu trinken. Dann sehen beide, dass ich ein patenter Kerl bin. Gary stand auf. In dem Moment sagte Diane: »Hübsches kleines Ding bist du, was?«

Geschrei ertönte. Körper wirbelten. Gary wollte raus, um die beiden zu trennen, fiel über die Hantel, die er nie stemmte, und verdrehte sich das Knie. Als er hochkam und in seiner Unterhose weiterhumpelte, hörte er Geschrei aus der innersten Hölle. Die Frauen preschten zur Tür hinaus und über den Hof. Er wollte hinterher, stürzte wieder, stand auf. Er schaute auf seinen Bauch. Der war ganz weiß. Dann hörte das Geschrei auf. Diane kam herein und setzte sich in einen Sessel bei der Tür. Gary schloss ab, holte sich ein Bier, setzte sich hin und wartete. Die Polizei traf ein.

»Aufmachen. Machen Sie die Tür auf.«

»Nein«, sagte Gary, »Sie haben kein Recht, hier einzudringen.«

»Frag sie, ob sie einen Durchsuchungsbefehl haben«, sagte Diane.

»Haben Sie einen Durchsuchungsbefehl?«

»Brauchen wir nicht. Wir müssen nachsehen, ob da jemand umgebracht wird.«

»Aber nein. Es ist bloß ein Streit in der Familie.«

»Sind Sie mit der Frau verheiratet?«

»Nur nach dem Gesetz des Dschungels.«

Einige Zeit verging. Dann ließ sich die Polizei von der Wirtin einen Schlüssel geben und schloss die Tür auf. »Ich verweigere Ihnen das Zutrittsrecht«, sagte Gary.

»Halt's Maul, Junge«, sagte der Cop mit den kurzen blonden Augenbrauen. Aber beide setzten nur ihre Schuhspitzen in den Raum. Dann sah der Cop mit den kurzen blonden Augenbrauen Diane an.

»Haben Sie die andere Frau angegriffen?«

»Angegriffen?«, fragte sie zurück. »Wer hat hier wen angegriffen? Schaun Sie sich meine Bluse an!«

Dianes Bluse war zerfetzt, ein Ärmel fast abgerissen.

»In welcher Beziehung stehen Sie zu dem Mann?«, fragte der Cop.

»Darauf musst du nicht antworten, Diane«, sagte Gary.

Der Cop schob einen Fuß weiter herein und beugte sich vor.

»So, Sir, wenn Sie mich noch einmal unterbrechen, muss ich Sie wegen Paragraph 82a–9b17 festnehmen, mutwillige und bösartige Behinderung rein rechnerischer Ermittlungsarbeit ...«

»Na gut«, sagte Gary. »Ich bin schon still.«

Der Cop mit den kurzen blonden Augenbrauen und Diane wechselten sich mit Fragen und Antworten ab.

»Okay, Sir«, wandte sich der Cop schließlich an Gary, »welche dieser Frauen möchten Sie?«

»Die da«, sagte Gary und wies auf die Frau in dem Sessel neben der Tür.

»Gut, Sir«, sagte der Cop und schloss die Tür. Gary hörte das Gespann durch den Hof gehen. »Dieser Typ«, hörte er den einen zum anderen sagen, »weiß anscheinend genau, was er will.«

Das tat Gary gut, und er stand auf, ging in die Küche und machte sich noch ein Glas Rum mit Birnensaft. Als er zurückkam, sah er Diane an und sagte: »Willst du nicht baden? Du hast dich irgendwie ganz vollgepisst.«

Und das stimmte, ihre Sachen waren dunkel und nass von Urin. Wer weiß, dachte er, vielleicht kam daher der Ausdruck »angepisst«. Diane ging ins Bad. Er hörte das Wasser laufen, schob die Bettdecke zurück und verkroch sich darunter. Er lauschte dem einlaufenden Wasser. Dann klingelte das Telefon. Gary nahm ab.

»Strunk hier, Charles K. Strunk. Spendieren Sie uns die Zinkrollbahn?«

»Ja, ich hab's mir überlegt. Irgendwie müsste mit dem Geld des Museums für moderne Kunst was zu drehen sein.«

»Darf ich Vorschläge zum Ort und zur Fertigstellung machen?«

»Machen Sie nur. Melden Sie sich. Wir kriegen das schon hin.«

»Okay«, sagte Strunk und legte auf.

Wenig später kam Diane aus dem Bad und trocknete ihren schönen Körper ab.

»Ich hab dich telefonieren gehört. Das war wieder die Zicke, hm?«

»Nein.«

»Wer denn?«

»Ich werde eine Zinkrollbahn für die Außerirdischen bauen.«

»Echt?«

»Ich weiß nicht. Vielleicht.«

Diane schlüpfte unter die Decke, und sie waren wieder mal vereint.

Notizen eines Dirty Old Man

L. A. Free Press, 2.–6. Januar 1976

Etwa anderthalb Stunden außerhalb von La Paz liegt ein Dschungel, und das ist ein seltsamer Dschungel, in dem es keine Reptilien oder Säugetiere gibt, nur Vögel, sehr merkwürdige Vögel, entweder ganz Schnabel oder ganz Schwanz, und sie ernähren sich von den Früchten der Bäume und scheißen in einer Tour, genau wie die Eingeborenen. Die Eingeborenen lebten quasi ewig, besonders die Männer, braun, dünn und gebückt kamen sie daher mit irgendwelchen Lappen um die Lenden, aber die Lappen nützten (fand ich) herzlich wenig, denn ihre Eier und Schwänze guckten raus und baumelten herum, und die Männer sahen dich an und wussten, sie würden noch dort in diesem Dschungel sein, wenn es dich längst nicht mehr gab. Die Frauen saßen lieber, wie es schien, spielten und befriedigten sich mit ihren Händen, und dennoch sahen sie trauriger aus und starben früher, ganz im Gegensatz zu dem, was in einer Stadt wie etwa Santa Monica in Kalifornien zu beobachten ist. Jedenfalls war ich mit dem Friedenskorps da, um rehabilitierten, an den Rollstuhl gefesselten alkoholkranken Exdieben die Grundzüge von Geometrie und Algebra beizubringen. Die Leute vom Friedenskorps kamen scharenweise mit glasigen Augen von da zurück, und so schickten sie schließlich mich hin, um Nägel mit Köpfen zu machen, mich und meine Frau Angela.

Angela und ich strebten auseinander, es ging definitiv dem

Ende zu, aber wie viele andere Leute auch wollten wir sicher sein, dass es wirklich vorbei war, weil es ziemlich an die Nieren geht, loszuziehen und einen Ersatz zu suchen, der sich genauso als Sackgasse erweisen könnte. Es war also ein langsames Auseinandergehen. Es hatte etwas unerbittlich Bitteres, und doch mussten wir durch diese Bitterkeit durch, wir brauchten sie irgendwie, nicht weniger, als wir einst die Liebe gebraucht hatten.

Wir lebten also auseinanderstrebend im Dschungel bei einem Volk, das ohne Liebe und ohne Bitterkeit auszukommen schien, und die Vögel liefen oder flatterten herum und kackten und kackten. Hilfe tat not. Ein alter Weißer namens Jamproof Albert war da. Ich weiß nicht, was ihn dahin verschlagen hatte, doch da er Botengänge zwischen dem Dschungel und der Stadt erledigte, sagte ich zu ihm: »Jam, hier hast du etwas Kleingeld. Ich muss mir was Gutes tun. Hier läuft's nicht rund, und die Stille … also bring mir was mit. Bring mir … ja, ich hab's, bring mir einen Affen mit.«

Jamproof blieb zwei, drei Tage weg, und als er wiederkam, hatte er einen Affen dabei und gab ihn mir mit den Worten: »Da hast du den Scheißkerl!« Und weg war er. Ich sah mir den Affen an, und weil er genauso aussah wie ein Typ, der sich mal als Präsidentschaftskandidat aufstellen lassen wollte und zu seinem Glück vorher gestorben war, nannte ich ihn »Dewey«. Vielleicht hatte er auch wirklich kandidiert und war gestorben.

Ich wollte Dewey streicheln, und er biss mich in den Finger. Dann sprang er mir vom Schoß, und während er mich ansah, nahm er seinen Schlauch und bepisste sich, dann rieb er sich mit beiden Händen die Pisse ins Fell. Das Problem mit Haustieren dortzulande war, dass man sie nicht als Eigentum betrachtete, sondern als direkte Konkurrenz im Wettbewerb um Essen und Wohnung. Die meisten Menschen schlugen also ihre Haustiere, statt sie zu streicheln. Zudem war Dewey ein ausgewachsener Affe mit eingefleischten Gewohnheiten. Und für seine Größe hatte er eine Menge Schwanz, und der schien ständig in Aufruhr zu sein, ein knallrot vorspringendes Teil, das aussah wie ein roter Kugelschreiber, nur dass er nass war und tropfte. Das stellte ich gerade fest, als Angela dazukam. Sie betrachtete Dewey und lächelte zum ersten Mal seit Wochen.

»Freut mich, dass es dir bessergeht«, sagte ich ihr.

»Lass mich«, antwortete sie und ging in die Hütte. Dewey folgte ihr. Als ich hineinkam, saß er auf ihrem Schoß.

»Der Affe gehört mir«, sagte ich.

»Von Tieren und Frauen verstehst du nichts«, sagte sie, »hau ab.«

»Ich bade den Saukerl erst mal«, sagte ich, »er hat sich bepisst.«

»Wie heißt er?«

»Dewey.«

Angela sah den Affen an: »O Dewey, Bluey, Youee, Youee ...«

Der Affe sah zu ihr hoch und spitzelte ein paarmal schnell die Zunge vor.

»Her mit dem Saukerl«, sagte ich. Ich packte ihn. Im selben Moment packte er einen meiner Finger mit den Zähnen und ließ ihn nicht los. Das tat empfindlich weh. Er hing an meinem Finger in der Luft, und ich schloss die freie Hand um seinen Hals und fing an, ihn zu würgen.

»Du Unmensch«, schrie Angela, »du tust dem kleinen Dewey weh!«

»Das will ich auch schwer hoffen!«

Ich drückte weiter zu. Plötzlich löste sich der Zahn von

meinem Finger. Blut spritzte. Dewey fiel auf den Boden und blieb reglos liegen.

»Du hast ihn *umgebracht*! Du hast ihn genauso GETÖTET wie alles, was einmal an Gutem in mir war!«, schrie Angela.

Ich beugte mich über ihn, tastete nach seinem Puls. Nichts. Ich horchte auf seinen Herzschlag. Nichts. Ich holte mir was zu trinken. »Tut mir leid, Angela, aber er soll ein ordentliches Begräbnis bekommen. Katholischer Priester, Weihrauch und alles ...«

»Du warst schon immer so voller HASS«, sagte Angela. »Die Welt wimmelt von Männern, und ich musste ausgerechnet an einen Scheißkerl wie dich geraten ...«

Dewey sprang auf und rannte zur Tür. »Hiergeblieben!«, schrie ich und rannte ihm nach. Ich hätte nie gedacht, dass ich ihn einhole. Dewey war für einen Affen einfach nicht besonders schnell. Vielleicht lag es an dem vielen Schlauch. Zu meiner Freude erwischte ich ihn jedenfalls. Nach fünfundzwanzig Metern hatte ich ihn. Ich brachte ihn zu der Zinkwanne, in der wir alle badeten. Ich pumpte Wasser hinein und gab Seifenflocken hinzu. Dann warf ich Dewey hinein. Wahrscheinlich machte sein Fell zum ersten Mal Bekanntschaft mit Wasser, und mit Seife sowieso. Es war besser als jeder Boxkampf seit Dempsey gegen Firpo. Aber ich hatte ihn im Griff. Sogar sein Arschloch wusch ich aus. Als ich ihn dann hinter den Ohren wusch, wurde er ganz still. Das beunruhigte mich. Ich zog ihn raus und legte ihn auf den Fußboden. Er hatte beim Waschen das Maul offengehalten und eine Menge Seifenwasser geschluckt. Sein Bauch war mächtig aufgebläht. Angela sah mich nur an.

»Ich kann dich nicht mal mehr hassen. Du bist bloß so etwas wie ein Tausendfüßler, ein Kakerlak ... eine Zecke ...

eine Schnecke ... Fliegendreck ... Du bist ein ekelhaftes, hirnloses Schleimtier ...«

»Tut mir leid, Angela ... ich glaube, er stirbt ... der arme kleine Scheißer ... er hat so viel Seifenwasser geschluckt ... ich bereue ... verdammt ... ich bin Scheiße ...«

Da stöhnte Dewey. Er drehte den Kopf und spie rund zwei Kaffeekannen Seifenwasser aus. Stand auf und stützte sich am Bettpfosten ab. Dann drehte er sich um und lief langsam auf die Tür zu. Ich ließ ihn gehen.

»Er ist frei«, sagte ich.

»Von dem kannst du noch lernen, was ein Mann ist«, sagte Angela.

»Er hat auch nicht meine Erziehung gehabt«, sagte ich, »die ist unschlagbar ...«

Tagelang ließ er sich nicht blicken. Ich befürchtete, er sei tot. Aber wir hatten so ein Silo, das dem Observatorium in den Bergen hinter Los Angeles ähnelte und in dem die Eingeborenen die ihnen von der US-Regierung gelieferten Getreide- und Nahrungsmittelvorräte lagerten, da sie nach kurzer Erprobung bei den natürlicheren Sachen geblieben waren, die bei ihnen in der Luft und aus dem Boden wuchsen, und dort hatte Dewey sich eingenistet und für sich das Beste aus der Dunkelheit und dem Dollarkrieg gegen die rote Gefahr herausgeholt. Ich hatte mir unterdessen ein Bein gebrochen ...

Als ich Dewey das erste Mal in der Nähe des Silos sah, bemerkte er den Gips an meinem Bein und wurde nicht recht schlau daraus. Bis jetzt hatte ich ihn immer eingefangen, und das wusste er. Als ich jetzt auf ihn zukam, unternahm er seinen üblicherweise unnützen Ausreißversuch und schaute sich um. Er sah, dass ich keinen Boden gutmachte. Er blieb stehen, ließ mich näher rankommen, lief davon. Irgendwann schnallte er, dass ich ihn nicht mehr einholen konnte. Er baute sich vor mir auf, brüllte mich an und türmte. Das Gleiche noch mal. »Du Saukerl«, sagte ich, »dich krieg ich schon. Ich überliste dich!«

Dewey stand da und sah mich an. Dann bepisste er sich und rieb sich alles ins Fell. Dann flitzte er mit wedelndem Arschloch davon ...

Ich wusste, dass er in dem Silo schlief, und in der Nacht machte ich mich auf, um ihn zu fangen. Es war Vollmond, und sogar die Scheißvögel schliefen. Dewey pennte auf einem Regal neben einem kleinen Fenster auf der Rückseite des Silos. Er war aufgebläht von US-Nahrungsmitteln. Ich glitt auf ihn zu. Er schnarchte zum Steinerweichen. Einen halben Meter vor ihm blieb ich stehen und streckte die Hand aus. Er reagierte mit einer Doppelbewegung: Sprung in den Stand, Sprung aus dem Fenster ...

Als Dewey gegen Mittag dann im Haus bei meiner Frau war, nagelte ich das kleine Fenster im Silo mit Brettern zu. Am Abend schlich ich mich wieder in das Silo. Dewey schlief auf dem Regal und schnarchte übler denn je. Ich trat näher heran. Ich stand direkt vor ihm. »Der weiße Amerikaner«, flüsterte ich, »regiert das Weltall.« Er sprang auf die Füße, dann erst sah er das vernagelte Fenster. Er hämmerte mit den kleinen Fäusten dagegen, und ich hatte ihn. Ich nahm ihn mit ins Haus, setzte ihn auf einen Stuhl, zog ihm an den Ohren und blies ihm Zigarettenrauch in die Augen. Er leistete keinen Widerstand. Er sah mich einfach an, wie ein Affe einen Menschen ansieht. Dann wachte Angela auf. »Lass Dewey in Frieden! Er gehört mir!« Beim Klang ihrer Stimme kam sein roter Stift raus.

»Von wegen, er gehört *dir*! Ich hab vierzig amerikanische Dollar für ihn hingeblättert.«

»Er gehört *mir*, sag ich! Es gibt Dinge, die man mit Geld nicht kaufen kann!«

»Zum Beispiel?«

»Lass ihn einfach, sonst bring ich dich um.«

»Oho. Also Kleines, was läuft denn da zwischen euch beiden?«

»Du bist so was von misstrauisch, von eifersüchtig ... sogar auf einen *Affen*! Du bist der eifersüchtigste Mensch, der mir je begegnet ist. Weißt du, was das heißt?«

»M-hm.«

»Das deutet auf eine grundlegende Unsicherheit, auf mangelndes Selbstvertrauen, auf fehlendes Vertrauen zu dem Menschen, den du liebst.«

»Ja, ich bin besorgt.«

»Du überreagierst.«

»Klar.« Ich nahm Deweys Kopf und drehte ihn zu mir her. Ich blies ihm eine Ladung Zigarettenrauch in beide Augen. Angela sprang auf. Sie schrie, dann ging sie mit einer Petroleumlampe in der einen und einem Kerzenhalter in der anderen Hand auf mich los. Ich nahm die Hände von Dewey, stellte mich Angela entgegen und erwischte sie mit einer Linken am Solar plexus. Sie fiel um, und Dewey lief zur Tür hinaus.

»Ja«, sagte Angela am Boden liegend, »eine *Frau* schlägst du natürlich, aber würdest du auch einen Mann schlagen?«

»Einen Mann doch nicht, um Gottes willen, hältst du mich für verrückt? Wie kommst du denn jetzt darauf?«

»Du bist so widerlich«, sagte sie, »*so was* von widerlich.«

»Das weiß ich«, gab ich zurück. »Wie wär's mit dem Wetterbericht?« ...

Danach hielt sich Dewey von uns beiden fern. Er wusste, dass es mit uns auseinanderging, hatte aber keine Lust, die

Porzellanscherben, die Vorwürfe und Gegenvorwürfe mitzuerleben. Im Silo tauchte er auch nicht mehr auf, und ich hatte natürlich noch mein Gipsbein ...

Erst anderthalb Wochen darauf sah ich ihn noch mal länger. Ich saß verkatert unter einem Baum, während Angela im Haus Drucke und Gemälde aus Rahmen riss, Fotoalben zerriss, meine Hemden und Unterwäsche, meine Liebesbriefe ... Dewey stand auf dem Silodach, und die leicht hinter ihm stehende Sonne umstrahlte ihn wie ein kleines Götterbild. Er fing meinen Blick auf, schrie mir etwas zu, bepisste sich und rieb sich wieder alles ins Fell. Eine Gruppe von Kindern kam vorbei. Kinder in Gruppen von 12, 14, 17 oder so waren immer irgendwohin unterwegs ... ohne Erwachsenenbegleitung. Die meisten von ihnen hatten noch nie einen Affen gesehen, höchstens in Zeitschriften oder Büchern. Als sie Dewey erblickten, riefen sie:»MONO! MONO! MONO!« Dewey hörte sie und reagierte. Er war ein Angeber. Er sprang vom Silodach, segelte unbekümmert durch die Luft, bekam eine Wäscheleine zu fassen und schwang sich daran hin und her.»MONO! MONO! MONO!« Sie blieben stehn und sahen ihm zu. Dewey ließ die Wäscheleine los und lief über den Boden. Er hielt auf einen der aus Ästen und Brettern improvisierten Masten zu, die die Stromleitungen aus dem fernen La Paz trugen ... die uns nie Strom gaben, wenn es regnete oder stürmte, und manchmal, wie es schien, auch einfach so nicht, aber wenn man sie dann praktisch aufgegeben hatte, funktionierten sie doch wieder. Dewey hielt auf unseren Dschungel-Telefonmast zu.»MONO! MONO! MONO!«

Der Unterschied zwischen Los Angeles und unserem Standort bestand jedoch darin, dass die Leitungen hier nicht isoliert waren – sie lagen blank. Dewey kletterte an unserem Telefonmast nach oben. Ich brachte keinen Ton heraus. Er näherte sich der Spitze. Dann hing er da oben und besah sich die Leitung. Ich wusste, was er vorhatte. Für ihn war das auch nur eine Wäscheleine.

»NICHT, DEWEY!«, schrie ich.

»MONO! MONO! MONO!«, schrien die Kinder.

Dewey sprang ab und packte mit beiden Händen die Leitung. Er hing da, und man sah die Stromstöße durch seinen Körper jagen. Er konnte nicht loslassen. Funken flogen aus seinem Fell. Ich roch versengte Haare und Haut. Dann hing er reglos in der Luft wie Zubehör. Die Kinder standen ein paar Minuten da und verarbeiteten den Anblick. Dann gingen sie welterfahren ihres Wegs.

Der dünne Mast hätte mein Gewicht nicht getragen. Also ging ich in den Schuppen hinterm Haus, schloss den grünen Blechkasten auf und holte die Axt heraus. Derlei Utensilien hielt ich vor Angela immer versteckt. Ich holte die Axt heraus, ging zurück und fällte unseren Dschungel-Telefonmast. Er kam runter wie der Hals einer in den Bauch geschossenen Giraffe. Dummerweise sorgten die anderen Masten dafür, dass die Leitung, an der Dewey hing, anderthalb Meter über dem Boden blieb. Dewey hing etwa in Brusthöhe vor mir. Ich machte kehrt, setzte mich wieder unter den Baum und betrachtete ihn. Er war nur Zierrat. Und ich verstand von Elektrizität so wenig wie von Frauen. Ich ging wieder zu Dewey. Ich nahm die Finger seiner linken Hand und löste die nacheinander von der Leitung. Die Hand ließ los. Dann machte ich dasselbe mit den Fingern der anderen Hand, und Dewey fiel zu Boden.

Ausgerechnet da gingen Angela die Sachen zum Zerfetzen und Zerdeppern aus, und sie kam aus der Hütte.

»Oh, was hast du mit ihm gemacht? WAS HAST DU MIT IHM GEMACHT?« Sie hockte sich vor Dewey hin, und ich schwieg. Leichter Regen setzte ein. Angela sah ganz reizend aus. Fast verzieh ich ihr, dass sie eine Frau war. »Du Monster, du Brodem, du Verwesungsgestank toter Seelen! Wenn der Teufel in der Hölle scheißt, riecht das im Vergleich mit dir wie ein 500-Dollar-Parfüm!«

Dann nahm sie Dewey und hob ihn vom Boden auf, und als sie das tat, schlug er ein Auge auf – das linke. Angela musste lachen.

Dann schlug er das rechte auf. Angela lachte und weinte. Langsam trug sie ihn zum Haus. Sie öffnete und schloss die Tür, und sie waren drin. Ich setzte mich wieder unter den Baum.

Eine ganz unbedeutende Affäre

Dass ich sie kennenlernte, kam so, ungefähr so: Ich gab eine Gedichtlesung unten in Venice, in irgendeinem Bums am Strand, aber ich packte die Gedichte ein und las sie vor und war beim Lesen schon betrunken und danach noch viel betrunkener. Ich holte mir mein Geld, stieg ins Auto und bretterte von drei oder vier Wagen voller Leute verfolgt durch ganz Venice. Eine Party stand an, aber ich hatte ihnen gesagt: »Erst brauche ich ein bisschen frische Fahrtluft.« Nichts wie weg also, und sie hinter mir her.

In der letzten Runde fuhr ich in einer Wohnstraße auf den Gehsteig und gab Vollgas. Hupend und johlend kamen sie mir nach. Keine Ahnung, wo die Polizei blieb. Dann setzte ich zurück und folgte den anderen Wagen zu der Party. In einem der Wagen saß sie, und sie hieß Mercedes, fuhr aber keinen.

Die Party war nicht herausragend, auch die Begegnung mit Mercedes nicht. Es gab interessantere Frauen dort. Sie war vielleicht 28, grüner Minirock, gute Figur, gute Beine, 1 Meter 65 und blond – blond und blauäugig, aber die Haare waren lang und leicht gewellt, und sie rauchte ununterbrochen. Auf der Party sah ich sie dauernd neben mir, aber sie sagte nicht viel, und wenn, dann war es belanglos bis langweilig, und ihr Lachen war zu laut und unecht.

Ich fand Mercedes nicht besonders, aber die Party erst recht nicht. Das mit der Party erriet sie.

»Verschwinden wir hier und fahren zu mir«, sagte sie.

»Ich fahre hinter dir her.«

Ich sagte den Leuten, ich sei weg. Wir gingen zur Tür hinaus.

»Fick sie ordentlich, Chinaski!«

»Leck ihr die Möse!«

Es war keine allzu lange Fahrt. Mercedes wohnte in einem Apartmenthaus unweit der Strandpromenade von Venice. Ich ging mit ihr hoch. Als sie aufschloss, sagte ich: »He, und was trinken wir? Wir brauchen was zu trinken.«

»Hab ich da.«

Ich ging mit ihr hinein. Die Wohnung war groß. Ein Klavier und Bongotrommeln. Sie hatte eine Henkelflasche Red-Mountain-Wein. Ich folgte ihr in die Küche, als sie sich anschickte, den Wein auszuschenken.

Ich packte sie von hinten, drehte sie herum und küsste sie – ein langer, intensiver Kuss. Ich zog ihren Kopf an den Haaren nach hinten, ließ die eine Hand da und legte die andere auf ihren Arsch. Ich bewegte den Mund langsam auf ihrem, kostete sie, dominierte sie. Sie spitzelte ganz kurz die Zunge vor. Ich wurde hart, drängte mich an sie, löste mich wieder.

Wir gingen mit unseren Gläsern nach nebenan. Ich setzte mich ans Klavier und hämmerte in die Tasten. Ich kann kein Klavier spielen. Ich spielte es wie ein Schlagzeug, suchte den Rhythmus. Ich hielt mich ganz an die rechte Seite, an die kalten, hohen Töne. Mercedes nahm die Bongos zwischen ihre Schenkel, und wir ließen es krachen. Nicht übel.

Dann setzten wir uns mit dem Rücken zur Wand auf ihren Schlafsack und tranken den Wein. Mercedes holte die Flasche aus dem Kühlschrank und brachte sie zum Schlafsack. Sie hatte ein paar fertige Joints und steckte uns einen an. Draußen hörte ich das Meer, aber Venice deprimierte mich.

Es war vom Timothy-Leary-Dropout-Syndrom abgerutscht auf freie Liebe und dann auf Drogen. Die Timothy Learys waren alt geworden oder an einer Überdosis gestorben. Der Traum war untergegangen. Die Religion hatte sich der Reste in den Irrenhäusern, um sie herum, auf den Parkbänken und in den winzigen Zimmern angenommen.

Mercedes und ich küssten uns wieder. Sie küsste gut. Ich befühlte ihre Brüste: nicht schlecht. Sie steckte noch einen Joint an, und wir tranken noch etwas.

»Ich arbeite in einer Eheberatungsstelle«, sagte sie. »Wir sind alle geschieden.«

»Was erzählt ihr den Leuten?«

»Wir halten uns an die Vorschriften. Am witzigsten ist es, wenn beide zusammen vorbeikommen.«

»Zwischenmenschliche Beziehungen funktionieren nicht«, sagte ich. »Da gibt es keine Tipps.«

»Ich weiß.«

»Warum lebst du hier?«

»Es gefällt mir. Wir haben eine Gruppe. Ich habe eine Gitarre.«

»Mach Sachen!«

»Ja, sie steht im Schrank. Freitag- oder samstagabends treffen wir uns manchmal bei einem Typen im Vorgarten und spielen. Die Leute kommen und hören zu. Manchmal haben wir ganz schön Publikum.«

Ich zog Mercedes auf den Schlafsack hinunter, legte mich auf sie, nahm ihren Kopf in beide Hände, schob meine Lippen zwischen ihre, spreizte sie auseinander und erstickte sie mit einem Kuss auf die Zähne in ihrem wie eine Blüte weitgeöffneten Mund. Ich blieb so, ihre Zunge kam hoch, und ich saugte daran, dann drückte ich meine Zunge unter ihre. Wieder wurde ich hart und rieb meinen Schwanz an ihrer

Mitte. Dann löste ich mich und setzte mich hin; wir rauchten noch einen Joint und leerten die Flasche.

Als ich am Morgen aufwachte, war mir schlecht, und ich hatte keinen Sex gehabt. Mercedes war im Bad. Ich stand auf, strich meine Sachen glatt und zog meine Schuhe an. Sie kam heraus.

»Guten Morgen«, sagte sie.

»Guten Morgen. Mir ist schlecht.«

»Mir geht's auch nicht besonders.«

»Ich muss nach L. A. zurück.«

Ich ging ins Bad, um mich startklar zu machen. Als ich rauskam, gab sie mir einen Zettel. Es war ihre Telefonnummer. Ich gab ihr einen winzigen Kuss.

Draußen war es heiß. Die Fliegen umschwirrten die Mülltonnen vor dem Apartmenthaus. Ich stieg in meinen Wagen, fuhr davon und hatte nicht die Absicht, sie wiederzusehen.

An einem Donnerstagabend klingelte bei mir zu Hause das Telefon. Ich nahm ab. Es war Mercedes. »Du stehst ja im Telefonbuch.«

»Ja.«

»Hör zu, ich arbeite ganz in deiner Nähe. Da könnte ich doch mal vorbeikommen.«

»Okay.«

Zwanzig Minuten später war sie da. Sie hatte einen anderen Minirock an, aber diesmal sah sie etwas besser aus. Sie trug hochhackige Schuhe, eine tiefausgeschnittene Bluse und kleine blaue Ohrringe.

»Hast du Gras?«

»Klar.« Ich holte das Gras und die Blättchen heraus, und sie drehte ein paar Joints. Ich holte Bier dazu, und wir saßen auf der Couch, rauchten und tranken. Mit Bier konnte es gehen. Ich trank und küsste sie und spielte mit ihren Beinen. Wir redeten nicht viel. Aber wir tranken und rauchten ziemlich lange.

Wir zogen uns aus und gingen ins Bett, erst Mercedes, dann ich. Wir küssten uns, und ich streichelte erst ihre Möse, dann ihre Klitoris. Sie packte meinen Schwanz. Schließlich bestieg ich sie. Mercedes führte ihn ein. Ich drang tiefer in sie vor, meinen Mund ganz auf ihrem. Sie war schön eng, nicht weit, und ich fing an.

Nach ein paar Stößen neckte ich sie erst mal, zog ihn fast ganz raus und bewegte nur die Eichel am Möseneingang vor und zurück. Mit ein paar langsamen, trägen Stößen drang ich wieder ein. Dann rammte ich sie plötzlich vier- oder fünfmal brutal. Ihr Kopf flog: »Arrrggggh ...« Sie gab einen Laut von sich. Ich stieß langsamer, dann ließ ich ihn kreisen, schwang ihn hin und her, richtete ihn geradeaus und stieß wieder zu.

Es war eine sehr warme Nacht, und wir schwitzten beide. Mercedes war von dem Bier und den Joints ziemlich high. Ich entschloss mich, ihr den Rest zu geben. Ich schoss rein und raus, rein und raus, ich zerriss sie mit Küssen, und ihr Kopf wippte unter den Stößen. Ich pumpte immer weiter, noch 10 Minuten, eine Viertelstunde. Ich war hart, konnte aber nicht kommen. Das verdammte Bier, zu viel elendes Bier.

»Komm«, sagte sie, »komm doch, Baby.«

Ich wälzte mich von ihr. Gott, war das heiß. Ich wischte mir mit dem Laken den Schweiß ab. Ich hörte mein Herz klopfen, wie ich dalag. Mein Schwanz wurde schlaff. Mercedes wandte mir den Kopf zu. Ich küsste sie. Mein Schwanz hob sich wieder.

Ich wälzte mich auf sie und küsste sie, als wäre es meine letzte Gelegenheit auf Erden, das zu tun. Mein Schwanz glitt in sie hinein. Ich fing wieder an, aber diesmal wusste ich, ich würde kommen. Ich spürte das Wunder des langsamen Zusteuerns auf den Höhepunkt. Ich würde in ihrer Möse kommen, verdammt. Ich würde meine Säfte in sie ergießen, und sie konnte nichts dagegen machen, die Schnalle. Sie gehörte mir. Ich war die Invasionsarmee, ich war der Vergewaltiger, ich war die Vorherrschaft, ich war der Tod.

Sie war mir hilflos ausgeliefert, ihr Kopf flog hin und her, während sie Töne von sich gab: »Arrrggghh! ... kchch! ... oh ... oh ... uufff! ... ooooh!« Mein Schwanz spürte das alles, nährte sich davon. Ich gab einen seltsamen Laut von mir, dann spritzte ich ab. Ich spritzte mitten in sie hinein, und sie nahm alles, alles in sich auf. Ich wälzte mich von ihr.

Ich wischte mich am Laken ab. 5 Minuten später sägte sie schon. Auch ich schlief bald ein.

Am Morgen duschten wir beide und zogen uns an. »Ich lade dich zum Frühstück ein.«

»Okay«, sagte Mercedes. »Haben wir heute Nacht übrigens gevögelt?«

»Mein Gott, das weißt du nicht mehr? Bestimmt eine Dreiviertelstunde lang!«

»Ich *fühle* mich schon so.«

Wir gingen in ein Café um die Ecke.

Ich bestellte leicht überbackene Eier mit Speck, Weizentoast und Kaffee. Mercedes nahm Pfannkuchen mit Schinken, Kaffee. Wir schauten vom Fenster aus dem Verkehr zu und tranken unseren Kaffee. Die Kellnerin brachte das Essen. Ich aß ein bisschen Ei. Mercedes goss Sirup auf ihre Pfannkuchen.

»Mein Gott«, sagte sie, »du musst mich wirklich gefickt haben! Mir läuft das Sperma am Bein runter.«
Ich nahm mir vor, sie nicht wiederzusehen.

2 oder 3 Wochen später rief sie mich an. »Ich hab geheiratet«, sagte sie. »Little Jack. Den kennst du von der Party. Er hat einen kurzen, dicken Schwanz. Ich mag seinen kurzen, dicken Schwanz. Und er ist nett, und er hat Geld. Wir ziehen ins Valley.«
»Schön, Mercedes. Viel Glück mit allem.«

Ein paar Wochen später war Mercedes wieder in der Leitung: »Mir fehlen die Abende mit dir, das Reden und das Trinken; was hältst du davon, wenn ich vorbeikomme?«
»Okay.«
Sie war in 15 Minuten da, drehte Joints und trank Bier. »Little Jack ist ein netter Kerl. Wir sind glücklich miteinander.«
Ich nuckelte an meinem Bier.
»Vögeln möchte ich nicht«, redete sie weiter. »Ich habe das Abtreiben satt. Es steht mir bis hier.«
»Wir überlegen uns was.«
»Ich möchte nur rauchen, mich unterhalten und trinken.«
»Das genügt mir nicht.«
»Ihr Typen wollt immer nur ficken.«
»Es gefällt mir.«
»Na, ich kann nicht ficken. Ich will nicht.«
»Nur die Ruhe.«
Wir saßen auf der Couch. Wir küssten uns nicht. Mercedes war keine Gesprächskünstlerin, und ihr Lachen war immer noch plump und schrill und unecht. Aber sie hatte ihre Beine, ihren Hintern und ihre Haare. Ich hatte weiß Gott schon in-

teressante Frauen aufgetan, aber Mercedes war einfach keine. An dem Abend hatte ich eine dreckige Story für ein Heft schreiben wollen, und jetzt versaute sie mir den Abend, bzw. versaute ihn mir *nicht*.

Das Bier floss, und die Joints gingen rum. Sie hatte immer noch denselben Job. Sie kam mit ihrem Wagen nicht klar. Little Jack wollte ihr einen neuen kaufen, aber vielleicht legte sie sich auch eine Yamaha zu. Little Jack hatte einen kurzen, dicken Schwanz. Sie las gerade *Grapefruit* von Yoko Ono. Das Abtreiben hatte sie immer noch satt. Das Valley war nett, aber ihr fehlte Venice, die Clique. Und sie war immer mit dem Rad über die Promenade gefahren.

Ich weiß nicht, wie lange wir redeten oder *sie* redete, aber wir kippten viel Bier dabei, und sie sagte, sie sei zu betrunken, um nach Hause zu fahren.

»Zieh deine Sachen aus und geh ins Bett«, sagte ich.

»Aber kein Vögeln«, erwiderte sie.

»Ich lass deine Möse in Ruhe.«

Sie zog sich aus und ging ins Bett. Ich zog mich aus und ging ins Bad. Sie sah mich mit einer Dose Vaseline rauskommen.

»Was hast du vor?«

»Bleib locker, Baby, bleib locker.«

Ich nahm die Vaseline und rieb mir den Schwanz damit ein. Dann knipste ich das Licht aus und ging ins Bett.

»Dreh dich mit dem Rücken zu mir«, sagte ich.

Ich schob den Arm unter sie und spielte mit ihrer unteren Brust, und mit der anderen Hand spielte ich mit der oberen. Es war schön, mit dem Gesicht in ihren Haaren zu sein. Ich wurde hart und schob ihn ihr zwischen die Backen. Ich fasste sie um die Taille, zog ihren Hintern zu mir her und glitt in sie hinein.

»Uuuuuh ...«, stöhnte sie.

Ich legte los. Ich schob ihn tiefer rein und stieß und stieß. Ihre Hinterbacken waren sehr groß und weich, wie luftgefüllte Kissen. Ich hielt mich dran und fing an zu schwitzen. Dann drehte ich sie auf den Bauch und drang tiefer ein. Es wurde enger. Ich kam in ihren Enddarm, und sie schrie auf.

»Sei still, verdammt. Willst du, dass die Polizei kommt?«

Im Darm war es eng. Ich drang noch weiter ein. Unerhört fest war das. Es war, als steckte ich in einem Gummischlauch; die Reibung war enorm. Ich rammte und rammte und spürte einen Stich in der Seite, einen brennenden Schmerz, machte aber weiter. Ich spaltete sie regelrecht, am Rückgrat hoch. Ich bohrte wie ein Verrückter, und dann kam ich zum Höhepunkt. Ich pumpte die Säfte in ihren Darm, es kamen immer noch mehr. Dann lag ich da. Sie weinte.

»Verdammt«, sagte ich, »ich hab deine Möse in Ruhe gelassen. Hab ich doch gesagt.« Ich wälzte mich von ihr runter.

Am Morgen war Mercedes wortkarg, zog sich an und fuhr zur Arbeit. *Schluss damit*, dachte ich.

Nach gut 6 oder 8 Wochen bekam ich einen Anruf, und es war Mercedes: »Hank, ich würd gern vorbeikommen. Aber nur zum Unterhalten bei ein paar Bier und Joints. Sonst nichts.«

»Komm ruhig.«

Mercedes war in einer Viertelstunde da. Sie sah blendend aus. Ich hatte noch nie einen so kurzen Minirock gesehen, und er stand ihr. Ich gab ihr gleich einen langen Kuss. Sie machte sich los.

»Nach dem letzten Mal konnte ich zwei Tage nicht laufen. Reiß mir nicht noch mal den Arsch auf.«

»Okay. Großes Indianerehrenwort.«

Es war wieder dasselbe. Wir saßen bei laufendem Radio auf der Couch, unterhielten uns, tranken Bier, rauchten. Ich küsste sie immer wieder. Ich konnte nicht anders. Sie sah an dem Abend feuerheiß aus, bestand aber darauf, dass es nicht ginge. Little Jack liebte sie; Liebe bedeute sehr viel auf dieser Welt.

»Allerdings«, sagte ich.

»Du liebst mich nicht.«

»Du bist verheiratet.«

»Ich liebe Little Jack nicht, aber mir liegt sehr viel an ihm, und er liebt mich.«

»Hört sich gut an, finde ich.«

»Warst du schon mal verliebt?«

»Ein paarmal, ja.«

»Wo sind die heute Abend?«

»Das weiß ich nicht. Wahrscheinlich bei anderen Männern. Es ist mir egal.«

Wir unterhielten uns an dem Abend sehr lange und tranken sehr lange und rauchten jede Menge Gras. Gegen zwei sagte Mercedes: »Ich bin zu bedröhnt, um nach Hause zu fahren. Ich bau einen Totalschaden.«

»Zieh dich aus und geh ins Bett.«

»Na schön, aber ich hab eine Idee.«

»Was denn?«

»Ich will sehen, wie du dir einen runterholst. Ich will sehen, wie dein *Saft* spritzt!«

»Na, in Ordnung. Machen wir.«

Mercedes zog sich aus und ging ins Bett. Ich zog mich aus und stellte mich vors Bett. »Setz dich hin, damit du es besser sehen kannst.«

Mercedes setzte sich auf die Bettkante. Ich spuckte mir in die Hand und fing an, meinen Schwanz zu massieren.

»Da, er wird größer!«

»M-hm ...«

»Er wird *ganz* groß!«

»M-hm ...«

»Jetzt ist er *blaurot*, mit dicken *Adern*! Da *pocht's* drin! Er ist *hässlich*!«

Ich schüttelte weiter meinen Schwanz und brachte ihn näher an ihr Gesicht. Sie sah zu. Als ich kurz vor dem Orgasmus war, hörte ich auf.

»Oh«, sagte sie.

»Ich weiß was Besseres.«

»Was denn?«

»Wichs du mich.«

»Okay.«

Sie fing an. »Mach ich das richtig?«

»Etwas fester. Und fass ihn ganz an, ganz, nicht nur oben an der Eichel.«

»Gut ... o Gott, sieh dir *das* an ... ich will sehen, wie dein Saft spritzt!«

»Mach weiter! O mein Gott!«

Ich war kurz davor zu kommen und riss ihn ihr aus der Hand.

»Ach, verdammt!«, rief Mercedes.

Dann griff sie schnell zu und steckte ihn sich in den Mund. Sie saugte, wippte mit dem Kopf und fuhr mit der Zunge hinten an meinem Schwanz hoch.

»Ah, du *Miststück*!«

Dann zog sie den Mund von meinem pochenden Schaft zurück.

»Mach weiter! Weiter! Mach fertig!«

»Nein!«

»Gottverdammich!«

Ich stieß sie rücklings aufs Bett und warf mich auf sie. Ich küsste sie heftig und drang in sie ein. Ich ackerte schwer, pumpte und pumpte; fast war ich schon da; ich stöhnte, und dann fing ich an zu spritzen, ich pumpte alles in sie hinein, spürte, wie es eindrang, wie es ganz in sie hineindampfte.

Ich wälzte mich von ihr.

Als ich am Morgen aufwachte, war Mercedes fort. Keine Nachricht; sie war einfach weg. Ich stand auf, duschte, nahm ein Alka Seltzer, zwei Alka Seltzer. Ich pisste. Ich putzte mir die Zähne. Dann ging ich wieder ins Bett und schlief bis zum Mittag.

Das ist jetzt 4 Monate her, und sie hat nicht angerufen. Ich werde Mercedes nicht wiedersehen, und wir werden uns nicht fehlen. Was das Ganze sollte, ahne ich nicht.

Die Neue kommt aus Berkeley. Sie hat vorstehende Zähne und ein Kinderstimmchen. Beim Ficken sitzt sie gern auf meinem Schoß und sieht mich an. Sie ist 22 und hat keinen Busen. Ich habe keine Ahnung, was sie will. Sie heißt Diane. Sie steht frühmorgens auf und fängt an, Whisky zu bechern.

Manchmal fahre ich an dem Gebäude vorbei, in dem Mercedes arbeitet. Das ist das Äußerste in Richtung Wiedersehen. So geht es vielen Leuten in Amerika. Wir machen Sachen, ohne zu wissen, warum, und später ist uns das Warum egal. Aber ich wünschte, Diane hätte Titten; einen Busen, meine ich.

Einbruch

Es war ein hinteres Zimmer im Erdgeschoss. Ich stolperte über irgendwas – einen Schemel, glaube ich – und schlug beinah hin. Ich warf mich auf einen Tisch, um die Balance zu halten.

»Bravo«, sagte Harry, »weck nur das ganze Haus auf.«

»Ach, komm«, sagte ich, »was bringt uns das hier?«

»Reiß dein Scheißmaul nicht so auf!«

»Musst du dauernd *Scheiße* sagen, Harry?«

»Und du? Bist du ein scheiß Sprachwissenschaftler? Wir wollen hier Geld und Schmuck abgreifen.«

Mir gefiel das nicht. Es schien mir völlig hirnverbrannt. Harry war verrückt, er hatte mehr als ein Irrenhaus von innen gesehen. Nahm man die Knastaufenthalte dazu, hatte er drei Viertel seines Lebens hinter Schloss und Riegel verbracht. Zu dem Ding hier hatte er mich überredet. Ich war leicht rumzukriegen.

»Verdammtes Land!«, sagte er. »Hier wimmelt's von reichen Säcken, die's zu einfach haben.« Harry rumste irgendwo gegen. »Scheiße!«, sagte er.

»Hallo? Was ist denn los?« Wir hörten eine Männerstimme aus dem ersten Stock.

»Da haben wir den Salat«, sagte ich. Schweiß tropfte mir aus den Achselhöhlen.

»Nein«, sagte Harry, »*er* hat ihn.«

»Hallo«, sagte der Mann im ersten Stock. »Wer ist da unten?«

»Komm«, sagte Harry zu mir.

Er ging die Treppe hoch. Ich folgte ihm. Oben war ein Flur, und aus einem Zimmer kam Licht. Harry war schnell und leise. Er lief in das Zimmer. Ich folgte ihm. Ein Schlafzimmer. Ein Mann und eine Frau in getrennten Betten.

Harry richtete die 38er Magnum auf den Mann. »So, Freundchen, wenn du nicht willst, dass ich dir die Eier wegpuste, hältst du still. Ich mein's ernst.«

Der Mann war Mitte vierzig, mit einem markanten, gebieterischen Gesicht. Man sah ihm an, dass seit langem alles nach seinem Kopf ging. Seine Frau war vielleicht 25, blond, langhaarig, wirklich schön. Sie sah aus wie eine Reklame für irgendwas.

»Verschwinden Sie aus meinem Haus!«, sagte der Mann.

»He«, wandte sich Harry an mich, »weißt du, wer das ist?«

»Nein.«

»Das ist Tom Maxson, der berühmte Nachrichtensprecher, Channel 7. Tag, Tom –«

»Jetzt aber raus hier! LOS!«, blaffte Maxson.

Er nahm den Telefonhörer von der Gabel. »Vermittlung –«

Harry lief hin und zog ihm den Kolben der 38er über die Schläfe. Maxson fiel aufs Bett. Harry legte den Hörer wieder auf.

»Ihr Schweine, ihr habt ihn verletzt!«, rief die Blonde. »Ihr feigen Dreckschweine!«

Sie trug ein hellgrünes Nachthemd. Harry ging um sie herum und zerriss den einen Schulterträger. Er griff nach der Brust der Frau und zog sie raus. »Hübsch, hm?«, meinte er zu mir. Dann ohrfeigte er sie hart.

»Ich erwarte Respekt von dir, Nutte!«, sagte Harry. Dann ging er zu Tom Maxson und setzte ihn aufrecht.

»Und dir hatte ich gesagt, dass ich's ernst meine.«

Maxson kam zu sich. »Sie haben die Waffe, das ist aber auch alles.«

»Blödmann. Mehr brauche ich nicht. Du und deine Nutte richtet euch jetzt nach mir, sonst könnt ihr was erleben.«

»Sie Dreigroschengangster!«

»Mach nur so weiter, Junge. Wirst schon sehen«, sagte Harry.

»Meinen Sie, ich hab Angst vor ein paar kleinen Ganoven?«

»Wäre besser für dich.«

»Wer ist denn Ihr Freund? Was macht er?«

»Er macht, was ich ihm sage.«

»Zum Beispiel?«

»Zum Beispiel, Eddie, küss die Blonde!«

»Lassen Sie meine Frau aus dem Spiel!«

»Und wenn sie schreit, kriegst du eine Kugel in den Bauch. Ich spaße nicht. Los, Eddie, küss die Blonde –«

Die Blonde versuchte, mit einer Hand den kaputten Träger hochzuhalten. »Nein«, sagte sie, »bitte nicht –«

»Tut mir leid, Lady, ich muss tun, was Harry mir sagt.«

Ich packte sie an den Haaren und drückte meine Lippen auf ihre. Sie wehrte sich, war aber nicht besonders stark. Ich hatte noch nie eine so schöne Frau geküsst.

»Okay, Eddie, das reicht.«

Ich riss mich los. Ich ging wieder zu Harry und stellte mich neben ihn. »Aber Eddie«, sagte er, »was steht denn da für ein großes Ding an dir hoch?«

Ich gab keine Antwort.

»Da, Maxson«, sagte Harry, »deine Frau hat meinem Partner einen Ständer verschafft! Wie sollen wir denn hier vorankommen? Geld und Schmuck wollen wir.«

»Ihr Klugscheißer macht mich krank. Ihr seid doch bloß Maden.«

»Und *Sie*? Sie haben die 6-Uhr-Nachrichten. Was ist denn daran so toll? Politischer Einfluss und ein doofes Publikum. Jeder kann die Nachrichten vorlesen. Ich *komme* in die Nachrichten.«

»Sie? Womit denn? Was können Sie schon?«

»Alles Mögliche. Ah, ich hab's. Wie wär's mit ›TV-Nachrichtensprecher trinkt Einbrecherpisse‹? Wie hört sich das an?«

»Eher sterbe ich.«

»Aber, aber. Hol mir ein Glas, Eddie. Auf dem Nachttisch steht eins. Bring mir das.«

»Hören Sie«, sagte die Blonde, »bitte nehmen Sie sich unser Geld. Nehmen Sie sich unseren Schmuck. Und gehen Sie einfach. Was soll das jetzt alles?«

»Ihr schnöseliger Mann mit seinem großen Maul ist schuld, Lady. Er geht mir verdammt auf die Nerven.«

Ich brachte Harry das Glas, und er zog den Reißverschluss seiner Hose auf und pisste hinein. Es war ein großes Glas, aber er füllte es bis zum Rand. Dann zog er den Reißverschluss hoch und ging zu Maxson.

»Jetzt trinken Sie meine Pisse, Mr Maxson.«

»Bestimmt nicht, Sie Mistkerl. Eher sterbe ich.«

»Sie sterben nicht. Sie trinken meine Pisse – das ganze Glas!«

»Niemals, Drecksack!«

»Eddie«, bedeutete mir Harry mit einer Kopfbewegung, »siehst du die Zigarre da auf dem Frisiertisch?«

»Ja.«

»Nimm sie dir. Steck sie an. Da liegt ein Feuerzeug.«

Ich nahm das Feuerzeug und steckte die Zigarre an. Sie war gut. Ich paffte drauflos. Meine beste Zigarre. So etwas hatte ich noch nie geraucht.

»Schmeckt die Zigarre, Eddie?«, fragte mich Harry.

»Sie ist toll, Harry.«

»Okay. Jetzt geh zu der Nutte und hol die Brust unter dem kaputten Träger hervor. Hol sie raus. Ich geb dem Wichser hier das Glas mit meiner Pisse. Du hältst die Zigarre vor die Brustwarze der Lady. Und wenn der Wichser die Pisse nicht bis zum letzten Tropfen austrinkt, möchte ich, dass du mit der Zigarre den Nippel abbrennst. Kapiert?«

Ich hatte verstanden. Ich ging zu Mrs Maxson und holte ihre Brust raus. Mir wurde schwindlig dabei – so etwas hatte ich noch nie gesehen.

Harry reichte Tom Maxson das Glas Pisse. Maxson blickte zu seiner Frau, setzte das Glas an und begann zu trinken. Die Blonde zitterte am ganzen Körper. Ihre Brust fühlte sich so schön an. Die gelbe Pisse floss in die Kehle des Nachrichtensprechers. Etwa in der Mitte hielt er kurz inne. Er sah aus, als wäre ihm schlecht.

»Alles«, sagte Harry. »Nur zu, das tut bis zum letzten Tropfen gut.«

Maxson setzte das Glas an die Lippen und trank den Rest. Das Glas fiel ihm aus der Hand.

»Trotzdem seid ihr für mich nur zwei schäbige Ganoven«, keuchte Maxson.

Ich hielt immer noch die Brust der Blonden in der Hand. Sie zog sie weg.

»Tom«, sagte sie, »hörst du bitte auf, die beiden gegen uns aufzubringen? Das ist das Dümmste, was man überhaupt machen kann!«

»Ah, du hältst es mit den *Siegern*, was? Hast du mich deshalb geheiratet? Weil ich ein Sieger war?«

»Natürlich hat sie dich deshalb geheiratet, du Arsch«, sagte Harry. »Sieh dir doch deinen Wanst an. Meinst du, dein Körperbau hat es ihr angetan?«

»Ich hab schon was«, sagte Maxson. »Deshalb bin ich die Nummer eins im Nachrichtenfernsehen. Das kommt nicht von ungefähr.«

»Aber wenn sie die Nummer eins nicht geheiratet hätte«, sagte Harry, »hätte sie die Nummer zwei geheiratet.«

»Gib nichts auf ihn, Tom«, sagte die Blonde.

»Schon gut«, sagte Maxson, »ich weiß, dass du mich liebst.«

»Danke, Daddy«, sagte die Blonde.

»Schon gut, Nana.«

»Nana«, sagte Harry. »Der Name gefällt mir, ›Nana‹. Das hat Klasse. Klasse und Kurven – das kriegen die Reichen, uns bleibt die Putzfrau.«

»Sind Sie noch nicht in der kommunistischen Partei?«

»Mann, ich warte doch nicht Hunderte von Jahren auf etwas, das am Ende dann vielleicht nicht fluppt. Ich will das jetzt.«

»Hör mal, Harry«, sagte ich, »wir stehen hier nur rum und unterhalten uns mit den Herrschaften. Davon haben wir nichts. Mir ist schnurz, was die denken. Greifen wir uns die Beute und verduften. Je länger wir bleiben, desto eher haben wir die Bullen am Hals.«

»Mensch, Eddie«, antwortete er, »das ist seit fünf, sechs Jahren das erste Vernünftige, was ich von dir höre.«

»Was soll's«, sagte Maxson. »Ihr seid doch bloß die Schwachen, die von den Starken zehren. Ohne mich gäb's euch praktisch nicht. Ihr erinnert mich an die Leute, die rumlaufen und Politiker und geistige Führer meucheln. Das ist die schlimmste Form der Feigheit; selbst der Unbegabteste kriegt das noch hin. Dahinter stehen Hass und Neid, dahinter stehen Groll, Verbitterung und abgrundtiefe Dummheit; das ist die unterste Stufe der Menschheit, ein Pesthauch und

Gestank, dass ich mich schäme, ein Vertreter derselben Spezies zu sein.«

»Junge«, sagte Harry, »das war aber eine Rede. Nicht mal Pisse kann dir dein Gesülze austreiben. Was bist du doch ein eingebildetes Stück Scheiße. Ist dir klar, wie viele Menschen auf der Welt sind, die nicht die geringste Chance haben wegen des Orts und der Umstände ihrer Geburt? Wegen fehlender Bildung? Weil sie niemals etwas hatten und niemals etwas haben werden und das kein Schwein juckt, und du, du heiratest in deinem Alter den besten Körper, der zu finden ist?«

»Nehmen Sie Ihre Beute und verschwinden Sie. Ihr Typen, die es zu nichts bringt, habt immer eine Ausrede.«

»Langsam«, sagte Harry, »alles zählt. Wir *bringen's* jetzt gerade. Das kapierst du nur nicht.«

»Tom«, sagte die Blonde, »gib ihnen das Geld, den Schmuck ... lass sie ziehen ... komm bitte runter von Channel 7.«

»Ich bin nicht auf Channel 7, Nana. Ich sage ihnen nur, wie es ist. Damit sie Bescheid wissen.«

»Eddie«, sagte Harry, »guck mal ins Bad. Ich brauch Klebeband.«

Ich ging durch den Flur zum Bad. Im Arzneischrank fand ich eine Rolle breites Klebeband. Harry machte mich nervös. Nie wusste ich, was er vorhatte. Ich kehrte mit dem Klebeband ins Schlafzimmer zurück. Harry riss gerade das Telefonkabel aus der Wand. »Okay«, sagte er, »mach Channel 7 dicht.«

Ich verstand. Ich klebte ihm fest den Mund zu.

»Jetzt die Hände – die Hände auf den Rücken«, sagte Harry.

Er ging zu Nana, legte ihre beiden Brüste frei und betrachtete sie. Dann spuckte er ihr ins Gesicht. Sie wischte sich die Spucke mit dem Betttuch ab.

»Okay«, sagte er, »jetzt die hier. Kleb ihr den Mund zu, aber lass die Hände. Kleines Kämpfchen find ich gut.«

Ich verklebte ihr den Mund.

Harry drehte Tom Maxson im Bett auf die Seite, mit dem Gesicht zu Nana.

Er holte sich eine von Maxsons Zigarren und steckte sie an. »Wahrscheinlich hat Maxson recht«, sagte er. »Wir *sind* die Schmarotzer. Wir *sind* die Maden. Wir *sind* der Schleim und vielleicht auch die Feiglinge.«

Er nahm einen guten Zug von der Zigarre.

»Du bist dran, Eddie.«

»Ich kann nicht, Harry.«

»Doch. Du weißt nur nicht, wie's geht. Es hat dir nie jemand beigebracht. Keine Schule. Ich bin dein Lehrer. Sie gehört dir. Es ist einfach.«

»Mach du's, Harry.«

»Nein. Dir bedeutet sie mehr.«

»Wieso?«

»Weil du so ein einfältiges Arschloch bist.«

Ich ging zum Bett hinüber. Sie war so schön, und ich war so hässlich, dass ich mir vorkam, als wäre mein ganzer Körper mit einer Lage Scheiße überzogen.

»Los«, sagte Harry, »mach, du Arschloch.«

»Ich hab Angst, Harry. Das ist nicht richtig; sie gehört mir nicht.«

»Sie gehört dir.«

»Wieso?«

»Sieh das wie im Krieg. Wir haben den Krieg gewonnen. Wir haben ihre Macker, ihre großen Tiere, all ihre Helden umgebracht. Nur Frauen und Kinder sind noch übrig. Wir töten die Kinder und schicken die alten Weiber sonstwohin. Wir sind die Eroberer. Nur ihre Frauen sind noch da. Und die allerschönste Frau gehört uns ... gehört dir. Sie ist wehrlos. Nimm sie.«

Ich ging hin und schlug die Bettdecke zurück. Es war, als wäre ich gestorben und im Himmel gelandet, und ein Zauberwesen läge vor mir. Ich riss ihr das Nachthemd komplett herunter.

»Fick sie, Eddie!«

Alle Rundungen waren genau da, wo sie sein sollten, nur runder. Es war eine schöne Himmelslandschaft, ein Panorama schön dahinströmender Flüsse. Ich wollte nur schauen. Ich hatte Angst. Da stand ich nun mit meinem dicken Rohr. Ich hatte kein Recht auf sie.

»Mach schon«, sagte Harry. »Fick sie! Sie ist genau wie die anderen Frauen. Sie spielt mit uns, sie lügt. Irgendwann ist sie alt, und andere junge Mädchen treten an ihre Stelle. Sie wird sogar sterben. Fick sie, solange sie da ist!«

Ich fasste sie an den Schultern, um sie an mich zu ziehen. Irgendetwas gab ihr Kraft. Sie stemmte sich gegen mich und warf den Kopf nach hinten. Sie war restlos angewidert.

»Hör mal, Nana, ich will das wirklich nicht ... aber ich mach's. Entschuldige. Ich weiß nicht, was ich tun soll. Ich will dich, und ich schäme mich dafür.«

Sie stieß durch das Klebeband auf ihrem Mund einen Laut aus und stemmte sich gegen mich. Wie schön sie war. Ich verdiente sie nicht. Ihre Augen schauten in meine. Sie sagten, was ich dachte. Ich hatte kein Recht auf sie.

»Los«, sagte Harry, »zieh sie durch! Das gefällt ihr schon.«

»Ich kann nicht, Harry.«

»Okay«, sagte er, »dann pass auf Channel 7 auf.«

Ich setzte mich zu Tom Maxson. Wir saßen nebeneinander auf seinem Bett. Er schnaufte leise durch das Klebeband. Harry ging zu dem anderen Bett. »Okay, Nutte, ich werde dich wohl schwängern müssen.«

Nana sprang vom Bett und lief zur Tür. Harry bekam sie an den Haaren zu fassen, drehte sie zu sich herum und ohrfeigte sie hart. Sie schlug gegen die Wand und glitt daran herunter. Harry zog sie an den Haaren hoch und schlug noch einmal zu. Maxson schnaufte lauter durch das Klebeband und sprang auf. Er lief zu Harry hinüber und versetzte ihm einen Kopfstoß. Harry bedankte sich mit einem Nackenschlag, und Maxson fiel hin.

»Bind dem Helden die Füße zusammen«, sagte Harry.

Ich verklebte Maxsons Fußgelenke und stieß ihn aufs Bett.

»Setz ihn aufrecht«, sagte Harry. »Er soll zusehen.«

»Komm, Harry«, sagte ich, »verschwinden wir hier. Je länger wir bleiben –«

»Halt's Maul!«

Harry zerrte die Blonde zum Bett zurück. Sie trug noch einen Slip. Den riss er runter und warf ihn Maxson zu. Er fiel ihm vor die Füße. Maxson stöhnte auf und fing an zu hampeln. Ich jagte ihm die Faust voll in den Bauch.

Harry zog Hose und Unterhose aus.

»Nutte«, sagte er zu der Blonden, »das Ding hau ich tief in dich rein, und du wirst es spüren und kannst nichts dagegen tun. Das ist alles für dich! Und tief in dir drin werd ich abspritzen!«

Er hatte sie auf dem Rücken; sie wehrte sich noch. Wieder schlug er fest zu. Ihr Kopf fiel nach hinten. Er drückte ihr die Beine auseinander. Versuchte, seinen Schwanz einzuführen. Damit hatte er Mühe.

»Mach dich locker, Miststück; ich weiß, dass du es willst! Hoch die Beine!«

Er schlug zweimal fest zu. Die Beine gingen hoch.

»Schon besser, du Nutte!«

Harry stocherte und stocherte. Schließlich drang er in sie ein. Langsam bewegte er ihn rein und raus.

Maxson muckste und rührte sich wieder. Ich setzte ihm noch mal die Faust in den Bauch.

Harry fand einen Rhythmus. Die Blonde stöhnte wie unter Schmerzen.

»Das gefällt dir, Nutte, hm? So einen hat dir dein Stecher noch nicht reingedrückt. Spürst du, wie groß er wird?«

Ich hielt es nicht mehr aus. Ich stand auf, holte meinen Schwanz raus und fing an zu onanieren.

Harry rammelte die Blonde derart, dass ihr Kopf hin und her flog. Dann ohrfeigte er sie und zog sich raus.

»Noch nicht, Nutte. Ich lass mir Zeit.«

Er ging rüber zu Maxson.

»Guck mal, wie GROSS der ist! Und gleich steck ich ihn ihr wieder rein und komm in ihr, Tommyboy! Du wirst deine Nana nie mehr lieben können, ohne an mich zu denken! An das hier!«

Harry hielt Maxson seinen Schwanz direkt vors Gesicht.

»Und wenn ich fertig bin, lass ich mir vielleicht noch einen von ihr blasen!«

Dann drehte er sich um, ging wieder zu dem anderen Bett und bestieg die Blonde. Er ohrfeigte sie und stieß heftig drauflos.

»Du billige, verstunkene Nutte, ich komme!«

Dann: »Ach du Scheiße! O MEIN GOTT! Oh, oh, oh!«

Er ließ sich auf Nana fallen und lag still. Nach einem Augenblick zog er sich raus. Er blickte zu mir. »Willst du wirklich nicht?«

»Nein danke, Harry.«

Harry lachte. »Ach, du hast dir lieber einen von der Palme geholt, du Knallkopf!« Harry lachte und stieg in seine Hose.

»So«, sagte er, »kleb ihr die Hände und Füße zusammen. Wir verschwinden hier.«

Ich ging rüber und verklebte sie.

»Was ist denn mit dem Geld und dem Schmuck, Harry?«

»Wir lassen's bei seiner Brieftasche. Ich will hier raus. Ich bin nervös.«

»Wir können doch alles mitnehmen, Harry.«

»Nein«, sagte er, »nur die Brieftasche. Sieh in seiner Hosentasche nach. Nimm nur das Geld raus.«

Ich fand die Brieftasche.

»Da sind nur $ 83 drin, Harry.«

»Die nehmen wir und hauen ab. Ich bin kribblig. Es liegt was in der Luft. Wir müssen weg.«

»Scheiße, Harry, das ist doch kein Fang. Die können wir richtig ausnehmen.«

»Wie gesagt, ich bin nervös. Da ist was im Anzug. Du kannst ja bleiben. Ich gehe.«

Ich ging mit ihm die Treppe runter.

»Der Arsch wird sich schwer überlegen, ob er noch mal jemanden beleidigt«, sagte Harry.

Wir gingen zu dem Fenster, das wir aufgestemmt hatten, und stiegen aus, wie wir eingestiegen waren. Wir liefen durch den Garten und zum eisernen Tor hinaus.

»Okay«, sagte Harry, »schön locker gehen jetzt. Steck dir eine Zigarette an. Tu ganz normal.«

»Warum bist du so nervös, Harry?«

»Halt's Maul!«

Wir liefen vier Straßen weiter. Der Wagen stand noch da. Harry setzte sich ans Steuer, und wir fuhren davon.

»Wohin fahren wir?«, fragte ich.

»Ins Guild Theatre?«
»Was läuft denn?«
»*Schwarze Seidenstrümpfe* mit Annette Haven.«
Das Kino war in Lankershim. Wir parkten und stiegen aus. Harry kaufte die Karten. Wir gingen rein.
»Popcorn?«, fragte ich Harry.
»Nein.«
»Ich schon.«
»Hol's dir.«

Harry wartete, bis ich meine große Tüte Popcorn hatte. Wir setzten uns nach hinten. Und wir hatten Glück. Der Hauptfilm fing gerade an.

Fliegen ist die sicherste Art zu reisen

Eddie und Vince hatten zwei Sitze hinten im Flugzeug. Sie waren Anfang vierzig. Sie trugen billige Anzüge, keine Schlipse, bügelfreie Hemden, ungeputzte Schuhe.

»Die Stewardess da, die kleine mit den tollen Beinen, Vince, die hätt ich gern. Sieh dir bloß ihren *Hintern* an!«

»Nee«, sagte Vince, »ich find die große gut. Ihre Nase, ihre Lippen, die ungekämmten, strähnigen Haare. Sie kommt mir vor wie eine Besoffene, die nicht weiß, wo sie dran ist.«

»Sie hat keinen Busen, Mann.«

»Das ist mir egal.«

Das Flugzeug durchflog eine Wolkenbank, und sie betrachteten die weißen Fäden draußen, die sich wie Rauch kräuselten. Dann waren sie wieder in der Sonne.

»Ziehen wir's durch, Ed?«

»Warum nicht?«

Vince trank seinen Becher aus und stellte ihn vor sich auf die Ablage. »Es ist blöd.«

»Na gut. Vergiss es. Ich mach's allein.«

»Ich find's blöd, Ed. Lassen wir's doch.«

»Vince, du hast weniger Mumm als ein Karnickel.« Eddie trank aus, stellte den leeren Becher auf Vinces Ablage, klappte die eigene Ablage hoch und drückte sie in die Rückenlehne des Sitzes vor ihm. Dann stand er auf, trat in den Gang, zog am Griff der Gepäckablage und holte eine prall gefüllte Aktentasche heraus. Er schloss die Ablage und setzte sich wieder, die Aktentasche auf dem Schoß.

»Also, Vince. Bist du dabei oder nicht?«

»Denk noch mal drüber nach, Eddie ...«

»Ja oder nein?«

»Na gut, na gut ...«

Eddie drückte den Knopf mit dem Stewardesszeichen an der Sitzlehne und wartete.

»Tu's nicht, Eddie. Bestellen wir bloß was zu trinken.«

Es dauerte drei, vier Minuten, aber die Stewardess kam. Es war die mit den tollen Beinen.

»Ja, Sir, Sie haben geläutet?«

»Wie heißen Sie, Stewardess?«

»Vivian.«

»Ich möchte, dass Sie sich vorbeugen, Vivian, damit ich Ihnen etwas ins Ohr sagen kann, das die anderen Fluggäste nicht hören sollen.«

»Sir, ich bin *sehr* beschäftigt ...«

»Tun Sie mal, was ich sage. Es ist sehr wichtig.«

Die Stewardess beugte sich vor.

»Also, Vivian«, flüsterte Eddie, »in der Aktentasche hier auf meinem Schoß ist genug TNT, um dir die verdammten Beine und den verdammten Arsch wegzupusten und alles, was du sonst noch hast ...«

Die Stewardess starrte Eddie nur an.

»Es reicht auch, um meine edlen Teile und sämtliche Teile von jedem in dieser Maschine wegzupusten. Begleiten Sie meinen Freund und mich jetzt zu Ihrem Flugkapitän und seinem Copiloten.«

»Ja, Sir«, sagte die Stewardess.

»Komm, Junge«, sagte Eddie zu Vince.

Die Stewardess ging den Gang hoch, und die Männer folgten ihr. Sie gingen durch die Erste Klasse und betraten das Cockpit. Zu dritt blieben sie hinter den Piloten stehen.

»Captain Henderson ...«, setzte die Stewardess an.

»Captain Henderson«, sagte Eddie, »Sie geben jetzt keine Funksprüche auf und beantworten auch keine.«

»Übernehmen Sie mal, Marty«, sagte Henderson zum Copiloten. Dann drehte er sich um. »Darf ich fragen, was ...«

»Na, sieh dir den Kapitän an«, sagte Eddie. »Fett ist der, was?«

»Allerdings«, sagte Vince.

»He, Junge«, sprach Eddie den Captain an, »sind Sie nicht ein bisschen dick?«

Captain Henderson schwieg. Er sah Eddie mit seiner Aktentasche an. Eddies rechte Hand steckte unter der Klappe.

»Ich hab Sie was *gefragt*, Captain.«

»Na ja, ich hab vielleicht fünf, sechs Kilo zu viel.«

»Sieht mir eher nach zehn aus. Trinken Sie viel Bier?«

»Hören Sie, was soll das hier?«

»Wie viel Bier trinkst du, Dicker?«

»Außer Dienst so fünf, sechs Flaschen.«

»Wär' noch ein Spaß, etwas von dem Speck wegzupusten. Und wie heißen Sie, Copilot?«

»Marty. Marty Parsons.«

»Sie halten weiter Kurs auf New York City, verstanden?«

»Verstanden.«

»Mein Freund hier, Vince, der redet nicht viel. Ich bin der Anführer, und er ist der Verrückte. Er hat den alten Selbstmordkomplex. Das liegt in der Familie. He, Vince, erzähl ihnen von deinem Bruder.«

»Davon wollen die doch nichts hören, Eddie.«

»Komm schon, erzähl. Die sollen wissen, dass das in der Familie liegt.«

»Was soll das?«, fragte Vivian. »Müssen wir uns hier Anekdötchen anhören?«

»Klappe, du Miststück. Jetzt erzähl's ihnen mal, Eddie.«

»Na gut, ich hatte einen Bruder. Dan hieß er. Er war nicht besonders glücklich ...«

»Hören Sie«, unterbrach Captain Henderson, »was wollen Sie eigentlich?«

»Darauf kommen wir schon noch. Ich möchte die Geschichte hören. Weiter, Eddie ...«

»Mein Bruder war also nicht besonders glücklich. Er beschloss, sich das Leben zu nehmen. Er sprang aus einem Fenster im ersten Stock. Er wollte auf den Gehsteig springen, aber das ging schief ...«

»Okay. Wo ist er gelandet, Vince?«

»Näher am Haus. Er ist seitlich in einen alten Eisenspitzenzaun gesprungen ...«

»Erzähl weiter, Vince ...«

»Die Rettungsleute kamen, und er steckte da mit vierzehn Eisenspitzen in der Seite. Der eine Sanitäter sagte: ›Wir müssen ihn da sofort runterholen.‹ Aber der andere sagte: ›Nein, dann stirbt er uns weg.‹ Niemand wusste weiter ...«

»Gut, Vince ... Und dann ...?«

»Er verlor so viel Blut. Also haben sie meinen Bruder einfach festgehalten, damit die Spitzen nicht noch tiefer eindrangen. Und sie haben auf Hilfe gewartet ...«

»Wir hätten ihn runtersprengen können ... Und dann?«

»Mein Bruder weinte und schrie. Schließlich kam ein bekannter Arzt an und sagte: ›Wir brauchen einen Schweißer oder so was, der die Eisenspitzen abschneidet. Dann können wir ihn ins Krankenhaus bringen und die Spitzen einzeln rausziehen.‹«

»Hören Sie«, sagte Captain Henderson, »ich verstehe das alles nicht ...«

»Weiter, Vince.«

»Also haben sie einen Schlosser kommen lassen, und der hat die Spitzen vom Zaun geschnitten. Dann haben sie meinen Bruder ins Krankenhaus gebracht und ihn vierzehn Monate dabehalten. Sie haben eine Spitze entfernt, das Loch verarztet und ein paar Wochen gewartet, dann sind sie an die nächste Spitze gegangen und haben die entfernt. Nach über einem Jahr Eisenspitzenrauszieherei haben sie ihn schließlich zur Therapie in eine Klinik geschickt.«

»Psychotherapie«, sagte Eddie. »Und dann?«

»Sie ließen ihn gehen. Zwei Wochen später hat er sich mit einer Schrotflinte erschossen.«

Es war still. Das Flugzeug hielt Kurs auf New York City.

Dann ergriff Eddie das Wort. »Wir sind jetzt hier, um jeder eine Stewardess zu vergewaltigen. Eure Stewardessen gefallen uns.«

»Mit so was kommt ihr nicht davon«, sagte Captain Henderson.

»Entweder doch, oder wir sterben alle.«

»Und dann? Was haben Sie denn vor?«

»Unser Plan steht. Keine Sorge.«

»Aber vögeln können Sie doch auch am Boden. Das kriegen Sie überall für 50 Dollar.«

»Daran liegt uns nichts. Wir wollen eure Frauen.«

»Da wandeln Sie auf gefährlichen Abwegen.«

»Lassen Sie das unsre Sorge sein. Ich hab den alten Selbstmordkomplex übrigens auch. Deshalb habe ich mich mit Vince zusammengetan.«

»Tja«, sagte Vivian, »ich spiele da nicht mit. Sie können uns alle in die Luft jagen!«

Eddie reichte Vince die Aktentasche. »Vorsicht ... Lass sie nicht fallen! Steck die Hand unter die Klappe. Sachte. Spürst du den Schalter, Vince?«

»Ja.«

»Drück den nur, wenn du das Gefühl hast, aufs Kreuz gelegt worden zu sein ...«

»Warte ich auf dein Kommando, Eddie?«

»Nein, du urteilst selbst.« Eddie wandte sich Vivian zu.

»Zum Teufel mit Ihnen«, sagte sie, »mir machen Sie keine Angst, Sie elender Spinner!«

Eddy boxte sie kurz in den Bauch, und als sie sich zusammenkrümmte, schlug er ihr die Faust ins Gesicht. Vivian stürzte in den Winkel hinter Captain Hendersons Sitz. Zitternd fuchtelte sie um sich. Sie fing an, hysterisch zu heulen. Eddie rannte hin und stopfte ihr sein Taschentuch in den Mund.

»Wenn sich einer von den Typen rührt, drückst du den Knopf, Vince!«

»Okay, Eddie ...«

Eddie beugte sich über Vivian und schob ihren Rock bis zur Taille hoch. Sie trug eine Strumpfhose und wollte sich auf die Seite drehen. Eddie hielt sie gerade.

»Oh«, sagte Vince, »du hast recht, Eddie, sie hat *schöne* Beine! Ich hab Angst, richtig Angst, aber ich kriege einen Steifen!«

Ihre Beine waren wirklich kräftig und schön, reif wie Feigen an einem Baum, perfekt gerundet, sie platzten förmlich aus der engen Strumpfhose. Vivian holte aus und zerharkte Eddies Gesicht mit den Fingernägeln beider Hände. Er ohrfeigte sie noch einmal mit Wucht, und sie ließ die Hände sinken. Er zog den Reißverschluss seiner Hose auf, und das Ding stand vor ihm, wild und ungestüm. Er beugte sich über sie, packte ihren Hintern und hob ihn an. Ihre Augen starrten ihn an. Sie waren groß und dunkelbraun. Er musste an den alten Marlon-Brando-Film denken und riss ihre Strumpfhose vorne zwischen den Beinen auf. »Ich spritze in dir ab, du Miststück!« Er stocherte vergebens, dann nahm er die Hand zu Hilfe und drückte die Eichel rein. Sie zitterte und wand sich, ein Schlangengeschöpf. Dann drang er etwas weiter vor. Und dann stieß er ihn ganz rein. Er rammelte wild drauflos und sah zu, wie ihr Kopf wippte und gegen den Boden knallte. Es gab kein Halten. Der Höhepunkt nahte, und er stieß heftig und tief in sie hinein, dann kam er. Es schien, als hätte er unendlich viel Sperma, es kam und kam, während er in ihre weitaufgerissenen braunen Augen schaute. Dann war es vorbei. Eddie stand langsam auf, blieb einen Moment wie gelähmt vor ihr stehen und sah sie an. Dann packte er ihn weg, zog den Reißverschluss hoch und wandte sich Vince zu.

»Okay, und jetzt du. Ich hol dir deine Stewardess.«

»Damit kommt ihr nicht davon!«, sagte Henderson.

»Meinst du nicht?«

»Wie soll das denn gehen? Wie wollt ihr hier rauskommen?«

»Lass das unsre Sorge sein. Jetzt halt erst mal den Rand!«

Vivian raffte sich vom Boden auf, ihr zerknitterter Rock fiel wieder runter. Sie wankte und zog sich das Taschentuch aus dem Mund.

»Wie war's für dich, Baby?«, fragte Eddie.

»Sie verkommener Dreckskerl«, sagte sie, »Sie stinken! Wenn ich Sie umbringen könnte, würde ich es tun.«

Die Kanzeltür öffnete sich, und die andere Stewardess kam herein, die mit den strähnigen Haaren. »Was ist denn hier los?«, fragte sie. »Ich serviere da draußen ganz allein die Getränke, und *alle* haben Durst!«

»Raus hier, Karen!«, sagte Captain Henderson.

»Bleiben Sie schön, wo Sie sind, Karen!«, sagte Eddie. Er

nahm Vince die Aktentasche ab und schob die Hand unter die Klappe.

»Sperr die Tür ab, Vince. Wir haben genug Gesellschaft.«

Vince sperrte die Kanzeltür ab. Karen sah Vivian an. »Huch ... was ist denn mit dir passiert?«

»Ich bin gerade vergewaltigt worden ...«

»Und jetzt sind Sie dran, Karen«, sagte Eddie.

»Er hat Dynamit in der Aktentasche, Karen«, warf Henderson ein.

»Bitte? Deswegen lass ich so was noch lange nicht mit mir machen.«

»Karen, Sie sind dran. Mein Freund begehrt Sie. Wir haben das TNT und sind bereit, davon Gebrauch zu machen. Sie wiederum sind verpflichtet, in Zwangssituationen das Flugzeug, die Besatzung und die Fluggäste zu schützen. Ein Freund von mir war mal bei der Gepäckverladung. Daher kenne ich die Bestimmungen.«

»Zum Teufel damit«, sagte Karen, »mich vergewaltigt keiner!«

»Captain Henderson«, sagte Eddie, »sind Sie bereit, das letzte Gebet für uns zu sprechen?«

»Hören Sie, Karen«, sagte Henderson, »diese Verrückten sind imstande und machen ernst.«

»Captain Henderson«, sagte Marty, der Copilot, »Karen ist meine Freundin.«

»Denken Sie an die Passagiere«, sagte Henderson, »denken Sie an das Flugzeug.«

»Ihnen geht's nur um den eigenen Arsch, Henderson.«

»Los, Vince«, sagte Eddie, »nimm sie dir! Von denen hier will keiner sterben. Bedien dich!« Eddie schob die Hand tiefer unter die Aktentaschenklappe. Unter dem Haaransatz traten ihm Schweißperlen auf die Stirn.

Vince trat auf Karen zu. »Captain, bitte übernehmen Sie das Steuer«, sagte Marty. Henderson übernahm. Marty drehte sich um und sah Vince an. »Lass die Finger von ihr, du Scheißkerl!«

»Los, Vince«, sagte Eddie, »*nimm* sie! Wenn sich auch nur einer rührt, spreng ich uns alle in die Luft! Es ist mir Ernst damit!«

»Okay, Eddie ...«

Eddie blickte zu Karen und sah, was Vince an ihr fand. Es waren die wilden, wirren Haare, die spitze Nase und die etwas dümmlich schmollenden Lippen. Vince ging zu Karen und packte sie. Sein Mund war auf ihrem, und sie stemmte die Hände ein wenig gegen seinen Brustkorb. Sie wirkte hilflos, wie betäubt ...

»Du hast die bessere, Vince«, sagte Eddie, »du Sausack, hast du ein Schwein!«

Während er Karen noch küsste, hielt Vince mit einem Arm ihre Taille umschlungen und hob mit der anderen Hand ihren Rock an. Ihre Beine waren lang, schlank und fabelhaft. Sie trug eine dunkle Strumpfhose. Vince hielt ihre Taille, küsste sie, beugte sie hintenüber und knetete mit der freien Hand ihren Hintern.

Marty stand von seinem Sitz auf. »Lass das, du Drecksau! Du sollst damit aufhören!«

»Halt du dich da raus, Marty«, sagte Eddie, dem der Schweiß jetzt nur so übers Gesicht lief, »halt dich da raus, Marty, hörst du? Ich will mir das *ansehen*!«

Dann fasste Vince ihr zwischen die Beine. Er küsste sie am Hals und schob ihren Kopf nach hinten. Marty preschte nach vorn und sprang Vince an, und dann blitzte die Sonne, und Rumpf und Tragflächen trennten sich, und die Triebwerke lösten sich von den Flügeln und stürzten ab, und der Rumpf stürzte ab, kreiselnd mit der Schnauze voran wie ein übergroßer Wurfpfeil, und auch der Schwanz ging ab, während die Triebwerke noch aus dem Himmel fielen. Es geschah über einer Kleinstadt im mittleren Westen der Vereinigten Staaten, aber großer Schaden entstand nicht, außer dass ein Teil des Heckruders ein Dach durchbrach und genau an der Schulter den Arm eines siebenjährigen Mädchens abtrennte, das gerade seine Geschichtsaufgaben machte.

Fly the Friendly Skies

Es war fünf nach halb eins, nach dem Lunch, nach den Drinks, der Linienjet lag ruhig in der Luft, und der Film fing an: *Der Traum der Tänzerin*, nette kleine Handlung, dargeboten von einer Riege drittklassiger Schauspieler. Flug Nr. 654 von Miami nach L. A. an einem Donnerstag im März, fast klarer Himmel, wenig Bemerkenswertes. Das größte Problem war der Andrang vor den Toiletten, wo sich kleine Schlangen bildeten, aber so ging das immer nach Essen und Getränken. Die Passagiere waren Männer und Frauen, gemischt, und wenn überhaupt, stachen nur drei heraus: Kikid, Nurmo und Dak. Sie hatten drei Plätze in der Mitte rechts. Sie hatten die anderen beobachtet und sich leise unterhalten. Als dann eine Stewardess vorbeikam, nickte Kikid, und Dak sprang mit einem zur Schlinge geformten Stück Schnur auf. Er lief hinter ihr her, warf ihr die Schnur über den Kopf und zog die Schlinge zu.

»Still, Alte, sonst stirbst du!«

Die meisten Passagiere bekamen zwar mit, was da lief, glotzten aber nur wie die Kühe vor sich hin oder benahmen sich, als sähen sie einen Film, der sie nichts anging.

Nurmo und Kikid sprangen auf. Zwei kleine junge Männer, dunkelhäutig, nervös.

»Bring sie zum Piloten und leier die Chose an«, sagte Kikid zu Dak.

Die Passagiere schauten zu, wie Dak die Stewardess zur Pilotenkanzel bugsierte. Ein stämmiger junger Mann weiter oben im Gang drehte sich zu Kikid und Nurmo um und sagte: »Überlegt euch das lieber noch mal; das ist eine sehr ernste Angelegenheit.«

»Hör zu, Mann«, sagte Kikid, »halt du dich da raus!«

»Genau«, sagte Nurmo, »halt dich da raus, verdammt!«

Der stämmige junge Mann, der ein Footballspieler hätte sein können, hängte an: »Ich warne euch nur im Guten.«

»Also wenn hier einer warnt, dann bin ich das!«, gab Kikid zurück.

»Ich meine ja nur«, erläuterte der junge Mann, »dass ihr …«

»Leck mich doch! Was hab ich dir gesagt? Was hab ich dir verdammt nochmal gerade gesagt?«

Kikid lief zu dem jungen Kerl hin. Der sah ihn kommen und wollte aufstehen, aber dazu musste er erst den Sitzgurt lösen. Das kam ihn teuer zu stehen. Kikid packte ihn am Kragen, dann blitzte etwas in seiner Hand – ein Dosenöffner aus Metall. Er stach die Spitze in das eine Auge des jungen Mannes und drehte sie kurz herum. Der Schmerzensschrei erschütterte förmlich das Flugzeug. Der junge Mann hielt sich beide Hände an den Kopf. Das Auge lag auf dem Boden. Kikid sah es, stellte den Fuß darauf und zertrat es wie eine Schnecke.

»So«, sagte er, »wenn dir das andere Auge lieb ist, halt besser die Klappe!«

Im selben Moment kam die Stimme des Piloten über die Sprechanlage: »HIER SPRICHT CAPTAIN EVANS. ICH MUSS IHNEN LEIDER MITTEILEN, DASS UNSER FLUGZEUG GEKAPERT WORDEN IST. WIR NEHMEN JETZT KURS AUF HAVANNA. BITTE FÜGEN SIE SICH DEN ENTFÜHRERN. TUN SIE NICHTS, WAS IHNEN ODER EINEM DER ANDEREN FLUGGÄSTE SCHADEN KANN. VIELEN DANK.«

»Okay«, sagte Kikid, »zunächst möchte ich, dass alle auf ihren Plätzen bleiben.«

»Genau«, sagte Nurmo, »bleibt sitzen.«

Von hinten eilte eine Stewardess mit einem Verbandskasten herbei. Sie leistete dem blutüberströmten jungen Mann, der ein Auge verloren hatte, Erste Hilfe.

»Oho«, sagte Kikid, »was für tolle Püppchen hier rumlaufen! Geht doch nichts über eine Ladung Muschis!«

Er sah zu, wie sie über den jungen Mann gebeugt stand. Sie hatte einen schönen Po, so rund und jung, wirklich ein Wahnsinnsarsch. Er grabschte nach ihrem Hintern und ließ wieder los. Die Stewardess richtete sich auf und sah Kikid an. Sie hatte ein Kleinmädchengesicht, Sommersprossen, volle Lippen, lange rotbraune Haare.

»Behalten Sie die Finger bei sich, Sie Ferkel!«

»Kümmer dich um deinen Patienten, und sei froh, dass ich's dabei belasse!«, antwortete Kikid.

»Entführen Sie Ihr Flugzeug. Ich versuche, dem Mann hier das Leben zu retten!«

Sie machte sich wieder an die Arbeit.

Nurmo, der hinter Kikid stand, sagte: »Wir sind keine Entführer! Wir sind FREIHEITSKÄMPFER!«

»Durch und durch«, sagte Kikid.

Sein Blick blieb auf dem Hintern der Stewardess. Noch nie hatte er einen so fabelhaften Hintern gesehen, und er hatte schon sehr, sehr viele Hintern gesehen und gewürdigt. Der hier bewegte sich so einladend. Kikid griff noch einmal zu und packte eine Arschbacke.

Die Stewardess fuhr herum und sah Kikid an.

»Ich versuche hier, die Blutung zu stillen! Sonst stirbt der Mann!«

»Ist das so?«, fragte Kikid.

Er zog die Schnur aus der Tasche. Sie war, wie die von Dak, zu einer Schlinge verknotet. Eine schnelle Bewegung, und sie lag um den Hals der Stewardess. Er straffte sie und zog das Kleinmädchengesicht mit dem Wunderarsch näher. Er zog es ganz ran und küsste sie heftig. Dann ließ er sie los, schaute sie an.

»Oje«, sagte er, »ich glaube, ich werde steif!«

Kikid hielt die Stewardess an der Schnur dicht vor sich. Die Röte und die Angst, fand er, standen ihr gut. Die anderen Passagiere schauten entsetzt zu.

»He, Mann«, protestierte Nurmo, »wir entführen ein Flugzeug. Was soll denn der Scheiß mit der Tussi?«

Kikid, die Stewardess noch an der Strippe, wandte sich Nurmo zu. »Mann, ich schmeiß den Laden hier! Geh du mal nach vorne zu Dak, ob da alles okay ist!«

Dann sah er wieder die Frau an. »Du gefällst mir, Baby. Sehr sogar! Du lutschst mir jetzt einen. Vor den ganzen netten Leuten hier.«

»Nein«, sagte die Frau, »lieber sterbe ich!«

»Tja, Baby«, sagte Kikid lächelnd, »wie du meinst.«

Er zog die Schlinge um ihren Hals etwas straffer und zog den Reißverschluss seiner Hose auf. Er holte sein Glied raus. Schlaff und hässlich hing es da. Der Verletzte war unterdessen auf seinem Platz zusammengesackt und verströmte sein Lebensblut in den Gang. Kikid zog das Gesicht der Frau näher zu sich und lächelte sie an. »Los, Baby, lutsch mir einen!«

»Lieber sterbe ich!«, schrie sie.

Lächelnd straffte Kikid die Schlinge. Das Gesicht der Frau lief dunkel an. Kikid zog die Schlinge noch fester. Der Kopf der Frau senkte sich.

»Gut, Baby! Noch ein bisschen tiefer! Na also … das gefällt

dir schon, und mir gefällt es auch, und vielleicht gefällt's den ganzen Leuten, die uns zusehen!«

Der Kopf der Frau war da.

»JETZT HOL'S DIR, NUTTE, ODER ICH BRING DICH VERDAMMT NOCHMAL UM!«

»Mein Gott, kann denn niemand was tun?«, krächzte eine alte Frau von hinten.

»Es tut ja schon jemand was, Oma«, sagte Kikid, »und sie macht das richtig gut, wie ein Pro. Wie eine gottverfluchte Professionelle! Ach du, ach du Scheiße, das halt ich nicht aus. Ich liebe dich, Fotze! Hol's dir, hol dir ALLES! Schluck es, du Miststück, schluck's runter!«

Dann löste sich Kikid, stieß die Stewardess zu Boden und sagte: »So einen schnellen Blowjob hatte ich noch nie. Du leckst und saugst gleichzeitig, und ich als FREIHEITS-KÄMPFER danke dir dafür.«

Dann zeigte er auf den Sterbenden. »Okay, schau mal, ob du das Arschloch zusammengeflickt kriegst! Er versaut den ganzen Boden mit seinem Blut!«

Der Film vom *Traum der Tänzerin* endete gerade, wenn auch vielleicht niemand mehr auf die Handlung geachtet hatte. Und Kikid machte im selben Moment seinen Hosenstall zu, als Nurmo aus der Kanzel kam.

»Wie läuft's da vorne?«, fragte ihn Kikid.

»Alles klar, Dak hat noch die Geisel, und wir halten Kurs auf Havanna.«

»Prima«, meinte Kikid, »dann ist unser FREIHEITSKÄMP-FER-Auftrag so gut wie erfüllt.«

»Und was machen wir jetzt?«

»Wir warten«, antwortete Kikid.

Es war 13.43 Uhr, nicht mehr weit zum Golf von Florida, die Stewardess versuchte alles, um die Blutung des Sterbenden zu stillen. So oder so konnte man wohl nur abwarten. Kikid und Nurmo behielten die Passagiere im Auge.

»Okay, Herrschaften, ihr wisst, was euer Captain euch geraten hat. Macht keinen Ärger. Wir haben die Kleine vorne als Geisel. Wenn ihr hier irgendwas Komisches abzieht, ist die Kleine dran«, erklärte ihnen Kikid.

Plötzlich sprang ein silberner Lichtstrahl in die Kabine.

»Scheiße, was war das denn?«

»Keine Ahnung, Mann ...«, sagte Nurmo.

Kikid lief zum Fenster und beugte sich über ein paar Fluggäste. »Da! Da kam der Blitz her! Siehst du das Ding da draußen?«

Auch Nurmo schaute aus dem Fenster.

»Ich seh's! Mann, das ist silbern, rund und glitzert!«

»Eine scheiß fliegende Untertasse ist das!«, rief Kikid.

»Und weg ist sie!«

»Wohin denn?«

Sie liefen zu den Fenstern auf der anderen Seite. Nichts zu sehen. Sie stellten sich wieder in den Gang.

»Das ist ja schräg«, sagte Kikid. »Eine fliegende Untertasse.«

»Ich hab das Gefühl, die ist direkt über uns!«, sagte Nurmo.

»Und ich hab das Gefühl, dass irgendwas Komisches passiert!«

»Ich weiß auch, was«, sagte die alte Frau von vorhin, »das ist Gott! Gott ist gekommen, um uns vor der Entführung nach Havanna zu bewahren!«

Kikid fuhr zu der alten Frau herum und sagte: »Omi, du laberst nur Scheiße!«

»Der Herrgott kommt uns erlösen!«, schrie sie.

Dann gab es einen violetten Lichtblitz, ein Violett, wie man es auf der Erde noch nicht gesehen hatte, und auf einmal erschien eine kugelrunde Gestalt vor ihnen, fast nur Kopf, mit Augen so hell wie 500-Watt-Glühbirnen. Alles andere an dem Ding war winzig: Ohren, Beine, Mund. Es wog sicher 140 Kilo und hatte eine metallische Haut. Kaum zu glauben, dass es auf den kleinen Beinchen stehen konnte. Insgesamt aber strahlte das Ding eine unerhörte Macht und eine vorbehaltlose, großartige Intelligenz aus. Es stand da und nahm die Szene in sich auf.

»O Gott«, wehklagte die alte Frau, »ich hätte nie gedacht, dass du so aussiehst!«

»Still, du dämliche Hippe«, antwortete ihr das Ding.

Nach einer Pause redete es weiter.

»Wieso fliegt diese Maschine Richtung Havanna? Mein Bauch sagt mir, dass sie eigentlich nach L. A. soll. Hmmm ... verstehe ...«

Das Ding wandte sich Kikid und Nurmo zu.

»Hör zu, Mann«, sagte Kikid, »vielleicht können wir was aushandeln?«

»Ich verhandle nicht«, erwiderte das Ding.

Und prompt schoss ein Strahl aus einem der 500-Watt-Augen des Dings.

Kikid schmolz langsam in sich zusammen und ließ, als er weg war, einen Gestank nach verbranntem Gummi zurück.

Das Ding wandte sich Nurmo zu.

»Hör zu, Mann«, sagte Nurmo, »dein Wunsch ist mir Befehl! Ich bin auf deiner Seite! Dein Sklave auf Lebenszeit! Ich arbeite für sechs Cent die Stunde und spende die Hälfte meines Lohns der Wohlfahrt! Was hältst du davon?«

Die Antwort kam aus dem anderen 500-Watt-Auge und ließ Nurmo langsam zerschmelzen, bis nur noch der Gestank nach verbranntem Gummi übrig blieb.

»Du hast uns errettet, Gott!«, rief die alte Frau, »aber vorne ist noch einer!«

»Schweig, Alte. Das ist mir bekannt. Darum kümmere ich mich bei Gelegenheit.«

»Danke, Gott«, sagte die alte Frau.

»Danke, Gott«, sagte ein Mann.

»Ja, danke, Gott«, sagte ein Dritter.

Das Ding wandte sich der Stewardess zu, die noch mit dem Sterbenden beschäftig war. Sie richtete sich auf. Sie hatte alles gegeben, und ihre Uniform war blutverschmiert. Die Passagiere schauten zu.

»Was soll ich für Sie tun?«, fragte sie.

»Du sollst mir einen lutschen!«, sagte das Ding.

»Nein! Niemals!«

»Du hast keine andere Wahl. Mein Wille ist stärker als deiner. Du machst das schon …«

Und plötzlich sprang unten bei den Beinchen ein langer, dünner Antennenstab aus der Kopfkugel hervor. Er war silbern, aber doch hautartig. Glitzernd und bebend hing er heraus. Die Stewardess bewegte sich darauf zu. Sie hob das ganze Gerät an und steckte sich die Spitze in den Mund. Ihre Ohren zitterten, und der Speichel lief ihr am Kinn runter. Sie legte los, und das Ding fasste ihr mit den kleinen Händchen in die Haare. Der Jet flog durch eine Regenwolke. Sekundenlang war es dunkel, dann wieder hell, und das Ding sagte: »Hol's dir, du Miststück! Hol's dir!«

Wieder so ein Flug, der mit Verspätung am L. A. Airport ankommen würde.

Die Lady mit den Beinen

Das erste Mal sah ich sie in einer Bar in der Alvarado Street. Lisa. Ich war 24, sie ungefähr 35. Sie saß mitten am Tresen, und links und rechts von ihr war ein Hocker frei. Gegenüber dem Durchschnitt der Frauen, die dort verkehrten, war sie eine Schönheit. Das Gesicht ein bisschen rund, die Haare nichts Besonderes, aber sie strahlte Ruhe aus, wie sie dasaß, und eine gewisse Traurigkeit. Auch etwas Unheimliches hatte sie an sich.

Ich stand auf und ging zur Toilette. Im Vorbeigehen musterte ich sie doppelt, einmal von jeder Seite. Sie war klein, etwas gedrungen, mit einem gutgeformten Hintern. Aber das Erstaunlichste an ihr waren die Beine: schöne Fußgelenke, perfekte Waden, Knie, die gekniffen werden wollten, und wunderbare Oberschenkel.

Es war, als hätte sich dieser Teil von ihr gehalten, während es mit dem übrigen Körper schon etwas bergab ging.

Ihr Kinn war zu rund und das Gesicht leicht verquollen. Sie sah alkoholkrank aus.

Ihre hochhackigen Schuhe waren schwarz und blank, und am linken Arm, über dem dunklen Muttermal am Handgelenk, trug sie drei falschgoldene Armreife. Sie rauchte eine lange Zigarette und schaute in ihr Glas. Anscheinend trank sie Scotch und eine Flasche Bier dazu.

Ich setzte mich wieder auf meinen Platz, trank meinen Whiskey Sour aus und bedeutete dem Barmann, mir noch einen zu bringen. Er schob ab. Als er mit dem Drink wiederkam, fragte ich ihn nach der Lady mit den Beinen.

»Oh«, sagte er, »das ist Lisa.«

»Sieht ziemlich gut aus«, sagte ich. »Wieso setzt sich keiner zu ihr?«

»Ganz einfach«, antwortete er. »Sie ist verrückt.«

Dann ging er davon.

Ich nahm mein Glas und ging zu Lisa rüber. Setzte mich auf den Hocker links von ihr, steckte mir eine Zigarette an und trank einen Schluck. Ich war ziemlich stramm.

Ich trank meinen Whiskey Sour aus und nickte dem Barmann zu. »Dasselbe noch mal für die Lady und mich. Plus zwei Heineken.«

Prompt kippte Lisa ihr Glas runter.

Als der Nachschub kam, trank sie einen Schluck, und ich trank einen Schluck.

Dann saßen wir da und schauten vor uns hin.

Nach ein paar Minuten sagte sie: »Ich mag die Menschen nicht – du?«

»Nein.«

»Du siehst nach einem ziemlich fiesen Typ aus. Bist du so fies?«

»Nein.«

Sie trank ihr Glas aus und schob einen guten Schluck Bier nach. Ich machte es genauso.

»Ich bin verrückt«, sagte sie.

»Und?«

»Bist du auch verrückt?«, fragte sie.

»Ja.«

Ich winkte den Barmann ran.

»Die nächste Runde geht auf mich«, sagte Lisa.

Sie bestellte, als hätte sie das schon ihr Leben lang getan. Als die Drinks kamen, sagte ich: »Danke, Lisa.«

»Gern … Wie heißt du?«

»Hank.«

»Gern, Hank.«

Lisa trank einen Schluck, dann warf sie mir einen Blick zu.

»Bist du verrückt genug, um einen Barspiegel einzuschmeißen?«

»Das hab ich wohl schon mal gemacht.«

»Wo denn?«

»Im Orchid Room.«

»Das Orchid Room ist doof.«

»Da geh ich auch nicht mehr hin.«

Lisa trank ihr Bier auf ex, stellte die Flasche ab und seufzte: »Ich glaub, ich schmeiß mal den Barspiegel hier ein.«

»Tu das«, sagte ich.

Lisa trank ihren Scotch aus, stand auf und ergriff die Bierflasche.

Ich sah, wie sie sie über den Kopf hob. Ich sprang auf, um sie am Arm zu packen, kam aber einen Hauch zu spät: Ich bremste ihren Überkopfwurf nur ein bisschen.

Die Heinekenflasche flog in hohem Bogen langsam auf den Barspiegel zu, während ich mir im Kopf schnell »Nein, nein, nein, NEIN!« sagte.

Mit einem überlauten Krachen sprangen die Glassplitter heraus wie dicke Eiszapfen, und aus einem unerfindlichen Grund ging das Licht aus.

Es war beängstigend, herrlich und schön.

Ich trank mein Glas aus.

Im Dunkeln sah ich eine Menge Weiß auf uns zu rauschen. Es war der Barmann, hauptsächlich Schürze und Hemd. In voller Fahrt.

»DU DÄMLICHE IRRE!«, brüllte er. »ICH BRING DICH UM!«

Ich brachte Lisa hinter mich.

Ich packte meine Bierflasche. Versuchte, den richtigen Moment abzupassen. Mit Erfolg. Ich erwischte ihn über der linken Schläfe. Aber er fiel nicht um. Er blieb in seiner weißen Kluft im Dunkeln stehen. Wie ein Portier, der auf ein Taxi wartet.

Ich nahm die Flasche in die linke Hand und schlug sie ihm über die rechte Schläfe. Er fiel auf den Tresen zu und fing sich mit beiden Händen an der Kante ab. Einen Moment blieb er so, dann kippte er in Richtung Alvarado Street.

Als er am Boden aufschlug, ging das Licht wieder an.

Einen Augenblick lang schienen alle wie im Licht erstarrt: die Gäste, ich, Lisa, der Barmann.

Dann rief ich: »KOMM!«

Ich packte Lisa am Arm und zog sie zum Hinterausgang.

Dann waren wir in der Gasse, und ich zog sie voran.

»LOS! KOMM SCHON! TEMPO!«

»ICH KANN IN DEN VERDAMMTEN STÖCKELSCHUHEN NICHT LAUFEN!«

»ZIEH SIE AUS!«

Lisa blieb stehen, zog sie aus und gab mir einen. Den anderen behielt sie in der Hand, und wir rannten die Gasse hoch. Oben drehte ich mich um. Niemand war hinter uns her.

»Gut, zieh die Schuhe wieder an.«

Den ersten hatte sie bald wieder am Fuß. Sie hielt sich an meiner Schulter fest und stieg in den anderen. Dann stand sie wankend da.

»Okay«, sagte ich, »komm!«

»Wo gehen wir denn hin?«

»Zu mir.«

Wir standen nicht weit von der Straßenecke. Dann sah ich einen Bus anhalten, aus dem ein Fahrgast stieg. Ich winkte dem Bus und zog Lisa mit. Der Fahrer hatte schon die Tür geschlossen, sah uns aber. Er war nett und machte die Tür wieder auf. Ich schob Lisa durch und warf das Fahrgeld ein. Ich wollte sie zu einem Platz bugsieren, aber sie hielt sich an der Stange überm Geldeinwurf fest und wackelte daran herum.

Die irren grünen Augen funkelten mich an. »SCHEISSE! ICH WILL EIN TAXI! ICH BIN EINE DAME! ICH FAHR NICHT MIT DEM BUS! ICH FAHR NICHT MIT DEM BUS!«

Lisa war wie eine schöne betrunkene Gazelle, ihr herrlicher Hintern schaukelte im Fahrrhythmus des Busses.

»EIN TAXI WILL ICH! ICH BIN EINE DAME! WAS SOLL DER SCHEISS HIER?«

»Es sind nur vier Straßen, Baby.«

»SCHEISSE!«, schrie sie. »SCHEISSE!«

Die nächste Haltestelle war es schon. Ich zog an der Schnur. Der Bus fuhr rechts ran und hielt. Ich wand Lisas Hände von der Stange los und zog sie die Stufen runter zur Straße.

Der Busfahrer sah mich durch die offene Tür an.

»Viel Glück, Junge. Sie werden's brauchen.«

»Sie sind bloß neidisch«, sagte ich.

Er lachte, schloss die Tür und fuhr in die Nacht davon.

Lisa schien immer betrunkener zu werden, und ich war auch nicht mehr ganz frisch. Den einen Arm um ihre Taille, zog ich mit dem anderen ihren rechten Arm um meinen Hals und schleppte sie voran. Sie wankte und stolperte. Die schönen Beine konnten nicht mehr.

»Hast du keine Karre?«

»Nein.«

»Du bist ein Penner!«

»Ja.«

Langsam und mühevoll näherten wir uns meinem Apartmenthaus.

»Hast du irgendwas zu trinken da oben? Wenn du nichts zu trinken hast, geh ich nicht mit.«

»Jede Menge Wein ... vom feinsten ...«

»Mir ist schlecht«, sagte sie.

Lisa torkelte nach links. Ich war zu blau, um sie zu halten. Wir fielen hin. Zum Glück war eine hohe Hecke auf der Seite. Da kippten wir rein.

Ich wälzte mich aus dem Grün und landete rücklings auf dem Gehsteig. Ich stand auf. Dann schaute ich nach ihr.

Und da im Mondlicht lag Lisa, halb hingebreitet in der Hecke, halb auf dem Gehsteig. Sie hing seitlich herunter. Ihr hochgerutschter Rock enthüllte die wunderschönsten Beine auf Erden. Ich fasste es nicht.

Aber ich riss mich zusammen, da jeden Augenblick ein Streifenwagen auftauchen konnte.

»Lisa«, sagte ich, »LISA! BITTE WACH AUF!«

»Mmh ...«

»DIE BULLEN KOMMEN!«

Das zeigte Wirkung bei ihr. Als ich sie aus der Hecke zog, zwang sie ihre Beine zu gehorchen. Es war ein Akt terrorisierten Willens ...

Ich schaffte sie zum Eingang des Apartmenthauses, schaffte sie in die Lobby, brachte sie zum Aufzug. Ich drückte den Knopf, der Aufzug war da, und ich schuckelte sie rein. Ich drückte den Etagenknopf, hielt Lisa aufrecht und wartete. »Mein Sohn fehlt mir«, sagte sie. »Mein Kind.«

»Das versteh ich«, sagte ich.

Ich schaffte sie raus und brachte sie zu meiner Tür. Als ich aufschloss, lehnte sich Lisa gegen mich, und wir fielen beide in die Wohnung ...

Lisa stand auf, zupfte ihre Nylons zurecht, setzte sich in einen Sessel auf der anderen Seite und kramte Zigaretten aus ihrer Handtasche. Von draußen drang das überwiegend rote Neonlicht L. A.s herein.

Ich machte eine Flasche Wein für Lisa auf und schenkte ihr ein Wasserglas voll. Mit einem leisen Nylonrascheln schlug sie die Wunderbeine übereinander.

Auf der Couch ihr gegenüber machte ich mir selbst eine Flasche auf und schenkte mir ein Glas voll. Trank es, schenkte mir nach.

Lisa sah mich an. Ihre Augen wurden immer größer. Sie sah aus, als würde sie durchdrehen. Dann sagte sie: »Du findest dich *ganz toll*! Du hältst dich für Mr *van Bilderass*!«

Ich saß da in meiner Unterwäsche. Sie war dreckig und zerrissen.

Ich stand auf.

Ich warf mich in Positur.

Ich klatschte mir auf die Schenkel.

»He, Baby, meinst du, du hast schöne Beine? Guck mal die hier!«

Dann streckte ich den Brustkorb raus und spannte den rechten Oberarmmuskel an. »Sieh dir das an, Baby! Ich hab schon so manche Drecksau mit *einem* Schlag niedergestreckt!«

Ich setzte mich wieder auf die Couch, trank mein Glas halb aus. Lisa sah mich bloß weiter an. Ihre Augen wurden immer noch größer und größer und größer.

»Du hältst dich wirklich für Mr *van Bilderass*!«

»GENAU!«

Sie griff nach ihrer verkorkten Weinflasche. Mit aufgerissenen Augen und wildem Blick hob sie langsam die Flasche über ihren Kopf und brachte den Arm in Wurfstellung, und ich rief: »WEHE!«

Sie ließ es sein.

»DU KANNST DAS SCHEISSDING WERFEN, ABER DANN SIEH ZU, DASS DU MIR DAS LICHT AUSBLÄST, SONST REVANCHIER ICH MICH SOFORT UND SCHLAG DIR DIE RÜBE AB!«

Ihre Augen blieben wild, aber sie ließ die Flasche langsam sinken und stellte sie auf den Boden.

Ich ging zu ihr, zog den Korken aus der Flasche und goss ihr Glas voll. Dann setzte ich mich wieder auf die Couch. Ich war sehr, sehr positiv gestimmt.

»So, Nutte«, sagte ich, »jetzt schieb doch mal deinen Rock ein bisschen hoch ...«

Positiv hin, positiv her, dass sie es tat, wunderte mich trotzdem.

Ihr Rocksaum war rund sechs Zentimeter oberhalb der Knie. Ich sah ein paar Zentimeter Haut über dem Strumpfrand.

»Gib mir noch mal drei Zentimeter!«, sagte ich. »Aber nicht mehr!«

Lisa zog den Rock drei Zentimeter höher.

Ich stellte mich vor sie hin.

Jedes Tal und jede Kurve ihrer Haut war erstaunlich. Die schwarzen Stöckelschuhe glänzten.

»DREH DEIN FUSSGELENK! WIPP MAL KURZ MIT DEM OBEREN BEIN!«

Lisa tat mir den Gefallen.

»JETZT HALT!«

Sie hielt inne.

»JETZT GIB MIR NOCH MAL EINEN FINGERBREIT!«

Lisa zog ihren Rock noch etwas höher.

»JA! SO!«

Ich glotzte. Ich fiel auf die Knie und schielte an ihren Beinen hoch.

Lisa grinste mich an. »Du hast ja 'n Knall; du spinnst!«

Ich schnappte mir einen Fuß von ihr. Ich drückte einen Kuss auf den schwarzen Stöckelschuh, seitlich, da wo der Strumpf in ihm verschwand. Dann küsste ich ihr Fußgelenk.

»Ein Mörder bist du aber nicht?«, fragte sie. »Eine Freundin von mir ist mal zu einem Typ aufs Zimmer gegangen, und er hat sie ans Bett gefesselt und sein Messer rausgeholt und ihr seine Initialen eingeritzt ... Sie hat so laut geschrien, dass die Polizei kam und sie gerettet hat ... So einer bist –«

»SEI STILL!«

Ich stand auf und holte ihn raus.

Ich spuckte mir in die Hand und fing an, mich zu massieren.

»Du elende Nutte«, sagte ich.

Ich wichste mit Hingabe.

»NOCH DREI ZENTIMETER! ZEIG MIR NOCH DREI!«

Ich semmelte drauflos.

»ZEIG MEHR! ZEIG MIR MEHR!«

Es war das Geheimnis, der Trick und das Ganze!

»DA! O MEIN GOTT!«

Ich kam.

Der glitschige weiße Saft spritzte heraus, das Angestaute, Freigesetzte aus Jahren der Frustration und Einsamkeit. Während es herausschoss, lief ich zu Lisa und verspritzte die weiße Eigenklebe auf ihre Nylons und Oberschenkel. Ich ließ es sprudeln.

Sie schrie und sprang auf. »DU SCHWEIN! DU SCHWACHSINNIGE DRECKSAU!«

Ich wischte mich an meinem Unterhemd ab. Dann ging ich wieder zur Couch, goss mir ein Glas ein und steckte mir eine Zigarette an.

Lisa kam wieder raus, setzte sich in ihren Sessel und

schenkte sich Wein ein. Dann zündete sie sich eine Zigarette an. Sie zog tief den Rauch ein, stieß ihn aus. Und im Ausatmen erklang ihre Stimme über den Rauch hinweg. »Du armseliges Arschloch.«

»Ich liebe dich, Lisa«, sagte ich.

Sie sah bloß nach links weg.

Ich ahnte ja nicht, dass das der Auftakt zu zwei der unglücklichsten und aufrüttelndsten Jahre meines Lebens sein sollte. Als sie mich wieder ansah, sagte sie: »Sonst hast du nichts zu trinken? Nur diesen billigen Scheißwein?«

»So schlecht ist er nicht, Lisa. Wenn ich ihn trinke und er mir die Kehle runterläuft, denke ich an was Schönes – zum Beispiel einen Wasserfall oder fünfhundert Dollar auf der Bank. Manchmal stelle ich mir auch vor, ich bin auf einer Burg mit einem Burggraben drumherum. Oder ich hab einen Schnapsladen.«

»Du bist verrückt«, sagte sie.

Und sie hatte vollkommen recht.

Willst du nicht mein Herzblatt sein?

Norman erwischte sie in einem neuen elfenbeinfarbenen Caddy mit 85 Meilen die Stunde auf der 405 Richtung Norden; er warf das Rotlicht an, sie sahen ihn und fuhren langsamer. Er winkte sie zur Ausfahrt. Sie fuhren ab, und er folgte ihnen. Es war 23.55 Uhr an einem Mittwochabend. Statt aber auf der Ringstraße anzuhalten, bog der Caddy schnell nach links in eine Wohnstraße ein, schaltete das Licht aus und blieb stehen. Norman stellte sich dahinter und gab über Funk das Kennzeichen durch. Dann stieg er vom Bike und ging mit seinem Knöllchenbuch zur Fahrertür.

Am Steuer saß eine Frau von etwa 32 mit rotgefärbten Haaren. Sie rauchte einen Zigarillo. Am Leib trug sie nichts als ein Paar zerkratzter brauner Stiefel und einem schmutzigen rosa Slip. Ihre Brüste waren enorm. Auf die eine hatte sie sich LIEBE IST SCHEISSE tätowieren lassen. Das hatte sicher weh getan.

Hinten saßen zwei dicke Männer von Mitte vierzig. Und hinten gab es eine Bar, einen Fernseher und ein Telefon. Die beiden Dicken sahen sehr wohlhabend und entspannt aus.

»Ihren Führerschein bitte, Ma'am ...«

»Meinen Führerschein hab ich im Arsch«, sagte die Frau.

»Das ist Blanche, Officer«, sagte der eine Mann. »Komm, Blanche, zeig dem Herrn deinen Führerschein.«

»Den hab ich im Arsch«, sagte Blanche.

»Ma'am, ich werde Sie vorladen müssen – wegen unsittlicher Entblößung, Geschwindigkeitsüberschreitung, weil Sie sich der Festnahme widersetzen ...«

Blanche sah Norman voll an. Sie spuckte den Zigarillo aus. Ihr breiter, lippenstiftbemalter Mund kräuselte sich, und kaputte gelbe Zähne kamen zum Vorschein.

»Scheiße, was soll das denn? Festnahme? WOFÜR, verdammt nochmal?«

»Ihren Führerschein bitte.«

»Meinen Führerschein? Hier ist mein Scheißführerschein! Sehen Sie ihn sich gut an!«

Blanche hob mit beiden Händen ihre gewaltige linke Brust an und ließ sie über den Fensterrand plumpsen.

»Blanche«, sagte derselbe Dicke wie zuvor, »zeig dem Herrn deinen Führerschein.«

»Officer«, sagte der andere Dicke, »wir bitten Sie um Entschuldigung. Blanche ist durch den Wind. Ihre Schwester in Cleveland ist gestern Abend gestorben.«

»Ihren Führerschein bitte, Ma'am ...«

»Ach, leck doch meine Muschi!«

Norman trat einen Schritt zurück.

»Okay, alle aussteigen!«

»Ach du Scheiße«, sagte einer der Dicken.

Der andere telefonierte: »He, Bernie, wir werden gerade hopsgenommen. Irgendwelche Anweisungen? Mhm? Wirklich? Okay.«

»Alle raus«, wiederholte Norman. »Aber sofort!«

Er ging zu seinem Bike zurück, um einen Mannschaftswagen anzufordern.

»HE!«

Es war einer der Dicken, der Dickere von beiden. Er lief, so gut er konnte. Er trug einen teuren grünen Anzug, der jedes seiner Fettpolster elegant umfloss.

»Da, Officer! Sie haben was verloren! Gut, dass ich das gesehen habe! Hier!«

Er drückte Norman sechs knisterneue Hundertdollarscheine in die Hand. Norman sah auf die Scheine, zögerte einen Moment und gab sie zurück.

»Ihnen zuliebe tu ich mal so, als hätten Sie gar nicht erst versucht, mich zu bestechen.«

Der Dicke rollte die Scheine zusammen und steckte sie ein. Er zog eine Zigarre hervor und zündete sie mit einem diamantbesetzten Feuerzeug an. Seine Augen, von denen man ohnehin nicht viel sah, wurden schmaler.

»Leute, die sich immer an die Vorschriften halten, kommen zu nichts. Ihr habt keine Zukunft. Gar keine.«

An dem elfenbeinfarbenen Caddy hatte sich Blanche mittlerweile einen neuen Zigarillo angesteckt und saß auf der Motorhaube. Sie schaute in den Himmel und versuchte, die Milchstraße zu orten.

Der andere Dicke stieg aus und ging zu dem Bike. Er trug einen orangen Overall und Schuhe aus Känguruleder. Um den Hals hatte er ein schweres Silberkreuz, das innen hohl, aber gefüllt war, voll mit Heroin. Ein hässliches Häutchen bedeckte fast sein ganzes linkes Auge. Aber das rechte Auge, stechend grün, blickte klar und verhieß Unheil.

»Was ist los, Eddie, will er nicht?«

»Der macht auf Jungpfadfinder, Marvin.«

»Das ist traurig.«

»Mehr als traurig. Jammerschade ist das.«

Norman griff zum Mikrophon, um seinen Funkspruch aufzugeben.

Eddie zog die Taschenpistole.

»Stecken Sie das Mikro weg, Officer. Bitte.«

Norman gehorchte.

Marvin trat hinter ihn. Knöpfte sein Halfter auf. Nahm ihm die Knarre ab. Dann den Schlagstock.

Eddie winkte mit der Stupsnase.

»So, Officer, gehen Sie langsam zum Wagen.«

Norman ging zum Wagen und dachte: »Sieht denn das keiner?«

Wo zum Teufel ist die Bürgerschaft, wenn ein Cop sie mal wirklich braucht?

Aus irgendeinem Grund fiel ihm der Streit ein, den er vor der Fahrt zur Arbeit mit seiner Frau gehabt hatte. Ein ziemlich hässliches Gezänk. Wohin die Urlaubsreise gehen sollte. Sie war für Hawaii gewesen. Er für Vegas.

»Halt, Pfadfinder.«

Sie blieben stehen, während Marvin den Kofferraum öffnete.

Und weiter ging's zum Caddy. Blanche sah sie und sprang von der Haube. Ihre Brüste zogen sie bei der Landung fast auf den Asphalt runter.

Sie lachte.

»Ja, Scheiße, was haben wir denn *da*? Können wir den Sack zumachen?«

»Wir können damit machen, was wir wollen«, sagte Eddie.

Er öffnete die Fondtür, setzte Norman das Knie in den Hintern, stieß ihn rein. Eddie stieg auf der einen Seite ein, Marvin auf der anderen. Blanche war am Steuer. Der Caddy fuhr los.

Marvin pfiff die ersten Takte von »God Bless America« und machte sich an der Bar einen Rum mit Wasser.

»Was zu trinken, Officer?«

Norman antwortete nicht.

»Was nimmst du, Eddie?«

»Whiskey mit einem Schuss Portwein.«

»Blanche?«

»Einen Sake. Heiß.«

»Wir machen einen tollen heißen Sake, Officer. Wollen Sie wirklich nicht?«

Norman schwieg.

»He, Eddie, ist dir schon mal was aufgefallen?«

»Was denn?«

»Alle Verkehrspolizisten haben einen herzförmigen Arsch.«

»Ja doch, ja. Ich glaub, das stimmt. Wie das wohl kommt?«

»Gottes Wege sind rätselhaft.«

»Aber echt.«

Blanche schlürfte den heißen Sake, den ihr Marvin reichte, auf einen Zug weg. Sie warf das Glas aus dem Fenster.

»Es wäre besser, Sie würden mich freilassen«, meldete sich Norman zu Wort.

»Au weia«, sagte Eddie, »hört euch den an.«

»Es ist traurig«, sagte Marvin.

»Mehr als traurig«, sagte Eddie.

»Und jammerschade«, sagte Blanche.

»Lassen Sie mich frei, und Sie haben noch eine Chance«, sagte Norman.

»Die schlechten Karten haben Sie hier«, sagte Marvin. »Glauben Sie mir, Officer, wer sich an die Vorschriften hält, ist arm dran, solang er lebt, und stirbt arm. Und oft zu früh.«

Blanche drehte sich um.

»Ach, hör doch auf, das arme Schwein zu ärgern! Wie der zum ersten Mal gewichst hat, ist er bestimmt gleich beichten gegangen. Schön blöd ...«, sagte Blanche

»Im Atomzeitalter wird alles immer blöder. Traurig ist das«, sagte Marvin.

»Mehr als traurig«, sagte Eddie.

Dann war der elfenbeinfarbene Caddy wieder auf der 405 und flog durch die Nacht ...

Sie bogen auf eine lange, kreisförmige Auffahrt zwischen

Bäumen mit langen Krakenarmen in der stillen Dunkelheit; ein wenig Mondlicht drang durch, aber nicht viel, und man sah Käfige, teils mit Vögeln, teils mit fremdartigen Tieren. Sie alle – die Vögel, die Tiere – waren still, als wären sie auf ewiges Warten eingestellt.

Dann kam ein Tor. Blanche drückte einen Knopf im Wagen. Das Tor öffnete sich. Oben und unten hatte es lange, spitze Zähne. Und als der Caddy durchfuhr, gab es einen gewaltigen Lichtblitz. Der Wagen und seine sämtlichen Insassen wurden in einen SF-mäßigen Überwachungsmonitor gebeamt.

Der Lichtblitz ließ Norman in die Höhe fahren.

»Ganz ruhig, Bulle«, sagte Eddie, »du bist im Begriff, Teil der Geschichte dieses Ladens zu werden. Schöne Absteige. Hat schon viele komische Besitzer und Besucher gehabt.«

»Ja«, sagte Marvin, »Winston Churchill war zum Beispiel mal heimlich hier, vor langer Zeit, versteht sich.«

»Und als Winston hier war«, sagte Eddie, »haben sie gemerkt, dass er beim Saufen nie aufs Klo ging. Er saß nur da und hat den Fusel in sich reingeschüttet und sich einfach in die Hose geschissen und gepisst.«

»So ein verstunkener Süffel«, sagte Marvin.

»Der Drecksladen ist viele Jahrzehnte alt«, sagte Eddie. »Babe Ruth hat nach einer Sauftour hier mal sämtliche Toiletten rausgerissen und einem Zimmermädchen einen Tausender gegeben, bloß damit sie ihm die Achselhaare leckt. Ganz schön versoffen, der Babe.«

Der Wagen bremste und hielt an.

»Bogart hat mal einen Butler k.o. geschlagen, der meinte, Casablanca sei kein guter Film«, sagte Marvin.

»Nach dem zweiten Weltkrieg soll Hitler hier gewesen sein«, sagte Eddie, »und Klapperschlangenfleisch zum Frühstück verlangt haben.«

»Hitler ist doch im Bunker gestorben«, sagte Norman.

»Das war fingiert«, meinte Eddie. »Hitler starb am 3. April 1972 in Argentinien. So, aussteigen!«

Alle stiegen aus.

Es war ein warmer Abend, ein Bilderbuchabend. Als sie auf die Tür der riesigen Villa zugingen, sagte Marvin: »Jetzt ist es ja zu spät, um die 600 anzunehmen, Officer. Aber ich habe das Gefühl, Sie wären doch verdammt froh, Sie hätten sie angenommen ... stimmt's?«

»Stimmt«, sagte Norman, erstaunt darüber, was ihm da über die Lippen kam ...

Nachdem sie eine Reihe von Sicherheitsleuten passiert hatten, sahen sie ihn vor sich. Am sanft lodernden Kamin. Den dicksten von allen, Big Bernie. Bernie saß auf der Couch. Bernie verließ die Couch fast nie. Er erledigte seine ganzen Geschäfte da, er vögelte da, ließ sich da fellieren, aß da, dealte da (per Telefon), und manchmal schlief er sogar da. Es gab 32 andere Zimmer, von denen er 27 kaum jemals sah oder sehen wollte, in vielen waren bloß die Wachleute stationiert.

Big Bernie war Skull-and-Bones-Mitglied, er hatte keine Kinder, keine Freunde. Er war auf Meth und nur an seiner Arbeit und seinen größtenteils aus illegalen Quellen stammenden Einkünften interessiert. Diese Quellen sprudelten verdeckt und auf Umwegen über legale Geschäfte, beschirmt und gelenkt von einigen der besten Anwälte und Buchhalter der Welt.

Big Bernie hatte etwas beinah Buddhahaftes an sich. Und er war sehr sympathisch. Wie Macht und Einfluss Männer eben manchmal sympathisch machen. Weil sie bei großen wie auch kleinen Angelegenheiten so schön gelassen bleiben können.

Big Bernie beobachtete von der Couch aus, wie die Gruppe auf ihn zukam und stehen blieb.

»Oho, was haben wir denn da?«

»Einen Cop, Chef. Wir haben über ihn gesprochen.«

Big Bernie seufzte. »Verdammt, ich hasse diesen Kram! Aber ich bin fair. Er kann ruhig glücklich in den Tod gehen. Niemand soll mir nachsagen, ich hätte kein Mitleid!«

Big Bernie sah Blanche an.

»Gib ihm einen Blowjob, Blanche.«

»Was? Das ist ein BULLE! Gestern Abend bei der Schießerei in Cleveland hat ein Bulle meine Schwester umgebracht!«

»Mein Kind, das hat mich ebenso betrübt wie dich. Aber das Leben geht weiter. Jetzt hol ihn ihm raus und fang an!«

»Ja, Scheiße! *Muss* das sein?«

»Tu, was ich dir sage, Blanche!«

Blanche kniete sich hin und machte Normans Reißverschluss auf.

»Wie ich das hasse!«

»Die halbe Welt ist Hass, die andere Hälfte Angst. Vorwärts.«

Blanche legte los. Sie war eine fleißige Arbeiterin.

»Wo sind Sie geboren?«, fragte Big Bernie Norman.

Norman schwieg.

»Antworten Sie mir, sonst sterben Sie mit einem Steifen!«

»Pasadena, Kalifornien.«

»Tja, der Tod holt Sie da nicht. Haben Sie Kinder?«

»Nein.«

»Gut. Das ist doch schon mal was.«

Blanche arbeitete weiter.

»Was hat Sie bewogen, Bulle zu werden?«

»Das Gehalt ist gut.«

»So? Verglichen womit? Mit dem eines Hundefängers?«

»Oh«, sagte Norman, »oh, oh, OH …!«
Blanches Kopf hüpfte wild.

Norman ejakulierte. Blanche machte ihm den Hosenstall zu, spuckte auf den Teppich, ging zur Bar hinüber und kredenzte sich einen Whiskey Sour.

Big Bernie stand von der Couch auf und ging zu Norman. Wenn Buddha jemals gegangen ist, dann war Big Bernie Buddha. Mit einem traurigen Kopfschütteln sah er Norman an.

»Zwei Sachen jetzt. Wir müssen den Caddy vernichten, auch wenn die Kennzeichen falsch sind. Da gehen wir kein Risiko ein. Und wir müssen Sie vernichten. Es geht nicht anders. Das müssen Sie einsehen.«

»Wir kommen nicht drumrum«, sagte Eddie.

»Echt nicht«, sagte Marvin.

»Tut mir leid«, sagte Bernie.

»Scheiß drauf!«, sagte Blanche und kippte ihr Glas, »das ist doch bloß ein Bulle.«

»Nein, Blanche«, sagte Big Bernie, »Bullen haben genauso Gefühle, Ängste, Wünsche wie wir anderen auch.«

»Scheiß drauf!«

»Hören Sie«, sagte Norman, »lassen Sie mich laufen. Ich rede nicht. Ich vertusche das Ganze.«

»Würde ich ja gern, Junge, aber es ist zu riskant. Sie können ein Geschäft mit 20 Millionen Umsatz im Jahr ruinieren. 232 Leute arbeiten für mich. Die haben Familie, Söhne und Töchter, die studieren, in Harvard, in Yale, in Stanford. Ich habe sogar einen Mann im Senat und vier im Kongress. Ich habe den Bürgermeister und den Stadtrat in der Hand. Ich kann einfach nicht riskieren, dass Sie plaudern, das verstehen Sie doch sicher.«

»Na schön«, sagte Norman, »aber eins wüsste ich gern.

Wenn Sie so gewitzt, so obenauf sind, sich so unheimlich auskennen, wieso geben Sie sich dann mit einer blöden FOTZE wie Blanche ab? Ich kenn ja so einige Bürsten, aber sie schlägt *alles*! Läuft mit nacktem Busen und Schmuddelslip in der Öffentlichkeit rum! Dabei kann sie noch nicht mal ordentlich einen blasen!«

»Blanche«, sagte Big Bernie, »ist meine Tochter.«

»WAS? Und die lassen Sie mir einen blasen?«

»Ich weiß, dass sie schlecht bläst, deswegen will ich, dass sie in Übung bleibt, damit sie's *mir* eines Tages besser macht.«

»Das kann ich Ihnen nicht glauben.«

»Es stimmt.«

»Sie sind verrückt!«

»Weil ich's besser gemacht kriegen will, meinen Sie?«

»So ein abgedrehter Hund! Was *nehmen* Sie eigentlich?«

»Ich berausche mich am Leben.«

Dann nickte er Eddie und Marvin zu.

»So, kümmert euch um ihn.«

Sie packten Norman und zerrten ihn durch eine Tür.

Big Bernie kehrte zur Couch zurück und setzte sich. Er drehte den Kopf ein wenig zu Blanche hin.

»Mach mir einen doppelten Whiskey, Baby.«

»Whiskey mit Wasser, Dad?«

»Pur.«

Big Bernie sah auf die niederbrennenden Scheite im Kamin. Der elfenbeinfarbene Caddy würde ihm fehlen. Andererseits hatte er vier Rolls. Oder waren es fünf? Aber nur in dem elfenbeinfarbenen Caddy fühlte er sich ganz wie ein ausgebuffter Lude. Er war ein bisschen müde. Ein Imperium zu führen war eine dankbare Aufgabe, aber es schlauchte auch. Jeder Tag brachte für jeden Einzelnen kleine Probleme mit sich, die gelöst werden mussten. Ließ man sie außer Acht, stürzten die Wände ein. Das Geheimnis der großen Siege war der stete Blick für die banale Einzelheit. Fehler im Kleinen waren der Untergang, wenn es dick kam.

Blanche brachte ihm sein Glas. Er lächelte, sagte: »Danke.«

Ein doppelter Whiskey war gut für die Seele.

Er kippte ihn runter, und der Winter verging.

Ein schmutziger Schachzug gegen Gott

Harry lag in der Badewanne, und hinter ihm auf dem Wannenrand stand eine Flasche Bier. Es war nicht ideal, eine Verlegenheitslösung, aber sonst konnte er sie nirgends abstellen. Er griff nach der Flasche, nahm einen Schluck und stellte sie wieder hinter sich ab.

Harry trank gern Bier in der Wanne. Davon erzählte er keinem. Nicht, dass er viele Leute gekannt hätte oder auch nur hätte kennenlernen wollen. In der Fabrik hatte er jeden Tag genug Leute um sich. Er war Packer. Der Scheiß kam vom Fließband, und er verpackte ihn. Er kam den ganzen Tag vom Band, und er verpackte ihn den ganzen Tag. Da durfte er ja wohl sein Bier in der Wanne trinken, wenn ihm danach war, und es ging keinen was an. Er hatte das Wasser gern heiß, richtig heiß, so dass er sich am Anfang ein bisschen verbrühte, und wenn er dann das kalte Bier in sich hineinlaufen ließ, war das wirklich entspannend – die Fabrik fiel von ihm ab, und er fühlte sich wieder fast wie ein Mensch.

Harry teilte die Wohnung mit Adolph, einem steinalten Mann. Adolph saß nur herum und redete mit seinem leichten deutschen Akzent vom KRIEG. Scheiß auf Adolph. Aber mit ihm zusammen konnte Harry sich eine gute Wohnung leisten. Harry hatte die Wohnheime satt. Und wenn Harry mal in einer Kneipe oder so eine Frau aufriss und sie mit nach Hause brachte, zeigte Adolph Verständnis: Er verschwand für ein paar Stunden. Er hatte Adolph in einem Pissoir auf der Rennbahn kennengelernt. Er hatte Adolph auf den Schuh gepisst. Adolph hatte ihm das großmütig verziehen.

»Vergessen Sie's«, meinte er nur, »ich habe schon ganz andere Sachen durchgemacht.«

Harry hatte vorgeschlagen, ihn mit einem Bier für das Malheur zu entschädigen, und Adolph war einverstanden gewesen.

»Ich bin Harry Greb«, hatte er gesagt.

»Adolph Hitler«, hatte Adolph gesagt.

Ein Glas führte zum nächsten, und dann hatte Adolph den freien Platz in seiner Wohnung erwähnt. Sein Kumpel sei gestorben und er brauche jemanden, der sich an der Miete beteiligte. Harry hatte sich die Wohnung angesehen, ein Schnäppchen schien sie ihm für $ 195 Mietbeteiligung, und damit war es geritzt gewesen ...

Harry wusch sich unter den Achseln und den Eiern und trank noch einen Schluck Bier. Adolph schaute im anderen Zimmer Kabelfernsehen. Er drehte es immer zu laut auf. Und er ließ keine Nachrichtensendung aus. Sonst gefielen ihm nur noch die Archie-Bunker-Wiederholungen.

»HE, DOLPH! STELL DAS SCHEISSDING LEISER!«

»Ach ja, Pardon ...« Adolph stellte leiser. Harry streckte sich im Wasser aus. Vielleicht sollte er sich einen anderen Job suchen. Der Drecksjob hier brachte ihn um. Der nächste würde ihn auch umbringen, aber wenigstens anders.

Harry spürte, dass sich ein Furz anbahnte. Er furzte gern in der Wanne, weil dann die Blasen hochstiegen und es wirklich stank. Eine Leistung, die ihm niemand nehmen konnte. Das Leben hatte seltsame und gute Sachen auf Lager. Er musste daran denken, wie er am Morgen nach dem großen Biergelage eine geschätzt fünfundsiebzig Zentimeter lange Kackwurst abgedrückt hatte. Unschlagbar. Minutenlang hatte er sie sich angesehen. Er musste sie mit dem Fleischmesser zerschneiden, damit sie sich runterspülen ließ.

Der Furz war unglaublich. Die Blasen sprudelten und bebten. Harry griff hinter sich und feierte sie mit einem guten Schluck Bier. Dann geschah etwas Merkwürdiges: Die Stelle im Wasser, wo der Furz hochgestiegen war – die Stelle färbte sich graubraun.

»Ich hab mich vollgeschissen«, dachte Harry.

Aber das stimmte nicht. Vor Harrys Augen hob sich das Wasser an der Stelle langsam an. Es schraubte sich hoch. Es nahm Gestalt an.

Harry war fasziniert. Der Strudel gewann Konturen, und aus der Faszination wurde Angst. Harrys Angst nahm zu, als sich ein kleiner Kopf herausbildete. Dann Arme. Spindelige Ärmchen. Dann Beine.

Das Ding hüpfte im Wasser auf und ab und sah Harry an. Es war graubraun, mit kleinen blauen Augen und schmutzigblonden Haaren.

Harry und das Ding starrten sich an. »Ich bin verrückt«, dachte Harry. »Zu viele Tage in der Fabrik, zu viele versoffene Nächte. Das Ding existiert nicht. Es ist eine Ausgeburt meines Gehirns. Es ist nicht real.«

Harry streckte die rechte Hand aus, um das Trugbild zu durchstoßen. Er kam dem Ding immer näher. Dann streckte er den Zeigefinger aus und stieß ihn dem Ding ins Gesicht.

Er spürte einen stechenden Schmerz.

Das Ding hatte ihn gebissen!

Harry sah auf seinen Finger. Das Blut tropfte ins Wasser.

»Du Arschloch!«, brüllte Harry.

Es gefiel ihm nicht, von seinem eigenen Furz gebissen zu werden. Er ballte die Faust und holte aus. Das Ding sah den Schlag kommen, sprang in die Luft, und Harry verfehlte. Dann tauchte das Ding unter, schwamm um Harry herum und biss ihn in den Arsch.

Harry sprang aus der Wanne.

Das Ding schwamm rücklings in der Wanne herum. Die kleinen blauen Augen sahen fröhlich aus. Dann ließ es sich entspannt in der Wannenmitte treiben. Es hatte einen kleinen Schwanz und kleine Eier.

Plötzlich stieß es eine dünne Wasserfontäne aus dem Mund.

Die traf Harry im Gesicht.

»ADOLPH!«, brüllte Harry.

»Was ist denn?«

»Komm mal rein!«

Die Tür öffnete sich, und Adolph war drin.

»Da«, sagte Harry, »mein elender Furz ist auf mich losgegangen! SIEH IHN DIR AN!«

Adolph fiel auf die Knie. Er sah sich das Ding in der Wanne an und weinte, wie es schien, Freudentränen.

»O mein Gott, mein Hailand ...«

»Was ist denn, Adolph?«

»Es ist ... ein kleiner Mensch ... genau wie von uns geplant ...«

»Von wem geplant? Scheiße, wovon redest du?«

»Ach, mein Freund, wir müssen feiern ... das ist der Ahnfang!«

»Was für ein Anfang?«

»Komm. Komm, wir feiern!«

Adolph stand auf und ging nach nebenan. Harry beobachtete beim Abtrocknen das in der Wanne treibende Scheißding. Dann zog er seine Unterwäsche an und ging nach nebenan, wo Adolph einen irgendwo ergatterten Champagner entkorkt hatte.

»Mein Freund, das ist ein wahrer Höhepunkt meines Lebens! Hol uns der Kuckuck!«

Adolph hob sein Glas. Henry hob das seine. Sie stießen miteinander an.

Sie tranken leer.

Dann öffnete sich die Badezimmertür, und das Ding kam heraus. Es sah aus wie ein Schwamm mit kleinen Anhängseln aus Seetang. Es kam durchs Zimmer und sprang Adolph auf den Schoß.

Adolph herzte es, dann sah er Harry an.

»Mein Freund ... du siehst hier vor dir ... eine ganz große Errungenschaft ... größer als die Atom- ... die Wasserstoffbombe ... du siehst etwas, vor dem selbst Gott erzittert, ja?«

»He, Mann, das Ding kommt aus meinem Arsch! Gebären kann ich nicht! Ich bin keine Frau!«

»Nein, nein, mein Freund, du bist keine Frau. Aber schau ... die blauen Augen, die blonden ... Tolles Baby, hm?«

Das Ding saß auf Adolphs Schoß und sah Harry unverwandt mit diesen kleinen blauen Augen an, die irgendwie von nahem Unheil kündeten ...

Am nächsten Tag auf der Arbeit dachte Harry bös verkatert über das Ding nach. Die anderen Arbeiter malochten drauflos, redeten über Sport, prahlten mit erfundenen Eroberungen, andere gingen stilldeprimiert ihrer Arbeit nach.

Harry hatte noch sehr lange mit Adolph gebechert, während der von dem Ding schwadronierte.

Was hatte es damit auf sich? War es lebendig? Wie konnte so etwas passieren? Wenn es lebte, musste es doch ein schmutziger Schachzug gegen Gott sein.

Adolph hatte behauptet, es sei seine »Errungenschaft«, er und andere hätten jahrzehntelang daran gearbeitet ... Aber wie konnte etwas aus einem Furz entstehen? Ein Furz war Faulgas, ein Ausstoß von etwas Schlechtem. Wie sollte daraus etwas erschaffen werden? Vielleicht hatte ihn Adolph irgendwie verladen. Ihm etwas vorgegaukelt? Er war ein komischer alter Krauter, Adolphs Augen waren irr, sie funkelten irr.

Stevenson, der Vormann, kam zu Harry.

»He, Harry! Du siehst aus, als ob du mit den Gedanken woanders bist! Du fällst zurück! Konzentrier dich! Wir haben einen Korb voll Telefonnummern von Leuten, die gern deinen Job hätten! Und auch wenn's kein Traumjob ist, Leute wie du kriegen nichts Besseres. Und jetzt halt dich ran!«

»Klar, ich komm schon nach. Keine Sorge.«

Stevenson schob ab, um zu sehen, wem er noch zusetzen konnte. Der Hund hatte recht. Harry war 46. Er konnte schnell auf der Straße landen. Schnell und endgültig. Er zwang sich, einen Zahn zuzulegen. Die anderen Packer hatten gehört, wie er zusammengestaucht worden war. Das gefiel ihnen. Wenn's gegen Harry ging, konnten sie sich ihres jämmerlichen Jobs etwas sicherer sein.

Aber Harry musste immer wieder an das »Ding« denken. Was wusste Stevenson denn schon? Hatte er vielleicht das blauäugige blonde Schwammding mit den Seetangarmen gesehen? Eine bedeutendere Erfindung als die Atombombe, hatte Adolph gesagt ... Und jetzt hatten sie die Wasserstoffbombe und die ganzen Kernwaffen dazu, Kernwaffen überall, gelagert und einsatzbereit. Würde sich das »Ding« weiterentwickeln? Harry kannte Filme über dieses oder jenes »Ding«, aber jetzt hatte er zum ersten Mal eins *in Natur* gesehen. Und es war aus seinem gottverdammten Arsch gekommen!

Er hörte einen Augenblick zu packen auf und fasste sich an den Hintern. Es war eine Art Reflex in der verwirrenden Situation.

Joe, der Packer zu seiner Rechten, bekam es mit.

»Mal wieder Hämorrhoiden, Harry? Geh nur richtig rein mit der Hand und kratz sie dir! Ich sag's nicht weiter!«

»Leck mich«, sagte Harry.

»Beug dich vor, lass mal sehn.«

»Was du brauchst, hängt bei mir vorne, Joe! Ein Maulvoll Glück, das dir die Mandeln gerbt!«

Stevenson kam wieder angerauscht. »Es reicht, Jungs, Schluss jetzt! Wärt ihr mit den Händen so fleißig wie mit dem Schnabel, könnten wir hier tatsächlich eine PRODUKTION vorweisen!«

Irgendwann zahl ich das beiden heim, dachte Harry. Durch die wird jede Minute zu einer Stunde und jeder Tag zu einer Woche. Ich tüte ihre Eier ein und leg sie unter die Stanze.

Aber irgendwie ging der Tag vorbei, er ging vorbei, ohne dass noch viel Unangenehmes dazukam, es blieb die übliche Plackerei, bis sie ihre Jacken holten, ihre Karten einsteckten und sich abmeldeten.

Abgemeldet, dachte Harry: alt, abgefuckt und fertig.

Zum Abendessen fuhr Harry auf dem Heimweg an einem Kettenrestaurant vorbei. Er fand einen Einzeltisch. Die Kellnerin kam. Sie war neutral und doch unecht, etwas übergewichtig und etwas unglücklich. Übergewicht und Unglück kämpften um die Vorherrschaft. Sie hatte so oder so keine Chance.

Sie nahm seine Bestellung auf und ging.

Harry musste wieder an das Ding denken. Es war zweifellos lebendig. Es bewegte sich. Blinzelte. Und gute Zähne hatte es auch.

Adolph wusste hoffentlich, wie man das Ding stubenrein machte. Was es wohl aß? Hundefutter? Hoffentlich war es nicht kannibalisch.

Harry sah sich die Leute an. Alle sahen hässlich und müde aus. Sie waren hässlich und müde. Verlierer. Wo waren die Sieger? Die schönen Menschen? Bei den Anwesenden hätte man meinen können, es sei ein Verbrechen, am Leben zu sein. Und er gehörte dazu.

Harry seufzte und sah auf seine abgearbeiteten Hände. Verdammt, er war müde, aber es war keine gute Müdigkeit. Es war, als hätte man ihn beschissen. Tja, das Gefühl hatten viele. Die halbe Welt.

Die Kellnerin brachte seinen Teller. Sie knallte ihn auf den Tisch, sagte schnarrend mit einem entsetzlich falschen Lächeln: »VIEL SPASS!« und wollte gehen.

»Hallo«, sagte Harry, »denken Sie bitte auch an den Kaffee.«

Sie drehte sich um. »Ach ja ... mit Milch und Zucker?«

»Schwarz«, antwortete Harry.

»Wie die Nacht?« Sie setzte im Gedanken an ihr Trinkgeld noch ein Lächeln auf.

»Wie die Nacht«, antwortete Harry.

Das Essen war trist und fettig. Der Teller hatte vom Rand einwärts einen Riss, der wie ein langes Haar aussah. Der Kaffee war bitter und ungenießbar. Aber runter musste ja doch alles. Man konnte nicht von Luft leben. Schon gar nicht von der da draußen. Harry kaute und schluckte. Alle um ihn herum verzehrten ihr Essen in finsterer Ergebenheit.

Die Kellnerin kam, um Kaffee nachzuschenken.

»Alles zu Ihrer Zufriedenheit, Sir?«

»Ja«, sagte Harry ...

Dann lag er wieder in der Wanne, das Wasser brühend heiß, das Bier kalt. So kam Harry am ehesten in eine friedliche Stimmung. Stevenson war weit weg. Diese Momente gehörten ihm allein. Nicht, dass er irgendwas aus den Momenten gemacht hätte. Aber wenigstens nahm sie ihm keiner weg. Er trank einen großen Schluck Bier. Jetzt war er allen gleich, ob Präsident, ob König, Filmstar oder Fernsehkomiker.

Harry entspannte sich, bemerkte die Risse in der Zimmerdecke. Sie waren ihm noch nie aufgefallen. Die Risse bildeten ein Muster. Er sah es genau. Ganz eigenartig und schön. Vielleicht auch nur hübsch: ein großer angreifender Stier.

Dann musste Harry furzen. Er ließ den Furz kommen. Es war ein guter. Er blubberte aus dem Wasser. Die Luftblasen sangen förmlich.

Solange man furzen konnte, bestand noch Hoffnung.

Und wie das stank.

Harry griff in Feierlaune nach dem Bier. Er trank einen guten Schluck.

Da bemerkte er die braune Lache auf dem Wasser. Und das Braun wurde graubraun. Und ... die Lache hob sich langsam. Sie schraubte sich hoch ... und nahm Gestalt an.

Ein kleiner Kopf bildete sich. Dann Arme. Spindelige Ärmchen. Dann Beine.

Die Haare waren lang und dunkel, die Augen grün. Der Mund verzog sich zu einem kleinen Lächeln, und das Ding drehte eine Runde in der Wanne.

Harry bemerkte die kleinen Brüste. Es war eine kleine Frau, ein Weibsding mit schwammähnlichem Körper und Seetangarmen. Es schwamm in der Wanne herum.

»ADOLPH!«, brüllte Harry.

»Was ist?«

»Komm mal rein!«

Die Tür öffnete sich, und Adolph war drin.

»Da«, sagte Harry, »sieh mal, was aus meinem Furz geworden ist. Schon wieder! Wieso? Was zum Teufel geht da ab? Ich kann nicht mal mehr furzen, ohne dass der Quatsch passiert!«

»Ach du gütiger Gott! WIR HABEN ES GESCHAFFT!«

»Was denn? Hol das Dreckding aus der Wanne!«

Adolph streckte die Arme aus. »Komm, mein Schätzchen.« Das kleine Luder sprang aus dem Wasser, landete auf Adolphs Arm und hüpfte ihm auf die Schulter.

»Hör mal, Adolph, was geht hier vor?«

»Ich hab dir nur ein bisschen was ins Bier getan.«

»Das lässt du mal schön bleiben, Mann!«

»Jetzt sowieso. Wir brauchen ja nur die zwei …«

Er lächelte die kleine Frau auf seiner Schulter an. »Komm, mein Schätzchen, ich möchte dich einem Freund vorstellen.«

Und er ging mit der kleinen Frau davon …

In der Fabrik war am nächsten Tag alles beim Alten. Harry kam sich vor wie eine Laborratte im Tretrad. Egal, wie du dich ranhältst, du kommst nicht vom Fleck. Letztlich kannst du nur sterben. Bis dahin hältst du dich unnötigerweise ran. Herrgott, dachten denn die anderen nie so weit? Er blickte nach rechts zu Joe. Joe packte drauflos. Er hatte eine Mütze mit dem Schirm nach hinten auf dem Kopf. Kaute Kaugummi.

Harry blickte zum Fließband. Lauter Frauen. Nicht ein Hingucker dabei. Die Frauen agierten flink und geschickt, hielten den Takt. Das hatten sie raus. Und sie ließen keinen Schmerz erkennen. Sie flachsten. Manchmal fluchten, manchmal lachten sie. Minute für Minute, Tag für Tag hielten sie durch. Essen, Unterkunft, Kleidung. Transport. Über die Runden kommen.

Stevenson tanzte an. »Wie läuft's, Harry?«

»Wie geschmiert, Mr Stevenson, wie geschmiert.«

»Okay, weiter so.«

Stevenson schob ab ...

An dem Abend verzichtete Harry aufs Essen. Er hielt an einer Kneipe in der Nähe der Wohnung. Ein trister Laden, voll einsamer, stumpfsinniger Leute. Der Wirt hatte Warzen im Gesicht und roch etwas unangenehm, irgendwie nach Pisse.

»Ja?«, fragte er Harry.

»Ein Bier vom Fass«, antwortete Harry.

Der Wirt stellte das Glas unter den Hahn, zog am Hebel, und das Bier kam heraus, nur bestand es hauptsächlich aus Schaum, senil sich kräuselndem gelbem Schaum. Als der Schaum über den Glasrand trat, strich der Wirt mit zwei Fingern der linken Hand den Überschuss weg. Er knallte das Glas auf die Theke, und der Schaum lief an den Seiten runter und krönte das Wort SCHEISSE, das jemand plump ins Holz geschnitzt hatte.

»Schöner Abend«, sagte der Wirt.

»Ja«, sagte Harry.

Harry nahm sich das Bier vor, brachte es irgendwie runter. Was er dabei von den Gesprächen mitbekam, begeisterte ihn wenig. Man hätte meinen können, die Leute stellten sich so blöd. Also orderte Harry nur zum Zeichen, dass er sich nicht vergraulen ließ, noch ein Bier. Es hatte noch mehr Schaum als das erste. Harry nahm es sich vor. Was für ein Leben. Du wirst auf der Arbeit verarscht, und wenn du nach Feierabend dein Geld ausgibst, wirst du wieder verarscht. Nichts bleibt unversucht, um dich fertigzumachen. Kein Wunder, dass die Knäste und Klapsmühlen überfüllt waren, dass so viele auf der Straße lebten.

Harry trank sein Bier aus. Blieb nur noch das traute Heim.

Zurück in der Wohnung, duschte Harry lange und heiß. Scheiß auf die Badewanne. Er trocknete sich ab, zog saubere

Sachen an und ging rüber zu Adolph. Adolph las im *Wall Street Journal*. Harry setzte sich und nahm die Tageszeitung vom Couchtisch. Das Übliche. Kleinkriege überall. Vorm großen Krieg hatten sie Angst. Eines Tages kam er vielleicht trotzdem. Der Finger eines einzigen Menschen genügte, um ihn auszulösen. So gesehen musste es irgendwann passieren. Was für ein Gedanke, nachdem man sich den ganzen Tag in der Fabrik den Arsch aufgerissen und anschließend schlechtes Bier getrunken hat. Er legte die Zeitung weg.

»He, Adolph!«

»Ja, mein Freund …«

»Wo sind die beiden Dinger?«

»Im Schlafzimmer.«

»Was machen sie da?«

»Sie schlafen nicht, mein Freund …«

»Brauchen sie keinen Schlaf?«

Adolph legte das *Wall Street Journal* hin. »Diese Geschöpfe benötigen weder Schlaf noch Nahrung noch Wasser.«

»Woher beziehen sie ihre Energie?«

»Ach, na ja. Das ist geheim. Lass dir nur gesagt sein, dass sie zum Teil von der Sonne kommt. Andere Quellen darf ich nicht nennen …«

»Müssen sie zur Toilette?«

»Nein, sie sind nicht wie wir.«

»Haben sie überhaupt etwas mit uns gemeinsam?«

»Zumindest zweierlei.«

»Nämlich?«

»Sie pflanzen sich fort und führen Befehle aus. Sie vermehren sich und gehorchen.«

»Hör mal, Adolph, ich will nicht, dass die hier in der Wohnung rumlaufen.«

Adolph griff wieder zum *Wall Street Journal* und las weiter.

»Tu die Zeitung weg, Adolph, ich habe noch mit dir zu reden.«

Adolph legte die Zeitung hin und lächelte. »Schweren Tag auf der Arbeit gehabt, Harry?«

»Ich möchte nicht, dass diese zwei Dinger in der Wohnung rumlaufen!«

»Ach, das tut mir leid, Harry, aber mit zwei ist es nicht getan. Diese Wesen vermehren sich in 2 bis 8 Stunden.«

»Scheiße, was erzählst du mir da, Adolph?«

»Dass wir vor dem größten aller Wunder stehn, Harry, BEGREIFST du nicht? Nie gab es ein solches Wunder, seit der Mensch auf Erden wandelt! DENK doch nur! Eine neue Lebensform! Und du, du selbst hast sie mitentwickelt! Erkennst du nicht die unerhörte Tragweite des Ganzen?«

»Wozu sind die Dinger denn *gut*?«

»Wozu sie gut sind? Diese ›Dinger‹, wie du sie nennst, brauchen keine Nahrung, kein Wasser. Sie sind loyal und gehorsam.«

»Hört sich nach Sklaven an.«

»Sklaven, ha!« Adolphs Augen blitzten zornig. »STELL DIR MAL VOR, WAS FÜR EINE ARMEE DAS GIBT!«

»Eine Armee?«

»Ja, und die überstehen auch einen Atomangriff, weil sie keine Bedürfnisse haben. Ist das Leben nicht wirklich seltsam?«

»Was meinst du damit?«

»Damit meine ich, dass die meisten von uns wegen des nuklearen Wettrüstens denken, die Welt sei verloren oder so gut wie verloren, dass wir vor dem Untergang stehen und nichts oder fast nichts von uns bleibt. Und jetzt haben wir diese unverderblichen und eigenständigen Wesen erschaffen. Jetzt besteht Hoffnung.«

»Aber es sind keine Menschen. Was ist mit den Menschen?«

»Ein paar dürften übrig bleiben, um einen Bund mit den neuen Wesen einzugehen. Das bedeutet Hoffnung, Neuaufbau *und* ein überlebendes Volk.«

»Welches?«

»Das, mein Freund, ist ebenfalls geheim.«

»So ein Quatsch. Als ob diese Scheißschwämme irgendwas auf die Beine stellen könnten.«

»Ach, mein Freund, wenn du wüsstest, wie sorgfältig wir das all die Jahrzehnte hindurch geplant haben.«

»›Wir‹? Wer ist denn ›wir‹?«

Adolphs Augen wurden schmal. Einen Moment lang sah er sehr gefährlich aus. Dann lächelte er. »Ach, Harry! Ich habe mir doch nur einen SPASS mit dir erlaubt! Ich möchte lediglich ein paar von denen aufziehen und sie an einen Zirkus verkaufen. Für eine Monstrositätenschau. *Die wandelnden Schwämme*. Was meinst du, wie die ankommen!«

Adolph griff zum *Wall Street Journal*, warf über die Seite hinweg einen Blick auf Harry und fing wieder an zu lesen.

Harry stand auf und holte sich ein Bier aus dem Kühlschrank. Als er zurückkam, war Adolph verschwunden. Harry fläzte sich mit seinem Bier hin und schaltete die Johnny-Carson-Show ein ...

Er sah einige Stunden fern und trank dabei eine Menge Bier. Das Leben mit der Fabrik und mit Adolph war ihm ein bisschen zu viel geworden. Irgendwann döste er weg, nur um prompt aus dem Schlaf gerissen zu werden. Im Zimmer war es dunkel. Er konnte Adolphs Gestalt ausmachen, und Adolph sagte: »JETZT!«, und fünf bis sechs Schwämme stürzten sich auf ihn. Einen erwischte er mit einer satten Rechten und beförderte ihn in die Luft. Er kam aber sofort wieder an. Und auch die anderen fielen über ihn her. Sie waren stark, die Dinger. Er fühlte sich hochgehoben und davongetragen. Gegenwehr war zwecklos. Die Wohnungstür öffnete sich, und sie sausten mit ihm durch den Flur. Es war, als verwehte ihn ein Tornado.

Dann waren sie draußen. An seinem Wagen. Woher wussten sie das? Eine Seetanghand holte ihm den Schlüssel aus der Hosentasche. Das Ding war mit einer Art Vorherwissen begabt.

Sie entriegelten die Türen und warfen ihn auf den Beifahrersitz. Der Fahrer ließ den Wagen an. Der Schwamm konnte fahren.

Harry wurde von Schwämmen durch die nächtlichen Straßen kutschiert.

»Gott«, dachte er, »mein letzter Ausflug! Genau wie in einem Gangsterfilm.«

»Hört mal«, sagte Harry, »damit kommt ihr nicht durch! Wenn ihr an der nächsten Ampel haltet, wird jemand den *Schwamm* am Steuer sehen und die Schwammschar drumherum. Dann haben sie euch!«

»Lass das unsre Sorge sein«, sagte der Fahrer.

»Was, ihr könnt reden? Warum macht ihr dann jetzt erst den Mund auf?«

»Die Sprache entwickelt sich bei uns als Letztes.«

»Aber was wisst ihr denn? Ihr *wisst* doch gar nichts!«

»Wir sind programmiert. Frag was.«

»Wer hat die amerikanische Flagge mit den ersten 13 Sternen genäht?«

»Betsy Ross.«

»Nenn mir eine große amerikanische Schauspielerin.«
»Bette Davis.«
»Nenn mir einen einäugigen schwarzen Juden.«
»Sammy Davis Jr.«
Harry lehnte sich zurück. Sie würden ihn an irgendeinen abgelegenen Ort schaffen und umbringen, um dann mit Adolph weiter den Gesamtplan umzusetzen. Die Weltgeschichte begleitete ihn in seiner 8 Jahre alten Karre.

Dann hielten sie an einer Ampel. Ein anderer Wagen hielt neben ihnen.

»Ein Mucks jetzt«, sagte einer der Schwämme, »und du bist tot.«

Harry sah zu dem anderen Wagen rüber. Das war *Stevenson*, Herrgott nochmal! Er war betrunken und saß mit einem betrunkenen Flittchen in seinem Wagen. Stevenson rauchte eine Zigarre. Dann sah Harry, wie das Flittchen zu Stevensons Körpermitte abtauchte. Stevenson sah starr geradeaus. Das Flittchen blies ihm einen an der Ampel.

Die Ampel sprang um, und der Schwamm am Steuer gab Gas, während Stevenson der Dinge harrte. Harry wusste, dass ihm nicht viel Zeit blieb. Er musste sich was überlegen, und zwar schnell.

»Also hört mal«, sagte er zu den Schwämmen, »Ich bin der VATER von zweien von euch und der Großvater aller anderen. Ist euch das bewusst? Wollt ihr euren Vater umbringen?«

»Wer möchte nicht seinen Vater umbringen?«, fragte der Schwamm am Steuer.

»Dostojewskij«, sagte ein Schwamm, der hinten saß.

»Ja, Iwan in *Die Brüder Karamasow*«, pflichtete ein dritter Schwamm bei.

Dann waren sie auf dem Freeway. Es war eine besonders milde und angenehme Nacht. Harry wünschte sich mehr als alles andere, wieder in der Fabrik zu sein, dem Stumpfsinn und der Langeweile zu frönen, unnütz zu sein, dumm zu sein, ein Sklave zu sein. Er wollte schaumiges und ungenießbares Bier trinken. Er wollte eine herzlose, ordinäre Nutte lieben.

»Wie komme ich da raus?«, fragte er sie.

»Gar nicht«, antwortete einer, »du weißt zu viel.«

»Du bist erledigt«, sagte ein anderer.

»Es ist aus mit dir«, ergänzte ein anderer.

»Wir wurden erschaffen, um die Geschichte neu zu schreiben«, sagte der Fahrer, »und du, mein Freund, bist in dem Ganzen nur eine Null.«

»Danke, du Arsch«, sagte Harry.

Sie widerten ihn an. Ihre völlige Unmenschlichkeit. Fürze aus seinem Arsch, die ihn in den Tod fuhren. Ekelhaft. Weil er das 2000 Jahre alte Geheimnis des Reichstags preisgeben könnte. Und Stevenson bekam an der Ampel einen geblasen. Eine Welle der Finsternis erfasste Harry.

Sie setzten zur Überholung eines Tankwagens auf der rechten Fahrspur an, und Harry packte das Steuer und riss es nach rechts, und der Wagen geriet in einer vollen Kreisbewegung vor den Tanklaster. Der Fahrer stieg auf die Bremse, doch es nützte nichts.

Der Tankwagen krachte und knirschte in den Pkw hinein.

Einen Moment war es still, dann ging das Auto in einer Flammenwand auf. Und der Tankwagen schob sich weiter in ihn hinein.

Endlich brachte der Fahrer den Tankwagen zum Stehen und setzte zurück, um von dem Feuer wegzukommen, als auch schon ein VW ihm hinten drauffuhr, sich überschlug und über die Fahrbahnbegrenzung flog.

Der Tankwagen fing kein Feuer.

Der Fahrer setzte ihn an den Rand des Freeways, stieg aus und postierte Warnlampen ringsum, und dann flog das brennende Auto in die Luft. Der Tankwagen bekam auch davon nichts ab, doch den Fahrer schleuderte es nach hinten. Mit ziemlich versengten Augenlidern stand er wieder auf.

Als der Streifenwagen kam, erzählte er den Polizisten: »Ich kann mir nicht erklären, was da los war. Der Typ hat sich einfach vor mir im Kreis gedreht. Mehr weiß ich nicht ...«

Zwei Tage später erschien in beiden großen Zeitungen der Stadt eine Anzeige:

SUCHE GEGEN KOSTENBETEILIGUNG MITBEWOHNER FÜR MODERNES APARTMENT. JEDER KOMFORT. KABELFERNSEHEN, TEPPICHBODEN, GERÄUSCHARM. ICH BIN FREUNDLICH UND UMGÄNGLICH, WENN AUCH VON NATUR AUS ZURÜCKHALTEND. REFERENZEN ERFORDERLICH. KEINE HAUSTIERE. HERRN BEVORZUGT. $195 PRO MONAT. KEINE PROVISION, KEIN ABSTAND. KONTAKT: A.H., 555-2729 VON 9-22 UHR.

Keinem schlägt die Stunde

Als ich vom Autoteile-Großhandel nach Hause kam – na gut, nicht nach Hause, sondern in mein Zimmer in der Pension –, saßen da zwei Männer.

»Sind Sie Henry Chinaski?«, fragte der eine.

Beide trugen einen grauen Anzug mit blauer Krawatte und sahen sich auch sonst ganz ähnlich. Ihre nichtssagenden Gesichter waren ziemlich gelb. Sie sahen weder böse noch unfreundlich aus. Aber sie schienen zu wissen, was sie wollten. Und sie wollten mich.

»Ich bin Henry Chinaski.«

»Möchten Sie eine Jacke oder so was anziehen?«, fragte der andere.

»Wozu?«

»Sie kommen mit uns.«

»Für wie lange?«

»Für ganz lange, glaube ich.«

Ich fragte nicht, wer sie waren. Das wollten sie ja nur, dachte ich. Ich machte die Schranktür auf. Beide beobachteten mich.

»Greifen Sie nur nach Ihrer JACKE!«

Ich griff nach der einzigen Jacke, die ich besaß.

»Legen Sie die Hände auf den Rücken.«

Ich gehorchte, und sie legten mir Handschellen an. Jetzt waren sie anscheinend doch wütend. Der mit den Handschellen spannte sie so fest, dass mir der Stahl ins Fleisch schnitt.

Ich sagte nichts. Sie lasen mir auch nicht, wie im Kino, meine Rechte vor.

»Okay«, sagte der eine, »gehen wir ...«

Sie schoben mich zur Tür hinaus und die Treppe hinunter. Auf halber Höhe gab mir einer einen Schubs, und ich fiel kopfüber nach unten. Ich schlug mit dem Kopf gegen die Wand, aber wirklich schmerzhaft war, dass ich über die Handschellen fiel.

Ich stand auf und wartete auf sie.

Sie stießen mich durch die Eingangstür. Am Kopf der Vortreppe packten sie mich dann unter den Achseln und lüpften mich mit baumelnden Beinen zur Straße hinunter. Ich kam mir vor wie ein komisches Holzspielzeug.

Ein schwarzer Wagen stand da. Sie stellten mich ab, machten die hintere Tür auf und warfen mich rein. Ich landete auf dem Boden, wurde hochgezerrt und zwischen die beiden Männer auf dem Rücksitz gepfercht. Die beiden anderen stiegen vorne ein, und der Wagen fuhr los.

Der Beifahrer drehte sich zu den beiden auf der Rückbank um: »Ich hab ja schon so einige Typen kassiert, aber so einen noch nie!«

»Wie meinste das?«

»Es scheint ihm scheißegal zu sein.«

»Echt?«

»Echt. Ein Arsch offenbar, ein blödes Arschloch.«

Damit drehte sich der Beifahrer wieder um.

Der Mann zu meiner Linken fragte: »Bist'n harter Hund?«

»Nein.«

Der Mann zu meiner Rechten fragte: »Du hältst dich wohl für was Besseres?«

»Ich bin nichts Besseres.«

Eine Zeitlang fuhren wir schweigend weiter.

Dann drehte sich der Beifahrer wieder um.

»Hab ich recht?«

»Ja«, sagte der Mann zu meiner Rechten, »der ist bisschen *zu* cool.«

»Der Typ gefällt mir nicht«, sagte der Mann zu meiner Linken.

Ich sah die vertrauten Gebäude in den vertrauten Straßen vorbeiziehen.

»Ich könnte dich zusammenschlagen«, sagte mein rechter Nachbar, »ohne dass es jemals einer erfährt.«

»Das stimmt.«

»Dreckiger Klugscheißer!«

Er holte kurz mit der Faust aus und setzte sie mir in die Magengrube. Es blitzte schwarz, es blitzte rot, dann sah ich wieder klar. In meinem Bauch brannte und brodelte es. Ich konzentrierte mich auf das Geräusch des Wagenmotors, als wäre es mein Freund.

»Na?«, sagte der Mann, »hab ich dich geschlagen?«

»Nein.«

»Wieso bist du so scheißcool?«

»Ich bin nicht cool. Ihr seid spitze.«

»Das ist doch ein Irrer«, sagte mein linker Nachbar, »krank ist der, der ist KRANK im Kopf!«

Und wieder schlug er mir in den Magen. Mir blieb die Luft weg. Ich konnte nicht atmen, und die Augen tränten mir. Dann war mir, als müsse ich kotzen. Irgendwas kam mir hoch, Blut oder Mageninhalt, und ich schluckte es runter. Das schien den Schmerz zu lindern.

»Hab ich dich jetzt geschlagen?«

»Nein.«

»Warum sagst du nicht, wir sollen aufhören?«

»Hört auf.«

»Du kranke Sau!«

Einer schlug mir mit der flachen Hand ins Gesicht. Ein

Zahn zerschnitt mir was im Mund, und ich schmeckte das Blut.

»Willst du nicht wissen, warum wir dich abgeholt haben?«

»Nein.«

»Du Scheißkerl. Du SCHEISSKERL!«

Irgendetwas krachte mir ins Genick. Ich sah ein überdimensionales gelbes, rotlippiges Gesicht vor mir, das mich anlächelte oder angrinste, als sei es kurz davor, in Gelächter auszubrechen. Dann verlor ich das Bewusstsein ...

Es war nicht mehr Abend. Es war schon Nacht, eine mondhelle Nacht. Und ich wurde durch hohes, von Bäumen umgebenes nasses Gras gestoßen. Das Gras war etwa kniehoch, und die Nässe tat meinen Beinen gut. Ich war benommen. Auch die Handschellen spürte ich nicht mehr.

Dann blieben sie stehen. Sie drehten mich zu sich herum und sahen mich an.

Die Männer waren alle ungefähr gleichgroß und von gleicher Statur. Kein Anführer erkennbar.

»Okay, Arschloch«, sagte einer von ihnen, »du weißt doch, um was es hier geht, oder?«

»Nein.«

»Verdammt nochmal! Ich kann den Sack nicht ausstehn!«

Da dachte ich seltsamerweise ans Baden, eine Badewanne mit sehr heißem Wasser, in der ich lag und die Risse in der Decke bestaunte, während ich mich unter den Armen wusch – Risse geformt wie Löwen und Elefanten, und ein großer Tiger im Sprung war auch dabei.

»Eine Chance hast du noch«, sagte einer von ihnen, »sag was ...«

»Vakuum.«

»Jetzt reicht's.«

»Massakrieren wir den Arsch!«

»Ja, aber erst demütigen wir ihn!«

»Genau!«

In der Nacht hörte ich Vogelstimmen, Grillen, Frösche ... ein Hund bellte, und weit weg hörte ich eine Eisenbahn; alles war voll Anmut und Leben. Ich roch das Grün des Grases, sogar die Baumstämme, und ich roch die Erde so, wie ein Hund die Erde riecht.

Einer packte mich an den Haaren und warf mich zu Boden, dann zerrte er mich an den Haaren wieder hoch, und ich lag auf den Knien.

»Was sagst du nun, Coolboy?«

»Nimm mir die Handschellen ab, und ich hau dir die Hucke voll.«

»Sicher, Coolboy, aber erst musst du noch was machen ...«

Er zog den Reißverschluss auf und holte seinen Pimmel raus. Die anderen lachten.

»Wenn du's gut machst und nicht beißt, nur leckst und lutschst und alles schluckst, dann nehmen wir dir die Handschellen ab und sehen weiter.«

»Nein.«

»Du machst es *so oder so*, Coolboy. Weil ich es dir *sage*!«

»Nein.«

Ich hörte ihn die Knarre entsichern.

»Letzte Chance ...«

»Nein.«

»*Scheißdreck!*«

Die Knarre ging los. Ein heißer Schmerz, dann Taubheit. Dann tropfte Blut. Dann fing es richtig an zu bluten, wo mein linkes Ohr gewesen war ... ich sah Fetzen und Splitter.

»Warum hast du ihn nicht umgebracht?«

»Ich weiß nicht ...«

»Meinst du, wir haben den Richtigen?«

»Keine Ahnung. Er benimmt sich nicht wie der, den wir suchen.«

»Wie benähme der sich denn?«

»Das weißt du ...«

»Ja.«

Ich hörte sie immer noch. Ich konnte noch hören. Statt Schmerzen hatte ich nur ein Kältegefühl am Ohr, als hätte mir jemand ein großes Stück Eis links in den Kopf gesteckt.

Dann sah ich sie weggehen. Sie gingen einfach davon, und dann war ich allein. Und es war dunkler und kälter.

Ich rappelte mich hoch.

Merkwürdigerweise fühlte ich mich gar nicht schlecht. Ich ging los, ohne zu wissen, wo ich war oder wohin ich gehen könnte.

Auf einmal sah ich ein Tier vor mir. Es sah wie ein großer Hund aus, ein wilder Hund. Der Mond stand hinter mir und schien dem Tier in die Augen. Die Augen waren rot wie Kohlenglut.

Dann musste ich pinkeln. Mit den gefesselten Händen auf dem Rücken ließ ich es laufen. Ich spürte, wie mir die warme Pisse vorne am rechten Bein runterlief.

Das Tier stieß ein langgezogenes Knurren aus. Es kam aus seinen Eingeweiden und durchflog die Nacht ...

Das Tier spannte den Körper zum Sprung.

Ich wusste, wenn ich rückwärts ging, war ich erledigt.

Ich lief ihm entgegen, trat aus und verfehlte es, fiel auf

die Seite, wälzte mich gerade noch rechtzeitig vor dem Zuschnappen der Fangzähne in der stillen Luft weg, stand auf, trat dem Ding wieder entgegen und dachte bei mir, so geht's uns wohl allen, andauernd … auf die eine oder andere Art …

Quellen

»Ein gütiges, verständnisvolles Gesicht« (S. 19)
»A Kind, Understanding Face«, unveröffentlicht, 1948
»Die Welt retten« (S. 25)
»Save the World«, *Kauri* 15, Juli-August 1966
»Wie die Toten lieben« (S. 28)
»The Way the Dead Love«, *Congress* 1, 1967
»Notizen eines Dirty Old Man« (S. 30)
»Notes of a Dirty Old Man«, *Open City*, 10.–16. August, 1967
»Notizen eines Dirty Old Man« (S. 40)
»Notes of a Dirty Old Man«, *Open City*, 1.–7. November, 1968
»Keine Quickies« (S. 47)
»No Quickies, Remember«, *Fling*, September 1971
»Notizen eines Dirty Old Man« (S. 53)
»Notes of a Dirty Old Man«, *Nola Express*, 9.–23. September 1971
»In der Klapse« (S. 62)
»The Looney Ward«, *Fling*, November 1971
»Tanzen mit Nina« (S. 67)
»Dancing Nina«, *Fling*, Januar 1972
»Notizen eines Dirty Old Man« (S. 74)
»Notes of a Dirty Old Man«, *NOLA Express*, 27. Januar 1972
»Notizen eines Dirty Old Man« (S. 81)
»Notes of a Dirty Old Man«, *L. A. Free Press*, 25. Februar 1972
»Notizen eines Dirty Old Man« (S. 86)
»Notes of a Dirty Old Man«, *L. A. Free Press*, 12. Mai 1972
»Notizen eines Dirty Old Man« (S. 95)
»Notes of a Dirty Old Man«, *L. A. Free Press*, 2. Juni 1972

»Notizen eines Dirty Old Man« (S. 100)
»Notes of a Dirty Old Man«, *L. A. Free Press*, 16. Juni 1972
»Notizen eines Dirty Old Man« (S. 107)
»Notes of a Dirty Old Man«, *L. A. Free Press*, 28. Juli 1972
»Ein Stück Käse« (S. 113)
»A Piece of Cheese«, *Fling*, März 1972
»Notizen eines Dirty Old Man« (S. 120)
»Notes of a Dirty Old Man«, *L. A. Free Press*, 15. Dezember 1972
»Notizen eines Dirty Old Man« (S. 126)
»Notes of a Dirty Old Man«, *L. A. Free Press*, 30. März 1973
»Notizen eines Dirty Old Man« (S. 136)
»Notes of a Dirty Old Man«, *L. A. Free Press*, 20. April 1973
»Notizen eines Dirty Old Man« (S. 145)
»Notes of a Dirty Old Man«, *L. A. Free Press*, 11. Mai 1973
»Notizen eines Dirty Old Man« (S. 153)
»Notes of a Dirty Old Man«, *L. A. Free Press*, 8. Juni 1973
»Ein Tag im Leben eines Pornobuchverkäufers« (S. 161)
»Notes of a Dirty Old Man: A Day in the Life of an Adult Bookstore Clerk«, *L. A. Free Press*, 22. Juni 1973
»Notizen eines Dirty Old Man« (S. 169)
»Notes of a Dirty Old Man«, *L. A. Free Press*, 6. Juli 1973
»Notizen eines Dirty Old Man« (S. 177)
»Notes of a Dirty Old Man«, *L. A. Free Press*, 14. Dezember 1973
»Notizen eines Dirty Old Man« (S. 182)
»Notes of a Dirty Old Man«, *L. A. Free* Press, 29. März 1974
»Notizen eines Dirty Old Man« (S. 188)
»Notes of a Dirty Old Man«, *L. A. Free Press*, 14. Juni 1974
»Notizen eines Dirty Old Man« (S. 195)
»Notes of a Dirty Old Man«, *L. A. Free Press*, 9. August 1974
»Notizen eines Dirty Old Man« (S. 201)
»Notes of a Dirty Old Man«, *L. A. Free Press*, 27. September 1974

»Notizen eines Dirty Old Man« (S. 209)
»Notes of a Dirty Old Man«, *L. A. Free Press*, 20. Dezember 1974
»Notizen eines Dirty Old Man« (S. 215)
»Notes of a Dirty Old Man«, *L. A. Free* Press, 27. Dezember 1974
»Notizen eines Dirty Old Man« (S. 222)
»Notes of a Dirty Old Man«, *L. A. Free* Press, 3. Januar 1975
»Notizen eines Dirty Old Man« (S. 232)
»Notes of a Dirty Old Man«, *L. A. Free Press*, 21. Februar 1975
»Notizen eines Dirty Old Man« (S. 239)
»Notes of a Dirty Old Man«, *L. A. Free Press*, 28. Februar 1975
»Notizen eines Dirty Old Man« (S. 246)
»Notes of a Dirty Old Man«, *L. A. Free Press*, 8.–14. August 1975
»Notizen eines Dirty Old Man« (S. 252)
»Notes of a Dirty Old Man«, *L. A. Free* Press, 14.–20. November 1975
»Notizen eines Dirty Old Man« (S. 261)
»Notes of a Dirty Old Man«, *L. A. Free* Press, 2.–6. Januar 1976
»Eine ganz unbedeutende Affäre« (S. 271)
»An Affair of Very Little Importance«, *Hustler*, Mai 1978
»Einbruch« (S. 283)
»Break-In«, *Hustler*, März 1979
»Fliegen ist die sicherste Art zu reisen« (S. 296)
»Flying Is the Safest Way to Travel«, unveröffentlicht, 1979
»Fly the Friendly Skies« (S. 306)
»Fly the Friendly Skies«, *Oui*, Januar 1984
»Die Lady mit den Beinen« (S. 314)
»The Lady With the Legs«, *Hustler*, Juli 1985
»Willst du nicht mein Herzblatt sein?« (S. 324)
»Won't You Be My Valentine?«, *Oui*, Juni 1985

»Ein schmutziger Schachzug gegen Gott« (S. 335)
    »A Dirty Trick on God«, *Oui*, April 1985
»Keinem schlägt die Stunde« (S. 353)
    »The Bell Tolls for No One«, *Oui*, September 1985

Charles Bukowski

Die erfolgreichsten Bücher jetzt bei Fischer Klassik

Aufzeichnungen eines Dirty Old Man
Aus dem Amerikanischen
von Carl Weissner
Band 90515

Fuck Machine
Stories
Aus dem Amerikanischen
von Wulf Teichmann
Band 90511

Kaputt in Hollywood
Stories
Aus dem Amerikanischen
von Carl Weissner
Band 90512

Das Leben und Sterben im Uncle Sam Hotel
Stories
Aus dem Amerikanischen
von Carl Weissner
Band 90513

Das Weingetränkte Notizbuch
Stories und Essays 1944–1990
Aus dem Amerikanischen
von Malte Krutzsch
Band 90485

Die Ochentour
Mit Fotos von Michael Montfort
Aus dem Amerikanischen
von Rainer Wehlen
Band 90514

Noch mehr Aufzeichnungen eines Dirty Old Man
Aus dem Amerikanischen
von Malte Krutzsch
Band 90522

Held außer Betrieb
Stories und Essays 1946–1992
Aus dem Amerikanischen
von Malte Krutzsch
Band 90523

Das gesamte Programm gibt es unter
www.fischerverlage.de